Y YO A TI MÁS

LISA GARDNER

Y YO A TI MÁS

Traducción de
Amaya Basáñez

Título original: *Love You More*
Primera edición: marzo de 2017

© 2011, Lisa Gardner, Inc.
© 2017, Penguin Random House Grupo Editorial, S.A.U.
Travessera de Gràcia, 47-49. 08021 Barcelona
© 2017, Amaya Basáñez, por la traducción

Printed in Spain – Impreso en España

ISBN: 978-84-9129-078-0
Depósito legal: B-458-2017

Impreso en Rodesa, Villatuerta (Navarra)

SL 90780

Penguin
Random House
Grupo Editorial

Prólogo

A quién quieres?

Es una pregunta que todo el mundo debería ser capaz de responder. Una pregunta que define una vida, crea un futuro, nos guía a través de la mayoría de los minutos que componen nuestros días. Sencilla, elegante, lo incluye todo.

¿A quién quieres?

Me hizo la pregunta, y sentí la respuesta en el peso de mi cinturón de servicio, en lo mucho que me limitaba mi chaleco antibalas, en cuánto me apretaba la gorra, calada hasta las cejas. Bajé el brazo poco a poco, mis dedos rozando la pistola que llevaba sujeta a la cadera.

—¿A quién quieres? —volvió a gritar, más alto, más insistente.

Mi mano pasó de largo por encima de la Sig Sauer que me había proporcionado mi país, y encontré el cierre que sujetaba mi cinturón. El velcro restalló mientras soltaba la primera cincha; después la segunda, la tercera, la cuarta. Desabroché la hebilla de metal y me liberé de los nueve kilos que pesaba mi cinturón, incluidos la pistola, el táser y la porra extensible de acero, que se quedaron balanceando en el espacio que nos separaba.

—*No hagas esto* —*susurré, un último intento de razonar.*
Se limitó a sonreír.

—*Demasiado poco, demasiado tarde.*

—*¿Dónde está Sophie? ¿Qué le has hecho?*

—*Cinturón. En la mesa. Vamos.*

—*No.*

—*PISTOLA. En la mesa. ¡YA!*

Como única respuesta, cambié de postura, poniéndome en guardia en medio de mi cocina, con el cinturón todavía en la mano izquierda. Cuatro años de mi vida patrullando por las carreteras de Massachusetts, que había jurado defender y proteger. Tenía el entrenamiento y la experiencia de mi parte.

Podía coger la pistola. Solo debía decidirme, agarrar la Sig Sauer y empezar a disparar.

Tenía el arma en un ángulo raro, y me iba a costar unos segundos de más. Él me estaba observando, a la espera de cualquier movimiento brusco. Un fallo mío sería castigado de forma terrible y dolorosa.

¿A quién quieres?

Tenía razón. A eso se reducía todo. A quién amabas y cuánto arriesgarías por ellos.

—*¡LA PISTOLA!* —*gritó*—. *¡Ahora, joder!*

Pensé en mi hija de seis años, en el olor de su pelo, en sus bracitos enlazados en mi cuello, en su voz mientras la acostaba por las noches.

«Te quiero, mamá», susurraba siempre.

Yo también te quiero, mi amor. Te quiero.

Estiró un brazo vacilante hacia el cinturón que pendía de mi mano, la pistola guardada en su funda.

La última oportunidad.

Miré a mi marido a los ojos. Un solo instante que se extendió en el tiempo.

¿A quién quieres?

Tomé una decisión. Dejé el cinturón de policía en la mesa de la cocina.

Y él cogió mi Sig Sauer y empezó a disparar.

1

La sargento detective D.D. Warren se enorgullecía de su habilidad como investigadora. Tras doce años de servicio en la policía de Boston, creía que analizar el escenario de un homicidio no consistía solo en seguir los procedimientos o en hablar con los testigos, sino también en la inmersión total de los sentidos. Palpaba el agujero que había dejado la bala en la pared de pladur como una broca ardiente del 22. Intentaba escuchar a los vecinos cotilleando en el piso de al lado, porque, si ella los podía oír, estaba claro que se habían enterado de todo lo que había pasado allí.

D.D. siempre se fijaba en cómo había caído el cuerpo, de frente, de espaldas o ligeramente hacia un lado. Analizaba el aire para descubrir el acre sabor de la pólvora, que podía permanecer hasta veinte o treinta minutos después de que hubieran disparado por última vez. Y, en más de una ocasión, había acertado la hora de la muerte gracias al olor de la sangre, que, como el de la carne cruda, empezaba de forma débil, pero se hacía más intenso a medida que transcurrían las horas.

En cualquier caso, hoy no iba a hacer nada de eso. Iba a pasarse el domingo por la mañana holgazaneando, con unos pantalones de chándal grises y la camisa de cuadros rojos de Alex, que le quedaba grande. Estaba sentada a la mesa de la cocina, agarrando una taza de café y contando pausadamente hasta veinte.

Trece. Alex había llegado por fin hasta la puerta. Se detuvo para protegerse el cuello con una bufanda azul oscuro.

Quince.

Terminó de ajustársela. Siguió con un gorro de lana negro y unos guantes forrados. La temperatura acababa de subir a menos seis grados. Una gruesa capa de nieve en las calles y se suponía que iba a nevar más durante el fin de semana. Que fuera marzo no significaba gran cosa en la primavera de Nueva Inglaterra.

Alex era profesor de análisis de la escena del crimen, entre otras ocupaciones, en la academia de policía. Hoy tenía clase todo el día. Mañana los dos libraban, lo que no sucedía con mucha frecuencia y prometía algún tipo de diversión todavía por decidir. Quizás ir a patinar sobre hielo al parque de Boston. O dar una vuelta por el museo de Isabelle Stewart Gardner. O acurrucarse en el sofá y ver películas antiguas con un cuenco de palomitas.

Las manos de D.D. agarraron con fuerza la taza de café. Bueno, pues sin palomitas.

Contó hasta dieciocho, diecinueve, veint...

Alex terminó de ponerse los guantes, cogió su viejo maletín de cuero negro y se acercó a ella.

—No me eches mucho de menos —dijo.

Le dio un beso en la frente. D.D. cerró los ojos, recitó mentalmente el número veinte, y empezó a contar hacia atrás.

—Te escribiré cartas de amor durante todo el día, con corazoncitos sobre las íes —le contestó.

—¿En tu carpeta del instituto?

—Algo así.

Alex dio un paso hacia la puerta. D.D. llegó a catorce. Su taza tembló, pero Alex no pareció darse cuenta. Respiró hondo y se concentró en aguantar. *Trece, doce, once...*

Alex y ella llevaban saliendo unos seis meses. Llegados a ese punto, ella disponía de un cajón entero para sus cosas en la casita de campo de Alex, y él poseía un resquicio de armario en el piso de D.D. en el barrio de North End. Cuando él daba clases, les era más fácil estar en casa de Alex. Cuando ella trabajaba, les resultaba más cómodo quedarse en Boston. No tenían un ritmo fijo. Eso hubiera implicado ponerse a hacer planes y hacer más sólida una relación que los dos tenían mucho cuidado en no definir abiertamente.

Ambos disfrutaban de la compañía del otro. Alex respetaba sus complicados horarios. Ella admiraba sus dotes de cocinero, como buen descendiente de italianos. La opinión de D.D. era que los dos esperaban con ganas las noches que podían estar juntos, pero también sobrevivían a las que no. Eran dos adultos independientes. Ella acababa de cumplir cuarenta, Alex había cruzado esa frontera hacía unos pocos años. No es como si fueran adolescentes ruborizados que se acordaban del otro cada instante que estaban despiertos. Alex ya había estado casado. D.D. simplemente era más sensata.

Vivía para trabajar, lo que otras personas podían pensar que no era muy saludable, pero qué más daba. Estaba donde había llegado por eso mismo.

Nueve, ocho, siete...

Alex abrió la puerta y enderezó los hombros para afrontar la cruel mañana. Un viento frío entró por el recibidor y arañó las mejillas de D.D. Ella se echó a temblar y agarró la taza de café con más fuerza.

—Te quiero —dijo Alex, cruzando el umbral.

—Yo también te quiero.

Alex cerró la puerta. D.D. se echó a correr por el pasillo, justo a tiempo para vomitar.

Diez minutos después, seguía tumbada en el suelo del baño. Los azulejos eran de los setenta, docenas y docenas de cuadraditos en beis, marrón y dorado. Mirarlos fijamente le hacía desear vomitar aún más. En cambio, contarlos parecía un ejercicio de meditación sorprendentemente bueno. Siguió contando azulejos mientras esperaba a que sus mejillas, sonrojadas por el esfuerzo, se enfriaran, y a que su estómago dejara de contraerse.

Su móvil empezó a sonar. Lo miró desde el suelo, sin verdadero interés, dadas las circunstancias. Pero se percató de quién estaba llamando y decidió cogerlo por compasión.

—¿Qué? —preguntó, su saludo habitual para su examante, el detective de la policía estatal de Massachusetts Bobby Dodge, actualmente casado.

—No tengo mucho tiempo. Escucha.

—No estoy de guardia —contestó ella automáticamente—. Los nuevos casos son para Jim Dunwell. Llámale a él. —Frunció el ceño. Bobby no podía asignarle un caso. Ella solo recibía órdenes directas de Boston, no de la policía estatal.

Bobby continuó hablando como si ella no hubiera dicho nada.

—Es un puto desastre, pero estoy bastante seguro de que es *nuestro* puto desastre, así que necesito que me escuches. Los estatales están en la puerta de al lado, los periodistas en la acera de enfrente. Entra por detrás. Tómate tu tiempo y fíjate en *todo lo que puedas.* Ya he perdido mucha ventaja y, créeme, D.D., en este caso, ni tú ni yo nos lo podemos permitir.

D.D. frunció todavía más el ceño.

—¿Pero qué ha pasado, Bobby? No tengo ni idea de qué me estás hablando, por no mencionar que hoy es mi día libre.

—Pues ya no. La policía de Boston va a querer que una mujer se encargue de esto, mientras que los estatales van a preferir a uno de los suyos, en especial a alguien que haya patrullado las calles. Los jefazos deciden, pero son nuestras cabezas las que están en juego.

Un nuevo sonido, esta vez desde el dormitorio. Su busca estaba pitando. Mierda. La estaban llamando, lo que significaba que todo lo que Bobby le había dicho hasta ahora era verdad. Se esforzó por levantarse, aunque las piernas le temblaban y tenía ganas de vomitar otra vez. Dio el primer paso solo gracias a su fuerza de voluntad y, a partir de ahí, el resto fue mucho más fácil. Se encaminó hacia el dormitorio. Su trabajo como detective exigía que, de vez en cuando, se quedara sin días libres y esa no sería la última ocasión.

—¿Qué necesito saber? —preguntó, la voz más tajante ahora, sujetando el móvil en el hueco del hombro.

—Nieve —masculló Bobby—. En el suelo, en los árboles, en las ventanas... Joder. Tenemos agentes por todas partes...

—¡Sácalos! Si es mi puñetera escena del crimen, haz que se vayan.

Encontró su busca en la mesilla de noche —efectivamente, una llamada de Boston— y empezó a quitarse los pantalones.

—Ya están fuera de la casa. Créeme, hasta los jefes saben que no se debe contaminar el escenario de un homicidio. Pero no sabíamos que la niña había desaparecido. Sellaron la casa, pero se olvidaron del patio. Y ahora lo han pisoteado todo, y no tenemos ventaja. La necesitamos.

D.D. ya se había desprendido del chándal y comenzó a desabrocharse la camisa de franela.

—¿Quién ha muerto?

—Varón caucásico de cuarenta y dos años.

—¿Quién ha desaparecido?

—Niña de seis años, caucásica.

—¿Hay algún sospechoso?

Un silencio muy, muy largo.

—Ven para acá —dijo Bobby, sin dar más explicaciones—. Tú y yo, D.D. Nuestro caso. Nuestro problema. Tenemos que resolverlo cuanto antes.

Colgó. D.D. le hizo una mueca al teléfono y lo tiró sobre la cama mientras terminaba de abotonarse una camisa blanca.

Bueno. Homicidio y niña desaparecida. La policía estatal ya se encontraba allí, pero pertenecía a la jurisdicción de Boston. Por qué estaría la policía estatal...

Y, como la detective brillante que era, D.D. ató entonces todos los cabos.

—Ah, mierda.

D.D. ya no tenía náuseas. Lo que tenía era un cabreo brutal.

Agarró su busca, su acreditación y su chaqueta de invierno. Después, con las instrucciones de Bobby todavía resonando en su cabeza, se dispuso a colarse en su propia escena del crimen.

2

¿A quién quieres?

Conocí a Brian en una barbacoa por el 4 de julio. En la casa de Shane. Era la clase de invitación que no solía aceptar, pero últimamente me había dado cuenta de que necesitaba reconsiderar mi rechazo. Si no por mí, al menos sí por Sophie.

La fiesta en sí no era tan grande. Unas treinta personas, entre policías estatales y vecinos de Shane. El teniente coronel había aparecido por allí, una pequeña victoria para Shane. De todos modos, al pícnic habían ido sobre todo otros agentes. Vi a cuatro tipos que conocía del cuartel de pie al lado de la barbacoa, con una cerveza en las manos y gastándole bromas a Shane, mientras él se encargaba de la última tanda de salchichas. Justo enfrente habían colocado dos mesas de jardín, ya ocupadas por esposas sonrientes que mezclaban jarras de margarita mientras atendían a los niños a su alrededor.

Otros estaban en el interior de la casa, preparando ensaladas de pasta y viendo los últimos minutos del partido. Charlando mientras comían un poco de esto, bebían un poco de lo otro. Solo gente haciendo lo que hace la gente en una soleada tarde de sábado.

Yo estaba a la sombra de un viejo roble. Como Sophie me lo había pedido, me había puesto un vestido de verano estampado con flores naranjas y unas sandalias doradas. Permanecía de pie con las piernas ligeramente separadas, los codos pegados a los costados y dando la espalda al árbol. Puedes sacar a la chica del trabajo, pero no puedes sacar el trabajo de la chica.

Debería haberme mezclado con la gente, pero no sabía por dónde empezar. ¿Qué hacía? Podía sentarme con las mujeres, aunque no conocía a nadie, o irme hacia donde estaban los chicos, donde me sentiría más cómoda. No solía encajar con las esposas, pero no me podía permitir pasármelo bien con los maridos: entonces las mujeres dejarían de sonreír y me mirarían mal.

Así que me quedé aparte, sujetando una cerveza que no me iba a beber y esperando el momento en el que la fiesta se acabara y me pudiera escapar de allí sin parecer una maleducada.

Sobre todo, observaba a mi hija.

A unos cien metros de distancia, se estaba riendo hasta las lágrimas mientras rodaba por una cuesta con otra media docena de niños. Su vestidito rosa ya estaba manchado de césped y tenía restos de galleta de chocolate por la cara. Cuando llegó al final, agarró la mano de la niña que tenía al lado y subieron otra vez a toda prisa, tanto como sus piernas de tres años podían correr.

Sophie siempre hacía amigos con facilidad. Físicamente, se parecía a mí. En cuanto a la personalidad, era toda suya. Extrovertida, valiente, aventurera. Si de ella hubiera dependido, habría pasado todas las horas que no estaba dormida rodeada de gente. A lo mejor era un gen dominante y lo había heredado de su padre, porque, desde luego, no lo había sacado de mí.

Ella y la otra niña llegaron a lo alto de la colina. Sophie se tumbó primero, su pelo corto y oscuro en contraste con los dientes de león. Después, un remolino de brazos regordetes y piernas agitándose mientras empezaba a girar, sus carcajadas repiqueteando contra el cielo azul.

Se levantó, mareada por el descenso, y me vio mirándola.

—¡Te quiero, mamá! —gritó, y volvió a subir.

Observé cómo corría y deseé, no por primera vez, no saber todas las cosas que una mujer como yo debía saber.

—Hola.

Un hombre se había separado de la multitud y se me había acercado. Próximo a los cuarenta, casi uno ochenta, un poco más de ochenta kilos, pelo rubio y rapado, hombros fuertes y musculados. Dado el contexto, podría ser policía, pero yo no le conocía.

Me tendió la mano. Con un poco de demora, le imité.

—Brian —se presentó—. Brian Darby. —Señaló con la cabeza hacia la casa—. Vivo en esta calle. ¿Y tú?

—Mmm. Tessa. Tessa Leoni. Conozco a Shane del cuartel.

Esperé a que hiciera los inevitables comentarios de todos los hombres cuando conocen a una mujer policía. «¿Una poli? Entonces mejor que me porte bien». O: «¡Vaya! ¿Dónde tienes la pistola?».

Y esos eran los simpáticos.

Brian solo asintió. Tenía una cerveza light en la mano. Metió la otra en el bolsillo de sus pantalones cortos. Llevaba una camisa azul con un logo en el bolsillo, pero debido al ángulo en el que estaba no podía distinguirlo.

—Tengo que hacerte una confesión —dijo.

Me preparé mentalmente.

—Shane ya me había dicho quién eras. Aunque lo cierto es que yo pregunté primero. Una mujer guapa y sola. Me pareció más prudente tantearle antes.

—¿Qué te ha contado Shane?

—Me ha asegurado que eras demasiado buena para mí. Por supuesto, he aceptado el reto.

—Shane dice muchas tonterías —le contesté.

—La mayor parte del tiempo. No te estás bebiendo la cerveza.

Miré hacia abajo, como si me diera cuenta por primera vez de que la llevaba en la mano.

—Me he fijado —continuó Brian sin pudor—. La tienes por tener, pero no te la bebes. ¿Prefieres un margarita? Te puedo traer uno. Aunque —miró al grupo de mujeres, que ya iban por la tercera jarra y, en consecuencia, no paraban de reír— me da un poco de miedo.

—Estoy bien. —Relajé mi postura, dejé caer los brazos—. La verdad es que no suelo beber.

—¿Estás de guardia?

—Hoy no.

—No soy policía, así que no voy a pretender que lo conozco todo acerca de tu trabajo, pero llevo siendo colega de Shane unos cinco años, así que me gusta pensar que entiendo lo básico. Ser policía es algo más que patrullar las carreteras y poner multas. ¿Verdad, Shane? —gritó Brian, dejando que la protesta más repetida entre los agentes fuera flotando por el patio. Al lado de la barbacoa, Shane le respondió alzando el puño y sacando el dedo corazón a su vecino.

—Shane es un quejica —dije, dejando que mi voz también se oyera.

Shane me dedicó también un corte de mangas. Varios policías se echaron a reír.

—¿Cuánto tiempo llevas trabajando con él? —me preguntó Brian.

—Un año. Soy una novata.

—¿De veras? ¿Qué te hizo decidirte a ser policía?

Me encogí de hombros, incómoda otra vez. Una de esas preguntas que todo el mundo hacía y que yo nunca sabía cómo responder.

—En su momento parecía una buena idea.

—Yo soy marino mercante —dijo Brian—. Trabajo con barcos petroleros. Estamos fuera dos meses, nos quedamos otros dos, volvemos a salir. Te jode un poco la vida personal, pero me gusta el trabajo. Nunca es aburrido.

—¿Marino mercante? ¿Qué haces? ¿Te ocupas de proteger a los barcos de los piratas o algo así?

—No, qué va. Vamos del estrecho de Puget hasta Alaska y de vuelta. No hay muchos piratas somalíes por el camino. Además, soy ingeniero. Mi trabajo consiste en que el barco siga navegando. Me gustan los cables, los mandos y los rotores. Las armas, en cambio, me dan miedo.

—A mí tampoco me gustan demasiado.

—Es curioso, teniendo en cuenta que eres policía.

—No creas.

Mi mirada había regresado automáticamente hacia Sophie, controlando dónde estaba. Brian siguió la dirección de mis ojos.

—Shane me dijo que tienes una niña de tres años. Vaya, es igualita a ti. No hay peligro de que te vayas a equivocar de cría cuando la recojas.

—Shane te dijo que tenía una hija, ¿y aun así aceptaste el reto?

Se encogió de hombros.

—Los niños están bien. Yo no tengo, pero eso no significa que me oponga moralmente. ¿Hay un padre en su vida? —añadió con tono indiferente.

—No.

No parecía satisfecho con la noticia, más bien pensativo.

—Tiene que ser duro. Ser policía a tiempo completo y criar a una niña.

—Nos las apañamos.

—No lo dudo. Mi padre murió cuando yo era pequeño. Dejó a mi madre sola con cinco críos. Nosotros también nos las apañamos, y no sabes cómo la admiro por ello.

—¿Qué le ocurrió a tu padre?

—Un infarto. ¿Qué le sucedió a su padre? —Señaló a Sophie, que ahora parecía estar jugando al pillapilla.

—Tenía una oferta mejor.

—Los tíos son idiotas —masculló, y sonaba tan sincero que me reí. Se ruborizó—. ¿Te he dicho que tengo cuatro hermanas? Es lo que ocurre cuando solo tienes hermanas. Además, tengo que admirar a mi madre el doble, porque no solo se las apañó sola, sino que sobrevivió como madre de cuatro chicas. Y nunca la vi beber nada más fuerte que una infusión. ¿Qué te parece?

—Una mujer muy dura —estuve de acuerdo.

—Como no bebes alcohol, ¿a lo mejor a ti también te gustan las infusiones?

—Café.

—Ah, mi droga favorita. —Me miró a los ojos—. Bueno, Tessa, pues a lo mejor alguna tarde te podría invitar a una taza de café. Por tu barrio o por el mío, lo que prefieras.

Repasé otra vez a Brian Darby. Ojos castaños y cálidos, sonrisa relajada, unos hombros sólidos.

—Está bien —me oí decir a mí misma—. Me gustaría.

¿Crees en el amor a primera vista? Yo no. Soy demasiado cauta, demasiado precavida para ese tipo de tonterías. O quizás es que he visto demasiado.

Quedé con Brian para tomarme un café. Me contó que, cuando estaba en tierra, disponía libremente de su tiempo. Nos resultó muy fácil quedar para pasear por las tardes, después de que me recuperara de mi turno de noche y antes de recoger a Sophie a las cinco en la guardería. Después vimos un partido de los Boston Red Sox en mi noche libre y, antes de que me diera cuenta, se nos unió a Sophie y a mí para merendar al aire libre.

Sophie se enamoró a primera vista. En cuestión de segundos, se había subido a la espalda de Brian exigiéndole que la llevara a caballito. Brian la obedeció y cruzó todo el parque galopando con una niña de tres años agarrada a su pelo y gritando «más rápido» todo lo alto que podía. Cuando acabaron, Brian se dejó caer en la manta de pícnic mientras Sophie se iba a buscar dientes de león. Pensaba que las flores serían para mí, pero, en vez de eso, se las ofreció a Brian.

Brian las aceptó al principio con un poco de reparo y, luego, resplandeciente, cuando comprendió que todo el ramillete era para él.

Después de eso, fue muy sencillo pasar los fines de semana en su casa, que tenía un jardín de verdad, en vez de en mi abarrotado apartamento de una sola habitación. Hacíamos la cena juntos mientras Sophie jugaba con su perro, un viejo pastor alemán llamado Duke. Brian compró una piscina de plástico para el porche y colgó un columpio en el viejo roble.

Un fin de semana en que estuve muy ocupada, vino y llenó nuestra nevera para que Sophie y yo tuviéramos comida toda la semana. Y, una tarde, después de que hubiera estado trabajando en un accidente de coche que dejó tres niños muertos, le estuvo leyendo cuentos a Sophie mientras yo contemplaba la pared de mi habitación y luchaba por contener las lágrimas.

Después me acurruqué con él en el sofá y me estuvo contando historias de sus cuatro hermanas, incluyendo la vez en que se lo habían encontrado dormido y le habían maquillado. Se pasó dos horas recorriendo su barrio en bici adornado con sombra de ojos azul brillante y pintalabios rosa fucsia antes de que se diera cuenta al ver su reflejo en una ventana. Me reí. Después me eché a llorar. Me abrazó con fuerza y nos quedamos así, sin decir nada.

El verano transcurrió. Llegó el otoño y, con él, la fecha en la que tenía que embarcar. Iba a estar fuera ocho semanas, pero volvería a tiempo de Acción de Gracias, me aseguró. Tenía un buen amigo que solía cuidar de Duke. Pero, si queríamos...

Me ofreció las llaves de su casa. Podíamos quedarnos. Incluso darle un toque más femenino si lo deseábamos. A lo mejor nos apetecía pintar de rosa la habitación pequeña, que era la de Sophie. Colgar un par de cuadros. Patitos de goma en el baño. Lo que hiciera falta para que estuviéramos cómodas.

Le di un beso en la mejilla y le devolví las llaves.

Sophie y yo estaríamos bien. Siempre lo habíamos estado, siempre lo estaríamos. Le vería dentro de ocho semanas.

Sophie, por el contrario, lloró y lloró y lloró.

Un par de meses, intenté decirle. Muy poco tiempo. Solo unas semanas.

La vida era más aburrida con Brian fuera. Una rutina interminable de levantarse a la una de la tarde, recoger a Sophie de la guardería a las cinco, entretenerla hasta que se metía en la cama a las nueve, y ver llegar a la señora Ennis a las diez para que yo pudiera trabajar de once a siete. La vida de la madre soltera. Esforzándose para que los centavos se estiraran hasta el dólar, haciendo innumerables recados en un día ya de por sí ocupado, manteniendo a mis jefes contentos mientras atendía las necesidades de mi hija.

Me las podía arreglar, me recordé a mí misma. Era dura. Había aguantado mi embarazo sola, había dado a luz sola. Había soportado veinticinco largas y solitarias semanas en la academia de policía, echando de menos a Sophie a cada paso, pero decidida a no abandonar, porque convertirme en policía era la mejor oportunidad que tenía de ofrecerle un futuro mejor a mi hija. Podía regresar a casa y a Sophie los viernes por la noche, pero todos los lunes por la mañana debía dejarla llorando con la señora Ennis. Semana tras semana tras semana, hasta que pensé que terminaría chillando para liberar el estrés. Pero lo conseguí. Cualquier cosa por Sophie. Todo por Sophie.

Aun así, empecé a mirar mi correo electrónico más a menudo, porque siempre que Brian llegaba a puerto nos mandaba un mail breve o una foto divertida de un alce cruzando una carretera en Alaska. Cuando llegó la sexta semana, me di cuenta de que estaba más contenta los días en que nos escribía, y más tensa los días que no. Y Sophie reaccionaba igual. Nos sentábamos frente al ordenador todas las noches, dos chicas guapas esperando oír noticias de su hombre.

Y, por fin, la llamada. El barco de Brian había atracado en Ferndale, Washington. Iba a terminar con el trabajo en dos días y cogería el tren lanzadera a Boston. ¿Podía llevarnos a cenar?

Sophie se puso un vestido azul, su favorito. Yo repetí el vestido naranja que había llevado en la barbacoa del 4 de julio, y le añadí una chaqueta fina en previsión del frío que pudiera hacer en noviembre.

Sophie, vigilando desde la ventana, fue la que le vio primero. Gritó contenta y bajó las escaleras desde nuestro apartamento tan rápido que pensé que se iba a caer. Brian la sujetó a duras penas. La levantó entre sus brazos, le dio mil vueltas. Ella reía y reía y reía.

Yo fui con más calma, tomándome mi tiempo para arreglarme el pelo por última vez y abrocharme los botones de la chaqueta. Salí del edificio. Cerré la puerta con fuerza tras de mí.

Me di la vuelta y le miré. Le examiné detenidamente. Me emborraché de él.

Brian dejó de dar vueltas con Sophie. Se quedó en medio de la acera, con mi hija todavía entre sus brazos, y él también me recorrió con la vista.

No nos tocamos. No dijimos una sola palabra. No teníamos que hacerlo.

Después de la cena, cuando fuimos a su casa, acosté a Sophie en la cama de la otra habitación y entré en la suya. De pie frente a él, dejé que me quitara la chaqueta, el vestido. Puse mis manos en su pecho desnudo. Lamí la sal de su garganta.

—Ocho semanas han sido demasiadas —murmuró—. Te quiero aquí, Tessa. Joder, quiero saber que siempre puedo volver a ti.

Guie sus manos hasta mis senos y me arqueé al contacto de sus dedos.

—Cásate conmigo —susurró—. Lo digo de verdad, Tessa. Quiero que seas mi esposa. Quiero que Sophie sea mi hija. Tú y ella deberías estar viviendo aquí, conmigo y con Duke. Deberíamos ser una familia.

Volví a probar su piel. Deslicé mis manos por su cuerpo, el tacto de un cuerpo completamente desnudo contra otro. Temblé. Pero no era suficiente. Sentirlo, degustarlo. Lo necesitaba contra mí, sobre mí, dentro de mí. Lo necesitaba en todas partes, ahora mismo, en ese instante.

Le arrastré conmigo sobre la cama, rodeé con mis piernas su cintura. Se deslizó dentro de mi cuerpo y gemí, o a lo mejor fue él quien gimió, pero eso no importaba. Estaba donde le necesitaba.

En el último momento, le sujeté la cabeza entre las manos para poder mirarle a los ojos mientras la primera oleada nos inundaba.

—Cásate conmigo —repitió—. Seré un buen marido, Tessa. Cuidaré de Sophie y de ti.

Se movió dentro de mí y yo dije:

—Sí.

3

Brian Darby murió en la cocina. Tres tiros, concentrados en el torso. El primer pensamiento de D.D. fue que la agente Leoni se había tomado su entrenamiento en serio, porque la puntería era excelente. Tal y como aprendían en la academia: nunca dispares a la cabeza y nunca vayas solo a herir. Es en el torso donde tienes más probabilidades y, si has decidido vaciar tu arma, más te vale que sea porque temes por tu vida o por la de otros, lo que significa que disparas a matar.

Leoni había hecho un buen trabajo. Ahora, ¿qué había pasado para que una agente de policía disparara a su marido? ¿Y dónde se encontraba la niña?

En esos momentos, la agente Leoni estaba retenida en una terraza acristalada, mientras unos enfermeros le curaban un corte muy feo en la frente y un ojo morado todavía peor. El representante del sindicato estaba con ella y su abogado, de camino.

Una docena de agentes estatales muy erguidos habían cerrado filas en la calle, un sitio desde donde podían fulminar con la mirada tanto a los policías de Boston que estaban trabajando como a los alterados periodistas que relataban el crimen.

Esto hacía que la mayoría de los jefes de Boston y de la policía estatal se tuvieran que reunir en una furgoneta blanca aparcada en el colegio de al lado. El supervisor de la unidad de homicidios del condado de Suffolk actuaba como árbitro, recordándole al superintendente de la policía estatal de Massachusetts que no podían dirigir una investigación cuya sospechosa era una de sus agentes, y apuntando a la vez al inspector de la policía de Boston que la solicitud de un coordinador perteneciente a los estatales era perfectamente razonable.

Mientras seguían intentando marcar su territorio, los endiosados jefecillos habían conseguido emitir una alerta AMBER para menores desaparecidos en relación con la niña de seis años Sophie Leoni, de cabello castaño, ojos azules, un metro dieciséis centímetros de alto, veinte kilos de peso, y a la que le faltaban los dos incisivos superiores. Era probable que llevara puesto un pijama rosa de manga larga con estampado de caballos amarillos. Se la había visto por última vez a las diez y media de la noche anterior, cuando la agente Leoni se había despedido de ella antes de irse a trabajar al turno de las once.

D.D. tenía muchas preguntas que hacerle. Desgraciadamente, no había podido hablar con ella: la agente Leoni estaba en shock, había graznado el representante del sindicato. La agente Leoni requería atención médica inmediata. La agente Leoni tenía derecho a un asesoramiento legal apropiado. Ya había ofrecido una declaración inicial al primer policía que llegó a su casa. Todo lo demás tendría que esperar hasta que su abogado lo considerase oportuno.

La agente Leoni necesitaba muchas cosas, pensó D.D. ¿No debería ser una de ellas colaborar con la policía de Boston para que pudieran encontrar a su hija?

Por el momento, D.D. se había retirado. Todo el mundo estaba ocupado con la escena del crimen, y había otros muchos problemas que reclamaban su atención. Tenía a un montón de agentes pululando por la vivienda, a los de homicidios recogiendo pruebas, a varios agentes de uniforme recorriendo el barrio y, dado que la agente Leoni había disparado a su marido con la pistola de trabajo, habían enviado al momento al equipo de control de armas, por lo que habían atestado la casa con más gente aún.

Bobby tenía razón. En su jerga oficial, la única manera de calificarlo era de puto desastre.

Y era todo para ella.

D.D. había llegado media hora antes. Había aparcado a seis manzanas, en la esquina de la bulliciosa calle Washington. Allston-Brighton era uno de los distritos más poblados de Boston. Aparte de todos los estudiantes de la Universidad de Boston y de la Harvard Business School, el barrio estaba lleno de doctores, profesores, personal de apoyo y familias jóvenes. Era un lugar caro para vivir, lo cual era irónico, dado que ni los estudiantes ni a veces los profesores solían tener mucho dinero. El resultado se traducía en calles y calles de edificios de apartamentos, cada uno de ellos dividido hasta el límite. Las familias se apiñaban, y las tiendas abiertas las veinticuatro horas y las lavanderías surgían por doquier para poder atender a toda su clientela.

En opinión de D.D. era lo más parecido a una jungla urbana. Ni balaustradas de hierro forjado, ni enladrillados decorativos, como en Back Bay o en Beacon Hill. Aquí pagabas una fortuna por el honor de alquilar un piso estrictamente funcional en forma de caja en un edificio estrictamente funcional en forma de caja. Aparcaba el que primero llegara, lo que significaba que la mayoría de la gente se pasaba media vida buscando sitio. Forcejeabas por acudir a trabajar, peleabas por volver a casa y terminabas el día cenando platos precocinados de pie en la minúscula cocina americana, antes de caer rendido en el futón más pequeño del mundo.

Sin embargo, no era un mal barrio para un policía. De fácil acceso a Mass Pike, la arteria principal que dividía en dos la ciudad. Al este de Pike tenías la I-93 y, al oeste, la 128. En cuestión de minutos, Leoni podía estar en cualquiera de las tres áreas principales que patrullaba. Muy hábil.

A D.D. también le gustaba la casa, una vivienda unifamiliar como las de antes en mitad de Allston-Brighton, con una fila de edificios de tres pisos a un lado y, al otro, un majestuoso colegio de primaria construido en ladrillo. Gracias a Dios, al ser domingo, la escuela estaba cerrada, lo que permitía que todas las fuerzas de la ley allí presentes se adueñaran del aparcamiento y, al mismo tiempo, se ahorraran el descalabro que hubiesen causado los padres aterrorizados invadiendo la escena del crimen.

Era un día tranquilo en el barrio. O, por lo menos, lo había sido hasta entonces.

La casa de dos habitaciones de la agente Leoni se erguía sobre una colina, con claraboyas blancas que sobresalían por encima del garaje de ladrillo. Unos cuantos escalones de cemento subían desde la acera hasta la puerta principal y, de ahí, a uno de los patios traseros más grandes que D.D. había visto jamás en el centro de Boston.

Era una casa ideal para una familia. Con el suficiente espacio para un crío, con el césped adecuado para un perro y con un columpio en el árbol. Incluso en ese momento, recorriéndolo en mitad del invierno, D.D. se podía imaginar las barbacoas, las tardes de juegos, los días relajados tumbados en el porche trasero.

Podían haber salido tantas cosas bien en una casa como esta. ¿Qué era lo que se había torcido?

Pensó que el patio de la parte de atrás podía darle la clave. Grande, amplio y completamente desprotegido en medio del hiperpoblado distrito.

Si cruzabas a través del aparcamiento de la escuela, llegabas a la propiedad. Si salías por detrás de cuatro edificios de apartamentos diferentes, pisabas la parcela. Podías acceder a la residencia de Leoni por la calle posterior, como D.D. había hecho, o subiendo los escalones que daban a la puerta, como parecía haber entrado la mayoría de la policía de Massachusetts. Por detrás, de frente, a la derecha o a la izquierda, daba igual. Resultaba fácil entrar y más fácil todavía salir.

Era algo de lo que cada agente uniformado se había dado cuenta, porque, en vez de examinar una superficie de nieve inmaculada, D.D. se encontraba mirando la mayor colección de pisadas que se había visto nunca en mil metros cuadrados.

Se arrebujó bien en la chaqueta de invierno y dejó escapar un helado suspiro de frustración. Malditos estúpidos.

Bobby Dodge apareció en el porche trasero, todavía intentando encontrar algo que le diera ventaja. Dada la manera en la que miraba la nieve embarrada, pensaba lo mismo que D.D. La vio, se ajustó la gorra para protegerse del frío de principios de marzo y bajó por los escalones que conducían al patio trasero.

—Tus policías han pisoteado mi escena del crimen —le gritó D.D., mientras se acercaba—. No voy a olvidarlo.

Él se encogió de hombros y metió las manos en el grueso abrigo de lana negra mientras seguía caminando. Había sido francotirador, y todavía se desplazaba con esa economía de movimientos que proporciona pasar horas y horas totalmente quieto. Como muchos otros francotiradores, era un tipo bajito con un cuerpo musculoso y duro que hacía juego con un rostro adusto. Nadie le describiría como guapo, pero muchas mujeres le encontraban atractivo.

Hacía tiempo, D.D. había sido una de esas mujeres. Empezaron como amantes, pero descubrieron que se llevaban mejor como amigos. Hacía dos años, Bobby había conocido a Annabelle Granger y se había casado con ella. D.D. no se lo había tomado especialmente bien, y el hecho de que acabaran de tener una hija le había sentado como un golpe bajo.

Pero ahora D.D. tenía a Alex. Su vida estaba mejorando. ¿Verdad?

Bobby se detuvo frente a ella.

—La policía protege vidas —le informó—. Los detectives son los que cuidan de las pruebas.

—Tus policías han jodido mi territorio. Ni olvido ni perdono.

Bobby sonrió por fin.

—Yo también te he echado de menos, D.D.

—¿Cómo está Annabelle?

—Bien, gracias.

—¿Y la pequeña?

—Carina está empezando a gatear. Casi ni me lo creo.

D.D. tampoco. Mierda, se estaban haciendo viejos.

—¿Y Alex? —preguntó Bobby.

—Bien, bien. —Hizo un gesto con la mano enguantada, señalando el final de la charla banal—. ¿Qué crees que ha pasado?

Bobby se volvió a encoger de hombros y tardó un rato en responder. Aunque a algunos investigadores les gustaba sumergirse inmediatamente en sus casos de homicidio, Bobby prefería estudiarlo primero. Y aunque otros detectives tendían a parlotear, Bobby no hablaba a no ser que tuviera algo útil que decir.

D.D. le tenía un gran respeto, pero se había cuidado mucho de decírselo.

—En principio, parece un caso de violencia doméstica —terminó él por contar—. El marido la atacó con una botella de cerveza, la agente Leoni se defendió con el arma de servicio.

—¿Se sabe algo de peleas anteriores? ¿Llamaron a la policía? —preguntó D.D.

Bobby negó con la cabeza, ella hizo un gesto de asentimiento. Que no hubiera llamadas registradas no significaba nada. Los policías odiaban pedir ayuda, especialmente a otros compañeros. Si Brian Darby había estado pegando a su esposa, lo más probable es que ella hubiera guardado silencio.

—¿La conoces? —quiso saber D.D.

—No. Dejé de patrullar poco después de que ella empezara. Solo lleva cuatro años en el cuerpo.

—¿Reputación?

—Buena. Es joven. Destinada en el cuartel de Framingham, trabaja en el turno de noche y vuelve directamente a casa con su hija, así que tampoco se junta mucho con los demás.

—¿*Solo* trabaja en el turno de noche?

Bobby arqueó la ceja, con un gesto de diversión.

—Los horarios son una batalla para los agentes. Los novatos se pasan un año haciendo guardias nocturnas antes de poder solicitar otro turno. Y, aun así, se conceden en base a la antigüedad. Si solo llevaba cuatro años, mi opinión es que todavía le quedaba uno antes de poder ver la luz del sol.

—Y yo que pensé que ser detective era un asco.

—Los policías de Boston son una pandilla de quejicas —le informó Bobby.

—Bueno, por lo menos no pisoteamos la nieve de la escena del crimen.

Él hizo una mueca. Volvieron a examinar la parcela.

—¿Cuánto tiempo llevaban casados? —preguntó D.D.

—Tres años.

—Así que ya tenía a la niña y era policía cuando le conoció. Bobby no respondió, dado que no era una pregunta.

—En teoría, él sabía dónde se metía —D.D. continuó hablando en voz alta, intentando aclarar la dinámica de la familia—. Una esposa que trabajaba fuera todas las noches. Una niña a la que había que cuidar mañana y tarde.

—Cuando estaba.

—¿A qué te refieres?

—Trabajaba como marino mercante. —Bobby sacó un cuaderno y miró una de las anotaciones que había escrito—. Embarcaba durante sesenta días. Otros sesenta los pasaba en tierra. Uno de los chicos sabía de su rutina por un comentario que hizo la agente Leoni en el cuartel.

D.D. alzó una ceja.

—Así que la mujer tiene horarios raros, y el marido todavía más. Interesante. ¿Era un tipo fornido? —D.D. no se había quedado a examinar el cadáver con atención, teniendo en cuenta lo delicado de su estómago.

—Uno ochenta; de noventa y cinco a cien kilos —le respondió Bobby—. De músculo, no de grasa. Yo diría que levantaba pesas.

—Un tipo que podía pegar muy fuerte.

—En contraste, la agente Leoni mide uno sesenta y dos y pesa cincuenta y cuatro kilos. Eso le da una cierta ventaja al marido.

D.D. asintió. Un policía tenía que entrenarse en el combate cuerpo a cuerpo, por supuesto. Pero una mujer bajita contra un hombre alto tenía todas las de perder. Y, encima, con su marido. Muchas policías aprendían cosas en su trabajo que después no ponían en práctica en sus casas; el ojo morado de la agente Leoni no era el primero que D.D. había visto en una de sus colegas.

—El suceso ocurrió cuando la agente Leoni volvió a casa del trabajo —dijo Bobby—. Todavía llevaba el uniforme puesto.

D.D. arqueó una ceja y asimiló la nueva información.

—¿Todavía llevaba el chaleco?

—Bajo su camisa. El procedimiento operativo estándar.

—¿Y el cinturón de servicio?

—Sacó la Sig Sauer directamente de la funda.

—Mierda. —D.D. meneó la cabeza, exasperada—. Esto es un lío.

No era una pregunta, así que Bobby siguió sin responder.

El uniforme, por no mencionar la presencia del cinturón de servicio, lo cambiaba todo. Para empezar, significaba que la agente Leoni tenía puesto su chaleco antibalas cuando empezó la agresión. Incluso un hombre que pesara cien kilos lo hubiera pasado mal echándose encima de una agente totalmente equipada. Segundo, el cinturón de servicio tenía muchísimas otras herramientas, aparte de la pistola, que hubieran sido apropiadas para defenderse. Por ejemplo el táser, la porra extensible de acero o el spray de gas pimienta. Incluso las esposas metálicas.

Lo básico en el entrenamiento de todo policía era la habilidad de medir rápidamente el riesgo y de responder de manera adecuada. Si un tipo te gritaba, no por eso sacabas el arma. Si alguien te pegaba, no por eso le encañonabas con la pistola.

Pero la agente Leoni lo había hecho.

D.D. estaba empezando a entender por qué el representante del sindicato estaba tan ansioso por proporcionarle a

Tessa Leoni un asesoramiento legal y por qué insistía tanto en que *no* hablara con la policía.

D.D. suspiró y se pasó la mano por la frente.

—No lo entiendo. Pongamos que es una mujer maltratada. Así que esta vez le pega, se pasa de la raya, ella finalmente explota y decide hacer algo al respecto. Esto explicaría el muerto en la cocina y que la estén atendiendo los de la ambulancia. Pero ¿qué pasa con la niña? ¿Dónde está?

—A lo mejor la pelea de esta mañana empezó ayer por la noche. Su padrastro comenzó a golpearla. La niña huyó.

Observaron la nieve, donde un posible rastro de pequeñas pisadas había sido borrado por completo.

—¿Han llamado a los hospitales cercanos? —preguntó D.D.—. ¿Han interrogado a los vecinos?

—Es una alerta AMBER, y no, no somos estúpidos.

Ella se quedó mirando el suelo nevado. Bobby se calló.

—¿Qué pasa con el padre biológico? —sugirió D.D.—. Si Brian Darby es el padrastro, ¿dónde está el padre de Sophie y qué tiene que decir de todo esto?

—No hay padre biológico —le informó Bobby.

—Creo que eso es imposible.

—No hay nada en la partida de nacimiento, ningún comentario sobre él en el tiempo que lleva en la policía, y ningún hombre visita a la niña uno de cada dos fines de semana. —Bobby se encogió de hombros—. No hay padre.

D.D. frunció el ceño.

—¿Porque Tessa Leoni no le quería cerca o porque él no quería estar? ¿Y puede que en estas dos últimas noches eso haya cambiado?

Bobby se volvió a encoger de hombros.

D.D. se mordió los labios, empezando a avistar más posibilidades. Un padre biológico intentando reclamar sus derechos paternos. O una familia estresada, tratando de sacar adelante dos trabajos agotadores y una niña. La opción A significaba que el padre podría haber secuestrado a la pequeña. La opción B implicaba que el padrastro (o la madre) habían pegado a la niña hasta matarla.

—¿Crees que está muerta? —le preguntó Bobby.

—No tengo ni puñetera idea. —D.D. no quería pensar en la niña. Una mujer que disparaba a su marido, bueno. Una cría desaparecida... El caso iba a ser una mierda—. No pueden haberla escondido bajo tierra —pensó en voz alta—. Está demasiado helada como para cavar. Así que *si* está muerta... lo más probable es que sus restos estén en algún lugar de la casa. ¿En el garaje? ¿En el desván? ¿Sótano? ¿Congelador?

Bobby negó con la cabeza.

D.D. le creyó. Ella solo había estado en la cocina y en la terraza, pero, dado el número de policías que se hallaban investigando cada metro cuadrado de la casa, no pensaba que quedara un solo ladrillo por examinar.

—No creo que esto tenga nada que ver con el padre biológico —declaró Bobby—. Si hubiera vuelto reclamando algo, sería lo primero que nos hubiera dicho Tessa Leoni. «Hablad con el hijo de puta de mi exnovio, que me ha estado amenazando con llevarse a mi hija». Leoni no ha dicho nada de eso...

—Porque el representante sindical no ha dejado que hable.

—Porque el representante sindical no quiere que diga nada con lo que pueda incriminarse. Pero sí puede, sin problemas, contar algo que incrimine a otro.

No se podía rebatir la lógica, pensó D.D.

—Vale, pues olvídate del padre biológico durante un segundo. Parece que la familia ya estaba de por sí bastante desestructurada. A juzgar por la cara de la agente Leoni, Brian Darby le daba palizas a su mujer. A lo mejor también pegaba a su hijastra. La niña muere, Leoni vuelve a casa y se encuentra el cuerpo, y los dos entran en pánico. Él ha hecho una cosa terrible, pero Leoni lo ha permitido, y eso la convierte en cómplice del crimen. Meten el cadáver en el coche y lo dejan por ahí. Vuelven a casa, se pelean y todo ese estrés provoca que Tessa explote.

—¿O sea que la agente Leoni ayuda a enterrar el cuerpo de su propia hija —preguntó Bobby— antes de regresar a casa y disparar a su marido?

D.D. le miró muy seria.

—No descartes teorías, Bobby. Ya deberías saber eso.

Él no le respondió, pero sostuvo la mirada.

—Quiero el coche patrulla de la agente Leoni —exigió D.D.

—Ya lo están examinando.

—Y el coche del marido también.

—Un GMC Denali de 2007. Tu equipo ya lo tiene en sus manos.

D.D. alzó una ceja.

—Buen coche. ¿Tanto dinero ganan los marinos mercantes?

—Era ingeniero. Los ingenieros siempre cobran bien. No creo que la agente Leoni haya hecho daño a su propia hija —dijo Bobby.

—Ah, ¿no?

—He hablado con un par de compañeros suyos. No han dicho más que cosas buenas de ella. Excelente madre, dedicada a su hija, bla, bla, bla.

—Vaya. ¿Y sabían que su marido la utilizaba como saco de boxeo?

Bobby no contestó inmediatamente, lo que en sí ya era una respuesta. Se dio la vuelta para contemplar la parcela.

—Podría ser un secuestro —volvió a insistir, terco.

—No hay vallas, rodeada de unos doscientos desconocidos... —D.D. se encogió de hombros—. Sí, si solo fuera la niña de seis años desaparecida, sin duda estaría buscando pervertidos por todas partes. Pero ¿qué probabilidades hay de que un desconocido se meta en la casa el mismo día en que su madre y su padre tienen una pelea mortal?

—No descartes teorías —repitió Bobby, pero no sonaba mucho más convencido que ella.

D.D. volvió a examinar el patio embarrado, que podría haber contenido alguna huella que les ayudara con esa conversación, pero que ahora ya no mostraba nada útil. Suspiró. Odiaba cuando se echaban a perder las pruebas.

—No lo sabíamos —murmuró Bobby a su lado—. Recibimos una llamada de agente en apuros. Es a lo que se respondió. No a un homicidio.

—¿Quién llamó?

—Supongo que fue ella la que llamó primero...

—Tessa Leoni.

—La agente Leoni. Probablemente a un compañero del cuartel, que avisó a toda la caballería, y el procedimiento se puso en marcha. La mayoría de los agentes respondieron, y vino hasta el teniente coronel. Ahora, una vez que el teniente coronel Hamilton llegó...

—Se dio cuenta de que no se trataba tanto de un problema aislado como de un completo desastre —masculló D.D.

—Hamilton hizo lo correcto y lo notificó a la policía de Boston, dada la jurisdicción.

—Pero también se trajo a los suyos.

—Apuesta por su gente. ¿Qué te puedo decir?

—Quiero las transcripciones.

—Como soy el enlace entre la policía de Boston y los estatales, me da la sensación de que esto es lo primero de una larga lista de cosas que voy a tener que facilitarte.

—Sí, enlace. Hablemos de eso. Tú eres el enlace, yo soy la detective y la jefa. Lo que significa que yo doy las órdenes y tú las obedeces.

—¿Acaso sabes trabajar de otro modo?

—Ahora que lo dices, no. Así que lo primero es encontrar a la niña.

—Ya me gustaría.

—Bien. Lo segundo, hablar con la agente Leoni.

—Ya me gustaría —repitió Bobby.

—Venga, eres el enlace de los estatales. Seguro que habla contigo.

—El del sindicato le está diciendo que mantenga la boca cerrada. Y su abogado, cuando llegue, le dirá lo mismo. Bienvenida al muro policial, D.D.

—¡Pero si yo también soy policía!

Bobby miró fijamente la pesada chaqueta de invierno de D.D., con la insignia del departamento de policía de Boston.

—No en el mundo de la agente Leoni.

4

Llevaba dos horas en mi primera patrulla en solitario cuando recibí una llamada por violencia doméstica. Por el mensaje que me había llegado, parecía solo verbal. Básicamente, los ocupantes del apartamento 25B se encontraban discutiendo tan alto que sus vecinos no podían dormir. Como estaban hartos, habían llamado a la policía.

Aparentemente, nada muy emocionante. La policía va a la casa, los del 25B se callan. Y, probablemente, le dejan un regalito de mierda de perro en la puerta a los vecinos al día siguiente.

Pero nos lo habían inculcado en la academia: nunca pienses que es una llamada típica. Mantente atento. Mantente preparado. Mantente a salvo.

Mi uniforme azul oscuro estaba empapado en sudor cuando llegué a la puerta del 25B.

Los policías novatos trabajan bajo supervisión de otro agente veterano durante las primeras doce semanas. Después de eso, patrullamos por nuestra cuenta. No hay nadie que te haga compañía, nadie que te guarde las espaldas. Todo se basa en la comunicación. Cuando te subes al coche patrulla, cuando te bajas, cuando vas a tomarte un café, cuando te detienes para ir al baño, mandas un mensaje. La centralita es tu salvavidas y, si te pasa algo, la que manda a la caballería —tus compañeros— al rescate.

En clase, nos había parecido un buen plan. Pero, a la una de la mañana, en un barrio que no me era familiar, saliendo del coche patrulla para enfrentarme a personas a las que no conocía en un edificio que no había visto nunca, había que tener en cuenta otros factores. Por ejemplo, aunque somos unos mil setecientos agentes, solo seiscientos coinciden en el mismo turno. Y están cubriendo todo el estado de Massachusetts. Lo que significa que estamos muy repartidos. Y, si las cosas van mal, no tardarán solo cinco minutos en venir.

Somos una familia muy grande, pero estamos bastante solos.

Me aproximé al edificio tal y como me habían enseñado, con los codos pegados al tronco para proteger mi pistola y con el cuerpo ligeramente ladeado para ofrecer un blanco menos expuesto. Me aparté de las ventanas y me coloqué a un lado de la puerta, donde no estaría en primera línea de fuego.

La llamada más frecuente que recibe un policía es: «Situación desconocida». En la academia nos aconsejaban que las tratásemos todas así. El peligro se esconde en todas partes. Toda la gente es sospechosa. Todos los sospechosos mienten.

Así es como se trabaja. Para algunos policías, se convierte también en su manera de vivir.

Subí los tres escalones de la entrada y me paré para respirar hondo. La actitud lo era todo. Tenía veintitrés años, una altura media y, desafortunadamente, era guapa. Lo más seguro era que cualquiera que abriera esa puerta fuera mayor que yo, más alto que yo y más duro que yo. Pero mi trabajo era controlar la situación. Separé los pies. Hombros hacia atrás. Barbilla alzada. Nunca dejes que te vean sudar, bromeábamos los novatos.

Me aparté un poco y llamé a la puerta. Después me apresuré a meter los pulgares en la cinturilla de mi pantalón, para que no vieran que me temblaban las manos.

No se oían gritos. Ni pasos. Sin embargo, las luces estaban encendidas; los ocupantes del 25B no dormían.

Volví a llamar. Más fuerte esta vez.

No se escuchaba ningún movimiento, ni rastro de los residentes.

Jugueteé con el cinturón de servicio, empecé a sopesar mis opciones. Me habían llamado, tendría que rellenar un informe, para eso era obligatorio hablar con alguien. Así que me enderecé y golpeé la puerta con fuerza. *PAM. PAM. PAM.* Me dejé los nudillos contra la superficie de madera barata. Era una agente estatal y no iba a consentir que se me ignorara.

Esta vez se oyeron pasos.

Treinta segundos después, la puerta se abrió sin hacer ruido.

La mujer que residía en el 25B no me miró. Fijó sus ojos en el suelo mientras la sangre caía por su rostro.

Como aprendí aquella noche, y otras muchas noches desde entonces, los pasos para manejar un caso de violencia doméstica siempre son los mismos.

Primero se asegura la escena, una inspección rápida y preliminar para identificar y eliminar las posibles amenazas.

¿Hay alguien más en la casa, agente? ¿Puedo entrar? ¿Dónde está su arma? Necesito que me dé la pistola, agente. ¿Hay alguna otra en la casa? También voy a necesitar su cin-

turón de servicio. Desengánchelo, despacio... Gracias. Le voy a pedir que se quite el chaleco. ¿Necesita ayuda? Gracias. Ahora lo voy a coger yo. Necesito que vaya hacia la terraza. Siéntese. Quédese aquí. Ahora mismo vuelvo.

Con la escena asegurada, el agente inspecciona a la mujer para comprobar sus heridas. En ese momento, el agente no da nada por sentado. Esa mujer todavía no es una sospechosa ni una víctima. Simplemente es una persona herida y así es como se la trata.

La mujer presenta un ojo morado, la boca ensangrentada, marcas rojas en la garganta y un corte profundo en el lado derecho de la frente.

Muchas mujeres maltratadas te dirán que están bien. Que no necesitan una ambulancia. Que te vayas de allí y las dejes en paz. Que estarán mejor por la mañana.

Cualquier agente que haya aprovechado su estancia en la academia ignorará estas declaraciones. Existe la evidencia de un delito, y la rueda de la justicia se pone en movimiento. A lo mejor la mujer es la víctima, tal como ella dice, y finalmente se niega a poner una denuncia. Pero quizás fue ella la que empezó, a lo mejor se hizo las heridas peleándose con una tercera persona, lo que implica que ella fue la que cometió el delito y tanto sus heridas como su declaración necesitan ser documentadas para los cargos que en breve presentará esa tercera persona en discordia. Se sigue sin dar nada por sentado. El policía comunica la situación, pide refuerzos y que llamen a los servicios médicos.

Empezará a llegar más gente. Otros policías. Personal sanitario. Las sirenas resonarán por la ciudad, los coches patrulla se dirigirán al mismo lugar por el laberinto metropolitano y los vecinos saldrán a la calle para no perderse el espectáculo.

Pronto la escena estará atestada, por lo que resulta vital que el primer agente que llegó a la vivienda lo documente absolutamente todo. El policía inspeccionará ahora todavía más detalladamente la casa, apuntando cosas y haciendo las primeras fotografías.

Varón muerto, cerca de cuarenta años, uno ochenta aproximadamente, entre noventa y cinco y ciento cinco kilos de peso. Tres disparos en el torso. Descubierto a medio metro a la izquierda de la mesa de la cocina, boca arriba.

Dos sillas de madera en el suelo, pertenecen a la cocina. Pedazos de cristal verde bajo las sillas. Una botella rota —con la etiqueta de Heineken— localizada a unos quince centímetros a la izquierda de la mesa de la cocina.

Una Sig Sauer semiautomática encontrada sobre la mesa de la cocina, esta última de algo más de un metro, redonda y de madera. El agente quita el cartucho y vacía la cámara de la pistola. Embolsada y etiquetada.

Comedor despejado.

Habitaciones y baño en el piso de arriba despejados.

Más gente uniformada trabajando, preguntando a los vecinos, asegurando el perímetro. Se mantiene a la mujer apartada de la acción y donde la pueda atender el personal médico.

Una enfermera comprueba mi pulso y me examina el pómulo y la cuenca del ojo para ver si encuentra una fractura. Me pide que me deshaga la coleta para atender mejor mi frente. Utiliza unas pinzas para quitarme el primer trocito de cristal verde que más tarde encajará en el puzle de la botella de cerveza rota.

—¿Cómo se siente?

—Me duele la cabeza.

—¿Se acuerda de haberse desmayado en algún momento o de haber perdido la consciencia?

—*Me duele la cabeza.*

—*¿Siente náuseas?*

—*Sí.*

El estómago me da vueltas. Intento aguantarlo, hacerle frente al dolor, a la confusión, a la creciente sensación de que esto no puede estar pasando, no debería estar pasando...

La enfermera me sigue examinando y encuentra un bulto en la parte posterior de mi cabeza.

—*¿Qué le ha pasado?*

—*¿Qué?*

—*Este golpe, señora. ¿Seguro que no ha perdido la consciencia, no se ha caído?*

Miro confusa a la enfermera.

—*¿A quién quieres?* —*le susurro.*

Ella no me responde.

Después viene la declaración inicial. Un buen policía apuntará lo que dice y *cómo* lo dice. La gente que está en verdadero estado de shock tiene tendencia a divagar, ofrece fragmentos de información, pero es incapaz de formar un discurso con cierto sentido. Algunas víctimas disocian. Hablan en voz plana y desapasionada acerca de un evento que en su mente fingen que no les sucedió a ellos. Después vienen los mentirosos profesionales, los que aparentan divagar o disociar.

Cualquier mentiroso se pasa de la raya, más tarde o más temprano. Añade un detalle de más. Parece demasiado tranquilo. Entonces es cuando el investigador bien entrenado puede atacar.

—*¿Me puede decir lo que ha sucedido, agente Leoni?*

Un investigador del distrito de Boston lo intenta primero. Es mayor, tiene las sienes blancas. Parece amable, intenta que coopere.

No quiero responder. Tengo que responder. Mejor este detective que los de homicidios, que serán los siguientes. Me duele la cabeza, la frente, los pómulos. Tengo la cara ardiendo.

Quiero vomitar. Me resisto.

—Mi marido... —susurro. Mi mirada se va hacia el suelo en el acto. Me doy cuenta de mi error, me fuerzo a levantar los ojos, a fijar la vista en el investigador—. Algunas veces..., cuando trabajaba hasta tarde, mi marido se enfadaba. —Una pausa. Mi voz, más alta, más definida—. Me pegó.

—¿Dónde le golpeó, agente?

—En la cara. En el ojo. En la mejilla. —Mis dedos repasan cada lugar, reviviendo el dolor. Dentro de mi cabeza, estoy atrapada en el mismo instante. Él amenazándome desde arriba. Yo tirada en el suelo, aterrorizada—. Me caí —le digo al detective—. Mi marido agarró una silla.

Silencio. Está esperando que diga algo más. Que le cuente una mentira o que revele la verdad.

—Yo no le golpeé —susurro. He tomado suficientes declaraciones como esta. Sé cómo sigue la historia. Todos lo sabemos—. Si no me resistía —sigo mecánicamente—, él se cansaba, se iba. Si le contestaba..., al final siempre era peor.

—¿Entonces su marido agarró la silla, agente Leoni? ¿Dónde estaba usted mientras hacía eso?

—En el suelo.

—¿De dónde?

—De la cocina.

—Cuando su marido agarró la silla, ¿qué hizo usted?

—Nada.

—¿Qué hizo él?

—Lanzarla.

—¿Adónde?

—Hacia mí.

—*¿Le dio?*

—*No..., no lo recuerdo.*

—*¿Y entonces qué pasó, agente Leoni?* —*El investigador se acerca y me mira más detenidamente. Su rostro muestra preocupación. ¿No le estoy mirando lo suficiente? ¿He dado demasiados detalles? ¿Han sido pocos?*

Todo lo que quiero por Navidad son mis dos dientes, mis dos dientes, mis dos dientes.

La cancioncilla se me ha quedado en la cabeza. Me quiero reír. No lo hago.

Te quiero, mamá. Te quiero.

—*Le lancé la silla* —*le digo.*

—*¿Hacia él?*

—*Se... enfadó más. Así que debo haber hecho algo, ¿no? Porque se enfadó más.*

—*¿Llevaba puesto el uniforme en ese momento, agente Leoni?*

Le miro a los ojos.

—*Sí.*

—*¿Tenía su cinturón de servicio? ¿Y su chaleco antibalas?*

—*Sí.*

—*¿Utilizó algo de lo que tenía? ¿Se intentó defender?*

Le sigo mirando a los ojos.

—*No.*

El detective me observa con curiosidad.

—*¿Qué ocurrió luego, agente Leoni?*

—*Cogió la botella de cerveza. Me dio con ella en la frente. Yo... conseguí esquivarle. Se tropezó con la mesa. Yo me caí. Contra la pared. La espalda contra la pared. Necesitaba encontrar la puerta. Tenía que escapar.*

Silencio.

—*¿Agente Leoni?*

—*Él tenía la botella rota en la mano* —murmuro—. *Necesitaba escapar. Pero... estaba atrapada. En el suelo. Contra la pared. Mirándole.*

—*¿Agente Leoni?*

—*Pensé que me iba a matar* —susurro—. *Me di cuenta de que tenía la pistola. Se abalanzó sobre mí... Temí por mi vida.*

—*Agente Leoni, ¿qué sucedió?*

—*Disparé a mi marido.*

—*Agente Leoni...*

Le miré a los ojos por última vez.

—*Y después fui a buscar a mi hija.*

5

Para cuando D.D. y Bobby acabaron de recorrer el perímetro de la finca, los enfermeros ya estaban sacando una camilla de la ambulancia. D.D. miró en su dirección y reconoció al policía de Boston que se encontraba al lado de la entrada sujetando un cuaderno. Se acercó a él.

—Eh, agente Fiske. ¿Está apuntando todos los nombres de los que entran? —Señaló la agenda, donde figuraban las personas que entraban en la escena del crimen.

—Cuarenta y dos agentes —contestó él, impávido.

—Vaya. ¿Ha quedado algún policía patrullando por Boston?

—Lo dudo —le respondió el agente Fiske. El chico era joven y serio. ¿Era cosa de D.D. o se volvían más jóvenes y más serios con cada año que pasaba?

—Bueno, pues el problema es este, agente Fiske. Mientras está apuntando los nombres en este lugar, otros policías están entrando y saliendo por la parte de atrás de la finca, y eso me cabrea muchísimo.

El agente Fiske se quedó boquiabierto.

—¿Tiene un compañero? —siguió D.D.—. Dígale que coja un cuaderno y que se sitúe en la puerta trasera. Quiero el nombre, el rango y el número de placa, que quede todo registrado. Y, mientras están ocupados con eso, vayan dando el aviso: todos los agentes estatales que hayan acudido a esta dirección deben presentarse en la comisaría central de Boston antes de que acabe el día para poder sacar una huella de sus botas. Si no lo hacen, se les relegará a trabajo de oficina. Y que conste que lo está usted oyendo directamente de la boca del enlace de los estatales. —Señaló con el pulgar a Bobby, que estaba a su lado torciendo la mirada.

—D.D… —empezó a decir.

—Han estropeado mi escena del crimen. Ni perdono, ni olvido.

Bobby se calló. Eso era algo que apreciaba bastante en él.

Habiendo asegurado la escena y marcado su territorio, D.D. se aproximó a los enfermeros, que ya tenían la camilla desplegada y se preparaban para entrar en la casa.

—Esperen —D.D. les llamó.

Los dos enfermeros, un hombre y una mujer, se detuvieron mientras ella se acercaba.

—Sargento detective D.D. Warren —se presentó D.D.—. La que está al mando de este circo. ¿Se van a llevar a la agente Leoni?

La mujer rolliza que empujaba la cabecera de la camilla asintió, dándose la vuelta para subir los escalones de la entrada.

—Espere, espere, espere —atajó D.D.—. Necesito cinco minutos. Tengo un par de preguntas que hacerle a la agente Leoni antes de que se vaya.

—La agente Leoni tiene una herida bastante grave en la cabeza —respondió con firmeza la enfermera—. Nos la llevamos para hacerle un escáner cerebral. Usted tiene su trabajo y nosotros, el nuestro.

Dieron un paso hacia las escaleras. D.D. les interceptó el paso.

—¿Se va a desangrar? —exigió saber D.D. Miró la placa de la mujer y añadió tras una pausa—: Marla.

Marla no parecía muy impresionada.

—No.

—¿Corre algún riesgo inmediato?

—Inflamación del cerebro —contraatacó la enfermera—, hemorragia cerebral...

—Entonces la mantendremos despierta y haremos que nos recite su nombre y la fecha de hoy. ¿No es lo que hacen para evaluar el daño? Cuenta hasta cinco, hacia delante y hacia atrás, nombre, rango, número de placa, bla, bla, bla.

A su lado, Bobby suspiró. D.D. se estaba pasando de la raya. Ella mantuvo su foco en Marla, que parecía todavía más molesta que Bobby.

—Sargento... —empezó Marla.

—Hay una niña desaparecida —la interrumpió D.D.—. Tiene seis años, a saber dónde se encuentra y qué le está pasando. Solo necesito cinco minutos, Marla. A lo mejor es mucho pedir, tanto de ti y tu trabajo como de la agente Leoni y sus heridas, pero no creo estar pidiendo demasiado para una niña de seis años.

D.D. era buena. Siempre lo había sido. Siempre lo sería. Marla, que parecía ser mayor de cuarenta y que, probablemente, tenía uno o dos niños en casa, por no mencionar a sus sobrinos, se rindió.

—Cinco minutos —dijo, mirando a su compañero—. Después nos la llevamos, tanto si ha acabado como si no.

—De acuerdo —D.D. asintió y se apresuró a subir los escalones.

—¿Has comido fibra esta mañana? —masculló Bobby mientras le seguía a la zaga.

—Lo que te pasa es que estás celoso.

—¿Por qué iba a estar celoso?

—Porque siempre me salgo con la mía.

—El orgullo precede a la caída —murmuró Bobby.

D.D. abrió la puerta de la casa.

—Por el bien de la pequeña Sophie, esperemos que no.

La agente Leoni seguía secuestrada en la terraza acristalada. D.D. y Bobby tuvieron que atravesar la cocina para llegar. Se habían llevado ya el cuerpo de Brian Darby, dejando el parqué con regueros de sangre, un montón de carteles que señalaban las pruebas y una capa gruesa de polvos para sacar las huellas dactilares. Los desechos normales del escenario de un crimen. D.D. se tapó la boca y la nariz con una mano mientras pasaba por ahí. Iba dos pasos por delante de Bobby y esperaba que no se hubiera dado cuenta.

Tessa Leoni alzó la mirada cuando D.D. y Bobby entraron en la habitación. Sostenía una bolsa de hielo contra un lado de la cara, pero no le tapaba la sangre de los labios ni el corte de la frente. Mientras D.D. seguía acercándose, la mujer bajó un poco la bolsa de hielo para dejar ver un ojo hinchado que se había cerrado casi por completo y que había alcanzado un bonito tono berenjena.

D.D. no pudo evitar sentirse conmocionada por un instante. Se creyera o no la primera declaración de Leoni, estaba claro, a la mujer le habían dado una paliza. D.D. miró rápidamente las manos de la policía, intentando descubrir si tenían heridas defensivas. La agente Leoni se dio cuenta de lo que hacía y cubrió sus nudillos con la bolsa de hielo.

Por un instante las dos mujeres se examinaron. D.D. pensó que la agente Leoni parecía muy joven, sobre todo vestida con el uniforme de policía. Pelo largo y moreno, ojos azules, rostro en forma de corazón. Una chica guapa, a pesar de los moratones y, quizás, más vulnerable debido a ellos. Inmediatamente, D.D. se puso en guardia. La combinación de guapa y vulnerable siempre le ponía de los nervios.

D.D. observó a las otras dos personas que estaban en la terraza.

De pie, al lado de Leoni, había un agente estatal enorme, con los hombros hacia atrás para demostrar que era un tipo duro. En contraste, frente a ella, se sentaba un señor mayor y más bajito vestido con un traje gris y con un bloc de notas de papel amarillo apoyado en una rodilla. El que estaba de pie era el representante del sindicato, determinó D.D. El que estaba sentado, el abogado. Así que ya estaban todos allí.

El representante del sindicato, un compañero policía, habló primero.

—La agente Leoni no va a responder a ninguna pregunta —dejó bien claro, alzando la barbilla.

D.D. se fijó en su placa.

—Agente Lyons...

—Ya ha ofrecido una declaración inicial —la cortó el agente Lyons—. Todas las demás preguntas tendrán que esperar hasta que la haya visto un médico. —Miró hacia la puerta—. ¿Dónde están los enfermeros?

—Recogiendo el equipo —dijo D.D. con dulzura—. Ahora mismo vendrán. Por supuesto que las heridas de la agente Leoni son la prioridad. No deseamos más que lo mejor para uno de los nuestros.

D.D. se desplazó a la derecha, haciendo hueco para que Bobby se situara a su lado. Había que presentar un frente unido de las fuerzas de la ley, tanto del estado como de la ciudad. El agente Lyons no pareció especialmente impresionado.

El abogado se había puesto en pie. Les tendió la mano.

—Ken Cargill —dijo su nombre—. Represento a la agente Leoni.

—Sargento detective D.D. Warren —contestó D.D., y después fue el turno de Bobby.

—Mi cliente no va a responder a ninguna pregunta por el momento —les comunicó Cargill—. Una vez que haya recibido la atención médica adecuada y que conozcamos el alcance de sus lesiones, se lo haremos saber.

—Lo entiendo. No estamos aquí para presionar. Los de la ambulancia nos dijeron que necesitaban unos cuantos minutos para preparar la camilla y las bolsas de fluidos. Pensamos que podíamos usar ese tiempo para repasar algunas cuestiones básicas. Tenemos una alerta AMBER para la pequeña Sophie, pero debo ser sincera. —D.D. abrió las manos con un gesto de indefensión—. No tenemos pistas. Como la agente Leoni ya sabrá, en este tipo de casos cada minuto cuenta.

Al oír el nombre de Sophie, la agente Leoni se puso tensa. No estaba mirando ni a D.D. ni a ninguna de las personas que había en la habitación. Tenía los ojos fijos en un punto de la alfombra verde desgastada, con las manos todavía escondidas bajo la bolsa de hielo.

—Miré en todas partes —los interrumpió la agente Leoni—. La casa, el garaje, el desván, su coche...

—Tessa —la frenó el agente Lyons—. No hagas esto. No tienes por qué hacerlo.

—¿Cuándo fue la última vez que vio a su hija? —preguntó D.D., aprovechando la oportunidad.

—Ayer por la noche, a las once menos cuarto —respondió mecánicamente la mujer, como si lo estuviera leyendo—. Siempre me despido de ella antes de irme a trabajar.

D.D. frunció el ceño.

—¿Se fue de aquí a las once menos cuarto cuando entraba a trabajar a las once? ¿Puede llegar al cuartel de Framingham en quince minutos?

La agente Leoni negó con la cabeza.

—No tengo que ir al cuartel. Nos llevamos el coche patrulla a casa, así que empezamos el turno desde que agarramos el volante. Llamé desde mi coche y declaré un código 5. Me asignaron mi área de patrulla y comencé el turno.

D.D. asintió. Como no era agente estatal, no sabía ese tipo de cosas. Pero también estaba jugando con la agente Leoni. El juego se llamaba comprobar el estado de la mente del sospechoso. Así, cuando la agente Leoni le dijera por fin algo que le pudiera resultar útil, y su abogado se apresurara a descartarlo alegando que su cliente sufría de conmoción cerebral, y por tanto estaba mentalmente incapacitada, D.D. siempre podría señalar que la agente Leoni había respondido con lucidez a otras preguntas fácilmente verificables. Por ejemplo, si Leoni había sido capaz de recordar con precisión la hora a la que llamó a su trabajo, dónde había estado de patrulla, etcétera, entonces, ¿por qué había que suponer de repente que estaba equivocada acerca de cómo había disparado a su propio marido?

Ese era el tipo de juegos que un detective experto sabía cómo ganar. Un par de horas antes, D.D. no los hubiera utilizado con una compañera policía. Podría haber estado dispuesta a darle a la pobre agente Leoni un respiro, mostrarle un poco de la deferencia femenina que una funcionaria de la ley tiene con otra. Pero eso había sido antes de que los estatales hubieran pisoteado su escena del crimen y hubieran alzado contra ella un muro defensivo.

D.D. no perdonaba. Tampoco olvidaba.

Y ahora mismo no quería estar trabajando en la desaparición de una niña. Pero eso era algo que no les podía decir, ni siquiera a Bobby.

—Así que vio a su hija a las once menos cuarto... —intentó continuar D.D.

—Sophie estaba dormida. La besé en la mejilla. Ella... se dio la vuelta y se tapó con la manta.

—¿Y su marido?

—En el piso de abajo. Viendo la tele.

—¿Qué estaba viendo?

—No me fijé. Estaba bebiendo una cerveza. Eso sí lo vi. Ojalá..., prefería que no bebiera.

—¿Cuántas cervezas había tomado?

—Tres.

—¿Las contó?

—Conté las botellas vacías que había al lado del fregadero.

—¿Su marido tenía un problema con el alcohol? —terminó preguntando D.D.

Al final, Leoni alzó la vista hacia D.D., observándola con su ojo bueno, mientras la otra mitad de su cara seguía destrozada, hinchada y sanguinolenta.

—Brian se quedaba en casa sesenta días seguidos sin nada que hacer. Yo tenía que trabajar. Sophie tenía que ir al colegio. Pero él no tenía nada. A veces bebía. Y a veces... beber no le sentaba bien.

—Así que su marido, a quien prefería sobrio, se tomó tres cervezas y, a pesar de eso, le dejó con su hija.

—Eh... —empezó a interrumpir de nuevo el agente Lyons.

—Sí, tiene razón —dijo Tessa Leoni—. Dejé a mi hija con su padrastro, que estaba borracho. Y si lo hubiera sabido... le hubiera matado entonces, joder. ¡Le hubiera disparado anoche!

—Vaya. —El abogado se levantó de la silla. Pero D.D. no le hizo caso ni tampoco Leoni.

—¿Qué le sucedió a su hija? —quiso saber D.D.—. ¿Qué le hizo su marido?

Leoni ya estaba encogiéndose de hombros.

—No me lo quiso decir. Llegué a casa, subí al piso de arriba. Debería haber estado en la cama. O jugando en el suelo. Pero... nada. Busqué y busqué y busqué. Sophie no estaba.

—¿Su marido pegó a la niña alguna vez? —preguntó D.D.

—A veces se enfadaba conmigo. Pero jamás le vi pegarle.

—Pero usted se va todas las noches. Él se quedaba a solas con ella.

—No, está equivocada. ¡Lo hubiera sabido! Me lo hubiera dicho.

—Entonces, dime, Tessa. ¿Qué le sucedió a tu hija?

—¡No lo sé! Maldita sea. Solo es una niña. ¿Qué tipo de hombre le hace daño a una cría? ¿Qué tipo de hombre haría algo *así*?

El agente Lyons le puso las manos en los hombros, intentando calmarla. La agente Leoni se desembarazó de ellas. Intentó levantarse, obviamente nerviosa. Sin embargo, fue demasiado para ella y, al instante, comenzó a desmayarse.

El agente Lyons la agarró de un brazo y la acomodó con delicadeza en el sofá mientras le lanzaba a D.D. una mirada de odio.

—Con cuidado —le dijo a Tessa Leoni con brusquedad, mientras seguía fulminando con los ojos a D.D. y a Bobby.

—No lo entienden, no lo entienden —murmuraba la madre y policía. Ya no parecía guapa ni vulnerable. Su rostro tenía una palidez cadavérica, parecía que iba a vomitar en cualquier instante, su mano palpaba el asiento vacío a su lado—. Sophie es muy valiente, y atrevida. Pero le tiene miedo a la oscuridad. Pánico. Una vez, cuando tenía tres años, se metió en el maletero del coche y se quedó encerrada. Chilló y chilló y chilló. Si hubieran podido oír sus gritos..., entonces lo podrían entender.

Leoni se giró hacia el agente Lyons. Le cogió sus robustas manos y le miró con desesperación.

—Estará bien, ¿verdad? ¿Tú la tratarías bien? ¿Tú la cuidarías? Tráela a casa. Antes del anochecer, Shane. Antes de que anochezca. Por favor, por favor, te lo suplico, *por favor.*

Lyons no parecía saber qué hacer ni cómo manejar la situación. Siguió sujetando los hombros de Leoni, por lo que tuvo que ser D.D. quien cogió el cubo de la basura y se lo colocó debajo justo a tiempo. Leoni vomitó hasta que ya no le salió nada más; después vomitó otra vez.

—Mi cabeza —se quejó, dejándose caer en el sofá.

—Eh, ¿quién está alterando a nuestra paciente? Los que no pertenezcan al personal médico que se larguen. —Marla y su compañero habían vuelto. Entraron en la habitación y Marla dirigió a D.D. una mirada de aviso. D.D. y Bobby lo entendieron y se dirigieron hacia la cocina.

Pero, sorprendentemente, Leoni agarró a D.D. de la muñeca. La fuerza que había en esa mano hizo que D.D. se detuviera.

—Mi hija te necesita —le susurró la mujer, mientras los enfermeros empezaban a aplicarle una inyección intravenosa en el otro brazo.

—Por supuesto —dijo D.D., confusa.

—Tienes que encontrarla. ¡Prométemelo!

—Haremos lo que podamos...

—¡Prométemelo!

—Vale, vale —se oyó D.D. responder—. La encontraremos. Claro. Solo... ve al hospital. Tienes que reponerte.

Marla y su compañero trasladaron a Leoni a la camilla. Ella todavía se estaba sacudiendo, intentando apartarles y acercarse a D.D. Era difícil saber lo que pasaba. En cuestión de segundos, los enfermeros la habían sujetado a la camilla y ya salían por la puerta. El agente Lyons les seguía, muy serio.

El abogado se quedó atrás y les dio una tarjeta mientras abandonaban la terraza.

—Estoy seguro de que entienden que nada de esto es admisible. Entre otras cosas, mi cliente no ha renunciado a sus derechos y, además, sufre de una *conmoción cerebral.*

Dicho eso, el abogado también se fue, dejando a Bobby y D.D. al lado de la cocina. D.D. ya no sentía la necesidad de cubrirse la nariz. Estaba demasiado aturdida por la conversación con la agente Leoni como para darse cuenta del olor.

—¿Es cosa mía —dijo D.D.— o parece que alguien utilizó un martillo para pegar a Tessa Leoni?

—Y, a pesar, de eso no presenta ni una sola herida en las manos —añadió Bobby—. No tiene las uñas rotas ni arañazos en los nudillos.

—Así que alguien le da una paliza de muerte, ¿y ni siquiera levanta las manos para defenderse? —preguntó D.D., escéptica.

—Bueno, le mató de un disparo —la corrigió Bobby amablemente.

D.D. torció la mirada. Se sentía perpleja y no le gustaba. Las heridas de Tessa Leoni parecían verdaderas. El miedo ante la desaparición de su hija, genuino. Pero la escena del crimen..., la falta de heridas defensivas, una policía entrenada que fue primero a por su pistola, a pesar de tener otras armas en su cinturón, una mujer que presentaba una declaración tan emotiva mientras evitaba mirarles a los ojos...

D.D. se sentía muy incómoda por todo eso, o a lo mejor solo era porque una compañera policía le había agarrado del brazo y le había suplicado que encontrara a su hija desaparecida.

Sophie Leoni, de seis años, que le tenía miedo a la oscuridad.

Por Dios. Este caso iba a ser sangrante.

—Parece que los dos comenzaron a pelearse —estaba diciendo Bobby—. Él tenía ventaja, la tiró al suelo, así que Tessa cogió la pistola. Solo después fue cuando descubrió que su hija había desaparecido. Y, por supuesto, se dio cuenta de que acababa de matar a la única persona que le podía decir dónde estaba.

D.D. asintió con la cabeza, todavía repasando lo que sabía.

—Una pregunta, ¿cuál es la prioridad de una policía: protegerse ella o proteger a los demás?

—A los demás.

—¿Y cuál es la prioridad de una madre? ¿Protegerse ella o proteger a su hija?

—A su hija.

—Y, aun así, la hija de la agente Leoni ha desaparecido y lo primero que hace ella es notificarlo a su abogado y a su representante del sindicato.

—A lo mejor no es una buena policía —dijo Bobby.

—A lo mejor no es una buena madre —replicó D.D.

6

Me enamoré cuando tenía ocho años. No del modo en el que crees. Había trepado por el árbol que teníamos en nuestro patio delantero, estaba sentada en una de las ramas más bajas y miraba el pedazo de césped requemado que tenía debajo. Mi padre se encontraba en el trabajo, probablemente. Era dueño de un taller de coches, solía abrir a las seis de la mañana todos los días y no regresaba a casa hasta las cinco por la tarde. Seguramente mi madre estaba dormida. Se pasaba los días en la silenciosa oscuridad de su habitación. Algunas veces me llamaba para que le llevara algo. Un vaso de agua, un par de galletas. Pero, sobre todo, esperaba a que mi padre volviera a casa.

Él nos hacía la cena y mi madre salía por fin de su oscuro abismo para acompañarnos en torno a la mesa. Le ofrecía una sonrisa mientras él le pasaba las patatas. Masticaba mecánicamente, mientras él mascullaba acerca de su día en el trabajo.

Una vez acabada la cena, ella regresaba a las sombras, su cuota diaria de energía se había acabado. Yo lavaba los platos. Mi padre veía la televisión. A las nueve de la noche apagábamos las luces. Otro día en la familia Leoni.

Aprendí muy pronto a no invitar a casa a mis compañeras de clase. También aprendí la importancia de estar callada.

Hacía calor, era julio, y otro día interminable se cernía sobre mí. Otros niños se lo estarían pasando bien en los campamentos de verano, o en la piscina del barrio. O, los más afortunados, tendrían padres que les llevaran a la playa.

Yo estaba sentada en un árbol.

Apareció una niña. Montada en un patinete rosa, sus trenzas rubias revoloteaban tras ella bajo un casco morado, mientras descendía la calle volando. En el último momento, miró hacia arriba y vio mis piernas flacuchas. Se detuvo en seco debajo del árbol y me observó.

—Mi nombre es Juliana Sophia Howe —dijo—. Soy nueva en el barrio. Deberías bajar y jugar conmigo.

Y lo hice.

Juliana Sophia Howe también tenía ocho años. Su familia acababa de mudarse a Framingham desde Harvard. Su padre era contable. Su madre se ocupaba de la casa y hacía cosas como cortarle los bordes a los sándwiches de mantequilla de cacahuete y mermelada.

De mutuo acuerdo, jugábamos siempre en la casa de Juliana. Tenía un patio más grande y su hierba era más verde. También había un aspersor y un tobogán de la Sirenita. Podíamos estar jugando durante horas y, después, su madre nos servía limonada con pajitas rosas y gruesas tajadas de sandía.

Juliana tenía un hermano mayor, Thomas, de once años, que era un pesado. También unos quince primos y un montón de tíos y de tías. En los días en que hacía mucho calor, toda la familia se reunía en la casa de la abuela para ir a la playa. Algunas veces la dejaban montar en el tiovivo, y Juliana se consideraba toda una experta en atrapar la anilla de metal, aunque no lo había conseguido todavía, pero estaba a punto.

Yo no tenía primos, ni tíos ni tías ni una abuela que viviera cerca de la playa. En vez de eso, le conté a Juliana que mis padres habían tenido un bebé cuando yo tenía cuatro años. Pero el bebé había nacido azul y los médicos habían tenido que enterrarlo en el suelo, y mi madre había vuelto del hospital y se había metido en su habitación. Algunas veces se ponía a llorar en mitad del día. Otras, en mitad de la noche.

Mi padre me dijo que no hablara de ello, pero un día encontré una caja de zapatos en el armario de la entrada, escondida tras los aparejos de bolos de mi padre. En la caja había una gorrita azul y una mantita azul y unas botitas muy pequeñas, también azules. Además, había una foto de un bebé recién nacido muy blanco con los labios rojos brillantes. En la parte de abajo, alguien había escrito «Joseph Andrew Leoni».

Así que supongo que tenía un hermano pequeño que se llamaba Joey, pero había muerto, y desde entonces mi padre no hacía más que trabajar y mi madre no dejaba de llorar.

Juliana estuvo pensando. Decidió que teníamos que hacer una misa en condiciones para Joey, así que sacó dos rosarios. Me enseñó cómo enlazar las cuentas de color verde oscuro entre los dedos y a rezar una pequeña oración. Necesitábamos cantar un himno, así que escogimos un villancico porque, por lo menos, trataba sobre un bebé y más o menos nos sabíamos la letra. Después llegó el discurso.

Juliana hizo los honores. Ya había asistido a uno antes, en el funeral de su abuelo. Le dio las gracias al Señor por cuidar del pequeño Joey. Dijo que estaba bien que no hubiera sufrido. Dijo que estaba segura de que se lo estaba pasando en grande en el cielo, jugando a las cartas y mirándonos desde arriba.

Después me cogió de las manos y me aseguró que sentía mucho mi pérdida.

Empecé a llorar, sollozos profundos que me horrorizaron. Pero Juliana se limitó a darme palmadas en la espalda. Venga, venga, me dijo. Después lloró conmigo, y su madre salió para ver por qué estábamos armando tanto escándalo. Pensé que Juliana le iba a contar todo a su madre. En vez de eso, le pidió unas galletas de chocolate para una emergencia. Así que su madre bajó a la cocina y se puso a hornearlas.

Juliana Sophia Howe era ese tipo de amiga. Podías llorar en su hombro y confiar en que guardaría tus secretos. Podías estar en su patio y saber que te daría sus mejores juguetes. Podías quedarte en su casa y compartiría su familia contigo.

Cuando me puse de parto completamente sola, me imaginé que Juliana me cogía de la mano. Y, cuando sostuve a mi hija por primera vez, le puse el nombre de mi amiga de la infancia.

Por desgracia, Juliana no sabe nada de esto.

Hace diez años que no me habla.

Porque, aunque Juliana Sophia Howe fue lo mejor que me pasó en la vida, da la casualidad de que yo fui lo peor que le pasó a ella.

Algunas veces, el amor es así.

En la parte de atrás de la ambulancia, la enfermera me estaba poniendo una inyección intravenosa. Me había sacado un cubo justo a tiempo para que vomitara otra vez.

Me ardía la mejilla. Tenía la nariz llena de sangre. Necesitaba controlarme. Lo que más quería era cerrar los ojos y que desapareciera el mundo. La luz me hacía daño en los ojos. Los recuerdos me quemaban la mente.

—Dime tu nombre —me ordenó la enfermera, obligándome a prestarle atención.

Abrí la boca. No me salían las palabras.

Me ofreció un sorbo de agua, me ayudó a limpiarme los labios agrietados.

—Tessa Leoni —conseguí decir.

—¿Qué día es hoy, Tessa?

Por un momento, no pude responder. Los números no aparecían en mi cabeza y me empecé a asustar. Todo lo que podía visualizar era la cama vacía de Sophie.

—13 de marzo —susurré, al fin.

—¿Dos más dos?

Otra pausa.

—Cuatro.

Marla gruñó y volvió a ajustar el cable que llevaba el fluido transparente a mi mano.

—Un buen golpe —comentó.

No dije nada.

—Casi tan bonito como el hematoma que te cubre medio trasero. ¿A tu marido le gustaban las botas con punta de acero?

No dije nada, solo me imaginé la carita sonriente de mi hija.

La ambulancia redujo la velocidad, quizás para entrar en el hospital. Eso era lo que esperaba.

Marla me estudió durante un instante más.

—No lo entiendo —dijo bruscamente—. Eres policía. Has recibido un entrenamiento especial, has atendido este tipo de situaciones. Tú, más que nadie, deberías saber... —Se controló—. Bueno, supongo que así son las cosas, ¿no? La violencia de género sucede en todos los grupos sociales. Incluso en los que deberían ser más sensatos.

La ambulancia se detuvo. Treinta segundos después, los portones de la parte de atrás se abrieron y rodé a la luz del día.

No me volví a mirar a Marla. Mantuve los ojos fijos en el cielo gris de marzo que se deslizaba veloz por encima.

Dentro del hospital, había un montón de cosas sucediendo al mismo tiempo. Una enfermera de urgencias salió a mi encuentro y ordenó que me llevaran a una sala para examinarme. Había que rellenar mucho papeleo, incluyendo el omnipresente formulario advirtiéndome de mi derecho a la privacidad de mis datos. Tal como me aseguró la enfermera, mi médico no discutiría mi caso con nadie, ni siquiera con representantes de la ley, dado que eso violaría la confidencialidad debida al paciente. Lo que no dijo, pero yo ya sabía, es que mi historial médico se consideraba neutro y podía ser solicitado por el fiscal de distrito. Lo que significaba que todo lo que dijera al doctor, dado que iba a quedar reflejado en ese historial...

Siempre hay un resquicio en alguna parte. Tú simplemente pregúntale a un policía.

Completado el papeleo, la enfermera siguió con su tarea.

La noche anterior me había pasado quince minutos poniéndome mi uniforme. Primero unas sencillas bragas negras, después un sujetador deportivo negro y una camiseta interior para que la siguiente capa —el chaleco blindado— no me rozara la piel. Calcetines negros, pantalones de uniforme azul oscuro con sus correspondientes rayas de un azul más claro. Después me había calzado las botas, porque ya había aprendido por las malas que era imposible tocarme los pies con el chaleco puesto. Así que calcetines, pantalones, botas, y otra vez arriba, añadiendo el voluminoso chaleco, que cubrí con un jersey de cuello vuelto habida cuenta de la temperatura que hacía en la calle, y encima de todo eso la camisa azul claro del uniforme. Tuve que volver a ajustarme el chaleco por debajo de la ropa y después remeter las tres capas —camiseta, jersey y camisa— dentro de los pantalones, que ceñí después con un cinturón negro. Ahora venía el turno del equipamiento.

El cinturón de servicio de cuero negro, de nueve kilos de peso, que me coloqué encima del cinturón del pantalón y ajusté con las cuatro tiras de velcro. Después saqué mi Sig Sauer de la caja fuerte del armario y la puse en su funda sobre la cadera derecha. Metí el móvil en el bolsillo de la parte frontal del cinturón de servicio y el busca de la policía en su sitio, en el hombro derecho. La radio, en la cadera izquierda, mis dos recargas de balas, la porra de acero, el spray de gas pimienta, las esposas y el táser. Después deslicé tres bolígrafos en los pliegues cosidos en la manga izquierda de la camisa.

Y, finalmente, el toque mágico, la gorra del uniforme de agente estatal.

Siempre me detenía para examinar mi reflejo en el espejo. El uniforme de policía no es solamente un traje, sino una sensación. El peso del cinturón sobre mis caderas. El chaleco, aplastándome el pecho y haciendo que mis hombros parecieran más anchos. La gorra ajustada a la frente y proyectando una impenetrable sombra sobre mi mirada.

La actitud lo es todo. Nunca dejes que te vean sudar.

La enfermera me despojó del uniforme. Me desabrochó la camisa azul claro, me quitó el jersey de cuello vuelto, el chaleco, la camiseta, el sujetador. Después las botas, los calcetines, el cinturón y los pantalones, antes de hacer lo mismo con las bragas.

Cada prenda fue embolsada y etiquetada como prueba para el caso que la policía de Boston estaba armando contra mí.

Finalmente, la enfermera me quitó los pendientes, el reloj y la alianza de boda. No podía llevar metales dentro del escáner, me dijo mientras me desnudaba.

Me tendió un camisón de hospital y, después, se fue con las bolsas de las pruebas y mis objetos personales. No me moví.

Solo me quedé allí, sintiendo la pérdida del uniforme y la vergüenza de mi propia desnudez.

Podía escuchar una televisión desde el pasillo, emitiendo el nombre de mi hija. Después iría la foto de la escuela, sacada ese octubre. Sophie llevaba su camiseta favorita, una amarilla. Estaba ligeramente ladeada, mirando a cámara con esos grandes ojos azules, una sonrisa emocionada en su rostro porque le encantaban las fotos y esperaba esta con impaciencia, la primera desde que se le habían caído los dos dientes delanteros, y el ratoncito le había traído un dólar entero que estaba deseando gastarse.

Me ardían los ojos. Había dolor y después más dolor. Todas las palabras que no podía decir. Todas las imágenes que no me podía sacar de la cabeza.

La enfermera volvió. Introdujo mis brazos por las mangas del camisón y me puso de lado para poder anudármelo a la espalda.

Llegaron dos técnicos. Me llevaron a la sala de escáner, mis ojos fijos en el techo que cubría el camino.

—¿Embarazada? —preguntó uno.

—¿Qué?

—¿Está embarazada?

—No.

—¿Es claustrofóbica?

—No.

—Entonces esto no será nada.

Me llevaron a otra habitación, donde reinaba una máquina con forma de dónut gigante. No me dejaron ponerme en pie, me trasladaron directamente de la camilla a la mesa.

Me dijeron que me quedara completamente quieta mientras la máquina radiografiaba por secciones mi cráneo. Un ordenador lo transformaría después en imágenes de tres dimensiones.

En treinta minutos, el médico tendría una imagen escaneada de mi cerebro y mis huesos, que incluiría hemorragias, inflamaciones y hematomas.

Los técnicos hicieron que sonara como si fuera fácil.

Tumbada a solas en la mesa, me pregunté cuánto podía ver esa máquina. Me pregunté si vería todo lo que yo veía cada vez que cerraba los ojos. La sangre apareciendo en la pared detrás de mi marido y, después, escurriéndose hacia el suelo de la cocina. Los ojos de mi marido abriéndose con sorpresa mientras miraba hacia abajo, dándose cuenta de los regueros rojos que le cruzaban el pecho.

Brian cayéndose, cayéndose, cayéndose. Yo, de pie junto a él, viendo cómo la luz se apagaba en sus ojos.

—Te quiero —le había susurrado a mi marido, antes de que la luz se apagase completamente—. Lo siento. Lo siento. Te quiero...

Hay dolor, y después hay más dolor.

La máquina empezó a moverse. Cerré los ojos y me permití un último recuerdo de mi marido. Sus últimas palabras, mientras moría en el suelo de nuestra cocina.

—Lo siento —había susurrado Brian, con tres balas en el pecho—. Tessa..., yo a ti te quiero... más.

7

Con el cadáver de Brian Darby de camino a la autopsia, y Tessa Leoni dirigiéndose al hospital, la investigación por homicidio empezó a ir por los cauces habituales mientras que la búsqueda de Sophie Leoni se intensificó.

Con eso en mente, D.D. reunió a todo el mundo en la caravana de los jefes y empezó a restallar el látigo.

Testigos. D.D. quería una lista de todos los vecinos a los que entrevistar por segunda vez. Le asignó ese trabajo a seis detectives, para que comenzaran cuanto antes. Si alguien era un testigo fiable o un potencial sospechoso, lo quería identificado y hablando en los próximos tres minutos.

Cámaras. Boston estaba llena de ellas. La ciudad las tenía para controlar el tráfico. Los negocios las ponían por seguridad. D.D. formó un equipo de tres hombres cuya misión consistía en identificar las cámaras en un radio de tres kilómetros y mirar los vídeos de las últimas doce horas, empezando por las que estaban más cercanas a la casa.

Conocidos. Amigos, familia, vecinos, profesores, canguros, jefes; si alguien había puesto un pie en la casa, D.D. quería que su nombre estuviera en su mesa en los cuarenta y cinco minutos siguientes. En particular, quería a todos los profesores, compañeros y cuidadores de Sophie Leoni puestos en fila e interrogados. Sus antecedentes y un vistazo a sus casas, si dejaban entrar a los detectives. Necesitaban eliminar a los amigos e identificar a los enemigos y tenían que hacerlo ya, ya, ya.

Había más gente que conocía a esta familia. Enemigos del marido en el trabajo, delincuentes que Leoni hubiera atrapado, a lo mejor algún amante o amigos de toda la vida. Había más gente que conocía a Brian Darby y Tessa Leoni. Y, a lo mejor, alguno de ellos sabía qué le había pasado a una niña de seis años que la noche anterior estaba durmiendo en su propia cama.

El tiempo no estaba de su parte. Salid, patrullad las calles, id por delante del reloj, D.D. ordenó a su equipo.

Se calló y les mandó a trabajar.

Los detectives de la policía de Boston se dispersaron. Los jefecillos asintieron. Ella y Bobby volvieron a la casa.

D.D. confiaba en sus compañeros para que empezaran con la enorme tarea de peinar cada detalle de la vida de esa familia. Lo que ella quería, sin embargo, era vivir y respirar las últimas horas de la víctima. Quería absorber la escena del crimen hasta que formara parte de su ADN. Quería imbuirse de los pequeños detalles, desde la decoración al color de las paredes. Quería repasar la historia de una docena de maneras y quería poblarla con una niña pequeña, un padre marino mercante y una madre agente estatal. Una casa, tres vidas, las últimas diez horas. Todo se quedaba en eso. Una casa, una familia, una colisión con trágicas consecuencias.

D.D. necesitaba verlo, sentirlo, vivirlo. Después podría diseccionar a la familia hasta en su más oscuro secreto, lo que, a cambio, le conduciría a Sophie Leoni.

El estómago de D.D. se estremeció. Intentó no pensar en ello mientras ella y Bobby volvían a entrar en la cocina ensangrentada.

Se pusieron tácitamente de acuerdo y empezaron por arriba, donde había dos dormitorios separados por un baño. El que daba a la calle parecía ser el de la pareja, donde había una cama de matrimonio con un cabecero de madera y una colcha azul marino. Las sábanas parecían más masculinas que femeninas, pensó D.D. Nada de lo que vio en la habitación le hizo cambiar de opinión.

La cómoda, de roble envejecido, hablaba a gritos de soltería. Encima había un televisor sintonizado en el canal de deportes. Las paredes blancas, los suelos de madera. No era un refugio doméstico, sino una estación de paso. Un sitio donde dormir, cambiarse de ropa e irse.

D.D. abrió el armario. Tres cuartos del mismo se componían de camisas de hombre planchadas y organizadas por colores. Después había media docena de vaqueros azules colgados de perchas. Más allá, un revoltijo de mallas y camisetas, dos uniformes de la policía estatal, un uniforme con falda y un vestido de verano con estampado de flores naranja.

—Él ocupaba más espacio en el armario —le dijo D.D. a Bobby, que estaba examinando la cómoda.

—Han matado a hombres por menos —contestó él.

—De verdad. Mira esto. Las camisas ordenadas por colores, los vaqueros planchados. Brian Darby había rebasado el perfeccionismo y estaba bordeando la psicopatía.

—Brian Darby también se estaba poniendo fuerte. Echa un vistazo. —Bobby sostuvo un retrato con las manos enguantadas. D.D. terminó de inspeccionar la caja fuerte donde se guardaba la pistola en la esquina izquierda del armario y se acercó a él.

El retrato mostraba a Tessa Leoni con el vestido naranja y una chaqueta blanca, sosteniendo un ramo de lirios de tigre en la mano. Brian Darby estaba a su lado con una chaqueta marrón en la que había un solo lirio de tigre prendido con un alfiler en la solapa. Una niña pequeña, presumiblemente Sophie Leoni, posaba delante de ellos, con un vestido de terciopelo verde y una diadema de lirios en el pelo. Todos sonreían ampliamente a la cámara, una familia feliz en un día feliz.

—La foto de la boda —murmuró D.D.

—Eso me parecía. Mira a Darby. Fíjate en sus hombros.

D.D. observó al antiguo novio, ahora marido muerto. Era un hombre guapo, decidió. Tenía un cierto aire militar con ese corte al ras, esa barbilla cincelada, esos hombros cuadrados. Pero la impresión se disipaba con sus ojos marrones y cálidos, y las arrugas que le salían en el contorno al sonreír. Parecía feliz y relajado. No era el tipo de tío que te imaginas pegando a su mujer, ni tampoco planchando sus vaqueros.

D.D. le devolvió el retrato a Bobby.

—No lo pillo. Así que el día de su boda eran felices. Eso no demuestra nada.

—No. Era más *delgado* el día de su boda. Este Brian Darby está en forma. Hace ejercicio, se mantiene activo. El Brian muerto, en cambio...

D.D. recordó lo que Bobby le había dicho antes.

—Un tipo grande, me contaste. Probablemente levantaba pesas. Así que no es que se casara y engordara. Estás diciendo que se casó y empezó a muscularse.

Bobby asintió.

D.D. volvió a pensar en la foto.

—No es fácil estar en una relación en la que la mujer es la que lleva el arma —murmuró.

Bobby no le rebatió y ella se sintió agradecida.

—Deberíamos encontrar su gimnasio —dijo él—. Ver su plan de entrenamiento. Averiguar si tomaba algún suplemento.

—¿Esteroides?

—Vale la pena preguntar.

Salieron de la habitación del matrimonio y entraron en el baño. Este tenía un poco más de personalidad. La cortina de la ducha, a rayas, se desplegaba alrededor de la bañera. Una alfombra amarilla con patitos cubría las baldosas del suelo. Las toallas azules y amarillas alegraban los estantes de madera.

Este cuarto también tenía más signos de vida. Un cepillo de dientes de Barbie al lado del lavabo, gomas del pelo violetas en una cestita, un vaso de plástico para enjuagarse que declaraba que pertenecía a la «Princesita de papá».

D.D. inspeccionó el armarito de las medicinas. Encontró tres envases de fármacos con prescripción médica. Uno de Ambien para Brian Darby, un somnífero. Uno para Sophie, una pomada para una infección en el ojo. Otro para Tessa Leoni, hidrocodona, un analgésico.

Le enseñó el bote a Bobby. Él lo apuntó.

—Tenemos que preguntarle a su médico. A lo mejor se hizo daño trabajando.

D.D. asintió. El resto del armarito contenía cremas, espumas, cuchillas y colonia. Lo más impresionante, pensó, era la surtida reserva de productos de primeros auxilios. Un montón de tiritas de diferentes tamaños. ¿Una mujer maltratada haciendo acopio para futuros destrozos o la vida de una familia normal? Miró bajo el lavabo y encontró lo usual: jabón, papel higiénico, productos femeninos y de limpieza.

Salieron.

La siguiente habitación pertenecía claramente a Sophie. Paredes rosa claro, con flores pintadas en verde pálido y azul celeste. Una alfombra con forma de flor. Una estantería blanca de cubículos llenos de muñecas, vestidos y zapatillas de ballet. Tessa y Brian vivían en un dormitorio de residencia de estudiantes. La pequeña Sophie, por el contrario, en un jardín mágico con conejitos corriendo por la tarima y mariposas en las ventanas.

Era un poco obsceno, pensó D.D., estar en medio de esa habitación y empezar a buscar rastros de sangre.

Se llevó la mano al estómago. Ni siquiera se dio cuenta mientras empezaba a examinar visualmente la cama.

—¿Luminol? —murmuró.

—Sin resultados —contestó Bobby.

Según el protocolo, los técnicos de la escena del delito habían rociado las sábanas de Sophie Leoni con luminol, que reaccionaba al mezclarse con los fluidos corporales tales como la sangre y el semen. La falta de resultados implicaba que las sábanas estaban limpias. Lo que no significaba que Sophie Leoni nunca hubiera sufrido abuso sexual; solo que no había sido agredida recientemente en ese conjunto de ropa de cama en concreto. Los técnicos también comprobaban la ropa para lavar, incluso sacándola de la lavadora si era preciso. A menos que alguien lo lavara todo con lejía, era increíble lo que el luminol podía encontrar en la ropa «limpia».

Más cosas que D.D. no quería saber mientras estaba en medio de un jardín mágico.

Se preguntó quién había pintado esa habitación. ¿Tessa? ¿Brian? O tal vez los tres juntos, en esos días en los que el amor todavía estaba fresco y la familia se sentía dispuesta y comprometida.

Se preguntó cuántas noches habían pasado antes de que Sophie se despertara con el ruido de un golpe, de un grito ahogado. O quizá Sophie no se encontraba dormida. Tal vez había estado sentada a la mesa de la cocina o jugando con una muñeca en la esquina.

Tal vez había corrido hacia su madre la primera vez. Quizás...

Ah, mierda. D.D. no quería estar trabajando en ese caso justo entonces.

Apretó los puños, se volvió hacia la ventana y se centró en la débil luz del día de marzo.

Bobby se había quedado al lado de la pared. La estaba observando, pero no dijo ni una palabra.

Una vez más, le estaba agradecida.

—Debemos averiguar si tenía un juguete favorito —dijo ella al fin.

—Una muñeca de trapo. Vestido verde, pelo marrón, los ojos son botones azules. Se llama Gertrude.

D.D. asintió, explorando el cuarto lentamente. Identificó una lamparita nocturna —«Sophie tiene miedo a la oscuridad»—, pero ningún juguete.

—No la veo.

—Tampoco el primero que examinó la habitación. Hasta el momento, estamos trabajando bajo la suposición de que la muñeca tampoco está.

—¿Pijama?

—La agente Leoni dijo que su hija llevaba un conjunto de manga larga, un pijama rosa con caballos amarillos. No hay rastro de él.

D.D. pensó un momento.

—¿Qué hay de su abrigo, su gorro y sus botas de nieve?

—No aparecen en mis anotaciones.

Por primera vez, D.D. sintió un atisbo de esperanza.

—Si no está el abrigo ni el gorro, entonces la levantaron de la cama en mitad de la noche. Sin tiempo para cambiarse, pero sí para abrigarse.

—Y nadie abriga a un cadáver —señaló Bobby.

Salieron de la habitación y bajaron por las escaleras. Inspeccionaron el armario de los abrigos, a continuación el zapatero y, después, los accesorios de invierno de detrás de la puerta de entrada. El abriguito no estaba. El gorro no estaba. Las botitas no estaban.

—¡Abrigaron a Sophie Leoni! —declaró D.D. triunfalmente.

—Sophie Leoni salió de la casa con vida.

—Perfecto. Ahora, todo lo que tenemos que hacer es encontrarla antes del anochecer.

Regresaron arriba el tiempo suficiente para examinar las ventanas en busca de señales de que hubieran forzado la entrada. Al no encontrar ninguna, se dirigieron abajo con el mismo fin. Ambas puertas estaban relativamente nuevas, así como las cerraduras, y ninguna mostraba signos de deterioro. Las ventanas de la terraza acristalada, descubrieron, se hallaban tan viejas y deformadas por la humedad que se negaron a abrirse.

La casa parecía segura. A juzgar por la expresión de la cara de Bobby, no había esperado que fuera diferente y tampoco D.D. Lo más triste en casos de niños desaparecidos era que, la mayoría de las veces, el problema venía de dentro de la casa, no de fuera.

Recorrieron el salón, que a D.D. le recordó el dormitorio. Paredes lisas, suelo de madera cubierto por una alfombra de color beis. El sofá en forma de ele de cuero negro parecía más una elección masculina que femenina. Un ordenador portátil que parecía bastante nuevo descansaba sobre un extremo del sofá y todavía estaba conectado a la pared. La habitación también contaba con un televisor de pantalla plana, montado encima de un mueble elegante que albergaba un equipo de sonido último modelo, Blu-ray, DVD y una consola de juegos Wii.

—Los chicos y sus juguetes —comentó D.D.

—Ingeniero —respondió Bobby.

D.D. examinó una pequeña mesita de dibujo puesta en la esquina para Sophie. A un lado de la mesa había una pila de papel en blanco. En el medio había un cubilete lleno de lápices de colores. Eso era todo. No había ningún dibujo a medias. Nada colgado en las paredes. Muy organizada, pensó, especialmente para una niña de seis años de edad.

La austeridad de la casa estaba empezando a hacerle mella. La gente no vivía así y la gente con niños no debería en absoluto vivir de esa manera.

Fueron a la cocina, donde D.D. se quedó tan lejos del contorno del cadáver como pudo. Manchas de sangre, cristales rotos y sillas caídas aparte, la cocina parecía tan pulcra como el resto de la casa. También igual de vieja y anticuada. Armarios de madera oscura con treinta años de antigüedad, electrodomésticos blancos y sencillos, una encimera de formica manchada. Lo primero que haría Alex con esta casa, pensó D.D., sería modernizar la cocina.

Pero no Brian Darby. Él se gastaba su dinero en aparatos de electrónica, un sofá de cuero y un coche. No en la casa.

—Se esforzaban por Sophie —murmuró D.D. en voz alta—, pero no el uno por el otro.

Bobby la miró.

—Piénsalo —continuó—. Es una casa vieja que se mantiene vieja. Como no dejas de repetir, él es ingeniero, lo que significa que, probablemente, tiene alguna habilidad con las herramientas eléctricas. Entre los dos, ganan unos doscientos mil al año, y además Brian Darby tiene todo ese asunto de los sesenta días libres seguidos. Es decir, que tienen algo de conocimiento, algo de tiempo y algunos recursos que invertir en la casa. Pero no lo hacen. Solo en el cuarto de Sophie. Tessa compra la pintura nueva, los muebles, ropa de cama bonita, etcétera. Hicieron un esfuerzo por ella, pero no por sí mismos. Me hace pensar en las muchas otras áreas de su vida en las que aplicaban la misma regla.

—La mayoría de los padres se centran en sus hijos —observó Bobby amablemente.

—Ni siquiera han colgado un cuadro.

—La agente Leoni trabaja muchas horas. Brian Darby se embarca durante dos meses seguidos. Tal vez, cuando están en casa, tienen otras prioridades.

D.D. se encogió de hombros.

—¿Como qué?

Bobby asintió.

—Ven. Te voy a mostrar el garaje.

El garaje asustó a D.D. Había espacio para dos coches y las tres paredes estaban forradas con táblex perforado, dando lugar al sistema de organización más extraño que había visto nunca. En serio, del suelo al techo todo estaba forrado de táblex perforado, en el que después habían encajado estanterías, soportes para bicicletas y contenedores de plástico para artículos de deporte, e incluso había uno específico para bolsas de golf.

D.D. examinó el lugar y se dio cuenta de dos cosas: Brian Darby aparentemente era un aficionado a múltiples actividades al aire libre, y necesitaba ayuda de un psiquiatra para su conducta obsesiva.

—El suelo está limpio —dijo D.D.—. Es marzo, estamos cubiertos de nieve y a todas las calles de la ciudad les han echado sal y arena. ¿Cómo puede estar tan limpio el suelo?

—Probablemente aparcaba el coche en la calle.

—¿Aparcaba un deportivo utilitario de sesenta mil dólares en una de las calles más bulliciosas de Boston para no ensuciar su garaje?

—La agente Leoni también aparcaba su coche patrulla en el exterior. Al departamento le gusta que nuestros vehículos se vean por el barrio; la presencia de un coche de policía es un elemento de disuasión.

—Esto es una locura —declaró D.D. Se acercó a una de las paredes, donde encontró una escoba y un recogedor. Junto a ellos había dos cubos de basura y un recipiente azul para reciclar. El cubo de reciclaje contenía media docena de botellas de cerveza. Los cubos de basura estaban vacíos; probablemente los técnicos de análisis de la escena del crimen se habían llevado las bolsas. D.D. fue hacia las bicicletas, una de él y otra de ella, además de otra de color rosa que pertenecía claramente a Sophie. Encontró una fila de mochilas y un estante dedicado a botas de montaña de diferentes tamaños, incluyendo un par de color rosa para Sophie. Senderismo, ciclismo, golf, determinó.

Luego, en el otro extremo del garaje, se añadió el esquí a la lista. Seis pares de esquís, tres alpinos, tres de fondo. Y tres conjuntos de raquetas de nieve.

—Si Brian Darby estaba en casa, permanecía muy activo —añadió D.D. a su perfil.

—Pero quería a su familia junto a él —comentó Bobby, señalando los conjuntos que completaban cada uno de los tríos.

—Pero —reflexionó D.D.— Tessa ya lo dijo: ella tenía su trabajo, Sophie la escuela. Es decir, Brian se quedaba solo a menudo. Sin familia amante que se le uniera, sin un público femenino deslumbrado por su destreza viril.

—Eso es un estereotipo —advirtió Bobby.

D.D. hizo un gesto hacia el garaje.

—Por favor. Todo esto es un estereotipo viviente. Ingeniero. Obsesión por el control. Si me quedo aquí mucho más tiempo, me dolerá la cabeza.

—¿Tú no planchas tus vaqueros? —preguntó.

—No etiqueto mis herramientas eléctricas. En serio, mira esto. —D.D. había llegado a la mesa de trabajo, donde Brian Darby había dispuesto sus herramientas en un estante con los nombres de cada una.

—Buenas herramientas. —Bobby tenía el ceño fruncido—. Muy buenas. Valen mucho.

—Y, sin embargo, no arregla nada en casa —se lamentó D.D.—. Hasta el momento, estoy de parte de Tessa.

—Tal vez no se trata de hacer —apuntó Bobby—. Tal vez le gusta comprar. A Brian Darby le gusta tener juguetes. No quiere decir necesariamente que juegue con ellos.

D.D. lo consideró. Ciertamente era una opción, y explicaría lo inmaculado del garaje. Era fácil mantenerlo limpio si no aparcabas dentro y jamás trabajabas allí, si nunca utilizabas nada de lo que había dentro.

Pero negó con la cabeza.

—No, él no hizo tantos músculos sentándose todo el día. Hablando de eso, ¿dónde está el set de pesas?

Miraron a su alrededor. De todos los trastos que había ninguno de ellos era un conjunto de pesas ni mancuernas.

—Debe de estar apuntado a un gimnasio —dijo Bobby.

—Vamos a tener que comprobarlo —estuvo de acuerdo D.D.—. Así que a Brian le gusta hacer cosas. Sin embargo, su esposa y su hija están ocupadas. Así que quizá se pone a hacer algo por su cuenta para pasar el tiempo. Por desgracia, sigue volviendo a una casa vacía, lo que le deja inquieto. Así que primero se pone a limpiar como si le fuera la vida en ello...

—Y, después —acabó la frase Bobby—, se toma un par de cervezas.

D.D. tenía el ceño fruncido. Se dirigió hacia la esquina más alejada, donde el suelo parecía estar más oscuro. Se inclinó y tocó el lugar con las yemas de los dedos. Estaba húmedo.

—¿Goteras? —murmuró, tratando de inspeccionar la pared de la esquina, de donde podía proceder la humedad, pero, por supuesto, la superficie estaba cubierta con más táblex perforado.

—Podría ser. —Bobby se acercó a donde ella estaba arrodillada—. Todo este lado está construido en una pendiente. Podría tener problemas de drenaje, incluso puede haberse roto una tubería.

—Tienes que verlo por si va a más.

—¿Te preocupa que la casa se derrumbe?

Ella lo miró.

—No, estoy preocupada por si no es una gotera. Lo que implica que se trata de otra cosa, y quiero saber el qué.

Inesperadamente, Bobby sonrió.

—No me importa lo que digan los demás estatales: la agente Leoni tiene suerte de que estés en su caso, y Sophie Leoni todavía más.

—Que te den —replicó D.D. cabreada. Se enderezó, más molesta por la alabanza de lo que jamás se irritaba por una crítica—. Venga. Nos vamos.

—¿La gotera te ha dicho dónde está Sophie?

—No. Teniendo en cuenta que el abogado de Tessa Leoni todavía no ha hecho una llamada mágica con el permiso para entrevistarla, vamos a centrarnos en Brian Darby. Quiero hablar con su jefe. Quiero saber exactamente qué clase de hombre organiza su armario por colores y forra el garaje de táblex perforado.

—Un fanático del control.

—Exactamente. Y cuando algo o alguien amenaza ese control...

—... hasta qué punto puede llegar a ponerse violento —Bobby terminó la frase. Se detuvieron en medio del garaje.

—No creo que un extraño secuestrara a Sophie Leoni —declaró D.D. en voz baja.

Bobby se mostró de acuerdo.

—Yo tampoco.

—Lo que significa que ha sido él o ha sido ella.

—Él está muerto.

—Lo que implica que tal vez la agente Leoni se espabilara al final.

8

Una mujer nunca olvida la primera vez que le pegan. Tuve suerte. Mis padres nunca me golpearon. Mi padre nunca me dio una bofetada por responderle mal, ni un azote en el culo por desobedecerle. Tal vez porque, en realidad, nunca fui muy desobediente. O tal vez porque, cuando mi padre llegaba a casa por la noche, estaba demasiado cansado como para que le importara. Mi hermano murió y mis padres se convirtieron en remedos de lo que habían sido, utilizaban toda su energía tan solo en lograr pasar el día.

Cuando tuve doce años, me había acostumbrado ya a las morbosas reglas de mi hogar. Me aficioné al deporte: fútbol, softball, atletismo, cualquier cosa que me hiciera quedarme después de la escuela y reducir al mínimo las horas que pasaba en casa. A Juliana también le gustaba el deporte. Era como en las novelas de los gemelos Bobbsey, siempre con el uniforme, siempre corriendo fuera a algún sitio.

Me dieron algunos balonazos en el campo de juego. Un golpe en el pecho que me hizo caer de espaldas. Me di cuenta por primera vez de lo que era ver las estrellas cuando me quedé sin aire en los pulmones y mi cabeza chocó contra el suelo.

LISA GARDNER

Luego hubo diversas lesiones jugando a fútbol, me propinaron un cabezazo en la nariz, me raspé las rodillas, me asestaron un codazo ocasional. Os aseguro que las chicas pueden ser igual de violentas. Dábamos caña como el mejor, sobre todo en medio de la batalla, tratando de marcar un tanto para nuestro equipo.

Pero no era nada personal. Solo los daños colaterales que pasan cuando tanto tú como el otro quiere adueñarse de la pelota. Después del partido nos estrechábamos la mano o nos dábamos una palmada, y lo hacíamos sin rencor.

La primera vez que realmente tuve que luchar fue en la academia. Yo sabía que recibiría una formación rigurosa en el combate cuerpo a cuerpo y lo estaba deseando. ¿Una mujer sola en Boston? El combate cuerpo a cuerpo me parecía una idea excelente, tanto si era policía como si no.

Durante dos semanas, practicamos los ejercicios. Las posturas defensivas básicas para la protección del rostro, los riñones y, por supuesto, nuestras pistolas. Nunca olvides tu arma, nos repetían una y otra vez. A la mayoría de los policías que pierden su arma les matan con la misma pistola. Lo primero de todo es someter a la parte infractora antes de que te tenga a su alcance. Pero, en el caso de que las cosas se pongan feas y te veas en situación de combatir, debes proteger tu arma y dar fuerte a la primera oportunidad que tengas.

Resultó que yo no sabía dar un puñetazo. Parecía fácil. Pero yo cerraba el puño de la manera equivocada y tenía tendencia a sobreutilizar mi brazo, en vez de rotar todo el cuerpo desde la cintura para dar más empuje. Así pasaron un par de semanas más, enseñándonos a todos, incluso a los tipos duros, cómo dar y recibir un puñetazo.

Seis semanas después, los instructores decidieron que ya habíamos practicado lo suficiente. Había que mostrar lo que habíamos aprendido.

Nos repartieron en dos equipos. Todos nos pusimos protectores y, para empezar, nos armaron con barras acolchadas, que los instructores llamaban cariñosamente barras saltarinas. Entonces nos dejaron a nuestro aire.

No pienses ni por un segundo que me tocó luchar contra otra mujer de mi tamaño y peso aproximados. Eso hubiera sido demasiado fácil. Como agente de policía, se esperaba que me pudiera manejar contra cualquier cosa y cualquier persona. Así que los entrenadores hicieron sus selecciones deliberadamente al azar. Terminé frente a otro recluta, llamado Chuck, que medía dos metros, pesaba ciento diez kilos y era exjugador de fútbol americano.

Ni siquiera trató de golpearme. Solo tuvo que correr directamente hacia mí y me caí de culo. Me derrumbé como una tonelada de ladrillos, recordando una vez más la sensación del balonazo en mi pecho mientras me esforzaba por recuperar el aliento.

El instructor hizo sonar su silbato. Chuck me ofreció la mano para que me levantara, y lo intentamos de nuevo.

Esta vez, yo era consciente de que la gente me estaba mirando. Me di cuenta del ceño fruncido de mi instructor por mi decepcionante actuación. Me concentré en el hecho de que se suponía que esta era mi nueva vida. Si no me podía defender, si no podía hacerlo, no podría convertirme en policía. ¿Qué iba a hacer entonces? ¿Cómo iba a ganar el dinero suficiente para que Sophie y yo viviéramos? ¿Cómo iba a mantener a mi hija? ¿Qué iba a ser de nosotras?

Chuck se precipitó hacia mí. Esta vez, me giré a un lado y le golpeé con el palo en el estómago. Tuve aproximadamente medio segundo para sentirme satisfecha conmigo misma. Luego los ciento diez kilos de Chuck se enderezaron, se rio y volvió a cargar contra mí.

La cosa se puso fea después de eso. A día de hoy, sigo sin recordarlo todo. Me acuerdo de empezar a sentir pánico de verdad. De cómo intentaba bloquearle y huir, imprimiendo fuerza a mis golpes desde los hombros, mientras Chuck seguía y seguía. Ciento diez kilos de jugador de fútbol contra mis cincuenta y cuatro kilos de nueva y desesperada maternidad.

El extremo acolchado de su palo me dio en la cara. Eché bruscamente la cabeza hacia atrás mientras mi nariz asimilaba el golpe. Me tambaleé, los ojos llenos de lágrimas al instante, mareada, medio ciega, con ganas de rendirme, pero me di cuenta de que no podía. De que me iba a matar. Así fue como me sentí. No podía caerme o estaría muerta.

Luego, en el último instante, acabé en el suelo, haciéndome una bola y lanzándome directamente a sus piernas. Le agarré de las rodillas, le empujé hacia un lado y lo derribé como una secuoya.

El instructor tocó el silbato. Mis compañeros de clase me vitorearon.

Me costó incorporarme, y me palpé con cuidado la nariz.

—Eso te va a dejar marca —me informó mi instructor con alegría.

Me acerqué a Chuck y le ofrecí la mano.

Aceptó, agradecido.

—Siento lo de tu cara —dijo tímidamente. Pobre tipo, tenerle que hacer eso a una chica.

Le aseguré que me encontraba bien. Todos estábamos haciendo lo que teníamos que hacer. Luego me fui a enfrentarme a otros alumnos y a repetirlo todo de nuevo.

Más tarde esa noche, acurrucada y sola en mi habitación, finalmente me acaricié la nariz con la mano y lloré. Porque no sabía si podría pasar por eso de nuevo. Porque dudaba de si estaba realmente preparada para esta nueva vida en la que tenía que golpear y ser golpeada. En la que podría tener que luchar por mi vida.

En ese momento, ya no quería ser policía. Solo quería ir a casa con mi bebé. Quería abrazarla y oler su champú. Quería sentir sus pequeñas y regordetas manos en mi cuello. Quería sentir el amor incondicional de mi hija de diez meses.

En vez de eso, me dieron una paliza al día siguiente, y al siguiente, también. Aguanté costillas magulladas, golpes en las espinillas y las muñecas doloridas. Aprendí a recibir un golpe. Aprendí a darlos. Hasta el final del curso de veinticinco semanas, en que salí por la puerta desfilando como la mejor, cubierta de moratones púrpura, pero preparada para arrasar.

Pequeña, rápida y resistente.

«Matagigantes» me llamaban mis compañeros, y yo estaba orgullosa del apodo.

Recordé aquellos días ahora, mientras el médico examinaba los resultados de la tomografía computarizada, para después palpar con cuidado la hinchazón púrpura alrededor de mi ojo.

—Fractura del hueso cigomático —murmuró, y añadió para que le comprendiera—: Tiene el pómulo roto.

Volvió a mirar las imágenes, volvió a inspeccionarme la cabeza.

—No hay signos de hematoma o contusión en el cerebro. ¿Náuseas? ¿Dolor de cabeza?

Murmuré sí a ambas preguntas.

—Nombre y fecha.

Logré decir mi nombre, pero ni idea de la fecha.

Le tocaba asentir al doctor.

—Por lo que veo en las imágenes escaneadas, parece que solo tiene una conmoción cerebral además del cigomático fracturado. ¿Y qué le ha pasado aquí? —Una vez que hubo acabado con mi cabeza, bajó al torso, donde me quedaban los restos amarillos y verdes de un hematoma que cubría la mitad de mis costillas.

No contesté, simplemente me quedé mirando el techo. Él me tocó el estómago.

—¿Duele esto?

—No.

Me giró el brazo derecho, después el izquierdo, en busca de algún daño más. Lo encontró en la cadera izquierda, otro hematoma bien visible, esta vez en forma de herradura, como la que te podría hacer la puntera de una bota de trabajo.

Yo había visto las marcas que dejaban los anillos de los hombres, las esferas de relojes, incluso la huella de un cuarto de dólar en el rostro de una mujer que había sido golpeada por su novio con un cartucho de monedas. A juzgar por la cara del médico, él también lo había visto todo.

El doctor Raj me volvió a colocar el camisón, cogió mi historial médico y se puso a apuntar algo.

—Las fracturas de la mejilla se curan mejor si no se tocan mucho —indicó—. Vamos a dejarla aquí toda la noche para controlar la conmoción cerebral. Si el dolor de cabeza y las náuseas remiten por la mañana, lo más probable es que pueda volver a casa.

Me quedé en silencio.

El médico se acercó a mí y se aclaró la garganta.

—Tiene un bulto en la sexta costilla de la izquierda —me dijo—. Una fractura que sospecho que no se curó adecuadamente.

Hizo una pausa como si estuviera esperando que yo dijera algo, tal vez una declaración que pudiera apuntar en mi historial: «La paciente dice que su marido la tiró al suelo y la pateó en las costillas. La paciente dice que su marido tiene un bate de béisbol favorito».

No dije nada, porque las declaraciones quedan registradas, y los registros se convierten en pruebas que pueden ser usadas en tu contra.

—¿Se vendó las costillas usted misma? —preguntó.

—Sí.

El médico gruñó, mi asentimiento disipaba todas sus dudas.

Me veía como una víctima, al igual que la enfermera de la ambulancia me había visto como una víctima. Los dos se equivocaban. Yo era una superviviente y, en ese momento, estaba caminando por una cuerda floja, y no podía permitirme el lujo de caer.

El doctor Raj me examinó de nuevo.

—El descanso es la mejor medicina para la curación —terminó diciendo—. Teniendo en cuenta su conmoción cerebral, no puedo prescribir un narcótico, pero le diré a la enfermera que le traiga un par de ibuprofenos para el dolor.

—Gracias.

—En el futuro —añadió—, en caso de que se haga daño en las costillas, por favor, acuda a mí inmediatamente. Me gustaría vendárselas mejor.

—Estaré bien —dije.

El doctor Raj no parecía muy convencido.

—Descanse —repitió—. El dolor y la hinchazón desaparecerán muy pronto. Aunque tengo la sensación de que usted ya lo sabe.

El médico se marchó.

La mejilla me ardía. La cabeza me latía. Pero estaba satisfecha.

Despierta, con la mente lúcida. Y por fin sola.

Era la hora de hacer planes.

Cerré los puños sobre las sábanas. Estudié los dibujos del techo con mi ojo bueno, y utilicé mi dolor para concentrarme.

Una mujer recuerda la primera vez que la golpean. Pero, con un poco de suerte, también recuerda la primera vez que se defiende y gana.

Yo soy la «matagigantes».

Solo tengo que pensar. Solo tengo que planearlo. Lo único que necesito es ir un paso por delante.

Puedo hacerlo. Voy a hacerlo.

Todo lo que quiero por Navidad son mis dos dientes, mis dos dientes, mis dos dientes.

Entonces me acurruqué y me eché a llorar.

9

Cuando D.D. no estaba supervisando el grupo de trabajo encargado de un asesinato y la desaparición de una niña, era la jefa de un equipo en la unidad de homicidios de Boston. Su primer brigada, Phil, era el padre de familia por excelencia, estaba casado con su novia del instituto y tenía cuatro hijos. Su otro compañero de escuadrón, Neil, era un pelirrojo desgarbado que había servido como enfermero antes de unirse a la policía. Se solía encargar de las autopsias para el equipo y pasaba tanto tiempo en el depósito de cadáveres que ahora estaba saliendo con el forense, Ben Whitley.

Aunque D.D. tenía todo un grupo de trabajo a su disposición, prefería fiarse de lo que conocía. Puso a Neil a cargo de la autopsia de Brian Darby, prevista para el lunes por la tarde. Mientras tanto, podía empezar a preguntar al personal médico que supervisaba el cuidado de Tessa Leoni para determinar el grado de sus lesiones, así como cualquier dato que pudiera conseguir de antiguos «accidentes». Le asignó a Phil, su analista de datos, que comprobara los antecedentes de Brian Darby y Tessa Leoni. Y, por supuesto, que le consiguiera de inmediato información sobre el jefe de Brian Darby.

Brian trabajaba para Alaska South Slope Crude, conocida como la ASSC. Las oficinas centrales estaban en Seattle, Washington, y no abrían los domingos. Esto no le venía bien a D.D. Se mordió el interior de la mejilla mientras iba sentada en la furgoneta, acunando una botella de agua. La aglomeración inicial de policías había amainado. La mayoría de los vecinos se habían ido, dejando la usual letanía de «no he visto nada, no sé nada» a su paso. Ahora solo seguían los medios de comunicación, todavía en la calle, todavía clamando por una conferencia de prensa.

D.D. probablemente tendría que hacer algo al respecto, pero aún no se sentía preparada. Quería obtener algo antes. Tal vez una pista de última hora que pudiera ofrecer a las hordas hambrientas. O una nueva información que permitiera que la ayudaran los medios de comunicación. Algo. Cualquier cosa.

Mierda, estaba cansada. De verdad, muy, muy cansada, podría acurrucarse en el suelo de la furgoneta y quedarse dormida inmediatamente. No podía acostumbrarse a ello. Los intensos episodios de náuseas, seguidos por la sensación de fatiga. Cinco semanas de retraso y su cuerpo ya no era suyo.

¿Qué iba a hacer? ¿Cómo podía decírselo a Alex, cuando todavía no sabía lo que sentía ella misma?

¿Qué iba a hacer?

Bobby, que había estado hablando con expresión seria con su teniente coronel, finalmente se acercó y se sentó a su lado. Estiró las piernas.

—¿Tienes hambre? —preguntó.

—¿Qué?

—Son más de las dos, D.D. Tenemos que comer algo.

Ella lo miró sin comprender, sin poder creer que fuera tan tarde y, en definitiva, sin poder enfrentarse a todo lo que significaba ir a comer.

—¿Estás bien? —le preguntó él.

—¡Por supuesto que estoy bien! Solo... preocupada. En caso de que no te hayas dado cuenta, todavía estamos buscando a una niña de seis años.

—Entonces, tengo un regalo para ti. —Bobby le tendió una hoja de papel—. El teniente coronel acaba de recibir un fax. Es del expediente de Tessa Leoni e incluye un contacto de emergencia que no es su marido.

—¿Quién?

—La señora Brandi Ennis. Supongo que ella era la que cuidaba a Sophie cuando la agente Leoni estaba de patrulla y Brian Darby, embarcado.

—Maldición. —D.D. agarró el papel, hojeó el contenido y, a continuación, agarró su teléfono.

Brandi Ennis contestó a la primera llamada. Sí, había visto las noticias. Sí, quería hablar con ellos. Inmediatamente. En su casa estaría bien. Les dio la dirección.

—Denos un cuarto de hora —le dijo D.D. a la anciana. Después ella y Bobby salieron por la puerta.

Doce minutos más tarde, D.D. y Bobby se detuvieron frente a un edificio de apartamentos de ladrillo. Pintura blanca descascarillada alrededor de las ventanas. Grietas en el hormigón de la escalera de entrada.

Una vivienda de bajo coste, decidió D.D., y aun así probablemente muy por encima de lo que la mayor parte de sus habitantes se podía permitir.

Un par de niños estaban jugando en la nieve de enfrente, tratando de dar forma a un triste muñeco de nieve. Vieron a dos policías salir de su coche y se metieron en sus casas de inmediato. D.D. hizo una mueca. Incontables horas de relaciones públicas con la comunidad más empobrecida, y la siguiente generación sospechaba tanto de la policía como la primera. Eso no ayudaba a que sus vidas fueran más fáciles.

La señora Ennis vivía en el segundo piso, apartamento 2C. Bobby y D.D. subieron las escaleras y llamaron con suavidad a la puerta de madera. La señora Ennis abrió antes de que el puño de D.D. hubiera bajado. Obviamente, les estaba esperando.

Les hizo un gesto para que entraran en un pequeño pero ordenado apartamento.

Los muebles de cocina a la izquierda, la mesa de la cocina a la derecha, un sofá cama marrón enfrente. El televisor estaba encendido a todo volumen, encima de un microondas barato. A la señora Ennis le llevó un segundo cruzar la habitación y apagarlo. Luego les preguntó cortésmente si les gustaría un poco de té o un café.

D.D. y Bobby declinaron la oferta. Aun así la señora Ennis empezó a rebuscar en los armaritos, puso a hervir una olla de agua y sacó un paquete de galletas.

Era una mujer mayor, probablemente de sesenta y muchos, o setenta y pocos años.

Pelo gris corto y sin gracia. Llevaba un chándal azul oscuro sobre su cuerpo bajito y encorvado. Sus manos nudosas temblaron ligeramente mientras abría la caja de galletas, pero se movía con energía, era una mujer que sabía en lo que andaba.

D.D. se tomó un momento para examinar la casa por si acaso Sophie Leoni estuviera por arte de magia sentada en el sofá con su sonrisa a la que le faltaban dos dientes, o tal vez jugando con los patitos del baño, o incluso escondida en el interior del armario, para esconderla de unos padres maltratadores.

Al cerrar la puerta del armario, la señora Ennis dijo con calma:

—Puede sentarse ya, detective. Ni tengo a la niña, ni le haría eso a su pobre madre.

Acusando el reproche, D.D. se despojó de su abrigo de invierno y se sentó. Bobby ya estaba comiéndose una galleta de vainilla. D.D. las observó. Cuando el estómago no se le revolvió en señal de protesta, alargó cuidadosamente la mano para coger una. Los alimentos sencillos, como los cereales secos, se habían portado bien con ella hasta el momento. Dio unos mordiscos de prueba, después decidió que estaba de suerte porque, ahora que lo pensaba, se moría de hambre.

—¿Cuánto tiempo hace que conoce a Tessa Leoni? —preguntó D.D.

La señora Ennis se había sentado y estaba agarrando una taza de té. Sus ojos parecían rojos, como si hubiera llorado, pero ahora parecía más serena. Lista para hablar.

—Conocí a Tessa hace siete años, cuando se mudó a este edificio. Al otro lado del pasillo, apartamento 2D. También un estudio, aunque luego se cambió a uno de una habitación no mucho tiempo después del nacimiento de Sophie.

—¿La conoció antes del nacimiento de Sophie? —preguntó D.D.

—Sí. Ella estaba de tres o cuatro meses. Solo era una niña con barriga. Oí un estrépito y salí al pasillo. Tessa había estado tratando de subir una caja llena de ollas y sartenes por las escaleras y se le había caído todo. Me ofrecí a ayudar, a lo cual ella se negó, pero cogí sin más su freidora de pollo y así comenzó todo.

—¿Se hicieron amigas? —quiso saber D.D.

—Me gustaba que se pasara a cenar de vez en cuando y ella me devolvía el favor. Dos mujeres solas en el edificio. Fue agradable tener un poco de compañía.

—¿Y ella ya estaba embarazada?

—Sí, señora.

—¿Le mencionó algo sobre el padre?

—Nunca.

—¿Tenía citas, vida social, visitas de su familia?

—No tenía familia. Tampoco novios. Trabajaba en una cafetería, intentando ahorrar dinero para cuando naciera su bebé. No es fácil tener un bebé tú sola.

—¿Nada de compañía masculina? —presionó D.D.—. A lo mejor quedó con alguien un par de noches, con amigos...

—Ella no tiene amigos —dijo la señora Ennis enfáticamente.

—¿No tiene amigos? —repitió D.D.

—No es su manera de ser —aseguró la señora Ennis.

D.D. miró a Bobby, que también pareció intrigado por esta novedad.

—¿Y cuál es su manera de ser? —preguntó al fin D.D.

—Independiente. Discreta. Su hija le importaba mucho. Desde el principio, eso es de lo que hablaba y por lo que trabajaba. Ella sabía que ser madre soltera iba a ser difícil. ¡Si estaba sentada a esta misma mesa cuando se le ocurrió la idea de ser policía!

—¿En serio? —Bobby tomó la palabra—. ¿Por qué policía?

—Trataba de planear su futuro, no podía hacerse cargo de un hijo trabajando en una cafetería durante toda su vida. Así que empezamos a analizar sus opciones. Tenía el título del instituto. No se veía trabajando en una oficina, pero un tipo de trabajo en el que pudiera hacer cosas, con mucha actividad, eso le gustaba. Mi hijo se había hecho bombero. Hablamos de eso, y lo siguiente que supe fue que Tessa se iba a unir a la fuerza policial. Miró los folletos, se enteró de todo. El salario no estaba mal, cumplía con los requisitos iniciales. Luego, por supuesto, se enteró de que tendría que estar en la academia y se desanimó. Fue entonces cuando me ofrecí para cuidar a la niña. Ni siquiera había conocido a la pequeña Sophie todavía, pero dije que la cuidaría. Si Tessa podía conseguir que la seleccionaran, yo podía ayudarla.

D.D. estaba mirando a Bobby.

—¿Cuánto tiempo tienes que estar en la academia de policía estatal?

—Veinticinco semanas —contestó él—. Vives en el cuartel, solo se te permite ir a casa los fines de semana. No es fácil si eres madre soltera.

—Sepan —dijo la señora Ennis cortante— que todo fue muy bien. Tessa se apuntó antes de dar a luz. Fue aceptada en la siguiente promoción, cuando Sophie tenía nueve meses. Sé que Tessa estaba nerviosa. Yo también. Pero además parecía emocionada.

Los ojos de la anciana brillaron. Examinó a D.D.

—¿Está soltera? ¿Tiene hijos? Hay algo estimulante en empezar una nueva etapa en la vida, en asumir un riesgo que te puede cambiar el futuro.

»Tessa siempre hablaba en serio, pero ahora estaba concentrada. Diligente. Ella sabía lo que tenía en su contra, una madre soltera tratando de convertirse en una agente de policía. Pero también creía que era lo mejor que podía hacer por Sophie. Nunca flaqueó. Y esa mujer, una vez que decidía algo...

—Una madre soltera y entregada —murmuró D.D.

—Mucho.

—¿Cariñosa?

—¡Siempre! —contestó la señora Ennis con énfasis.

—¿Y cuando se graduó en la academia? —quiso saber Bobby—. ¿Fue usted a animarla?

—Incluso me compré un vestido nuevo —confirmó la señora Ennis.

—¿Vio a alguien más allí que fuera a felicitar a Tessa?

—Solo nosotras dos.

—Tuvo que empezar a patrullar de inmediato —continuó Bobby—. Trabajar en el turno de noche y luego volver a casa con una niña pequeña...

—Ella había pensado en meter a Sophie en la guardería, pero no quise ni oír hablar de eso. Sophie y yo habíamos estado muy bien durante las semanas de la academia. Me era muy fácil cruzar el pasillo y dormir en el sofá de Tessa en lugar de en el mío. Después, cuando Sophie se despertaba, me gustaba traerla a mi casa hasta después de comer para que así Tessa pudiera descansar un poco. No era ninguna molestia entretener a Sophie durante unas horas. Señor, esa niña... Todo sonrisas y risas, besos y abrazos. Todos deberíamos disfrutar de una pequeña Sophie en nuestras vidas.

—¿Una niña feliz? —preguntó D.D.

—Y divertida y enérgica. Muy hermosa. Casi se me rompe el corazón cuando se mudaron.

—¿Cuándo fue eso?

—Cuando conoció a su marido, Brian. Las encandiló tanto a ella como a Sophie. Un príncipe azul. Era lo mínimo que Tessa se merecía, después de trabajar tan duro por su cuenta. Y Sophie, también. Todas las niñas deberían tener la oportunidad de ser una princesita de papá.

—¿Le caía bien Brian Darby? —preguntó D.D.

—Sí —contestó la señora Ennis, aunque su tono era notablemente más frío.

—¿Cómo se conocieron?

—A través del trabajo, creo. Brian era amigo de otro policía.

D.D. miró a Bobby, que asintió con la cabeza y apuntó el dato.

—¿Pasaba mucho tiempo aquí?

La señora Ennis negó con la cabeza.

—Esto era demasiado pequeño, les resultaba más fácil ir a la casa de él. Hubo un tiempo en el que no las vi mucho. Y me alegraba por ellas, claro, por supuesto. Aunque... —La señora Ennis suspiró—. No tengo nietos. Considero a Sophie mi nieta y la echo de menos.

—Pero todavía la cuida, ¿verdad?

—Cuando Brian embarca. Ese par de meses voy para allá y paso la noche con Sophie, como antes. Por la mañana la llevo a la escuela. También estoy en la lista como un contacto de emergencia, porque, debido al trabajo de Tessa, no siempre puede estar disponible. Cuando nieva o también algún día en el que Sophie no se siente demasiado bien. Yo me hago cargo. Y no me cuesta nada. Como ya he dicho, Sophie es como mi propia nieta.

D.D. frunció los labios y examinó a la anciana.

—¿Cómo describiría a la agente Leoni como madre? —preguntó.

—No hay nada que no hiciera por Sophie —respondió enseguida la señora Ennis.

—¿La agente Leoni nunca bebe?

—No, señora.

—Tenía que ser estresante, sin embargo. Del trabajo a casa, donde la esperaba su hija. Me parece que nunca tenía un momento para sí misma.

—Nunca la he oído quejarse —insistió la señora Ennis.

—¿Alguna vez la llamó solo porque tenía un mal día y quería descansar un rato?

—No, señora. Si no trabajaba, quería estar con su hija. Sophie es su mundo.

—Hasta que conoció a su marido.

La señora Ennis se quedó en silencio un momento.

—¿La verdad?

—Por favor —dijo D.D.

—Creo que Tessa amaba a Brian debido a que Sophie amaba a Brian. Porque, por lo menos al principio, Brian y Sophie se llevaban muy bien.

—Al principio —recalcó D.D.

La mujer suspiró, bajó la mirada hacia su té.

—El matrimonio —dijo, hubo una nota de emoción tras la palabra—. Siempre empieza muy bien... —Suspiró de nuevo—. No puedo decir lo que pasa cuando se cierran las puertas, por supuesto.

—Pero... —D.D. la pinchó de nuevo.

—Brian, Tessa y Sophie eran muy felices al principio. Tessa llegaba a casa con historias de caminatas y pícnics y paseos en bicicleta y comidas al aire libre, todo lo bueno. Se lo pasaban muy bien juntos.

»Pero el matrimonio no es un juego. También es que Brian se vaya y ahora Tessa viva en una casa con un patio y que la cortadora de césped se estropee o el soplador de hojas se rompa y ella se tenga que encargar de todo, porque él se ha ido y ella está aquí y hay que cuidar de las casas, al igual que de los niños y de los perros y el trabajo como policía. La vi..., vi que se estresaba más. La vida con Brian en casa era mejor para ella, creo. Pero la vida con Brian fuera le era mucho más difícil. Ella tenía que hacerse cargo de muchas más cosas que cuando solo vivían ella y Sophie en un pequeño apartamento.

D.D. asintió. Estaba de acuerdo. Había una razón por la que ella no tenía un patio, una planta o un pez de colores.

—¿Y respecto a Brian?

—Bueno, a mí no me dijo nada directamente —contestó la señora Ennis.

—Por supuesto.

—Pero, a partir de los comentarios que hacía Tessa..., él trabajaba cuando se embarcaba. Veinticuatro horas los siete días de la semana, al parecer no hay descansos. Así que, cuando volvía a casa, no siempre quería ponerse enseguida a hacer las tareas de la casa o a cortar el césped, ni siquiera le apetecía encargarse de la niña.

—Quería tiempo libre —apuntó D.D.

—El hombre necesitaba algo de tiempo para relajarse. Tessa cambiaba el horario, por lo que la primera semana en que él estaba en casa yo seguía yendo a cuidar a Sophie por la mañana. Pero a Brian eso tampoco le gustaba, decía que no podía relajarse conmigo en la casa. Así que volvimos a la antigua rutina. Lo estaban intentando —afirmó la señora Ennis con seriedad—. Pero sus horarios eran difíciles. Tessa trabajaba cuando tenía que hacerlo y no siempre volvía a casa cuando se suponía que debía volver. Después Brian desaparecía durante sesenta días, y luego volvía durante sesenta días... No creo que fuera fácil para ninguno de los dos.

—¿Les oyó pelearse? —preguntó D.D.

La señora Ennis estudió su té.

—No, peleas... Podía sentir la tensión. Sophie a veces... Cuando Brian volvía a casa, había un par de días en los que estaba más callada de lo habitual. Luego se iba de nuevo, y se mostraba contenta. Un padre que va y viene no es algo que un niño entienda fácilmente. Y el estrés..., los niños son muy perceptivos.

—¿Le pegaba?

—¡Por Dios, no! Y, si hubiera sospechado tal cosa, yo misma lo habría denunciado.

—¿A quién? —preguntó D.D. con curiosidad.

—A Tessa, por supuesto.

—¿Alguna vez le pegó a ella?

La señora Ennis vaciló. D.D. observó a la mujer mayor con renovado interés.

—No lo sé —respondió al fin la anciana.

—¿No lo sabe?

—A veces me fijaba en algunos moratones. Una o dos veces, no hace tanto tiempo, me pareció que Tessa cojeaba. Pero, cuando le pregunté, me dijo que se había caído por unos escalones cubiertos de hielo, que se había resbalado en la nieve. Se trata de una familia que se mueve mucho. A veces, las personas así se lesionan.

—Pero no Sophie.

—Sophie no —contestó la señora Ennis tajante.

—Porque usted hubiera hecho algo al respecto.

Por primera vez, la boca de la mujer se puso a temblar. Ella apartó la mirada y, en ese momento, D.D. pudo ver la vergüenza en los ojos de la anciana.

—Usted sospechaba que la golpeaba —afirmó D.D. llanamente—. Le preocupaba que Tessa estuviera siendo maltratada por su marido y no hizo nada al respecto.

—Hace seis, ocho semanas... Estaba claro que algo había sucedido, ella no se movía bien, pero también se negaba a reconocerlo. Yo intenté sacar el tema...

—¿Qué dijo ella?

—Que se había caído por las escaleras. Se había olvidado de echar sal, todo era culpa de ella... —La señora Ennis frunció los labios, claramente escéptica—. No pude averiguarlo —dijo al final—. Tessa es policía. Ha recibido formación, lleva un arma. Me dije que si, de verdad necesitaba ayuda, me lo haría saber. O tal vez a uno de sus compañeros. Ella pasa todo el día con la policía. ¿Cómo no iba a pedir ayuda?

La pregunta del millón, pensó D.D. Se dio cuenta por la mirada de Bobby de que pensaba lo mismo. Se inclinó hacia delante para atraer la atención de la señora Ennis.

—¿Tessa mencionó en alguna ocasión al padre biológico de Sophie? ¿Tal vez se puso en contacto con ella hace poco, mostró interés por su hija?

La señora Ennis negó con la cabeza.

—Tessa nunca habló de él. Yo siempre pensé que no mostraba ningún interés en ser padre. Él tenía una oferta mejor, según me contó, y eso fue todo.

—¿Mencionó Tessa estar preocupada por un arresto que había hecho, quizás recientemente?

La señora Ennis negó con la cabeza.

—¿Problemas en el trabajo, tal vez con otro agente? No debe de ser fácil ser la única mujer en el cuartel de Framingham.

Una vez más, la señora Ennis negó con la cabeza.

—Ella nunca hablaba de su trabajo. Por lo menos no a mí. Pero Tessa estaba muy orgullosa de él. Bastaba con observar cómo salía a patrullar cada noche. Tal vez escogió hacerse policía porque pensó que ayudaría a su hija, pero a ella también le sirvió de mucho. Un trabajo duro para una mujer fuerte.

—¿Cree que podría haber disparado a su marido? —preguntó D.D. sin rodeos.

La señora Ennis no respondió.

—¿Y si él le hizo daño a su hija?

La señora Ennis levantó bruscamente la mirada.

—Oh, Dios mío. No me puede estar diciendo... —Se tapó la boca con la mano—. ¿Cree que Brian mató a Sophie? ¿Cree que está muerta? Pero la alerta AMBER..., pensé que ella había desaparecido. Tal vez que había huido debido a la confusión...

—¿Qué confusión?

—Las noticias dijeron que hubo un incidente. Una persona muerta. Pensé que tal vez hubo un intruso, una pelea. Tal vez Sophie se escapó para ponerse a salvo.

—¿Quién iba a entrar en su casa? —preguntó D.D.

—No lo sé. Es Boston. Ladrones, malhechores... Estas cosas ocurren.

—No hay ninguna señal de un intruso —dijo D.D. en voz baja, dando a la señora Ennis tiempo para que asimilara las noticias—. Tessa ha confesado que disparó a su marido. Lo que estamos tratando de determinar es qué fue lo que le llevó a hacerlo, y lo que le ha pasado a Sophie.

—Ay, Dios. Ay, Dios... Ay, Dios... —Las manos de la señora Ennis fueron de su boca a sus ojos. Ya había empezado a llorar—. Pero yo nunca pensé... Aunque Brian había... perdido los estribos un par de veces, nunca sospeché que las cosas se hubieran puesto tan mal. Es decir, él se embarcaba, ¿verdad? Si todo iba tan mal, ¿por qué no se mudaron ella y Sophie cuando él estaba trabajando? Yo las hubiera ayudado. Por fuerza debía saberlo.

—Excelente pregunta —convino D.D. en voz baja—. ¿Por qué ella y Sophie no se mudaron una vez que había embarcado?

—¿Sophie nunca le habló de la escuela? —intervino Bobby—. ¿Parecía feliz allí o le preocupaba algo?

—A Sophie le encantaba la escuela. Primer curso. La señorita DiPace. Acababa de empezar a leer todas las novelas de

Junie B. Jones, con un poco de ayuda. Me refiero a que empezó a leer de verdad, así sin más. Es inteligente. Y una buena niña, también. Puedo darle el nombre del director, de los maestros, tengo toda la lista de la escuela, pues la recojo la mitad del tiempo. Todo el mundo tiene cosas maravillosas que decir sobre ella, y ¡ay, solo...!

La señora Ennis se había levantado, caminando nerviosamente antes de recordar lo que iba a hacer. Se acercó a una mesita que había al lado del sofá, abrió el cajón superior y comenzó a sacar papeles.

—¿Qué hay de las actividades extraescolares? —preguntó D.D.

—Tenía una clase de arte después del colegio. Todos los lunes. A Sophie le encantaba.

—¿Los padres se ofrecen voluntarios para participar? —sondeó Bobby.

D.D. asintió, siguiendo su razonamiento. Solo los padres sin antecedentes que estén en la lista.

La señora Ennis volvió a ellos, sosteniendo varios folios, un calendario escolar, información de contacto con el personal administrativo, un compendio de los teléfonos de otros padres para llamar cuando cerraran por la nieve.

—¿Se le ocurre alguien que quiera hacer daño a Sophie? —preguntó D.D. tan delicadamente como pudo.

La señora Ennis negó con la cabeza, su cara todavía parecía afligida.

—Si se escapó, ¿puede pensar en dónde se querría ocultar?

—En el árbol —respondió enseguida la señora Ennis—. Cuando quería un poco de tiempo a solas, siempre se subía al roble del patio trasero. Tessa me contó que ella solía hacer lo mismo cuando era niña.

Bobby y D.D. asintieron. Ambos habían examinado las extremidades desnudas del árbol. La pequeña Sophie no estaba entre las ramas.

—¿Cómo llega a su casa? —se le ocurrió preguntar a D.D., mientras ella y Bobby se levantaban de las sillas.

—En autobús.

—¿Ha montado Sophie alguna vez con usted? ¿Comprende cómo funcionan los medios de transporte?

—Hemos estado en el autobús. No creo que ella supiera cómo... —La señora Ennis hizo una pausa, sus ojos se iluminaron—. Pero sabe contar monedas. Las últimas veces que fuimos juntas, contó el dinero. Y es muy intrépida. Si pensó que tenía que montarse sola en el autobús por alguna razón, estoy convencida de que lo intentó.

—Gracias, señora Ennis. Si se acuerda de algo más... —D.D. entregó su tarjeta a la mujer.

Bobby había abierto la puerta. En el último momento, justo cuando D.D. estaba saliendo al pasillo, Bobby se volvió.

—Usted ha dicho que un policía presentó a Tessa y Brian. ¿Se acuerda de quién era?

—Oh, fue en una barbacoa... —La señora Ennis hizo una pausa y rebuscó en su memoria—. Shane. Eso fue lo que dijo Tessa. Que había ido a la casa de Shane.

Bobby dio las gracias a la mujer y, después, siguió a D.D. por las escaleras.

—¿Quién es Shane? —preguntó D.D. en cuanto estuvieron fuera, respirando aire escarchado y poniéndose los guantes.

—Supongo que el agente Shane Lyons, del cuartel de Framingham.

—¡El representante del sindicato! —exclamó D.D.

—Sí. Así como el agente que hizo la primera llamada.

—Pues entonces va a tener que ser el siguiente a quien entrevistemos. —D.D. echó un vistazo al horizonte lejano, notando por primera vez que la luz del día se desvanecía con celeridad, y sintió que se le encogía el corazón—. Oh, no, Bobby, ¡es casi de noche!

—Entonces será mejor que trabajemos más rápido.

Bobby bajó la calle. D.D. le siguió veloz.

10

Estaba soñando. De manera confusa, era consciente de ello, pero no me quería despertar. Reconocí la tarde de otoño, las briznas de oro de la memoria, y no quería abandonar el sueño. Estaba con mi marido y mi hija. Estábamos juntos y éramos felices.

En mi sueño/recuerdo, Sophie tiene cinco años, con el pelo oscuro recogido en una coleta bajo el casco mientras conduce su bicicleta rosa con ruedines grandes y blancos a través del parque del barrio. Brian y yo vamos tras ella, de la mano. La cara de Brian está relajada; sus hombros, sin tensión. Es un hermoso día de otoño en Boston, sale el sol, las hojas son de color cobrizo y la vida es buena.

Sophie llega a lo alto de una cuesta. Espera a que la alcancemos, quiere tener su audiencia. Luego, con un chillido, se desliza por la acera y surca con su bicicleta la pequeña cuesta, pedaleando como una loca para alcanzar la máxima velocidad.

Niego con la cabeza ante las locuras que hace mi hija. Si se me encoge el estómago en el momento en que se pone en marcha, no le presto atención. Sé bien que no debo dejar que mi rostro lo refleje. Mi nerviosismo solamente la anima: «Asustar a mamá» es el juego favorito tanto de ella como de Brian.

—¡Quiero ir más rápido! —anuncia Sophie cuando llega al final.

—Pues encuentra una cuesta más grande —dice Brian.

Tuerzo la mirada.

—Eso ya ha sido lo bastante rápido, muchas gracias.

—Quiero quitarme los ruedines.

Hago una pausa, me lo pienso.

—¿Quieres que te quitemos los ruedines?

—Sí. —Sophie es inflexible—. Quiero montar como una niña grande. En dos ruedas. Para ir más rápida.

No sé qué pensar. ¿A qué edad dejé de utilizar los ruedines?

A los cinco, a los seis, no me acuerdo. Probablemente más temprano que tarde. Maduré antes. ¿Cómo puedo culpar a Sophie si es igual que yo?

Brian ya está al lado de la bicicleta de Sophie, mirando cómo está armada.

—Voy a necesitar herramientas —advierte, y así, en un instante, se decide.

Brian vuelve a casa para coger un juego de llaves; Sophie recorre el parque entero, anunciando a todos los extraños y al menos a media docena de ardillas que va a montar sobre dos ruedas. Todo el mundo está impresionado, particularmente las ardillas, que charlan con ella antes de subirse corriendo a los árboles.

Brian regresa a los quince minutos; ha debido de correr a la ida y a la vuelta, y siento una oleada de gratitud. Que quiera tanto a Sophie. Que comprenda tan bien qué impulsivo es uno a los cinco años.

Quitar los ruedines ha resultado ser muy fácil. En apenas unos minutos, Brian ha dejado las ruedas en la hierba, y

Sophie está de vuelta en su bicicleta, con los pies apoyados en el suelo mientras se aprieta las correas de su casco rojo y nos mira solemnemente.

—Estoy lista —anuncia.

Y, por un momento, me llevo la mano al estómago, pensando: «Pero yo no». Realmente no lo estoy. ¿No fue ayer cuando era un bebé que cabía en el hueco de mi hombro? ¿O tal vez un bebé tambaleante de diez meses, dando su primer paso? ¿Cómo se ha hecho tan alta y adónde han ido todos esos años y cómo los recupero?

Ella es todo mi mundo. ¿Cómo voy a sobrevivir si se cae?

Brian ya avanza un paso hacia delante. Le da instrucciones a Sophie para montar en bicicleta. Tiene una mano en el manillar, que mantiene recto, y la otra mano en la parte posterior del asiento para hacer contrapeso.

Sophie se acomoda, pone los dos pies en los pedales. Tiene un aspecto al mismo tiempo sombrío y feroz. Lo va a hacer, solo es cuestión de cuántas caídas van a ser necesarias antes de que lo haga correctamente.

Brian está hablando con ella. Murmurando algunas instrucciones que no puedo oír, porque es más fácil si me aparto, si me distancio de lo que va a suceder. Las madres te mantienen cerca, los padres te dejan ir. Tal vez así gira el mundo.

Trato de recordar una vez más mi primera experiencia sin ruedines. ¿Me ayudó mi padre? ¿Salió mi madre para verlo? No soy capaz de recordarlo. Me gustaría. Cualquier tipo de recuerdo de mi padre dándome palabras de consejo, de mis padres prestándome atención.

Pero me quedo en blanco. Mi madre está muerta. Y mi padre me dejó claro hace diez años que no quería volver a verme otra vez.

No sabe que tiene una nieta llamada Sophie. No sabe que su única hija se convirtió en agente de la policía estatal. Su hijo murió. A su hija la tiró a la basura.

Brian y Sophie están alineados. La bici tiembla un poco. Parece nerviosa. Quizás él también. Ambos están concentrados. Me quedo a un lado, incapaz de hablar.

Sophie comienza a pedalear. A su lado, Brian empieza a correr, con las manos en la bicicleta, ayudando con el equilibrio, mientras Sophie gana impulso. Va cada vez más rápido. Más rápido, más rápido.

Aguanto la respiración, tengo ambos puños cerrados. Doy gracias a Dios por el casco. Es todo lo que puedo pensar. Doy gracias a Dios por el casco y ¿por qué no envolví a mi hija en plástico de burbujas antes de dejarla montar en bici?

Brian la suelta.

Sophie sigue adelante, pedaleando fuerte. Medio metro, uno, dos metros. Luego, en el último segundo, mira hacia abajo, se da cuenta de que Brian ya no está a su lado, de que realmente va por su cuenta. En el siguiente instante, gira el manillar y va hacia abajo. Un grito más de sorpresa que de otra cosa, un porrazo impresionante.

Brian ya está ahí, de rodillas junto a ella antes de que yo pueda dar ni tres pasos. Aparta a Sophie de la bicicleta, la pone de pie, examina cada extremidad.

Sophie no está llorando. En su lugar, se vuelve hacia mí, mientras me apresuro por el carril bici hasta ella.

—¿Me has visto? —chilla mi niña salvaje—. Mami, ¿me has visto?

—Sí, sí, sí —le aseguró enseguida, hasta llegar por fin a la escena e inspeccionar los daños de mi hija. Ella se encuentra a salvo, yo he perdido veinte años de vida.

—¡Otra vez! —exige mi hija.

Brian se ríe mientras endereza la bici y la ayuda a montar.

—Estás loca —le dice, meneando la cabeza.

Sophie simplemente sonríe.

Cuando cae la tarde, sigue dando vueltas por el parque, los ruedines no son nada más que un recuerdo lejano. Brian y yo ya no podemos ir tras ella; va demasiado rápido para nosotros. En su lugar, nos sentamos a una mesa de pícnic, donde podemos descansar y ver cómo su bicicleta da unos giros pletóricos.

Nos cogemos de la mano de nuevo, acurrucados uno junto al otro contra el frío de la tarde. Descanso mi cabeza en su hombro mientras Sophie pasa veloz por delante.

—Gracias —le digo.

—Está como una regadera —responde.

—Yo no hubiera podido hacer eso.

—Ni yo, el corazón todavía me va a mil por hora.

Eso me sorprende lo suficiente como para enderezarme y mirarlo.

—¿Has pasado miedo?

—¿Estás bromeando? Esa primera caída. —Menea la cabeza—. Nadie te dice lo terrible que es ser padre. Y solo estamos empezando. Lo siguiente que va a pedir va a ser una bicicleta para hacer acrobacias, ya sabes. Bajará las escaleras con ella, se pondrá de pie en el manillar. Voy a necesitar ese tinte de pelo para hombres, ¿cómo se llama, el que te tapa lo gris?

—¿Just for Men?

—Sí. Lo primero que voy a hacer cuando lleguemos a casa va a ser pedir una caja entera.

Me río. Me pasa el brazo alrededor de los hombros.

—Es realmente alucinante —dice, y lo único que puedo hacer es asentir, porque tiene toda la razón. Es Sophie y es lo mejor que nos ha sucedido a los dos—. Siento lo de este fin de semana —añade, uno o dos minutos más tarde.

Asiento con la cabeza en su hombro, aprobando sus palabras sin mirarle.

—No sé en qué estaba pensando —continúa—. Supongo que fue cosa del momento. No volverá a suceder.

—Está bien —digo, y lo digo en serio. En esta etapa del matrimonio, todavía acepto sus disculpas. En esta etapa del matrimonio, sigo creyendo en él.

—Estoy pensando en apuntarme a un gimnasio —comenta Brian—. Tengo demasiado tiempo libre, puedo emplearlo en ponerme en forma.

—Ya estás en forma.

—Sí. Pero quiero volver a levantar pesas. No lo hago desde la universidad. Y, seamos sinceros —Sophie deja atrás rápidamente nuestra mesa—, al ritmo que va, voy a necesitar de toda mi fuerza para poder responder.

—Haz lo que quieras —le digo.

—Eh, Tessa.

—¿Qué?

—Te amo.

En mi sueño/recuerdo, sonrío y paso los brazos alrededor de la cintura de mi marido.

—Eh, Brian. Yo también te amo.

Me despierto de repente, un ruido me conduce de forma brusca del dorado pasado al árido presente. Esa tarde, la sensación de solidez de los brazos de mi marido, el repiqueteo de la eufórica risa de Sophie. La calma que precede a la tormenta, solo que entonces no lo sabía.

Esa tarde, Brian y yo habíamos regresado a casa con una niña exhausta. La habíamos metido en la cama temprano. Entonces, después de una cena tranquila, habíamos hecho el amor y yo me había quedado dormida pensando que era la mujer más afortunada del mundo.

Pasaría un año antes de que yo le dijera de nuevo a mi marido que lo amaba.

Entonces se estaría muriendo en el suelo de nuestra cocina recién fregada, su pecho tendría las marcas de las balas de mi pistola; su cara, el triste reflejo de mis propios remordimientos.

En los últimos segundos antes de recorrer toda la casa, de echarla abajo, buscando desesperadamente a la hija que no había encontrado todavía.

Más ruidos penetraron en mi conciencia. Pitidos distantes, pasos rápidos, alguien gritando por algo. Ruidos de hospital. Fuertes, insistentes. Urgentes. Me devolvieron de una vez por todas al presente. Sin marido. Sin Sophie. Solo yo, sola en una habitación de hospital, secándome las lágrimas de la mitad de la cara que no estaba magullada.

Por primera vez, me di cuenta de que había algo en mi mano izquierda. La alcé para poder inspeccionar el hallazgo con mi ojo bueno.

Entendí que era un botón. Centímetro y medio de diámetro. Todavía tenía hilo azul marino insertado en el doble agujero. Podría haber sido de unos pantalones, o de una blusa, tal vez incluso de mi uniforme de policía.

Pero no lo era. Reconocí el botón en el instante en que lo vi. Incluso podía imaginarme el segundo botón que tenía que estar cosido a su lado, dos botones de plástico haciendo de ojos en la muñeca preferida de mi hija.

Y por un segundo me enfadé tanto, estaba tan llena de rabia, que apreté los puños hasta que los nudillos se me pusieron blancos, y no podía hablar.

Arrojé el botón lejos, y fue a dar contra la cortina que rodeaba la cama. Luego, con la misma rapidez, me sentí mal por haber hecho algo tan impulsivo. Lo quería de vuelta. Lo necesitaba. Era un vínculo con Sophie. Uno de los pocos que me quedaban.

Intenté incorporarme, decidida a recogerlo. Inmediatamente, me empezó a doler la nuca y la mejilla, a palpitar de dolor. La habitación dio vueltas, giró sobre sí misma, y pude sentir que mi ritmo cardiaco se aceleraba de manera alarmante debido a esa insoportable y súbita angustia.

Maldita sea, maldita sea, maldita sea.

Me obligué a tenderme otra vez, a respirar hondo para tranquilizarme. Al final, la habitación se quedó quieta y pude tragar sin náuseas. Me quedé completamente inmóvil, muy consciente de mi propia vulnerabilidad, de la debilidad que no me podía permitir.

Esta es la razón por la que los hombres golpean a las mujeres, por supuesto. Para probar su superioridad física. Para demostrar que son más grandes y más fuertes que nosotras y que no existe ningún entrenamiento especial que pueda cambiar eso. Ellos son el género dominante. Supongo que bien podríamos someternos y rendirnos directamente.

Solo que yo no necesitaba que me golpearan en la cabeza con una botella de cerveza para comprender mis limitaciones físicas. No necesitaba que me dieran con unos nudillos peludos en la cara para darme cuenta de que algunas batallas no se podían ganar. Ya me había pasado toda la vida acostumbrándome al hecho de que yo era más pequeña y más vulnerable de lo que lo eran otros. Y, a pesar de ello, había sobrevivido a la academia. Había estado cuatro años patrullando como una de las pocas mujeres agentes de la policía estatal.

Y, aun así, había dado a luz, yo sola, a una hija increíble.

Ni de coña me iba a someter. Ni de coña me iba a rendir.

Volví a llorar. Sentí vergüenza de mis lágrimas. Me limpié la mejilla buena de nuevo, con cuidado para no tocar el ojo morado.

Olvidad el puñetero cinturón de servicio, nuestros instructores nos habían dicho el primer día de entrenamiento en la academia. Las dos herramientas más valiosas que tiene un policía son su cabeza y su boca. Piensa estratégicamente, habla con cuidado, y puedes controlar a cualquier persona y cualquier situación.

Eso es lo yo que necesitaba. Recuperar el control, porque los policías de Boston volverían pronto, y entonces ya sería demasiado tarde.

Piensa estratégicamente. Vale. La hora.

¿Las cuatro, las cinco?

Oscurecería pronto. Caía la noche.

Sophie...

Me temblaban las manos. Me contuve.

Piensa estratégicamente.

Estoy atrapada en un hospital. No puedo escaparme, no me puedo esconder, no les puedo atacar, no me puedo defender. Así que tengo que ir un paso por delante. Pensar estratégicamente. Hablar con cuidado.

Sacrificar con sensatez.

Recordé a Brian de nuevo, la belleza de esa tarde de otoño y la forma en que puedes amar a un hombre y, a la vez, maldecirle con todas tus fuerzas. Supe lo que tenía que hacer.

Encontré el teléfono junto a la cama, y marqué el número.

—Ken Cargill, por favor. Soy su cliente, Tessa Leoni. Por favor, dígale que necesito organizar lo que se va a hacer con el cuerpo de mi marido. Inmediatamente.

11

El agente Shane Lyons accedió a reunirse con Bobby y D.D. en la sede del departamento de policía de Boston en Roxbury a las seis. Eso les daba suficiente tiempo para pararse a cenar. Bobby ordenó un sándwich gigante, con doble de todo. D.D. pidió un tazón de sopa de pollo con fideos, generosamente rematado con galletas saladas desmenuzadas.

La cafetería tenía un televisor puesto a todo volumen en la esquina, las noticias de las cinco empezaron con el tiroteo en Allston-Brighton y con la desaparición de Sophie Marissa Leoni. La cara de la niña llenaba la pantalla, sus ojos azules, su sonrisa con el hueco de los dientes que faltaban. Bajo su foto estaba el número de emergencias, así como la oferta de una recompensa de veinticinco mil dólares por cualquier pista que pudiera llevar a su recuperación.

D.D. no podía ver el telediario. La deprimía demasiado.

Ocho horas después de la primera llamada, no habían avanzado mucho. Un vecino había informado de que había visto a Brian Darby conduciendo su GMC Denali blanco poco después de las cuatro de la tarde del día anterior. Después de eso, nada. Nadie más le había visto. No había llamadas telefónicas registradas en el fijo o mensajes en el móvil. Dónde había ido Brian Darby, qué había hecho, qué podría haber visto, nadie tenía la menor idea.

Lo que les llevaba a la pequeña Sophie. El día anterior había sido sábado. No había clases, no había quedado para jugar, nadie la había visto en el patio, no aparecía en las cámaras, ni había ninguna pista que viniera del teléfono de emergencias. El viernes la habían recogido de la escuela a las tres de la tarde. Después de eso, nadie sabía nada.

Tessa Leoni se había ido a trabajar a las once en el turno de noche del sábado. Tres vecinos se habían fijado en su coche patrulla al salir; uno la había visto aparcarlo después de las nueve de la mañana siguiente. Su oficina tenía una lista completa de las llamadas de servicio y había comprobado que la agente Leoni había trabajado en su turno y había entregado el último lote de documentos poco después de las ocho de la mañana del domingo.

En ese momento, toda la familia desapareció del radar. Los vecinos no vieron nada ni oyeron nada. Ni peleas, ni gritos, ni siquiera los disparos, aunque eso hizo que D.D. se mostrara suspicaz, porque cómo podría alguien *no* oír tres disparos, no era comprensible. Tal vez no había más sordo que el que no quería oír. Eso parecía lo más probable.

Sophie Leoni oficialmente llevaba desaparecida desde las diez de la mañana. El sol se había puesto, el termostato estaba bajando y, según las previsiones, iban a caer de diez a quince centímetros de nieve.

El día había sido malo. La noche sería peor.

—Tengo que hacer una llamada —dijo Bobby. Había terminado su sándwich y estaba haciendo una bola con el envoltorio.

—¿Vas a decirle a Annabelle que te toca trabajar hasta tarde?

Hizo un gesto hacia fuera de la cafetería, donde los primeros copos habían empezado a caer.

—¿Me equivoco?

—¿A ella le parece bien tu horario? —preguntó D.D.

Él se encogió de hombros.

—¿Qué puede decir? El trabajo es el trabajo.

—¿Qué hay de Carina? Pronto se dará cuenta de que papá desaparece y no siempre vuelve a casa para jugar. Luego están las obras de teatro que te pierdes, los partidos de la escuela, el fútbol. «¡Marqué un tanto, papá! Pero no estabas allí».

Bobby la miró con curiosidad.

—El trabajo es el trabajo —repitió—. Sí, hay momentos en que es una mierda, pero la verdad es que eso pasa en la mayoría de los trabajos.

D.D. frunció el ceño. Miró hacia abajo, removió su sopa. Las galletas saladas habían absorbido el caldo, creando grumos. No le apetecía comer más. Se sentía cansada. Desanimada. Estaba pensando en una niñita que, probablemente, no encontrarían con vida. Estaba pensando en los comentarios de la anciana señora Ennis sobre lo difícil que era para la agente Leoni compaginar su trabajo, una casa y su hija.

Tal vez las agentes de policía no estaban destinadas a llevar una vida de felicidad doméstica. Tal vez si Tessa Leoni no hubiera intentado tener el marido y la valla blanca, no hubieran llamado a D.D. esta mañana y una niña inocente no estaría ahora desaparecida.

Por Dios, ¿qué se suponía que iba a contarle a Alex? ¿Cómo se suponía que ella, una detective de carrera adicta al trabajo, debía *sentirse* acerca de esto?

Miró su sopa por última vez, y luego la apartó. Bobby todavía estaba de pie a su lado, esperando al parecer a que dijera algo.

—¿Alguna vez me has imaginado en el papel de madre? —le preguntó.

—No.

—Ni siquiera te lo has tenido que pensar.

—No hagas nunca la pregunta si no quieres conocer la respuesta.

Ella negó con la cabeza.

—Nunca me he visto a mí misma como madre. Las mamás cantan canciones de cuna y llevan cereales en el bolso y ponen caras graciosas solo para que sus bebés sonrían. Yo solo sé hacer que mi equipo sonría y eso implica café recién hecho y dónuts con sirope de arce.

—A Carina le gusta jugar al cucú —dijo Bobby.

—¿De verdad?

—Sí. Me pongo la mano sobre los ojos, luego la quito y digo: «¡Cucú!». Se puede tirar horas haciéndolo. Resulta que yo también me puedo pasar horas. ¿Quién lo hubiera dicho?

D.D. se cubrió los ojos con la palma de la mano, y luego la apartó. Bobby desapareció. Bobby volvió a aparecer. Aparte de eso, no le pareció tan gracioso.

—No soy tu hijo —dijo Bobby a modo de explicación—. Estamos genéticamente programados para querer hacer felices a nuestros hijos. Carina sonríe, y... ni siquiera puedo describirlo. Pero todo mi día ha valido la pena, y voy a hacer otra vez cualquier cosa, aunque sea tonta, que la haga sentirse bien. ¿Qué te puedo decir? Es más loco que el amor. Más profundo que el amor. Es... ser padre.

—Creo que Brian Darby mató a su hijastra. Creo que mató a Sophie, y, a continuación, Tessa Leoni regresó a su casa y le disparó.

—Lo sé.

—Si estamos genéticamente programados para querer hacer a nuestra descendencia feliz, ¿por qué hay tantos padres que hacen daño a sus propios hijos?

—La gente es una mierda —repuso Bobby.

—¿Y ese es el pensamiento que te saca de la cama cada mañana?

—Yo no tengo que pasar el rato con la gente. Tengo a Annabelle, Carina, mi familia y mis amigos. Con eso me basta.

—¿Vas a tener una segunda Carina?

—Eso espero.

—Eres un optimista, Bobby Dodge.

—A mi manera. ¿Debo entender que Alex y tú vais en serio?

—Supongo que de eso se trata.

—¿Te hace feliz?

—No soy alguien que pueda ser feliz.

—Entonces, ¿estás satisfecha?

Pensó en la mañana, vestida con la camisa de Alex, sentada en la mesa de Alex.

—Podría pasar más tiempo con él.

—Es un comienzo. Ahora, si me disculpas, voy a llamar a mi esposa y, probablemente, haré algunos ruidos tontos para mi hija.

Bobby se alejó de la mesa.

—¿Puedo oírlos? —le gritó D.D. a sus espaldas.

—Por supuesto que no —contestó él.

Lo cual estaba bien, porque su estómago volvía a tener calambres y ella empezaba a pensar en un pequeño paquetito azul o tal vez rosa y a preguntarse cómo sería tener a un pequeño Alex o a una pequeña D.D., y si ella podría querer a un niño tanto como Bobby, era obvio, amaba a Carina, y si ese amor por sí solo podría ser suficiente.

Porque la felicidad doméstica rara vez funcionaba en el mundo de las agentes de policía. Solo había que preguntarle a Tessa Leoni.

Cuando Bobby terminó su llamada, la nieve de la tarde había dejado las calles hechas un asco. Utilizaron las luces y las sirenas en el trayecto, pero tardaron más de cuarenta minutos en llegar a Roxbury. Otros cinco minutos en encontrar aparcamiento, y el agente Shane Lyons les llevaba esperando un cuarto de hora cuando entraron en el vestíbulo de la sede de la policía de Boston. El corpulento agente se puso en pie cuando aparecieron, todavía estaba vestido con el uniforme completo, con el sombrero bien calado sobre las cejas y con los guantes de cuero negro que cubrían sus manos.

Bobby saludó al agente primero y luego D.D. Usar una sala de interrogatorios habría sido una falta de respeto, por lo que D.D. buscó una sala de conferencias vacía. Lyons se sentó, se quitó el sombrero, pero se dejó el abrigo y los guantes puestos. Al parecer, pensaba que no iban a tardar mucho.

Bobby le ofreció una coca-cola, que él aceptó. D.D. se conformó con una botella de agua, mientras que Bobby optó por un café solo. Concluidos los preliminares, se pusieron manos a la obra.

—No pareció muy sorprendido al saber de nosotros —empezó D.D.

Lyons se encogió de hombros e hizo girar su coca-cola entre los dedos enguantados.

—Sabía que mi nombre iba a salir por alguna parte. Pero primero tenía que cumplir con mis deberes como representante del sindicato. Era mi responsabilidad en la escena del crimen.

—¿Cuánto tiempo hace que conoce a la agente Leoni? —preguntó Bobby.

—Cuatro años. Desde que comenzó en el cuartel. Yo fui su supervisor y la acompañé en sus primeras doce semanas de patrulla. —Lyons tomó un sorbo de su refresco. Parecía incómodo, un testigo completamente reacio.

—¿Usted ha trabajado en estrecha colaboración con la agente Leoni? —insistió D.D.

—Las primeras doce semanas, sí. Pero, después de eso, no. Los agentes patrullan solos.

—¿Suelen quedar fuera del trabajo?

—Quizás una vez a la semana. Cuando estamos trabajando, los agentes intentamos quedar para tomar un café o desayunar. Rompe la rutina, mantiene la camaradería. —Miró a D.D.—. A veces, los policías de Boston se unen a nosotros.

—¿En serio? —D.D. hizo todo lo posible por parecer horrorizada.

Lyons por fin sonrió.

—Tenemos que apoyarnos entre nosotros, ¿verdad? Es bueno mantener abiertas las líneas de comunicación. Pero, dicho esto, los agentes estatales pasan la mayor parte de la jornada solos. Especialmente las noches. Solo estás tú, el radar de velocidad y una carretera llena de borrachos.

—¿Y en el cuartel? —quiso saber D.D.—. ¿Usted y Tessa quedan por ahí, comen algo después del trabajo?

Lyons negó con la cabeza.

—No. El coche de un agente es su oficina. Solo volvemos al cuartel si hacemos un arresto, si necesitamos tramitar un atestado, ese tipo de cosas. Una vez más, la mayor parte de nuestro tiempo transcurre en la carretera.

—Pero se ayudan unos a otros —intervino Bobby—. Especialmente si hay un incidente.

—Por supuesto. La semana pasada, la agente Leoni arrestó a un tipo por conducir borracho en Pike, por lo que fui a ayudar. Ella se llevó al chico al cuartel para hacerle soplar el alcoholímetro y leerle sus derechos. Me quedé con su vehículo hasta que llegó la grúa. Nos ayudábamos el uno al otro, pero no nos dedicábamos a hablar de nuestras parejas o de nuestros niños mientras ella metía a un borracho en la parte posterior de su coche patrulla.

Lyons fijó la mirada en Bobby.

—Seguro que recuerda cómo es.

—Háblenos de Brian Darby —dijo D.D., atrayendo de nuevo la mirada de Lyons.

El agente estatal no respondió de inmediato, pero apretó los labios; parecía que estaba luchando consigo mismo.

—Me van a echar la culpa de todas maneras —masculló bruscamente.

—¿Por qué, agente? —preguntó Bobby.

—Miren —Lyons dejó su refresco—, sé que estoy jodido. Se supone que soy excelente juzgando el carácter, va con el trabajo. Pero, luego, esta situación con Tessa y Brian... Mierda, o soy un idiota que no sabía que mi vecino tenía problemas para controlar su rabia, o soy el capullo que lio a una compañera con un maltratador. Se lo juro por Dios... Si lo hubiera sabido, si lo hubiera sospechado...

—Vamos a empezar con Brian Darby —le interrumpió D.D.—. ¿Qué sabía sobre él?

—Lo conocí hace ocho años. Los dos estábamos en una liga de hockey de barrio. Jugábamos juntos cada dos viernes por la noche; parecía un buen chico. Vino un par de veces a casa para cenar y tomarnos unas cervezas. Me seguía pareciendo un buen tipo. Tenía un horario de locos como marino mercante, así que también entendía mi trabajo. Cuando él estaba por aquí, quedábamos; íbamos a jugar al hockey, a esquiar, tal vez un día de senderismo. Le gustaba el deporte y a mí, también.

—Brian era un tipo activo —dijo Bobby.

—Sí. A él le gustaba mantenerse en movimiento. A Tessa, también. Francamente, pensé que harían buena pareja. Por eso los junté. Pensé que, aunque no terminaran saliendo, siempre podrían quedar como amigos, ir de senderismo...

—Así que usted los juntó —repitió D.D.

—Les invité a los dos a una barbacoa en verano. A partir de ahí, era cuestión de ellos. A ver, soy un tío. Eso es lo más que llega a hacer un tío.

—¿Se fueron juntos de la fiesta? —preguntó Bobby.

Lyons tuvo que pensárselo.

—No. Quedaron después para tomar un café o algo así. No lo sé. Pero lo siguiente que supe fue que Tessa y su hija se mudaban con él, así que supongo que funcionó.

—¿Asistió a la boda?

—No. Ni siquiera lo supe hasta que todo había terminado. Creo que me di cuenta de que Tessa llevaba un anillo de repente. Cuando le pregunté, ella dijo que se habían casado. Yo estaba un poco sorprendido, pensé que era muy rápido y, bueno, tal vez me extrañó que no me invitaran, pero... —Lyons se encogió de hombros—. No es que fuéramos tan amigos o que me hubiera involucrado tanto.

Parecía importante para él dejarlo claro. No era *tan* amigo de la pareja, no se había involucrado *tanto* en sus vidas.

—¿Tessa nunca le hablaba de su matrimonio? —preguntó D.D.

—No a mí.

—¿Y a los demás?

—Solo puedo hablar por mí mismo.

—Y ni siquiera está haciendo eso —señaló D.D. sin rodeos.

—Oiga. Estoy tratando de decirle la verdad. No paso mis domingos cenando en casa de Brian y Tessa ni los invito a mi casa después de la iglesia. Somos amigos, claro. Sin embargo, cada uno tiene su propia vida. Pero si Brian ni siquiera estaba en la ciudad la mitad del año...

—Por lo tanto —dijo D.D. con lentitud—, su colega de hockey Brian Darby embarca la mitad del año, dejando atrás a una compañera policía para que haga malabarismos con la casa, el patio y una niña pequeña, ella sola, y usted solo se preocupa de lo suyo. Teniendo su propia vida, ¿para qué enredarse con la de ellos?

El agente Lyons enrojeció. Miró su coca-cola, con la mandíbula cuadrada notablemente más rígida.

Un tipo guapo, pensó D.D., con un aire un poco rudo. Lo que le hizo preguntarse: ¿comenzó Brian Darby a adquirir más volumen debido a que su esposa llevaba un arma? ¿O porque su mujer comenzó a llamar a un guapo compañero para que ayudara en la casa?

—Puede que arreglara la cortadora de césped —murmuró Lyons.

D.D. y Bobby esperaron.

—El grifo de la cocina goteaba. Le eché un vistazo, pero era demasiado complicado, así que le di el nombre de un buen fontanero.

—¿Dónde estaba anoche? —preguntó en voz baja Bobby.

—¡Patrullando! —Lyons levantó la mirada bruscamente—. Por el amor de Dios, no he estado en casa desde las once de la noche de ayer. Tengo tres hijos, ¿sabe?, y si cree que no pienso en ellos cada vez que veo fotos de Sophie en las noticias... Mierda. ¡Sophie solo es una niña! Todavía la recuerdo bajando por la colina de mi patio trasero. Y el año pasado, escalando el viejo roble. Ni siquiera mi hijo de ocho años podía. Casi parece un mono, qué criatura. Y esa sonrisa, y ah... Maldita sea.

El agente Lyons se tapó la cara con la mano. Parecía incapaz de hablar, así que Bobby y D.D. le dieron un respiro.

Cuando por fin se recuperó, bajó la mano, haciendo una mueca.

—¿Sabe el apodo de Brian? —dijo bruscamente—. ¿Su sobrenombre en el equipo de hockey?

—No.

—Don Sensible. La película favorita de ese hombre es *Pretty Woman*. Cuando su perro, Duke, murió, escribió un poema y lo publicó en el periódico local. Era ese tipo de persona. Así que no, no me lo pensé dos veces antes de presentarle a una compañera con una hija. Caray, yo pensaba que le estaba haciendo un favor a Tessa.

—¿Usted y Brian todavía jugaban al hockey juntos? —preguntó Bobby.

—No tanto. Mi horario ha cambiado. Trabajo la mayoría de las noches de los viernes.

—Brian parece ahora más grande que cuando se casó. Como si se hubiera musculado.

—Creo que se apuntó a un gimnasio, algo por el estilo. Habló de levantar pesas.

—¿Alguna vez ha ido al gimnasio con él?

Lyons negó con la cabeza.

El busca de D.D. se encendió. Le echó un vistazo a la pantalla, vio que era del laboratorio y se disculpó antes de levantarse. Cuando salió de la sala de conferencias, Bobby estaba preguntando al agente Lyons el régimen de ejercicios de Brian Darby y si podía estar tomando algún suplemento.

D.D. sacó su móvil y marcó el número del laboratorio. Resultó que habían encontrado algo en el deportivo utilitario blanco de Brian. Escuchó, asintió, y luego terminó la llamada a tiempo para llegar al baño de las chicas, donde se las arregló para no vomitar la sopa, pero solo después de echarse un montón de agua fría en la cara.

Se enjuagó la boca. Dejó correr el agua fría sobre el dorso de sus manos. Luego estudió su pálido reflejo y se dijo a sí misma que, le gustara o no, terminaría lo que había empezado.

Iba a sobrevivir a esa noche. Después iba a encontrar a Sophie Leoni.

Luego se iría a casa con Alex, porque tenían un par de cosas de las que hablar.

D.D. volvió a entrar en la sala de conferencias. No esperó, sino que empezó con lo que era importante porque el agente Lyons se estaba andando con evasivas, y, francamente, no tenía tiempo para esas mierdas.

—Informe preliminar sobre el vehículo de Brian Darby —dijo con brusquedad.

Apoyó las manos sobre la mesa que había delante de Lyon y se inclinó hacia delante, hasta quedar a escasos centímetros de su cara.

—Han encontrado una pala plegable escondida en el maletero, todavía cubierta de barro y hojas.

Lyons no dijo nada.

—Se ha hallado un ambientador nuevo con olor a melón, del tipo que se conecta a una toma de corriente. Los del laboratorio pensaron que era extraño, por lo que lo quitaron.

Lyons no dijo nada.

—El olor se hizo evidente en menos de quince minutos. Muy fuerte, dijeron. Muy reconocible. Pero llamaron a un perro especializado en cadáveres solo para estar seguros.

El agente palideció.

—Descomposición, agente Lyons. Así que los del laboratorio están muy, muy seguros de que hubo un cadáver en la parte trasera del vehículo de Brian Darby en las últimas veinticuatro horas. Dada la presencia de la pala, supusieron que el cuerpo fue llevado a un lugar desconocido y enterrado. ¿Brian tenía otra casa? ¿Una casa en el lago, para cazar, una cabaña de esquí? Tal vez, si finalmente comienza a cooperar con nosotros, por lo menos podremos recuperar el cuerpo de Sophie.

—Ay, no... —Lyons palideció aún más.

—¿Dónde llevó Brian a su hijastra?

—¡No lo sé! Él no tiene otra casa. ¡Por lo menos nunca me ha hablado de ella!

—Les ha fallado. Usted presentó a Brian Darby a Tessa y a Sophie, y ahora Tessa está en un hospital con una paliza de muerte y la pequeña Sophie, probablemente, esté muerta. *Usted* fue quien puso todo esto en movimiento. Ahora sea un hombre y ayúdenos a encontrar el cuerpo de Sophie. ¿Dónde iba a llevarla? ¿Qué tenía la intención de hacer? Háblenos de todos los secretos de Brian Darby.

—¡Él no escondía ningún secreto! Lo juro... Brian era un chico normal. Embarcaba por trabajo y después regresaba a casa con su esposa y su hija. Nunca le oí levantar la voz. Jamás le vi pegarse con nadie.

—Entonces, ¿qué demonios ha pasado?

Una pausa. Otro largo y tembloroso suspiro.

—Bueno... Hay otra opción —dijo Lyons de forma brusca. Les miró a los dos, su cara todavía cenicienta, sus manos abriéndose y cerrándose alrededor de su coca-cola—.

En realidad no estoy contando nada que no sepan —balbució—. Es decir, se lo contará más tarde o más temprano el teniente coronel Hamilton. Él es quien me habló de ello. Además, está en los archivos.

—¡Agente Lyons! ¡Cuéntemelo! —gritó D.D.

Y así lo hizo.

—Lo que sucedió esta mañana... Bueno, digamos que esta no es la primera vez que la agente Leoni ha matado a un hombre.

12

Lo primero que aprendí como mujer policía fue que los hombres no eran el enemigo al que había que temer.

¿Un montón de paletos borrachos en un bar? Si mi supervisor, el agente Lyons, salía del coche patrulla, empezaban de inmediato a actuar de forma más agresiva. Si era yo la que aparecía en la escena, abandonaban sus bravatas y se ponían a mirarse las botas, ahora eran un grupo de chicos avergonzados a los que su madre había pillado portándose mal. ¿Unos camioneros? No podían decir «sí, señora» o «no, señora» lo suficientemente rápido si estaba de pie junto a ellos con un talonario de multas. ¿Unos universitarios que han bebido demasiadas cervezas? Se ponen a tartamudear y al final casi siempre terminan invitándome a salir.

La mayoría de los hombres han sido entrenados desde su nacimiento para responder a una mujer como figura de autoridad. Ellos ven a alguien como yo como la madre que les han enseñado a obedecer, o tal vez, dada mi edad y apariencia, como una mujer deseable a la que deben satisfacer. De cualquier manera, yo no soy un desafío directo. Por lo tanto, hasta el macho más agresivo puede permitirse el lujo de calmarse delante de sus amigos. Y, en situaciones sobrecargadas de testosterona, mis compañeros policías a menudo me llamaban directamente para que les ayudara, contando con mi toque femenino para calmar la situación, algo que en general sucedía.

Los chicos podían coquetear un poco, ponerse nerviosos, o ambas cosas. Pero terminaban haciendo lo que yo les decía.

Las mujeres, en cambio...

Detienes a una madre que va a más de ciento cincuenta en su Lexus y enseguida empezará a chillarte, diciéndote que tiene derecho a acelerar delante de sus dos coma dos hijos de media. Si estoy de testigo mientras un hombre con una orden de alejamiento recupera sus últimas cosas del apartamento, la novia maltratada vendrá inevitablemente a por mí, exigiendo saber por qué le estoy dejando llevarse su propia ropa interior y maldiciéndome y gritándome como si yo fuera la responsable de todo lo malo que le ha pasado en la vida.

Los hombres no son un problema para una agente de policía.

Son las mujeres las que tratarán de complicarte la vida tanto como puedan.

Mi abogado llevaba veinte minutos parloteando al lado de mi cama cuando la sargento detective D.D. Warren corrió de golpe la cortina de privacidad. El enlace de la policía estatal, el detective Bobby Dodge, iba detrás de ella. Su cara era imposible de leer. La detective Warren, en cambio, tenía la mirada hambrienta de un gato salvaje.

La voz de mi abogado se apagó. Parecía descontento con la repentina aparición de dos detectives de homicidios, pero no sorprendido. Había estado intentando explicarme mi situación legal. No era muy buena, y el hecho de que todavía tuviera que hacer una declaración oficial a la policía, en su opinión, aún era peor.

Ahora mismo, la muerte de mi marido estaba siendo tratada como un homicidio discutible. Lo siguiente sería que el fiscal del condado de Suffolk y la policía de Boston decidieran de qué me iban a acusar. Si pensaban que yo era una víctima creíble, una pobre esposa maltratada cuya condición podía ser corroborada con un historial de visitas al hospital, podrían ver la muerte de Brian como un homicidio justificado. Le disparé, como había declarado, en defensa propia.

Pero el asesinato era un asunto complicado. Brian me había atacado con una botella rota; yo había contestado con una pistola. El fiscal podría argumentar que, aunque yo me estaba defendiendo, había usado fuerza innecesaria. El spray de gas pimienta, la porra de acero, el táser que llevaba en mi cinturón de servicio: cualquier cosa hubiera sido una mejor opción, y por haber sido de gatillo rápido me acusarían de homicidio.

O tal vez no creyeran que temía por mi vida. Tal vez pensaran que Brian y yo habíamos estado peleando y que había disparado y matado a mi marido en el calor del momento. Homicidio sin premeditación o asesinato en segundo grado.

Esto en el mejor de los casos. Por supuesto había otro escenario. Uno donde la policía decidía que mi marido no era un violento maltratador, donde, en vez de eso, consideraran que yo era una manipuladora que había disparado a mi marido con malicia premeditada y alevosía. Asesinato en primer grado.

También conocido como el resto de mi vida entre rejas. Fin del partido.

Tales fueron las razones que habían llevado a mi abogado al lado de mi cama. No quería que discutiera con la policía por los restos de mi marido. Quería que yo emitiera una declaración de prensa, sería una víctima proclamando su inocencia, una madre desesperada rogando que su hija volviera a casa. También quería que me portara bien con los detectives que llevaban mi caso. Tal como señaló, el síndrome de la mujer maltratada era una defensa afirmativa, es decir, que la que debía probar que tenía razón era yo.

Al final el matrimonio era un asunto de «él dijo, ella dijo», mucho después de que uno de los cónyuges muriera.

Ahora los detectives de homicidios habían vuelto y mi abogado se levantó para asumir una postura defensiva al lado de mi cama.

—Como pueden ver —comenzó—, mi cliente aún se está recuperando de una conmoción cerebral, por no hablar de una fractura de pómulo. Su médico le ha prescrito que se quede la noche en observación y que descanse.

—¿Sophie? —les pregunté. Mi voz salió tensa. La detective Warren parecía demasiado agresiva como para estar a punto de darle malas noticias a una madre. Pero nunca se sabe...

—No hay noticias —contestó de manera cortante.

—¿Qué hora es?

—Las siete treinta y dos.

—Ya es de noche —murmuré.

La detective rubia se me quedó mirando. Sin compasión ni simpatía. No me sorprendió. Había tan pocas agentes en la policía que cabría pensar que nos ayudábamos las unas a las otras. Pero las mujeres resultaban así de raras. Estaban dispuestas a sacrificar a una de las suyas, especialmente a una mujer percibida como débil, como la que sirve de saco de boxeo personal de su marido.

No podía imaginarme a la detective Warren tolerando el maltrato en el hogar. Si un hombre le pegara, apuesto a que le devolvería el golpe el doble de fuerte. O le pondría el táser en las pelotas.

El detective Dodge fue el que primero se movió. Cogió dos sillas y las puso al lado de la cama. Hizo una señal a D.D. para que se sentara. Cargill captó la indirecta y se sentó en el borde de su propia silla, todavía con aspecto incómodo.

—Mi cliente no va a responder a un montón de preguntas por el momento —dijo—. Por supuesto, quiere hacer todo lo que pueda para ayudar a buscar a su hija. ¿Hay información que necesiten para esa investigación?

—¿Quién es el padre biológico de Sophie? —preguntó la detective Warren—. ¿Y dónde está?

Negué con la cabeza, un movimiento que, de inmediato, me provocó un gesto de dolor.

—Necesito un nombre —insistió Warren impaciente.

Me lamí los labios secos, lo intenté de nuevo.

—No tiene padre.

—Imposible.

—No, si eres una puta y una alcohólica —le dije.

Cargill me lanzó una mirada sorprendida. Los detectives, sin embargo, parecían intrigados.

—¿Eres alcohólica? —preguntó Bobby con voz neutra.

—Sí.

—¿Quién más lo sabe?

—El teniente coronel Hamilton, algunos de los chicos. —Me encogí de hombros, intentando no mover la mejilla magullada—. Dejé el alcohol hace siete años, antes de apuntarme a la policía. No ha sido un problema.

—¿Hace siete años? —repitió D.D.—. ¿Cuando estabas embarazada de tu hija?

—Exacto.

—¿Qué edad tenías cuando te quedaste embarazada de Sophie?

—Veintiuno. Era joven y estúpida. Bebía demasiado, me iba de fiesta. Entonces, un día, resultó que estaba embarazada y que las personas que yo pensaba que eran mis amigos solo salían conmigo porque yo era parte de ese circo. En el momento en el que me aparté, no les volví a ver.

—¿Algún hombre en concreto? —preguntó D.D.

—No le va a servir de nada. No me acostaba con los hombres a los que conocía. Dormía con desconocidos. Generalmente hombres mayores interesados en pagar las copas a una niñata estúpida. Me emborrachaba. Se acostaban conmigo. Después no nos volvíamos a ver jamás.

—Tessa —comenzó a decir mi abogado.

Levanté una mano.

—Es parte de mi pasado, y ya no importa. No sé quién es el padre de Sophie. No podría adivinarlo ni aunque lo intentara, y no quise hacerlo. Me quedé embarazada. Luego crecí, aprendí y dejé de beber. Eso es lo que importa.

—¿Sophie te preguntó alguna vez sobre ello? —quiso saber Bobby.

—No. Tenía tres años cuando conocí a Brian. Ella empezó a llamarlo papá en cuestión de semanas. No creo que recuerde que hubo un tiempo en que vivíamos sin él.

—¿Cuándo te golpeó por primera vez? —preguntó D.D.—. ¿Un mes después de casaros? ¿Seis? ¿Tal vez un año entero?

No dije nada, solo miraba hacia el techo. Tenía la mano derecha bajo la fina manta verde del hospital, agarrando el botón azul que una enfermera me había recogido del suelo.

—Vamos a tener que ver tu historial médico —declaró D.D. Miró desafiante a mi abogado.

—Me caí por las escaleras —dije, torciendo los labios en una extraña sonrisa, porque era verdad, pero, por supuesto, se interpretaría como si fuera una mentira. Ironía. Dios me libre de la ironía.

—¿Disculpa?

—La contusión en las costillas... Debería haber quitado el hielo de los escalones.

La detective Warren me miró incrédula.

—Por supuesto. Te caíste. ¿Cuántas veces?, ¿tres o cuatro?

—Creo que solo dos.

No apreció mi sentido del humor.

—¿Alguna vez denunciaste a tu marido? —presionó.

Negué con la cabeza. Eso hizo que la parte posterior de mi cráneo retumbara de dolor mientras mi ojo bueno se llenaba de lágrimas.

—¿Y se lo contaste a algún compañero? Por ejemplo, al agente Lyons. Parece que te ayudaba algo en casa.

No dije nada.

—¿Alguna amiga? —intervino Bobby—. ¿Quizás un sacerdote o un teléfono de ayuda a la mujer maltratada? Te lo estamos preguntando para ayudarte, Tessa.

Las lágrimas se seguían agolpando. Pestañeé para disiparlas.

—No fue tan malo —dije al final, mirando hacia los blancos azulejos del techo—. No cuando empezamos. Pensé..., pensé que podría controlarle. Que todo sería como antes.

—¿Cuándo empezó tu marido a levantar pesas? —preguntó Bobby.

—Hace nueve meses.

—Parece que ganó mucho músculo. Trece kilos en nueve meses. ¿Tomaba algo?

—No me lo dijo.

—Pero quería adquirir más volumen. ¿Su objetivo era aumentar su masa muscular?

Asentí abatida. Todas las veces que le dije que no necesitaba trabajar tan duro. Que ya tenía muy buen aspecto, que ya era muy fuerte. Debería haberme dado cuenta, su obsesiva necesidad de pulcritud, su compulsivo deseo de organizar hasta las latas de sopa. Debería haber leído las señales. Pero no lo hice. Como se suele decir, la mujer es siempre la última en saberlo.

—¿Cuándo pegó por primera vez a Sophie? —preguntó D.D.

—¡No lo hizo! —Volví al presente.

—¿De verdad? ¿Me estás diciendo en serio, con tu cráneo machacado y tu mejilla destrozada, que el bestia de tu difunto marido te pegaba a ti y solo a ti, hasta que la muerte os separó?

—¡Amaba a Sophie!

—Pero no te amaba a ti. Ese era el problema.

—Tal vez tomaba esteroides.

Era una opción. Miré a Bobby.

—Los esteroides no discriminan —dijo D.D. arrastrando las palabras—. Así que seguro que entonces os golpeaba a las dos.

—Solo digo... Solo llevaba en casa un par de semanas, y en esta ocasión..., esta vez algo había cambiado. —Y esto no era mentira. De hecho, yo esperaba que siguieran esa pista. Me venía bien que un par de detectives estuvieran de mi parte. Lo cierto era que Sophie se merecía que alguien más inteligente que yo la rescatara.

—Parecía más violento —apuntó Bobby cuidadosamente.

—Enfadado. Todo el tiempo. Yo trataba de entender, esperando que se recuperara. Pero no estaba funcionando. —Retorcí la manta con una mano y apreté el botón con la otra—.

Solo... No sé cómo llegamos a esto. Y esa es la verdad. Nos amábamos. Era un buen marido y un buen padre. Entonces...
—Más lágrimas. De verdad esta vez. Una sola gota resbaló por mi mejilla—. No sé cómo llegamos a esto.

Los detectives se quedaron callados. Mi abogado se había relajado. Creo que le gustaban las lágrimas, y, probablemente, también la mención de un posible abuso de esteroides. Ese era un buen ángulo.

—¿Dónde está Sophie? —preguntó D.D., menos hostil ahora, con más intención.

—No lo sé. —Otra respuesta honesta.

—Sus botas no están. El abrigo, tampoco. Como si alguien la hubiera abrigado para llevársela.

—¿La señora Ennis? —dije esperanzada—. Es la que cuida a Sophie.

—Sabemos quién es —me interrumpió D.D.—. Ella no tiene a tu hija.

—Oh.

—¿Posee Brian otra casa? ¿Un antiguo refugio de montaña, una cabaña de pesca, algo así? —preguntó Bobby.

Negué con la cabeza. Empezaba a cansarme, sentía la fatiga a pesar de mí misma. Necesitaba ampliar mi resistencia. Ahorrar fuerzas para los días y las noches que estaban por venir.

—¿Quién más podría conocer a Sophie, sacarla de su casa? —insistió D.D.; no quería cambiar de tema.

—No lo sé.

—¿La familia de Brian?

—Tiene una madre y cuatro hermanas. Las hermanas se encuentran dispersas, su madre vive en New Hampshire. Habría que preguntar, pero nunca los vimos demasiado. Sus horarios, los míos...

—¿Tu familia?

—No tengo familia —respondí de forma automática.

—Eso no es lo que dice el archivo de la policía.

—¿Qué?

—¿Qué? —se hizo eco mi abogado.

Ni le miraron.

—Hace diez años. Cuando la policía te interrogó por la muerte de Thomas Howe, de diecinueve años. Según consta en el expediente, fue tu propio padre quien te dio la pistola.

Me quedé observando fijamente a D.D. Warren. Solo miraba y miraba y miraba.

—Ese expediente está sellado —dije en voz baja.

—Tessa... —Mi abogado comenzó de nuevo, y no parecía feliz.

—Pero se lo conté al teniente coronel Hamilton cuando empecé en la policía —añadí llanamente—. No quería que hubiese malentendidos.

—¿Como, por ejemplo, que uno de tus compañeros descubriera que disparaste y mataste a un crío?

—¿Disparaste y mataste a un crío? —repetí imitándola—. Yo tenía dieciséis años. ¡Yo era la cría! ¿Por qué demonios piensa usted que sellaron el expediente? De todos modos, el fiscal nunca presentó cargos y decidió que era un homicidio justificado. Thomas me atacó. Yo solo intenté escapar.

—Le disparaste con una del calibre 22 —continuó la detective Warren como si yo no hubiera hablado—. Que, por casualidad, tenías en el bolsillo. Además, no se vieron signos de agresión.

—Ha estado hablando con mi padre —le dije con amargura. No pude evitarlo.

D.D. ladeó la cabeza, mirándome con frialdad.

—Él nunca se lo creyó.

No dije nada. Lo cual era una respuesta suficiente.

—¿Qué sucedió esa noche, Tessa? Ayúdanos a comprenderlo, porque esto no pinta nada bien.

Agarré el botón con más fuerza. Diez años era mucho tiempo. Y, con todo, no era suficiente.

—Me quedé a pasar la noche en casa de mi mejor amiga —contesté al fin—. Juliana Howe. Thomas era su hermano mayor. Las últimas veces que había estado en su casa, había hecho algunos comentarios. Si estábamos solos en una habitación se ponía demasiado cerca, me hacía sentir incómoda. Pero yo era una adolescente. Los chicos, especialmente los de más edad, siempre me hacían sentir incómoda.

—¿Entonces por qué te quedaste a pasar la noche? —quiso saber D.D.

—Juliana era mi mejor amiga —respondí en voz baja, y en ese momento volví a sentirlo todo de nuevo. El terror. Sus lágrimas. Mi pérdida.

—Llevabas un arma contigo —continuó la detective.

—Mi padre me dio el arma —le corregí—. Yo había conseguido un trabajo sirviendo comida en el centro comercial. A menudo trabajaba hasta las once de la noche, luego tenía que ir andando hasta donde había aparcado el coche y la zona no estaba bien iluminada. Quería que yo tuviera algún tipo de protección.

—¿Así que le dio una pistola? —D.D. sonaba incrédula.

Sonreí.

—Tendría que conocer a mi padre. Si me hubiera venido a buscar, hubiera tenido que mover el culo. Pero darme una pistola del 22 que yo no tenía ni idea de cómo utilizar, por el contrario, le libraba de cualquier responsabilidad. Así que eso es lo que hizo.

—Descríbeme aquella noche —dijo Bobby en voz baja.

—Fui a la casa de Juliana. Su hermano se encontraba fuera; yo estaba feliz. Hicimos palomitas de maíz y pusimos un montón de películas de Molly Ringwald: *Dieciséis velas*, seguida de *El club de los cinco*. Me quedé dormida en el sofá. Cuando desperté vi que todas las luces estaban apagadas y que alguien me había echado una manta encima. Supuse que Juliana se había ido a la cama. Iba a seguir su ejemplo cuando su hermano entró por la puerta. Thomas estaba borracho. Me vio. Él...

Ambos detectives y mi abogado esperaron.

—Traté de esquivarle —dije por fin—. Me acorraló contra el sofá, me hizo caer. Era más grande, más fuerte. Yo tenía dieciséis años. Él, diecinueve. ¿Qué podía hacer?

Mi voz se apagó de nuevo. Tragué saliva.

—¿Me podrían traer un poco de agua? —les pregunté.

Mi abogado cogió la jarra de agua que había en la mesita, me sirvió un vaso. Me temblaba la mano cuando levanté el recipiente de plástico. Supuse que no podían culparme por el espectáculo que les estaba dando. Me bebí todo el vaso y después lo aparté. Teniendo en cuenta cuánto tiempo había pasado desde la última vez en que había hecho una declaración oficial, más me valía pensármelo bien. La coherencia lo era todo, y no podía permitirme un error con la partida tan avanzada.

Tres pares de ojos me esperaban.

Respiré otra vez profundamente. Agarré con fuerza el botón azul y pensé en la vida, en los patrones que seguíamos, en los ciclos de los que no podíamos escapar.

Sacrificar con sensatez.

—Casi cuando... Thomas iba a hacer lo que iba a hacer, me di cuenta de que tenía mi bolso aplastado contra la cadera. Él me sujetaba con el peso de su cuerpo mientras intentaba bajarse la cremallera de sus pantalones vaqueros. Así que busqué a tientas con la mano derecha. Encontré mi bolso. Cogí la pistola. Y, como no se apartó, apreté el gatillo.

—¿En el salón de la casa de tu mejor amiga? —dijo la detective Warren.

—Sí.

—Debiste dejarlo todo hecho un desastre.

—Una 22 no es una pistola tan grande —repliqué.

—¿Qué hay de tu mejor amiga? ¿Cómo se tomó todo eso? Mantuve la mirada fija en el techo.

—Era su hermano. Por supuesto, ella lo quería.

—Así que... el fiscal no te acusa. El juzgado sella el expediente. Pero tu padre y tu mejor amiga... Ellos nunca te perdonaron, ¿verdad?

Lo había dicho como una afirmación, no como una pregunta, así que no respondí.

—¿Fue entonces cuando comenzaste a beber? —preguntó el detective Dodge.

Asentí con la cabeza sin decir nada.

—Dejaste tu hogar, abandonaste la escuela... —continuó.

—No soy la primera agente que ha desperdiciado su juventud —repliqué con frialdad.

—Te quedaste embarazada —dijo la detective Warren—. Creciste, aprendiste y abandonaste el alcohol. Eso es mucho sacrificio por una niña —comentó.

—No. Eso es amor por mi hija.

—Lo mejor que te ha pasado. La única familia que te queda.

D.D. todavía parecía escéptica, lo que supongo que debió haber sido un aviso suficiente.

—¿Has oído hablar del análisis de olores de descomposición? —continuó la detective, su voz era cada vez más alta—. Arpad Vass, un químico de investigación y antropólogo forense, ha desarrollado una técnica para la identificación de los más de cuatrocientos vapores que emanan de los cuerpos en descomposición. Resulta que estos vapores se quedan atrapados en el suelo, en las telas, incluso, dicen, en la alfombrilla de la parte posterior de un vehículo. Con el uso de un analizador electrónico de olores, el doctor Vass puede identificar la firma molecular de descomposición del cuerpo. Por ejemplo, puede escanear la alfombrilla que se ha quitado de un vehículo y ver los vapores que deja la forma del cadáver de un niño.

Hice un ruido. Podría haber sido un jadeo. Podría haber sido un gemido.

Debajo de la manta, apreté el puño.

—Acabamos de enviar al doctor Vass la alfombrilla del deportivo de tu marido. ¿Qué va a encontrar, Tessa? ¿Va a ser eso lo último que veas del cuerpo de tu hija?

—Basta. ¡Eso es insensible e inapropiado! —Mi abogado se puso en pie.

Yo ni siquiera le escuché. Estaba recordando cómo quité las mantas y me quedé mirando, horrorizada, la cama vacía de Sophie.

Todo lo que quiero por Navidad son mis dos dientes, mis dos dientes, mis dos dientes.

—¿Qué le pasó a tu hija? —exigió saber la detective Warren.

—Él no me lo dijo.

—¿Volviste a casa y ya no estaba?

—Busqué por toda la casa —susurré—. En el garaje, en la terraza acristalada, en el desván, en el patio. Busqué y busqué y busqué. Le pedí que me dijera lo que había hecho.

—¿Qué pasó, Tessa? ¿Qué le hizo tu marido a Sophie?

—¡No lo sé! No estaba. ¡No estaba! Me fui a trabajar y, cuando volví a casa... —Me quedé mirando a D.D. y a Bobby, sintiendo los latidos acelerados de mi corazón. Sophie. Desaparecida. Sin más.

Todo lo que quiero por Navidad son mis dos dientes, mis dos dientes, mis dos dientes.

—¿Qué hizo él, agente Leoni? Cuéntanos lo que hizo Brian.

—Arruinó nuestra familia. Me mintió. Nos traicionó. Lo destruyó... todo. —Otra respiración profunda. Miré a los dos detectives a los ojos—: Y fue entonces cuando supe que tenía que morir.

13

Qué piensas de Tessa Leoni? —preguntó Bobby cinco
minutos después, mientras se dirigían a la comisaría.

—Es una mentirosa y le va a crecer la nariz —dijo D.D.
enfadada.

—Parece muy segura de lo que dice.

—Por favor. Si no la conociera, yo diría que no confía en
la policía.

—Bueno, aparte de los índices de alcoholismo, suicidio
y violencia de género, somos unos tíos muy majos.

D.D. hizo una mueca, pero tenía razón. Los policías no
eran un ejemplo viviente de un ser humano equilibrado. Muchos de ellos se habían licenciado en la escuela de la vida. Y la
mayoría de ellos juraban que eso era lo que se necesitaba para trabajar en las calles.

—Ha cambiado su historia —dijo D.D.

—Me he dado cuenta.

—Hemos pasado de disparó a su marido en primer lugar para, a continuación, darse cuenta de que su hija había
desaparecido, a que descubriera que Sophie no estaba y luego
terminar matando a su marido.

—Orden diferente, mismos resultados. De cualquier manera a la agente Leoni la molieron a golpes y, en cualquier caso, Sophie ha desaparecido.

D.D. meneó la cabeza.

—La incoherencia alrededor de un detalle te hace desconfiar de todos los demás. Si ella mintió en eso, ¿qué otra parte de su historia es falsa?

—Un mentiroso siempre es un mentiroso —dijo Bobby en voz baja.

Ella lo miró, y luego agarró el volante con fuerza. La triste historia de Tessa le había afectado. Bobby siempre había tenido una debilidad por las damas en apuros. Mientras que D.D. había tenido razón en su primera impresión de Tessa Leoni: bonita y vulnerable, lo que estaba poniendo de los nervios a D.D.

Se encontraba cansada. Eran más de las once y las nuevas circunstancias de su cuerpo le pedían dormir. En cambio, ella y Bobby estaban volviendo a Roxbury para la primera reunión del grupo de trabajo. El reloj seguía moviéndose. Los medios de comunicación necesitaban un comunicado. El fiscal de distrito exigía que le tuvieran al corriente. Los jefes solo querían cerrar el caso de homicidio y encontrar a la niña desaparecida ya mismo.

En los viejos tiempos, D.D. se hubiera tomado seis cafeteras seguidas y se hubiera comido media docena de dónuts para conseguir pasar la noche. Ahora, en cambio, estaba armada con una botella de agua fría y un paquete de galletas saladas. No era lo mismo.

Había enviado un mensaje a Alex cuando salieron del hospital: «No te veo esta noche, siento lo de mañana». Un mensaje de respuesta: «He visto las noticias. Buena suerte».

Sin reproche, sin gimoteos, sin recriminaciones. Solo apoyo genuino.

LISA GARDNER

Su mensaje hizo que lloriqueara, y culpó de ello a su nueva condición, porque ningún hombre había conseguido que D.D. Warren llorara por lo menos desde hacía veinte años y no iba a empezar ahora.

Bobby se quedó mirando la botella de agua que ella llevaba a todas partes, después a ella, y volvió a la botella de agua. Si lo hacía de nuevo, iba a volcar el contenido de dicha botella sobre su cabeza. La idea la animó, y casi se había recuperado cuando encontraron sitio para aparcar.

Bobby se sirvió una taza de café solo, y luego se dirigieron hacia arriba a la unidad de homicidios. D.D. y sus compañeros habían tenido suerte. La sede de la policía de Boston había sido construida hacía solo quince años, y, mientras que la ubicación era todavía objeto de debate, el edificio en sí era moderno y estaba bien conservado. La unidad de homicidios parecía menos *Policías de Nueva York* y más una compañía de seguros. Unas paredes móviles daban forma a los espacios de trabajo, bien iluminados. Los archivadores de metal gris estaban adornados con plantas, fotos de familia y toques personales. Un dedo de espuma de los Boston Red Sox por ahí, una banderola animando a los New England Patriots por allá.

A la secretaria le gustaba el popurrí de canela, mientras que los detectives se morían por un poco de café, así que incluso olía bien: una mezcla de café y canela que hizo que alguien le pusiera el apodo de Starbucks a la zona de recepción. Siendo como son los policías, el apodo se quedó y ahora la secretaria tenía pegatinas de Starbucks, servilletas y vasitos de papel colocados en el mostrador de la entrada, lo que había confundido a más de un testigo que venía a declarar.

D.D. encontró a su equipo y a un delegado de cada grupo de investigación ya reunidos en la sala de conferencias. Se trasladó a la cabecera de la mesa, al lado del gran tablero blanco

151

que se convertiría en la biblia de su caso durante los próximos días. Dejó el agua, cogió un rotulador negro y se pusieron a trabajar.

La búsqueda de Sophie Leoni era su prioridad. El teléfono habilitado seguía sonando sin parar y había generado dos docenas de pistas que los agentes estaban investigando mientras hablaban. Nada significativo hasta el momento. Habían entrevistado a los vecinos, a las empresas locales y a los ambulatorios locales; algunas pistas, pero nada que hubiera dado fruto hasta el momento.

Phil había comprobado los antecedentes de la cuidadora de Sophie, Brandi Ennis, que estaban sin mácula. Con estos, más la entrevista que le habían hecho D.D. y Bobby, podían descartarla como sospechosa. Las primeras comprobaciones del personal de la escuela y de los maestros de Sophie no habían levantado alarma alguna por ahora. Iban a comenzar a continuación con los padres.

El equipo encargado de audiovisuales había repasado el setenta y cinco por ciento de las grabaciones desde diferentes cámaras dentro de un radio de tres kilómetros a partir de la residencia de los Leoni. Todavía no habían visto ningún rastro de Sophie, de Brian Darby o de Tessa Leoni. Su búsqueda se había ampliado para incluir cualquier imagen del GMC Denali blanco de Brian.

Teniendo en cuenta el hallazgo del laboratorio de que muy probablemente un cuerpo había sido colocado en la parte trasera del vehículo de Darby, volver a comprobar las últimas veinticuatro horas del Denali era lo mejor que podían hacer. D.D. asignó a dos detectives para estudiar minuciosamente los registros de las tarjetas de crédito para ver si podían determinar la última vez en que le habían echado gasolina. Teniendo la fecha y viendo lo que quedaba en el depósito, podían averiguar la mayor distancia posible que Brian Darby hubiera sido capaz de conducir con un cuerpo en la parte trasera de su vehículo. Además, los mismos dos detectives comprobarían si el Denali tenía alguna multa o había atravesado un peaje, todo lo que ayudara a saber dónde había estado el Denali desde el viernes por la noche hasta el domingo por la mañana.

Por último, D.D. filtraría los detalles acerca del Denali a la prensa, invitando a posibles testigos a que llamaran para dar detalles.

Phil se mostró de acuerdo en buscar propiedades que podrían estar a nombre de Brian Darby o de un miembro de su familia. Las comprobaciones iniciales sobre la familia no habían hecho saltar ninguna alarma. Brian Darby no tenía ninguna orden de arresto a su nombre. Un par de multas por superar la velocidad permitida en los últimos quince años; aparte de eso era un ciudadano respetuoso con la ley. Había trabajado los últimos quince años en la misma empresa, ASSC, como marino mercante. Tenía una hipoteca de doscientos mil dólares por su casa, un préstamo de treinta y cuatro mil dólares por el Denali, cuatro de los grandes en tarjetas de crédito y más de cincuenta mil dólares en el banco, por lo que no era una situación financiera mala.

Phil también había contactado con el jefe de Brian Darby, quien se mostró dispuesto a que le entrevistaran telefónicamente al día siguiente a las once de la mañana. Por teléfono, Scott Hale había expresado consternación por la muerte de Darby y una total incredulidad ante el hecho de que el hombre había golpeado a su esposa. Hale también se había quedado acongojado por la desaparición de Sophie e iba a pedir a la ASSC que aumentara la cantidad de dinero que actualmente se estaba ofreciendo como recompensa.

D.D., que había escrito en la parte superior del tablón: «¿Pegaba Brian Darby a su mujer?», añadió una marca a la columna del No.

Lo que hizo que su otro compañero de equipo, Neil, levantara una mano para la columna del Sí. Neil se había pasado el día en el hospital, donde había conseguido el historial clínico de Tessa Leoni. Si bien no había una larga lista de «accidentes», la revisión de ese día había revelado múltiples heridas en el pasado. Tessa Leoni tenía las costillas magulladas, probablemente desde hace al menos una semana (se cayó en los escalones de la entrada, D.D. replicó, torciendo el gesto). El médico también había apuntado que le preocupaba que la fractura de la costilla no hubiera curado bien debido a la «atención médica inadecuada», lo cual parecía apoyar la afirmación de que Tessa no buscó ayuda externa, sino que se las había apañado por sí misma.

Además de su conmoción cerebral y de su fractura de pómulo, en su historial médico aparecían una multitud de contusiones, incluida una con forma de herradura, como la que deja la puntera de una bota de trabajo.

—¿Tiene Brian Darby botas de trabajo con puntas de acero? —preguntó D.D. alterada.

—Volvimos a la casa para comprobarlo y encontramos un par —dijo Neil—. Preguntamos al abogado si podíamos hacer coincidir las botas con el hematoma de la cadera de Leoni. Lo consideró una invasión de la privacidad y nos pidió que obtuviéramos una orden judicial.

—¡Invasión de la privacidad! —resopló D.D.—. Este es el tipo de descubrimiento que la puede ayudar. Establece un patrón de abuso, lo que significa que no va a terminar en la cárcel veinte años como mínimo.

—Él no discutió eso. Solo dijo que el médico había dado órdenes de que descansara, por lo que quería esperar hasta que se hubiera recuperado de su conmoción cerebral.

—¡Por favor! Entonces el hematoma se desvanece y hemos perdido nuestra oportunidad y no se puede probar nada. Que le den al abogado. Conseguid una orden judicial y hacedlo.

Neil se mostró de acuerdo, aunque tendría que esperar hasta media mañana, porque a primera hora tenía que acompañar al forense en la autopsia de Brian Darby. La autopsia estaba ahora programada a las siete de la mañana, ya que Tessa Leoni había solicitado la devolución de los restos de su marido lo antes posible, para planificar un funeral apropiado.

—¿Qué? —exclamó D.D.

—No es broma —dijo Neil—. Su abogado ha llamado esta tarde; quería saber cuándo podría Tessa disponer del cuerpo. No me preguntes por qué.

Pero D.D. se quedó mirando al pelirrojo desgarbado de todos modos.

—La muerte de Brian Darby está bajo investigación. Por supuesto, su cuerpo debe ser sometido a una autopsia, lo que Tessa sabe tan bien como cualquiera de nosotros. —Miró hacia Bobby—. Los policías estatales aprenden lo básico sobre homicidios, ¿no?

Bobby hizo como que se rascaba la cabeza.

—¿Qué? ¿Les dan noventa clases en veinticinco semanas de entrenamiento de la academia, y se supone que tienen que saberse lo más importante?

—Entonces, ¿por qué iba a pedir el cuerpo? —le preguntó D.D.—. ¿Por qué iba a hacer esa llamada?

Bobby se encogió de hombros.

—Tal vez pensó que ya habían realizado la autopsia.

—Tal vez pensó que iba a tener suerte —tomó Neil la palabra—. Ella sigue siendo parte de la policía. Quizás creyó que el forense haría caso a su solicitud y le devolvería el cuerpo de su marido sin hacerle el *post mortem*.

D.D. se mordió el labio inferior. No le gustaba. Aparte de ser guapa y vulnerable, Tessa Leoni se mostraba fría y sorprendentemente lúcida cuando tenía que serlo. Si Tessa había hecho la llamada, tenía que haber una razón.

D.D. volvió a Neil.

—¿Qué le dijo el forense?

—Nada. El forense estaba hablando con su abogado, no con la agente Leoni. Ben le recordó que tenía que realizar la autopsia, a lo cual Cargill no se negó. Lo que creo es que llegaron a una especie de compromiso: Ben la llevaría a cabo a primera hora, para acelerar el retorno del cuerpo de Darby a su familia.

—Así que la autopsia se practicará antes —reflexionó D.D.— y le devolverán el cuerpo antes. ¿Cuándo se lo darán?

Neil se encogió de hombros.

—Después de la autopsia, un asistente tendrá que suturar y limpiar el cadáver. Tal vez, como muy pronto, el lunes por la noche o el martes.

D.D. asintió sin dejar de pensar, pero no veía la ventaja. Por alguna razón, Tessa Leoni quería el cuerpo de su marido más pronto que tarde. Tendrían que volver a eso, dado que tenía que haber una razón. Siempre había una razón.

D.D. volvió a su grupo de trabajo. Pidió que le dieran una buena noticia. Nadie tenía ninguna. Una pista nueva. Nadie tenía ninguna.

Ella y Bobby contaron lo que habían oído sobre la juventud desperdiciada de Tessa Leoni. Matar una vez en defensa propia era mala suerte. Dos veces se acercaba peligrosamente a un patrón de comportamiento, aunque, desde un punto de vista jurídico, se necesitarían tres veces para romper el hechizo.

D.D. quería saber más sobre la muerte de Thomas Howe. A primera hora de la mañana, ella y Bobby localizarían al policía a cargo de la investigación. Si era posible, también se pondrían en contacto con la familia Howe y el padre de Tessa. Por último, pero no menos importante, querían identificar el gimnasio de Brian Darby y echar un vistazo a su régimen de ejercicio y la posibilidad de abuso de esteroides. El hombre se había musculado con relativa rapidez, y puede que Don Sensible se hubiese convertido en Don Inestable. Valía la pena comprobarlo.

Con eso, D.D. anotó los próximos pasos y repartió los deberes. El equipo de audiovisuales necesitaba completar su maratón de las cámaras de Boston. Phil tenía que acabar con los informes de antecedentes, buscar otras posibles casas de Brian y hacerle la entrevista al jefe de Brian Darby. Neil se presentaría en la autopsia, y conseguiría una orden judicial para las botas de Brian.

Otro equipo cotejaría la gasolina que quedaba con un mapa de Boston, creando un área de búsqueda máxima para Sophie Leoni, mientras que los agentes de la línea de emergencia seguirían investigando las pistas antiguas y permanecerían atentos a nueva información.

D.D. necesitaba los informes de entrevistas en su oficina en menos de una hora. Seguid con lo que estáis, ordenó a su equipo, y volved aquí a las doce y media. Sophie Leoni seguía desaparecida, lo que significaba que no iban a tomarse un descanso.

El equipo se dispersó.

D.D. y Bobby se quedaron para informar al superintendente de homicidios y, a continuación, consultar con el fiscal del condado de Suffolk. Ninguno de los dos estaba muy interesado en los detalles, sobre todo querían resultados. El trabajo de D.D. era informarles de que todavía no sabía por qué Brian Darby había sido tiroteado y de que tampoco había conseguido encontrar a Sophie Leoni. Pero, bueno, más o menos todos los policías de Boston estaban trabajando en el caso, por lo que en algún momento terminarían sabiendo algo.

El fiscal, que se había sorprendido ante la revelación de que Tessa Leoni ya había declarado legítima defensa antes, accedió a la solicitud de D.D. de que le diera más tiempo antes de decidir los cargos penales. Dadas las diferencias entre la investigación de un caso de homicidio y otro de asesinato en primer grado, toda información adicional vendría bien y sería necesaria una revisión profunda de la juventud desperdiciada de Tessa Leoni.

Mantendrían a los medios de comunicación centrados en la búsqueda de Sophie y lejos de los detalles de la muerte de Brian Darby.

A las doce y treinta y tres de la noche, D.D. pudo volver a su despacho. Su jefe estaba satisfecho; el fiscal, apaciguado; su grupo de trabajo, concentrado. Y así pasaba otro día en otro caso exigente. Los engranajes del sistema de justicia penal seguían dando vueltas y vueltas.

Bobby se sentó frente a ella. Sin decir una palabra, cogió el primer informe de su escritorio y comenzó a leer.

Después de una pausa, D.D. se unió a él.

14

Poco antes de cumplir tres años, Sophie se quedó encerrada en el maletero de mi coche patrulla. Esto ocurrió antes de que conociera a Brian, por lo que la culpa fue solo mía.

En ese momento vivíamos frente a la señora Ennis. Era a finales de otoño, cuando el sol se pone antes y durante las noches hace más frío. Sophie y yo habíamos salido y habíamos paseado por el parque. Era la hora de cenar, y yo estaba ocupada en la cocina mientras ella supuestamente estaba jugando en la sala de estar, donde la televisión emitía *Jorge el Curioso* a todo volumen.

Yo había hecho una ensalada como parte de mi programa para introducir más verduras en la dieta de mi hija. Hice dos pechugas de pollo a la parrilla y patatas fritas precongeladas al horno; Sophie podría comer sus adoradas patatas, siempre y cuando probara un poco de ensalada en primer lugar.

Eso me llevó unos veinte o veinticinco minutos. Pero unos veinticinco minutos ajetreados. Estaba ocupada y aparentemente no presté atención a mi niña porque, cuando entré en el salón para anunciar que era la hora de la cena, mi hija no estaba allí.

No entré en pánico de inmediato. Me gustaría decir que fue porque era una agente de policía con entrenamiento a mis espaldas, pero tenía más que ver con ser la madre de Sophie. Sophie empezó a correr a los trece meses y desde entonces no había dejado de hacerlo. Era el tipo de niña que desaparecía en las tiendas, que se escapaba de los columpios y que atravesaba rápidamente un centro comercial lleno de gente, sin importar si yo la estaba siguiendo o no. En los últimos seis meses, ya había perdido a Sophie varias veces. Pero siempre la encontraba en cuestión de minutos.

Empecé con lo básico, un rápido paseo por nuestra pequeña habitación. La llamé por su nombre y, a continuación, por si acaso, comprobé los armarios del cuarto de baño, los de la ropa y debajo de la cama. No estaba en el apartamento.

Revisé la puerta principal, que, por supuesto, me había olvidado de cerrar con llave, es decir, que todo el edificio se acababa de convertir en su campo de juego. Crucé el pasillo, maldiciéndome a mí misma en silencio y sintiendo la creciente frustración que conlleva ser una estresada madre soltera, responsable de todas las cosas en todo momento, valiera para ello o no.

Llamé a la puerta de la señora Ennis. No, Sophie no estaba allí, pero me dijo que acababa de verla jugando en la calle.

Salí. El sol ya se había puesto. Las farolas estaban encendidas, así como los focos de enfrente del edificio de apartamentos. Nunca estabas realmente a oscuras en una ciudad como Boston. Me lo repetí mientras caminaba alrededor de la manzana, gritando el nombre de mi hija. Cuando ninguna risa infantil me saludó detrás de la esquina, cuando nada se movió en unos arbustos cercanos, me preocupé.

Empecé a temblar. Hacía frío, no llevaba chaqueta y, teniendo en cuenta que recordaba haber visto su abrigo colgado del perchero junto a la puerta de nuestro apartamento, ella tampoco.

Mi corazón se aceleró. Respiré profundamente para calmarme, intentando no caer en el pánico más absoluto. Durante todo el tiempo que había estado embarazada de Sophie, había vivido con miedo. No había sentido el milagro de la vida creciendo en mi cuerpo. En su lugar, veía la foto de mi hermano muerto, un recién nacido muy blanco con los labios muy rojos.

Cuando me puse de parto, pensé que sería incapaz de respirar debido al terror que me atenazaba la garganta. Iba a fallarle, mi bebé iba a morir, no había ninguna esperanza, ninguna esperanza, ninguna esperanza.

Pero entonces nació Sophie. Perfecta, cubierta de motitas rojas, gritando en voz alta. Cálida y resbaladiza y terriblemente hermosa. La acuné contra mi pecho.

Mi hija era dura. Y audaz e impulsiva.

Con una hija como Sophie no te preocupabas. Lo que hacías era pensar: ¿qué haría Sophie?

Volví al edificio, pregunté por todos los apartamentos. La mayoría de mis vecinos todavía no habían vuelto a casa del trabajo; los pocos que había respondieron que no habían visto a mi hija. Empecé a moverme más rápido y con más decisión.

A Sophie le gustaba el parque y hubiera podido estar allí, si no fuera porque ya habíamos pasado la tarde jugando en los columpios y porque incluso a ella le había apetecido irse al final. Le encantaba quedarse en la tienda de la esquina y le fascinaba la lavandería: le gustaba ver la ropa dando vueltas.

Subí otra vez a nuestro piso. Volví a mirar por si faltaba algo más, su juguete preferido, su bolsito. Después cogería las llaves del coche y daría vueltas a la manzana.

Acababa de entrar cuando descubrí lo que se había llevado: las llaves de mi coche de policía ya no estaban en el platito donde las dejaba.

Bajé corriendo las escaleras. Los niños pequeños y los coches de policía no debían mezclarse. La radio, las luces y las sirenas me daban igual, pero tenía una escopeta en el maletero.

Fui hacia el lado del pasajero y miré por la ventanilla. El interior del coche estaba vacío. Probé la puerta, pero estaba cerrada. Lo rodeé con cuidado, el corazón me iba a mil, casi no podía respirar mientras inspeccionaba cada puerta y cada ventana. No había señales de actividad. Bloqueado, bloqueado, bloqueado.

Pero se había llevado las llaves. Tenía que pensar como Sophie. ¿A qué botón le había dado? ¿Qué podría haber hecho?

Entonces la oí. Un *pum, pum, pum* en el maletero. Ella estaba dentro, golpeándolo.

—¿Sophie? —la llamé.

El golpeteo se detuvo.

—¿Mamá?

—Sí, Sophie. Mami está aquí, cariño. —Mi voz se había vuelto estridente, a pesar de mis mejores intenciones—. ¿Estás bien?

—Mami —respondió mi hija con calma desde el interior del maletero—. Estoy encerrada, mami. Me he atascado.

Cerré los ojos, exhalando mi reprimida respiración.

—Sophie, preciosa —dije tan firmemente como pude—. Necesito que escuches a mamá. No toques nada.

—Vale.

—¿Todavía tienes las llaves?

—Sí.

—¿Las tienes en la mano?

—¡No puedo tocar nada!

—Bueno, cariño, puedes tocar las llaves. Mantén las llaves en la mano, pero no toques ninguna otra cosa.

—Estoy atascada, mami. No puedo salir.

—Entiendo, cariño. ¿Quieres salir?

—¡Sí!

—Vale. Coge las llaves. Encuentra un botón con tu dedo. Apriétalo.

Oí un chasquido cuando Sophie hizo lo que le dije. Corrí a la puerta principal para verificarlo. Por supuesto, le había dado a la tecla de bloqueo.

—Sophie, nena —la llamé—. ¡Dale al botón de al lado! ¡Dale al otro!

Otro clic, y la puerta del conductor se abrió. Respiré otra vez, abrí la puerta, encontré el pestillo del maletero y lo solté. Segundos más tarde, estaba de pie frente a mi hija, acurrucada como un charco de color rosa en medio del maletero que contenía mi escopeta de seguridad y una bolsa de lona negra llena de munición y demás parafernalia de la policía.

—¿Estás bien? —quise saber.

Mi hija bostezó y me tendió los brazos.

—¡Tengo hambre!

La saqué del maletero y la puse de pie en la acera, donde rápidamente se estremeció por el frío.

—Mami —comenzó a gemir.

—¡Sophie! —la interrumpí con firmeza, sintiendo el primer espasmo de la ira ahora que mi hija estaba fuera de peligro—. Escúchame. —Le cogí las llaves, las sostuve, las sacudí con fuerza—. *No* son tus llaves. No las toques *nunca*. ¿Lo entiendes? ¡No se tocan!

Sophie empezó a hacer pucheros.

—No tocar —repitió. Parecía empezar a comprender lo que había hecho. Se puso a mirar el suelo.

—¡No salgas del piso sin decírmelo! Mírame a los ojos. Repítemelo. Díselo a mamá.

Ella me miró con lágrimas en los ojos.

—Sin permiso. Decírselo a mamá —susurró.

Una vez que la hube regañado, cedí al impuso de los últimos diez minutos de terror, la levanté en brazos y la abracé con fuerza.

—No me vuelvas a asustar así —murmuré contra su cabeza—. De verdad, Sophie. Te quiero. No quiero perderte nunca. Eres mi Sophie.

En respuesta, sus pequeños dedos se clavaron en mis hombros y me devolvió el abrazo.

Después de otro momento, la dejé en el suelo. Debería haber cerrado con llave, me dije. Y tendría que empezar a dejar las llaves del coche en la parte superior de un armario, o quizás en la caja fuerte con la pistola. Más cosas que recordar. Más gestiones en una vida ya sobrecargada.

Me picaban los ojos, pero no lloré. Ella era mi Sophie. Y yo la quería.

—¿No te has asustado? —pregunté mientras la cogía de la mano y la llevaba de vuelta al apartamento para tomarnos una cena que ya se habría quedado fría.

—No, mamá.

—¿Ni siquiera encerrada en la oscuridad?

—No, mamá.

—¿De verdad? Eres una chica muy valiente, Sophie Leoni.

Ella me apretó la mano.

—Mami viene —dijo simplemente—. Lo sé. Mami viene a por mí.

Recordé esa noche, mientras yacía atrapada en una habitación de hospital, rodeada del pitido de los monitores y el zumbido constante de un centro médico atareado. Sophie era dura. Sophie era valiente. Mi hija no tenía terror a la oscuridad, como les había hecho creer a los detectives. Quería que tuvieran miedo por ella, quería que la buscaran con ganas. Cualquier cosa que les hiciera trabajar más rápido, recuperarla antes.

Necesitaba a Bobby y a D.D., sin importar si me creían o no. Mi hija les necesitaba, sobre todo teniendo en cuenta que la superheroína de su madre ahora mismo no podía ponerse en pie sin vomitar.

Iba en contra de mi naturaleza, pero así eran las cosas: mi hija estaba en peligro, perdida en la oscuridad. Y no había absolutamente nada que yo pudiera hacer al respecto.

La una de la mañana.

Agarré el botón azul con fuerza.

—Sophie, sé valiente —susurré en la habitación a oscuras, concentrada en que mi cuerpo se recuperara cuanto antes—. Mami está viniendo. Mamá siempre vendrá a por ti.

Entonces me obligué a revisar las últimas treinta y seis horas. Consideré las tragedias de los días anteriores. Luego pensé en los peligros que me aguardaban los próximos días.

Buscar los atajos, anticipar los obstáculos, conseguir ir un paso por delante.

La autopsia de Brian había sido trasladada a primera hora de la mañana. Una victoria pírrica: había conseguido mi objetivo y, al mismo tiempo, me había puesto una soga en la garganta.

Pero también precipitaba las cosas y yo recuperaba parte del control que hasta entonces tenían ellos.

Nueve horas, pensé. Nueve horas para recuperarme físicamente; entonces, esté preparada o no, comienzan los juegos.

Pensé en Brian, muriendo en el suelo de la cocina. Pensé en Sophie, siendo arrebatada de nuestro hogar.

Entonces me permití un último momento para llorar a mi marido. Porque hubo un tiempo en el que habíamos sido felices.

Hubo un tiempo en el que habíamos sido una familia.

15

D. volvió a su piso de North End a las dos y media de la noche. Se dejó caer en su cama, completamente vestida, y puso el despertador para dormir cuatro horas. Se despertó seis horas más tarde, miró el reloj, e inmediatamente entró en pánico.

¿Las ocho y media de la mañana? Ella nunca se quedaba dormida. ¡Nunca!

Salió corriendo de la cama, miró con ojos desconcertados alrededor de su habitación y luego agarró su teléfono y marcó. Bobby respondió después de la segunda llamada y ella dijo sin aliento:

—Estoy llegando, ya voy. Ya voy. Solo necesito cuarenta minutos.

—Vale.

—Se debe de haber estropeado el despertador. Solo tengo que ducharme, cambiarme y desayunar. Estoy en camino.

—Vale.

—¡Mierda! ¡El tráfico!

—D.D. —dijo Bobby con más firmeza—. Está bien.

—¡Son las ocho y media! —gritó de nuevo, y, para su horror, se dio cuenta de que estaba a punto de llorar. Se dejó caer de nuevo en la cama. Por Dios, era un desastre. ¿Qué le estaba pasando?

—Todavía estoy en casa —aclaró Bobby, entonces—. Annabelle está durmiendo, le estoy dando de comer al bebé. ¿Sabes qué? Voy a llamar al detective que se hizo cargo de la investigación de Thomas Howe. Con un poco de suerte, podemos quedar en Framingham en dos horas. ¿Te parece bien?

—Está bien —respondió D.D. mansamente.

—Te llamo en treinta minutos. Disfruta de la ducha.

D.D. debería haber dicho algo. Antes, hubiera dicho algo, seguro. En cambio, apagó el móvil y se quedó sentada, sintiéndose como un globo que se hubiera desinflado bruscamente.

Después de otro minuto, se dirigió al baño, donde se quitó la ropa del día anterior y permaneció de pie sobre los azulejos blancos de cerámica, mirando su cuerpo desnudo en el espejo.

Se tocó el estómago con los dedos, pasó las palmas a través de la suave extensión de su piel, tratando de sentir alguna señal de lo que le estaba sucediendo. Cinco semanas de retraso y no notaba ningún abombamiento. En todo caso, su estómago parecía más plano, su cuerpo, más delgado. Pero, claro, pasar de comer de todo a tomar solo caldo y galletas saladas podía ser un buen motivo.

Se examinó entonces la cara, donde sus despeinados rizos rubios enmarcaban unas mejillas hundidas y unas ojeras gigantes. Todavía no se había hecho una prueba de embarazo. Teniendo en cuenta que no le había llegado el periodo y su fatiga intensa intercalada con las implacables náuseas, su condición parecía obvia. Qué suerte tenía, poner fin a una sequía de tres años de sexo quedándose embarazada.

A lo mejor no lo estaba, pensó. Tal vez se estaba muriendo.

—Ya quisiera —murmuró sombríamente.

Pero sus palabras la sorprendieron. Ella no quería decir eso. Tenía la certeza de que no.

Volvió a tocarse el estómago. Quizás su cintura estaba más ancha. Tal vez, por aquí, podía sentir una pizca de curva... Sus dedos se detuvieron, acariciaron suavemente ese punto. Y, por un segundo, se imaginó a un recién nacido, con la cara roja e hinchada, los ojos rasgados y oscuros, los labios fruncidos. ¿Niño? ¿Niña? No le importaba. Solo que fuera un bebé. Un bebé de verdad.

—No voy a hacerte daño —susurró en el silencio del cuarto de baño—. No soy muy maternal. Me equivocaré. Pero no te voy a hacer daño. Nunca te haría daño intencionadamente.

Hizo una pausa, suspiró profundamente, sintió que su negativa empezaba a inclinarse hacia la aceptación.

—Pero vas a tener que trabajar conmigo en esto. ¿Vale? No es como si hubieras ganado la lotería de las madres. Así que esto va a ser un compromiso por ambas partes. Podrías dejar que coma de nuevo, y, a cambio, voy a intentar irme a la cama antes de medianoche. Es lo mejor que te puedo ofrecer. Si quieres una oferta mejor, necesitas empezar de nuevo.

»Tu mamá está tratando de encontrar a una niña desaparecida. Y tal vez a ti no te importa eso, pero a mí, sí. No puedo evitarlo. Llevo este trabajo en la sangre.

Otra pausa. Suspiró de nuevo, sus dedos no dejaban de acariciar su estómago.

—Así que tengo que hacer lo que tengo que hacer —susurró—. Porque el mundo es un desastre, y alguien tiene que limpiarlo. O las nenas como Sophie Leoni nunca tendrán su oportunidad. No quiero vivir en un mundo así. Y no quiero que crezcas en un mundo así. Por lo que vamos a hacer esto juntos. Voy a la ducha y, luego, a comer. ¿Qué te parecen unos cereales?

Su estómago no protestó inmediatamente, lo que interpretó como un sí.

—Cereales, entonces. Luego los dos volvemos a trabajar. Cuanto antes encontremos a Sophie, antes te puedo presentar a tu papá. Quien, por lo menos una vez, mencionó que quería tener hijos. Esperemos que siga siendo cierto. Ah, caramba. Todos vamos a necesitar un poco de fe. Muy bien, acabemos con esto.

D.D. abrió el grifo de la ducha.

Más tarde, se comió unos cereales y consiguió dejar su piso sin vomitar.

Bastante bien, decidió. Bastante bien.

El detective Butch Walthers hacía honor a su nombre[*]. Corpulento, de cara ancha, un poco de barriga en un cuerpo de jugador de fútbol americano echado a perder. Había aceptado reunirse con Bobby y D.D. en una pequeña cafetería cerca de su casa, porque era su día libre y, si iba a hablar, quería una comida gratis.

D.D. entró, chocó contra un muro sólido de olor a huevos y beicon frito y estuvo a punto de volver a salir. Siempre le habían gustado las cafeterías. Siempre le habían gustado los huevos y el beicon. Estar reducida ahora a una náusea constante era muy cruel.

Respiró varias veces con la boca abierta para controlarse. A continuación, en un arranque de inspiración, sacó un paquete

---

[*] *Butch* en inglés significa «macho». *[N. de la T.]*

de chicles de menta de su bolso. Un viejo truco aprendido gracias a trabajar en innumerables escenas de homicidios: masticar chicle de menta reduce nuestro sentido del olfato. Se metió tres tabletas en la boca y sintió el aroma de la menta inundar la parte posterior de la garganta. Así logró llegar al fondo de la cafetería, donde Bobby ya estaba sentado al otro lado del detective Walthers en un reservado lateral.

Los dos hombres se pusieron en pie mientras ella se acercaba. Se presentó a Walthers y saludó con la cabeza a Bobby, luego se deslizó la primera por el asiento corrido para poder estar más cerca de la ventana. Tuvo suerte, se podía abrir de verdad. De inmediato se puso a descorrer los pestillos.

—Hace un poco de calor por aquí —comentó—. Espero que no os importe.

Los dos hombres la miraron con curiosidad, pero no dijeron nada. Hacía calor de verdad, pensó D.D. defendiéndose, y la bocanada de aire de marzo olía a nieve y a nada más. Se inclinó para acercarse más a la estrecha abertura.

—¿Café? —preguntó Bobby.

—Mejor agua —dijo D.D.

Él arqueó una ceja.

—Ya me he tomado uno —mintió—. No quiero ponerme nerviosa.

Bobby no se lo creyó. Debería habérselo imaginado. Se volvió hacia Walthers antes de que Bobby pudiera preguntarle sobre el desayuno. Que D.D. rechazara una comida probablemente marcaba el fin del universo tal como lo conocía.

—Gracias por reunirte con nosotros —dijo D.D.—. Especialmente en tu día libre.

Walthers asintió, complaciente. Su nariz bulbosa estaba llena de capilares rotos. Un bebedor, dedujo D.D. Uno de los veteranos que se acercaban al final de su carrera policial. Si creía que la vida era difícil ahora, pensó con un poco de compasión, tendría que ver cuando se jubilara. Tantas horas vacías para llenarlas con los buenos recuerdos de los viejos tiempos y con pesar por los días perdidos.

—Me ha sorprendido recibir una llamada por el caso Howe —comentó Walthers—. Trabajé en muchos casos en mis tiempos. Nunca pensé que ese fuera especialmente interesante.

—Parecía estar bastante claro, ¿no?

Walthers se encogió de hombros.

—Sí y no. Las pruebas no fueron concluyentes, pero los antecedentes de Tommy Howe lo dejaban muy claro. Tessa Leoni no era la primera chica a la que había atacado, solo la primera que se había defendido.

—¿En serio? —D.D. estaba intrigada.

La camarera apareció, mirando con expectación. Walthers pidió el plato especial con cuatro salchichas, dos huevos fritos y media ración de patatas fritas caseras. Bobby, lo mismo. D.D., sintiéndose muy valiente, optó por el zumo de naranja.

Ahora sí que Bobby la estaba mirando.

—Cuéntanos el caso —le dijo D.D. a Walthers cuando la camarera se fue.

—Nos entró una llamada por emergencias. La madre, si mal no recuerdo, muy histérica. El primero que llegó se encontró a Tommy Howe muerto de un solo tiro en el salón, los padres y la hermana a su alrededor con las batas puestas. La madre estaba llorando, el padre tratando de consolarla, la hermana en estado de shock. Los padres no tenían ni idea de lo que había pasado. Se despertaron con un ruido, el padre fue a la planta baja y se encontró el cuerpo de Tommy, y eso había sido todo.

»La hermana, Juliana, era la que tenía las respuestas, pero me costó un poco que nos lo contara. Había invitado a una amiga a dormir en su casa...

—Tessa Leoni —apuntó D.D.

—Exactamente. Tessa se había quedado dormida en el sofá mientras estaban viendo películas. Juliana se había ido a la cama. Poco después de la una de la mañana, ella también oyó un ruido. Bajó y vio a su hermano y a Tessa en el sofá. Según sus propias palabras, no estaba segura de lo que pasaba, pero luego se oyó un disparo y Tommy cayó al suelo. Tessa se levantó del sofá con la pistola en la mano.

—¿Juliana vio a Tessa disparar a su hermano? —preguntó D.D.

—Sí. Juliana estaba en bastante mal estado. Ella me contó que Tessa dijo que Tommy la había atacado. Juliana no sabía qué hacer. Tommy sangraba mucho y podía oír a su padre que bajaba por las escaleras. Le entró el pánico y le dijo a Tessa que se fuera a su casa, cosa que Tessa hizo.

—¿Tessa se fue a su casa en mitad de la noche? —intervino Bobby con el ceño fruncido.

—Tessa vivía en la misma calle, cinco casas más abajo. No es una gran distancia. Cuando el padre llegó abajo, le gritó a Juliana que avisara a su madre para que llamara al teléfono de emergencias. Y ahí fue donde entré yo. Un adolescente muerto, un salón ensangrentado, y quien le había disparado no estaba allí.

—¿Dónde recibió Tommy el disparo?

—En la parte superior del muslo izquierdo. La bala cortó la arteria femoral y se desangró. Mala suerte, si lo piensas, morir de una sola herida de bala en la pierna.

—¿Solamente un disparo?

—Eso fue todo lo que hizo falta.

Interesante, pensó D.D. Al menos Brian Darby se había ganado tres en el pecho. Menuda diferencia marcaban veinticinco semanas de intenso entrenamiento con armas.

—Bueno, y ¿dónde estaba Tessa? —preguntó D.D.

—Después de la declaración de Juliana, fui a la residencia de los Leoni, donde Tessa respondió a la primera llamada. Se había duchado.

—¡No me digas!

—Ya te comenté que las pruebas no habían sido concluyentes. Por otra parte —Walthers se encogió de hombros— ella tenía dieciséis años. Había sido agredida sexualmente, antes de disparar contra su agresor. No puedes culparla de querer ducharse.

A D.D. seguía sin gustarle.

—¿Qué prueba física pudiste recuperar?

—La pistola. Tessa me la entregó inmediatamente. Sus huellas estaban en el mango y balística vinculó la bala que había matado a Tommy Howe con el arma. Empaquetamos y clasificamos la ropa que llevaba puesta. No había semen en la ropa interior; ella dijo que no..., ejem, llegó a terminar lo que había empezado. Pero sí un poco de sangre, del mismo tipo que la de Tommy Howe.

—¿La prueba de la pólvora?

—Negativa, pero, claro, se había duchado.

—¿El kit de violación?

—Ella se negó.

—¿Se negó?

—Dijo que ya lo había pasado suficientemente mal. Traté de convencerla de que dejara que una enfermera le examinara los hematomas, le intenté explicar que iba a ser por su propio interés, pero ella no se lo creía. La muchacha estaba temblando como una hoja. Lo único que quería era olvidarse de todo.

—¿Dónde se encontraba el padre, a todo esto? —quiso saber Bobby.

—Se despertó cuando entramos en la casa. Al parecer se estaba enterando en ese momento de que su hija había vuelto antes de la casa de su amiga y que había habido un incidente. Parecía un poco... ausente. Estaba de pie en la cocina en calzoncillos y camiseta interior, los brazos cruzados sobre el pecho, sin decir una palabra. Es decir, aquí está su hija de dieciséis años contando que ha sido atacada por un muchacho, y se queda ahí de pie como una maldita estatua. Donnie —Walthers chasqueó los dedos al recordarlo—. Donnie Leoni. Dueño de su propio taller de reparación. No supe nunca qué le pasaba. Creo que bebía, pero tampoco lo confirmé.

—¿Y la madre? —preguntó D.D.

—Muerta. Seis meses antes, de insuficiencia cardiaca. No era un hogar feliz, pero... —Una vez más, Walthers se encogió de hombros—. La mayoría de ellos no lo son.

—Por lo tanto —D.D. repasó los hechos mentalmente—, a Tommy Howe le matan con una sola bala en su salón. Tessa confiesa el crimen, totalmente limpia y nada dispuesta a someterse a un examen físico. No lo entiendo. ¿El fiscal se limitó a creerla? ¿La pobre adolescente traumatizada tiene que estar diciendo la verdad?

Walthers negó con la cabeza.

—¿Entre tú y yo?

—Pues claro —le aseguró D.D.—. Entre colegas.

—No sabía si fiarme de Tessa Leoni. Es decir, por una parte, ella estaba sentada en su cocina temblando de forma incontrolada. Por otro lado... fue desgranando un recuento preciso de cada minuto de la noche. En todos mis años, nunca una víctima ha recordado las cosas con tal claridad, especialmente una víctima de agresión sexual. Eso me intrigó, pero

¿qué podía decir: «Chica, tu memoria es demasiado buena para que te pueda tomar en serio»? —Walthers negó con la cabeza—. Hoy en día, ese tipo de declaraciones le pueden costar a un detective su placa, y tengo dos exesposas que mantener. Créeme, necesito mi pensión.

—Entonces, ¿por qué se aceptó lo de la defensa propia? ¿Por qué no se presentaron cargos contra ella? —preguntó Bobby, claramente tan perplejo como D.D.

—Porque Tessa Leoni podría haber sido una víctima cuestionable, pero Tommy Howe era el criminal perfecto. En menos de veinticuatro horas, tres chicas diferentes llamaron por teléfono diciendo que habían sido atacadas sexualmente por él. Ninguna de ellas quiso hacer una declaración formal, pero, cuanto más investigábamos, más descubríamos sobre una cierta reputación de Tommy con las damas: no aceptaba un no por respuesta. No utilizaba la fuerza bruta, y por eso muchas de las chicas eran reacias a declarar. En vez de eso, parecía que las atontaba con alcohol, tal vez incluso les echaba algo en las bebidas. Pero un par de chicas recordaban claramente *no* estar interesadas en Tommy Howe y levantarse en su cama de todos modos.

—Rohypnol —dijo D.D.

—Probablemente. Nunca encontramos ningún rastro en su dormitorio, pero incluso sus amigos estuvieron de acuerdo en que lo que Tommy quería, Tommy lo conseguía, y lo que pensaran las chicas sobre el tema no era de gran interés para él.

—Un buen tipo —murmuró Bobby cínicamente.

—Sus padres así lo creían, sin duda —comentó Walthers—. Cuando el fiscal anunció que no iba a presentar cargos y trató de explicarles las circunstancias atenuantes... Se podría haber pensado que estábamos diciendo que el Papa era ateo. El padre, James, James Howe, montó una escena. Empezó a gritar al fiscal, llamó a mi jefe para despotricar diciendo que yo era tan mal policía que estaba permitiendo que una asesina a sangre fría saliera libre. Dijo que tenía contactos, que ya veríamos todos.

—¿Y era cierto? —preguntó D.D. con curiosidad.

Walthers levantó la mirada.

—Por favor, si era un subdirector de departamento de Polaroid. ¿Contactos? Se ganaba la vida dignamente, y estoy seguro de que sus subordinados le temían. Pero no era más que el rey de un cubículo de ocho por ocho y de una casa de doscientos metros cuadrados. ¡Padres! —Walthers sacudió la cabeza.

—¿El señor y la señora Howe nunca creyeron que Tommy había atacado a Tessa Leoni?

—No. Nunca pudieron ver la culpabilidad de su hijo, lo que fue muy interesante, porque Donnie Leoni no creía en la inocencia de su hija. Oí rumores de que la echó de casa. Al parecer, él es uno de esos tipos que creen que la culpa es de que las chicas van por ahí pidiendo guerra. —Walthers sacudió la cabeza de nuevo—. ¿Qué le vamos a hacer?

La camarera reapareció con las bandejas de comida. Deslizó los platos frente a Walthers y Bobby, luego le entregó a D.D. su vaso de zumo.

—¿Algo más? —preguntó la camarera.

Ellos negaron con la cabeza; ella se fue.

Los hombres se pusieron a comer. D.D. se acercó más a la ventana abierta para escapar del olor a grasa de las salchichas. Tiró el chicle, intentó beber el zumo de naranja.

Así que Tessa Leoni había disparado a Tommy Howe una vez en la pierna. Si D.D. se imaginaba la escena en su mente, la coreografía tenía sentido. Tessa, de dieciséis años, aterrada, aplastada en los cojines del sofá por el peso de un chico más grande y más fuerte. Su mano derecha buscando a tientas a su lado, sintiendo el bulto de su bolso en la cadera. Buscando la 22 de su padre, para finalmente conseguir que su mano rodeara la empuñadura, metiéndola entre los cuerpos...

Walthers tenía razón, mala suerte para Tommy haber muerto por una herida de ese tipo. Aunque, viéndolo desde todos los ángulos, mala suerte también para Tessa, puesto que había perdido a su padre y a su mejor amiga por eso.

Sonaba a homicidio justificado, pues había otras mujeres dispuestas a corroborar el historial de agresiones sexuales de Tommy. Y, sin embargo, que una mujer hubiera estado involucrada en dos tiroteos fatales... El primero tenía como protagonista a un adolescente agresivo. El segundo, a un marido maltratador. El primero, con un solo disparo en la pierna que termina siendo mortal. El segundo, tres tiros en el pecho.

Dos tiroteos. Dos casos de defensa propia. Mala suerte, reflexionó D.D., sorbiendo el zumo de naranja. ¿O una curva de aprendizaje?

Walthers y Bobby terminaron sus comidas. Bobby se encargó de la cuenta y Walthers gruñó su agradecimiento. Se intercambiaron las tarjetas y luego Walthers se fue, dejando a Bobby y a D.D. de pie en la calle.

Bobby se volvió hacia ella en el momento en el que Walthers daba la vuelta a la esquina.

—¿Hay algo que me quieras contar, D.D.?

—No.

Apretó la mandíbula, parecía que iba a seguir con el tema, pero al final no lo hizo. Se dio la vuelta y se puso a examinar el toldo de la cafetería. Si D.D. no le conociera, hubiera dicho que había herido sus sentimientos.

—Tengo una pregunta para ti —dijo D.D., para cambiar de tema y disipar la tensión—. Sigo pensando en Tessa Leoni, viéndose obligada a matar a dos hombres en dos casos separados de autodefensa. Me pregunto: ¿tiene mala suerte o es muy inteligente?

Eso captó la atención de Bobby. Se volvió hacia ella, el interés se reflejaba en su rostro.

—Piénsalo —continuó D.D.—. A Tessa la dejan en la calle a los dieciséis, termina embarazada y sola a los veintiuno. Pero, entonces, con sus propias palabras, reconstruye su vida. Deja de beber. Da a luz a una hermosa hija, se convierte en una respetable agente de policía, incluso encuentra a un gran tipo. Hasta la primera vez que bebe demasiado y la golpea. ¿Y qué hace ella?

—Los policías no confían en otros policías —dijo Bobby con rigidez.

—Exactamente —estuvo de acuerdo D.D.—. Viola el código del agente de patrulla, del que se espera que sepa manejar todas las situaciones por sí solo. Bueno, Tessa podía dejar a su marido. La próxima vez que Brian embarcase, Tessa y Sophie tendrían un plazo de sesenta días para instalarse en su propia casa. Excepto que, tal vez, después de haber vivido en una buena casa, Tessa no quiere volver a un apartamento. Tal vez a ella le gusta la casa, el patio trasero, el deportivo y los cincuenta mil dólares en el banco.

—Tal vez no pensaba que sería suficiente mudarse —replicó Bobby—. No todos los maltratadores están dispuestos a rendirse a la primera.

—Muy bien —le concedió D.D.—. Eso también. Tessa decide que necesita una solución más definitiva. Una que elimine a Brian Darby de su vida y de la vida de Sophie para siempre, mientras ella se hace con una propiedad de primera en Boston. ¿Qué hace?

Bobby se quedó mirándola.

—¿Estás diciendo que en base a su experiencia con Tommy Howe, Tessa decide montar una escena donde pueda disparar a su marido en defensa propia?

—Creo que se le debió haber pasado por la cabeza.

—Sí. Salvo que las lesiones de Tessa no son fingidas. Conmoción cerebral, fractura del pómulo, contusiones múltiples. La pobre mujer ni siquiera puede ponerse de pie.

—Tal vez Tessa provocó a su marido para que la atacara. No es demasiado difícil de conseguir. Ella sabía que había estado bebiendo. Todo lo que tenía que hacer era incitarle a golpearla unas cuantas veces, y ya podía abrir fuego. Brian da rienda a su demonio interior y Tessa se aprovecha.

Bobby frunció el ceño, sacudió la cabeza.

—Eso es muy duro. Y sigue sin sostenerse.

—¿Por qué no?

—Por Sophie. Así que Tessa consigue que su marido le pegue. Y Tessa le dispara. Eso explica el cuerpo en la cocina, y la visita de la ambulancia. Pero ¿qué pasa con Sophie? ¿Dónde está Sophie?

D.D. frunció el ceño. Su brazo descansaba sobre su vientre.

—Tal vez ella quería que Sophie no estuviera en la casa por si acaso veía algo.

—Entonces hubiera llamado a la señora Ennis para que se quedara con Sophie.

—Espera, tal vez ese es el fallo. No quiso que Sophie se quedara con la señora Ennis porque había visto demasiado, así que tuvo que esconderla para que no la pudiéramos interrogar.

—¿Tessa tiene escondida a Sophie?

D.D. se puso a pensarlo.

—Eso explicaría por qué ha tardado tanto en cooperar. No le preocupa su hija, ya sabe que Sophie está a salvo.

Pero Bobby ya estaba sacudiendo la cabeza.

—Venga ya, Tessa es una agente de policía. Sabe que en el momento en que ella declara que su hija ha desaparecido, todo el estado se pone en alerta AMBER. ¿Cuáles son las posibilidades de que oculte con éxito a una niña cuya foto está siendo mostrada por todos los medios de comunicación? ¿A quién se lo iba a pedir? «Oye, son las nueve de la mañana, es domingo, acabo de disparar a mi marido, así que ¿te importa darte una vuelta con mi hija de seis años?». Es una mujer de la que ya hemos establecido que no tiene familia o amigos cercanos. Sus opciones serían la señora Ennis o la señora Ennis, y la señora Ennis no tiene a Sophie.

»Por otra parte —continuó Bobby, implacable—, no hay un objetivo claro. Tarde o temprano, vamos a encontrar a Sophie. Y, cuando lo hagamos, vamos a preguntarle por lo que vio esa mañana. Si Sophie fue testigo de la confrontación entre Tessa y Brian, el retraso de unos días no va a cambiar nada. Así que ¿por qué correr ese riesgo con su propia hija?

D.D. frunció los labios.

—Bueno, visto así... —murmuró.

—¿Por qué te resulta tan difícil? —preguntó Bobby de repente—. Una compañera policía ha sido hospitalizada. Su hija ha desaparecido. La mayor parte de los detectives están dispuestos a ayudarla, mientras que tú pareces empeñada en encontrar una razón para encarcelarla.

—No es cierto.

—¿Es porque es joven y guapa? ¿De verdad eres tan mezquina?

—¡Bobby Dodge! —explotó D.D.

—¡Tenemos que encontrar a Sophie Leoni! —le gritó Bobby como respuesta. En todos esos años, D.D. no recordaba haber oído gritar a Bobby, pero no le importó, porque ella también estaba chillando.

—¡Lo sé!

—Han pasado más de veinticuatro horas. Mi hija estaba llorando a las tres de la mañana y todo lo que podía preguntarme era si en alguna parte la pequeña Sophie hacía lo mismo.

—¡Lo sé!

—¡Odio este caso, D.D.!

—¡Yo también!

Bobby dejó de gritar. En vez de eso, se puso a respirar profundamente. D.D. dejó escapar un suspiro de frustración. Bobby se pasó una mano por su cabello corto. D.D. se recolocó sus rizos rubios.

—Tenemos que hablar con el jefe de Brian Darby —señaló Bobby después de otro minuto—. Necesitamos una lista de amigos o conocidos que pudieran saber lo que hizo con su hijastra.

D.D. echó un vistazo a su reloj. Las diez de la mañana. Phil había programado la llamada con Scott Hale para las once.

—Tenemos que esperar otra hora.

—Bueno. Vamos a empezar a llamar a los gimnasios. Tal vez Brian tenía un entrenador personal. La gente confiesa todo a sus entrenadores personales, y eso es lo que necesitamos ahora mismo.

—Llama tú a los gimnasios —dijo D.D.

Bobby la miró con recelo.

—¿Por qué? ¿Qué vas a hacer tú?

—Localizar a Juliana Howe.

—D.D...

—Divide y vencerás —le interrumpió—. Si cubres el doble de terreno, obtienes resultados dos veces más rápido.

—Jesús. Realmente eres una tía dura.

—Era lo que te gustaba de mí.

D.D. se dirigió a su vehículo. Bobby no la siguió.

16

Brian y yo tuvimos nuestra primera gran pelea cuatro meses después de casarnos. La segunda semana de abril, una tormenta de nieve inesperada había cubierto Nueva Inglaterra. Yo había estado de servicio la noche anterior y, cuando llegaron las siete de la mañana, la carretera era una maraña de múltiples accidentes de coches, vehículos abandonados y peatones aterrorizados. Estábamos hasta el cuello, tanto los que llevábamos trabajando toda la noche como los que entraban a trabajar en el turno de la mañana, y no hacíamos más que llamar a agentes extra para que acudieran en su día libre, incluyendo al personal de emergencia. Bienvenido al día a día en la vida de un agente de uniforme durante una tormenta invernal.

A las once de la mañana, cuatro horas después de la hora normal en que habría terminado mi turno, me las arreglé para llamar a casa. Nadie respondió. No me preocupé. Supuse que Brian y Sophie estarían fuera jugando en la nieve. Tal vez montando en trineo, haciendo un muñeco de nieve o excavando en busca de flores de azafrán silvestre bajo la cristalina nieve azulada de abril.

LISA GARDNER

Hacia la una, mis compañeros y yo habíamos conseguido despejar el peor de los accidentes, reubicar unas tres docenas de vehículos averiados y ayudar al menos a dos docenas de conductores que se habían quedado tirados. Dejar limpia la carretera Pike permitió a los camiones de arena y grava hacer su trabajo, lo que a su vez facilitó el nuestro.

Por fin pude volver a mi coche patrulla con el tiempo suficiente para tomar un sorbo de café frío y comprobar mi teléfono móvil, que había zumbado varias veces en mi cintura. Estaba viendo la ristra de llamadas de la señora Ennis cuando el busca sonó en mi hombro. Era la central intentando localizarme. Tenía una llamada de emergencia que me estaban traspasando.

Mi ritmo cardiaco se disparó. Agarré sin pensar el volante de mi coche patrulla como si eso me fuera a sostener. Recuerdo vagamente acceder a la llamada y escuchar a la señora Ennis con voz de pánico. Había estado esperando durante más de cinco horas. ¿Dónde estaba Sophie? ¿Dónde estaba Brian?

Al principio, no entendía nada, pero luego las piezas de la historia fueron encajando. Brian había llamado a la señora Ennis a las seis de la mañana, cuando la nieve había empezado a caer. Había estado observando el tiempo y, como era un adicto a la adrenalina, había pensado que iba a ser un día de nieve polvo de primera calidad. La guardería de Sophie estaba cerrada. ¿Podría la señora Ennis cuidarla en su lugar?

La señora Ennis había aceptado, pero necesitaría al menos una hora o dos para llegar a la casa. A Brian no le había gustado mucho la idea. Las carreteras cada vez estarían peor, bla, bla, bla. Así que, en vez de eso, se ofreció a llevar a Sophie al apartamento de la señora Ennis de camino hacia las montañas. La señora Ennis lo prefería, ya que así no tendría que coger el autobús. Brian estaría allí sobre las ocho. Ella accedió a esperar con el desayuno preparado para Sophie.

Pero ya era la una y media. Sin noticias de Brian. Sin noticias de Sophie. Y nadie que contestara el teléfono en la casa. ¿Qué había pasado?

No lo sabía. No lo podía saber. Me negaba a imaginar las posibilidades que de inmediato saltaron a mi mente. La forma en la que el cuerpo de un adolescente podía ser expulsado de un coche para, a continuación, arrollar un poste de teléfono. O la manera en la que la palanca de cambios de un vehículo viejo anterior a la era del airbag podía clavarse en el pecho de un adulto, dejando a un hombre sentado perfectamente inmóvil, casi pareciendo dormido en el asiento del conductor hasta que te dabas cuenta del hilo de sangre en la comisura de su boca. O la niña de ocho años que hacía tres meses tuvo que ser extraída a pedazos del amasijo delantero de un sedán de cuatro puertas, su madre relativamente ilesa de pie, gritando que la cría se había echado a llorar y ella solo se había dado la vuelta para comprobar qué le pasaba...

Estas son las cosas que sé. Estas son las escenas que recordé cuando puse mi coche patrulla en marcha, encendí las luces y las sirenas y volé hacia mi casa, que estaba a treinta minutos.

Me temblaban las manos cuando finalmente me detuve enfrente de nuestro garaje, la mitad delantera del coche patrulla en la acera; la mitad posterior, en la calle. Dejé las luces puestas, salí corriendo y subí los escalones que conducían hasta mi casa a oscuras. Mis zapatos pisaron la primera placa de hielo y me agarré a la barandilla de metal justo a tiempo para evitar caerme. Llegué a la puerta y, mientras forcejeaba con las llaves con una mano, golpeaba la madera con la otra, aunque las ventanas a oscuras me decían todo lo que yo no quería saber.

Finalmente, con un fuerte tirón de la mano, giré la llave, abrí la puerta...

Nada. La cocina vacía, el salón vacío. Corrí escaleras arriba; las dos habitaciones estaban vacías.

El cinturón de servicio repiqueteaba en mi cintura mientras volvía a bajar las escaleras hasta la cocina. Hice una pausa, respiré profundamente y me recordé a mí misma que era una agente de policía. Menos adrenalina, más inteligencia. Así es como uno resuelve las cosas. Así es como uno mantiene el control.

—¿Mamá? ¡Mami, estás en casa!

El corazón casi se me salió del pecho. Me volví justo a tiempo para coger a Sophie mientras se precipitaba en mis brazos, me abrazaba media docena de veces y empezaba a parlotear sobre su emocionante día de nieve en un torrente interminable de palabras que me dejaron aturdida y confundida otra vez.

Entonces me di cuenta de que Sophie no había vuelto sola, sino que una chica del vecindario estaba de pie en la puerta. Levantó la mano para saludarme.

—¿Señora Leoni? —preguntó, y, a continuación, se sonrojó—. Quiero decir, agente Leoni.

Me costó un poco, pero me las arreglé para enterarme de lo que había pasado. Brian se había ido a esquiar. Pero no había llevado a Sophie a la casa de la señora Ennis. En vez de eso, mientras estaba metiendo los aparejos en el coche, se había cruzado con Sarah Clemons, de quince años, que vivía en el edificio de apartamentos de al lado. Ella estaba retirando nieve con una pala, habían empezado a hablar, y casi sin darse cuenta había acabado accediendo a encargarse de Sophie hasta que yo llegara a casa para que Brian pudiera salir de la ciudad con mayor rapidez.

Sophie, a quien le encantaban los críos, había pensado que era un cambio de planes de lo más emocionante. Al parecer, ella y Sarah habían pasado la mañana deslizándose en trineo por la calle, tirándose bolas de nieve y viendo episodios de *Gossip Girl*, que Sarah tenía grabados.

Brian no había aclarado cuándo regresaría, pero había informado a Sarah de que yo vendría más pronto o más tarde. Sophie había divisado mi coche patrulla bajando por la calle y eso era todo.

Yo estaba en casa. Sophie estaba contenta y Sarah se sentía aliviada por poderse librar de su inesperada carga. Me las arreglé para darle cincuenta dólares. Luego llamé a la señora Ennis, la informé de todo lo que había pasado, y envié a mi hija al patio, aún ebria de chocolate caliente y series adolescentes, a que hiciera un muñeco de nieve. Salí al porche trasero para supervisarla, todavía en uniforme, mientras hacía mi primera llamada a Brian.

Él no respondió.

Después de eso, me obligué a dejar mi cinturón de servicio en la caja fuerte del dormitorio principal y a cerrar la caja con cuidado. Hay otras cosas que recuerdo. Hay otras cosas que sé.

Sophie y yo pasamos juntas aquella tarde. Descubrí que puedes querer matar a tu marido y, aun así, ser una madre eficaz. Comimos macarrones con queso para cenar, jugamos varias rondas de Candy Land, y después metí a Sophie en la bañera para su baño nocturno.

A las ocho y media de la tarde, ella ya estaba profundamente dormida en la cama. Caminé por la cocina, la sala de estar, la helada terraza acristalada. Luego volví al exterior, con la esperanza de quemar mi rabia creciente rastrillando la nieve del techo y apartándola de los escalones y del patio trasero.

A las diez de la noche, me di una ducha caliente y me puse un uniforme limpio. No saqué el cinturón de servicio de la caja fuerte. No me fiaba de mí misma con una Sig Sauer.

A las diez y cuarto, mi marido entró por la puerta delantera, llevando una bolsa gigante y sus esquís de eslalon. Silbaba, moviéndose con esa gracia que da a tus extremidades haber pasado una jornada de intensa actividad física.

Colocó sus esquís contra la pared. Dejó la bolsa. Arrojó sus llaves en la mesa de la cocina. Se estaba empezando a quitar las botas cuando me vio. Pareció darse cuenta de mi uniforme en primer lugar; su mirada fue de forma automática al reloj de la pared.

—¿Es tan tarde? Mierda, lo siento. Debo de haber perdido la noción del tiempo.

Lo miré fijamente, con los brazos en jarra, era la viva imagen de la esposa gruñona. No me importaba una mierda.

—Dónde. Estabas.

Las palabras salieron con fuerza y recortadas. Brian alzó la vista, pareció realmente sorprendido.

—Esquiando. ¿Sarah no te lo dijo? La chica de la puerta de al lado. Ha traído a Sophie a casa, ¿verdad?

—Es una pregunta curiosa, ¿no te parece?

Vaciló, menos seguro.

—¿Está Sophie en casa?

—Sí.

—¿Sarah la ha tratado bien? Es decir, ¿Sophie está bien?

—Mejor que nunca.

Brian asintió, parecía estar pensando.

—Entonces..., ¿por qué me he metido en un lío?

—La señora Ennis —dije.

—¡Mierda! —exclamó, poniéndose inmediatamente de pie—. Se suponía que iba a llamarla. Mientras conducía. Pero las carreteras estaban fatal y necesitaba las dos manos en el volante, y cuando llegué a la autopista y había mejores condiciones... Oh, no... —gimió. Se dejó caer en el asiento—. La he hecho buena.

—¡Dejaste a mi hija con una desconocida! Te fuiste a pasártelo bien cuando te necesitaba aquí. ¡Y has aterrorizado a una mujer de avanzada edad, una mujer maravillosa que, probablemente, tenga que duplicar su medicación para el corazón durante la próxima semana!

—Sí —murmuró mi marido—. Metí la pata. Tenía que haberla llamado. Lo siento.

—¿Cómo pudiste? —me oí decir.

Continuó desabrochándose los cordones de sus botas.

—Me olvidé. Iba a dejar a Sophie en casa de la señora Ennis, pero luego me encontré con Sarah y estaba aquí al lado...

—Dejaste a Sophie con una desconocida todo el día...

—Espera, espera, espera. Ya eran las ocho. Pensé que volverías a casa en cualquier momento.

—Trabajé hasta después de la una. Y todavía estaría de servicio si no fuera porque la señora Ennis llamó a mi trabajo y me avisaron de la emergencia.

Brian palideció y dejó de juguetear con las botas.

—Oh, oh.

—¡No tiene gracia!

—Bueno. Vale. Sí. Tienes razón. No llamar a la señora Ennis fue un error. Lo siento, Tessa. Llamaré a la señora Ennis por la mañana y le pediré disculpas.

—No tienes ni idea de lo asustada que estaba —tuve que repetir.

Se quedó callado.

—Todo el camino… conduciendo hasta aquí. ¿Alguna vez has sostenido un cráneo de bebé en tus manos, Brian?

Se quedó callado.

—Es como acunar pétalos de rosa. Los segmentos no fundidos son tan delgados que se puede ver a través de ellos; son tan ligeros que cuando exhalas parece que van a echar a volar de tus manos. Estas son las cosas que sé, Brian. Estas son las cosas que no puedo olvidar. Lo que significa que *no se* juega con una mujer como yo, Brian. *No* le entregas mi hija a una desconocida, *no* te deshaces de mi hija solo para ir a esquiar. O proteges a Sophie. O te largas de nuestras vidas. ¿Está claro eso?

—Cometí un error —respondió llanamente—. Lo entiendo. ¿Sophie está bien?

—Sí.

—¿Le gusta Sarah?

—Aparentemente.

—¿Y llamaste a la señora Ennis?

—¡Por supuesto!

—Entonces, al menos, las cosas salieron bien al final.

—Volvió a sus botas.

Crucé la cocina tan rápido que casi me echo a volar.

—¡*Te casaste* conmigo! —le grité a mi nuevo marido—. Tú me *escogiste* a mí. *Escogiste* a Sophie. ¡Cómo te atreves a *fallarnos!*

—Fue una llamada telefónica, Tessa. Y sí, voy a tratar de hacerlo mejor la próxima vez.

—¡Pensé que habías muerto! ¡Pensé que Sophie había muerto!

—Bueno, sí, ¿entonces no te alegras de que por fin esté en casa?

—¡Brian!

—¡Sé que metí la pata! —Al final se dio por vencido con sus botas, lanzando las manos al aire—. ¡Soy nuevo en esto! Nunca he tenido una esposa y una hija antes, y solo porque te amo no quiere decir que a veces no sea estúpido. Por el amor de Dios, Tessa... Estoy a punto de volverme a embarcar otra vez. Solo quería un último día de diversión. La nieve fresca. Esquiar tranquilamente... —Él inhaló. Exhaló. Se puso en pie—. Tessa —dijo en voz más baja—. Nunca os haría daño intencionadamente ni a ti ni a Sophie. Os quiero a las dos. Y prometo hacerlo mejor la próxima vez. Ten un poco de fe, ¿de acuerdo? Los dos somos nuevos en esto y vamos a cometer algunos errores, así que, por favor... Ten un poco de fe.

Mis hombros se hundieron. La ira me abandonó lo bastante como para sentir el alivio de que mi hija estaba bien, mi marido estaba a salvo y la tarde-noche al final se había arreglado.

Brian me apretó contra su pecho. Permití que me abrazara. Incluso le pasé los brazos alrededor de la cintura.

—Ten cuidado, Brian —susurré contra su hombro—. Recuerda, no soy como las demás mujeres.

Para variar, no discutió.

Recordaba este momento de mi matrimonio, y otros tantos, mientras la enfermera daba un paso atrás y hacía un gesto para que me pusiera en pie. Había conseguido comer una tostada a las seis sin vomitarla. A las siete y media, me trasladaron a la silla junto a mi cama para ver cómo me manejaba sentada.

El dolor dentro de mi cráneo había estallado los primeros minutos, después se había asentado en un rugido sordo. La mitad de mi cara estaba hinchada y sensible, mis piernas se sentían inestables, pero en general había hecho bastantes progresos en las últimas doce horas. Podía estar de pie, sentarme y comer pan tostado. Mundo, cuidado conmigo.

Quería correr, loca y desesperadamente, escaparme del hospital, donde por algún milagro me iba a encontrar a Sophie de pie en la acera, esperándome. La cogería en brazos. «Mami», me diría, llorando de felicidad. Y yo la abrazaría y la besaría y le diría cuánto lo sentía por todo y nunca la apartaría de mi lado.

—Muy bien —dijo la enfermera—. El primer paso, vamos a darle una oportunidad.

Me ofreció su brazo para mantener el equilibrio. Me temblaban las rodillas, y coloqué una mano en su brazo, agradecida.

Ese primer paso arrastrando los pies hizo que la cabeza se me fuera. Parpadeé varias veces, y la desorientación fue pasando. Arriba era arriba, abajo era abajo. Progreso.

Me moví un poco hacia delante, a pasitos diminutos, pero poco a poco fui atravesando el linóleo gris, cada vez más cerca del baño. Me metí dentro, cerrando suavemente la puerta detrás de mí. La enfermera me había suministrado artículos de tocador para la ducha. Segunda prueba del día: ver si podía orinar y ducharme por mi cuenta. Luego, el médico me examinaría de nuevo.

Entonces, tal vez, y solo tal vez, podría volver a casa.

Sophie. Sentada en el suelo de su habitación, rodeada de conejitos pintados y flores de color naranja, jugando con su muñeca favorita. «¡Mami, estás en casa! ¡Mami, te quiero!».

Me apoyé en el lavabo y me quedé mirando mi reflejo en el espejo.

La carne alrededor de mi ojo estaba tan negra y llena de sangre que parecía una berenjena. Apenas podía distinguir el puente de la nariz o la línea superior de la ceja. Pensé en esas escenas de las primeras películas de Rocky, donde le rajaban la carne solo para que pudiera ver. Podía darle una oportunidad. El día todavía era joven.

Mis dedos viajaban de mi ojo morado a la herida dos centímetros por encima de él; la costra se estaba formando y tiraba de las raíces de mi cabello. Entonces llegué al bulto prominente que todavía sobresalía de la parte posterior del cráneo. Estaba caliente y sensible al tacto. Aparté la mano, aferrándome al borde del lavabo.

Las ocho de la mañana del lunes.

La autopsia habría comenzado hacía una hora. La incisión en forma de Y en el pecho de mi marido. Rompiendo sus costillas. Pescando los casquillos de la Sig Sauer que tenían mis huellas digitales. Entonces el sonido de la sierra cuando empezaran a cortar la parte superior de su cráneo.

Las ocho de la mañana del lunes...

Pensé de nuevo en todos los momentos que me gustaría tener de vuelta. Lugares a los que debería haber dicho que sí, momentos a los que debería haber dicho que no. Entonces Brian estaría vivo, tal vez frotando con cera sus esquís para su siguiente gran aventura. Y Sophie estaría en casa, jugando en el suelo de su habitación, Gertrude a su lado, esperándome.

Las ocho de la mañana del lunes...

—Daos prisa, D.D. y Bobby —murmuré—. Mi hija os necesita.

17

Gracias a las maravillas del GPS, Bobby identificó el gimnasio de Brian Darby al segundo intento. Se limitó a poner la dirección de Darby y, a continuación, a buscar los gimnasios cercanos. Aparecieron media docena. Bobby empezó con el más próximo a la casa de Brian y prosiguió desde allí. Una cadena de gimnasios resultó ser la ganadora. Bobby llegó en treinta minutos y se reunió con la entrenadora personal de Brian ocho minutos después.

—He visto las noticias —dijo una mujer bajita, con el pelo oscuro y con cara de preocupación. Bobby la examinó. Parecía medir metro y medio y pesar cuarenta kilos, más gimnasta que entrenadora. Pero entonces ella retorció las manos en un gesto de ansiedad y media docena de tendones serpentearon en sus antebrazos.

Cambió su opinión inicial de Jessica Ryan: pequeña, pero peligrosa. Un Hulk en miniatura.

Cuando Bobby llegó, ella estaba trabajando con un hombre de mediana edad que llevaba una camiseta de deporte de cien dólares y un corte de pelo de cuatrocientos. Al principio, Jessica le ignoró para concentrarse en el cliente, que saltaba a la vista que pagaba bien. Pero Bobby le mostró su identificación y, rápidamente, Jessica, la de la apretada camiseta rosa y las uñas de color púrpura, estaba con él.

Su insatisfecho cliente tuvo que terminar su sesión de ejercicios con un chico cuyo cuello era más grande que el muslo de Bobby. Este y Jessica se retiraron a la sala de descanso de los empleados, donde ella cerró rápidamente la puerta.

—¿Está realmente muerto? —preguntó Jessica, mordiéndose el labio inferior.

—Es el motivo de mi visita —declaró Bobby.

—¿Y su niña? Han estado mostrando su foto en todas las noticias. Sophie, ¿verdad? ¿La han encontrado ya?

—No, todavía no.

Los grandes ojos marrones de Jessica se llenaron de lágrimas. Por segunda vez en la última hora, Bobby se alegró de que D.D. estuviera trabajando por su cuenta. La primera vez, porque era alejarse de ella o estrangularla. Ahora porque no había forma de que D.D. se hubiera portado bien con una entrenadora de ojos de gacela, propensa a las lágrimas y unos micropantalones cortos de color rosa.

Al ser un hombre felizmente casado, Bobby estaba concentrado en no mirar esos pantalones ni la camiseta ajustada. Así que solo le quedaba observar los bíceps muy bien esculpidos de la entrenadora personal.

—¿Cuánto levantas? —se oyó preguntar.

—Sesenta y cinco —respondió Jessica sin tener que pensarlo, todavía secándose los ojos.

—¿Qué? ¿Dos veces tu peso?

Ella se sonrojó.

Bobby se dio cuenta de que básicamente acababa de coquetear con ella y se calló. A lo mejor no debería haber dejado a D.D. Quizás ningún hombre, felizmente casado o no, debería estar a solas con una mujer como Jessica Ryan. Lo cual le hizo preguntarse si Tessa Leoni había conocido a Jessica Ryan. Y después se preguntó cómo Brian Darby había sobrevivido más allá de la primera semana de entrenamiento físico.

Bobby se aclaró la garganta, sacó su cuaderno de espiral y una minigrabadora. La puso en marcha y la colocó sobre el mostrador junto al microondas.

—¿Has conocido a Sophie? —le preguntó a su entrevistada.

—Una vez. La escuela estaba cerrada ese día, así que Brian se la trajo al entrenamiento. Parecía muy dulce, encontró un set de pesas de mano y se puso a pasearlas, imitando a Brian.

—¿Brian trabaja exclusivamente contigo?

—Soy su entrenadora principal —dijo Jessica con un toque de orgullo—. A veces, sin embargo, nuestros horarios no concuerdan, así que otro entrenador puede suplirme.

—¿Y cuánto tiempo ha estado trabajando Brian contigo?

—Oh, casi un año. Bueno, tal vez unos nueve meses.

—¿Nueve meses? —Bobby lo apuntó.

—¡Y lo hizo muy bien! —dijo Jessica con entusiasmo—. Uno de mis mejores clientes. Su objetivo era muscularse. Así que los tres primeros meses le puse una dieta muy dura. Debía eliminar las grasas, la sal y los carbohidratos, y eso que es uno de esos tipos a los que realmente les encantan los carbohidratos. Tostadas para el desayuno, bocadillos para comer, puré de patatas para la cena y una bolsa de galletas para el postre. Déjame decirte que no pensé que fuera a sobrevivir las dos primeras semanas. Pero, una vez que su cuerpo se limpió y se reseteó, comenzamos con la siguiente etapa: durante los últimos seis meses, ha estado siguiendo este régimen que he desarrollado a partir de mis competiciones de fitness...

—¿Competiciones de fitness?

—Sí. Miss Fit Nueva Inglaterra, cuatro años consecutivos. —Jessica le sonrió—. Es mi pasión.

Bobby apartó la vista de su bronceado bíceps y volvió a su cuaderno de notas.

—Así que le di a Brian una dieta semana a semana de seis comidas altas en proteínas —continuó Jessica alegremente—. Estamos hablando de treinta gramos de proteína por comida, consumidos cada dos o tres horas. Requiere una gran entrega de tiempo y de recursos, pero lo hizo muy bien. Luego le añadí un régimen de gimnasio de sesenta minutos de cardio seguido de sesenta minutos de pesas.

—¿Todos los días?

Bobby corría. O por lo menos lo hacía antes del nacimiento de Carina. Movió el cuaderno de notas dos centímetros más abajo, tapando su cintura, la cual, ahora que lo pensaba, le había parecido un poco más estrecha esa mañana.

—Cardio de cinco a siete veces a la semana y entrenamiento de fuerza cinco veces a la semana. Y le introduje en los cien. ¡Se le daban genial los cien!

—¿Los cien?

—Menos peso, pero con intervalos más cortos, a ver si puedes llegar a cien. Haciéndolo bien, no se logra al primer intento, pero continuamos con el entrenamiento. Cuatro semanas más tarde, vuelves a intentarlo. En los dos primeros meses, Brian hacía todos sus cien, obligándome a subirle el peso. Realmente unos resultados sorprendentes. Es decir, no es por nada, pero la mayoría de mis clientes son todo palabras. Brian era de los mejores.

—Parece haber ganado una buena cantidad de peso el pasado año —comentó Bobby.

—Ganó una buena cantidad de *músculo* —le corrigió Jessica inmediatamente—. Siete centímetros solo en los brazos. Los medimos cada dos semanas si quieren. Por supuesto, su trabajo implicaba que durante meses no le veía, pero se mantuvo bien.

—¿Quieres decir cuando embarcaba como marino mercante?

—Sí. Desaparecía durante dos meses. En el primer viaje fuera, lo echó todo a perder. Desperdició la mayor parte de lo que habíamos logrado. La segunda vez, le preparé un programa que incluía dieta, ejercicio cardiovascular y pesas. Elaboré una lista de todo el equipo para que pudiera disponer de él en el barco, y se lo hicimos a medida, por lo que no tuvo excusas. Lo hizo mucho mejor.

—Así que Brian trabajaba duro contigo cuando estaba aquí y también en el barco. ¿Alguna razón por la que se estuviera esforzando tanto?

Jessica se encogió de hombros.

—Para tener mejor aspecto. Sentirse mejor. Era un chico activo. Cuando empezamos, quería mejorar su forma para poder alcanzar cotas más altas de esquí, ciclismo, ese tipo de cosas. Era activo, pero pensaba que tenía que estar más fuerte. Partimos desde ahí.

Bobby dejó la libreta y la observó un momento.

—Así que Brian quiere mejorar su esquí y su ciclismo. Y, para lograrlo, ¿qué cantidad de dinero está gastando a la semana...? —Hizo un gesto con la mano hacia el gimnasio que, obviamente, parecía bien equipado.

—Unos doscientos —dijo Jessica—. Pero no se le puede poner precio a la salud.

—Doscientos a la semana. Y las horas de entrenamiento, de comprar la comida, prepararla...

—Tienes que asumirlo si quieres resultados —le informó Jessica.

—Brian se entregó. Brian obtuvo resultados. Brian todavía seguía el programa. ¿Por qué? ¿Qué estaba buscando? Dieciocho kilos de músculo después, ¿qué le faltaba?

Jessica lo observó con curiosidad.

—Ya no estaba intentando aumentar de volumen. Sin embargo, Brian no es de por sí un tipo grande. Cuando un... hombre más bien pequeño... —En nombre de todos los hombres del mundo, Bobby hizo una mueca de dolor—. Cuando un hombre más bien pequeño quiere mantener los resultados, tiene que seguir trabajando. Esa es la verdad. Alto contenido de proteínas, grandes pesas, día tras día. De lo contrario, su cuerpo regresará a su tamaño preferido, que en el caso de Brian estaba más cerca de los ochenta kilos, no de los cien.

Bobby asimiló esa información, que, como tipo más bien pequeño, no le apetecía mucho oír.

—Suena como un montón de trabajo —dijo él al fin—. No es fácil para nadie mantenerse, y mucho menos para un padre que trabaja. Supongo que de vez en cuando Brian estaba ocupado. Alguna vez... ¿buscó ayuda adicional?

Jessica frunció el ceño.

—¿Qué quieres decir?

—¿Productos que le ayudaran a ganar músculo más rápido?

Jessica frunció aún más el ceño y, después, lo entendió.

—¿Te refieres a los esteroides?

—Tengo curiosidad.

Inmediatamente, ella negó con la cabeza.

—No estoy de acuerdo con eso. Si hubiera pensado que se estaba pinchando, habría pasado de él. Que les den a los doscientos dólares. Ya salí con un chico que se metía. De ninguna manera lo volvería a hacer.

—¿Salías con Brian?

—¡No! No quería decir *eso*. Me refiero a juntarme con alguien que abusa de los esteroides. Hace que la gente se vuelva loca. Lo que ves en las noticias no es mentira.

Bobby la miró con expresión neutra.

—¿Y en cuanto a tu propio entrenamiento?

Ella le devolvió la mirada con la misma expresión neutra.

—Sudor y lágrimas, nene. Sudor y lágrimas.

Bobby asintió.

—Así que tú no utilizas esteroides.

—¡No!

—Pero ¿qué pasa con los otros entrenadores del gimnasio? O incluso fuera del gimnasio. Brian consiguió grandes resultados y muy rápido. ¿Estás segura de que era todo gracias al sudor y a las lágrimas?

Jessica no respondió de inmediato. Se mordió el labio inferior de nuevo, cruzando los brazos sobre su pecho.

—No lo creo —contestó al fin—. Pero no podría jurarlo. Algo le estaba pasando a Brian. Él acababa de regresar a la ciudad hacía tres semanas, y esta vez... Se encontraba de mal humor. Sombrío. Tenía algo en la cabeza.

—¿Has conocido alguna vez a su mujer?

—¿La policía? No.

—Pero él hablaba de ella.

Jessica se encogió de hombros.

—Todos lo hacen.

—¿Quiénes?

—Los clientes. No sé, ser un entrenador es como ser una peluquera. Los sacerdotes del ocio. Los clientes hablan. Nosotros les escuchamos. Es parte de nuestro trabajo.

—Entonces, ¿qué dijo Brian?

Jessica se encogió de hombros, obviamente incómoda de nuevo.

—Está muerto, Jessica. Asesinado en su propia casa. Ayúdame a entender por qué Brian Darby se apuntó a un programa de mejora y, aun así, no fue suficiente para salvarlo.

—La amaba —susurró Jessica.

—¿Quién?

—Brian quería a su esposa. Realmente, profundamente, con el alma. Mataría por un hombre que me amara así.

—Brian amaba a Tessa.

—Sí. Y quería ser más fuerte para ella. Para ella y Sophie. Necesitaba ser un hombre grande, me decía en broma, porque proteger a dos mujeres era el doble de trabajo.

—¿Proteger? —preguntó Bobby con el ceño fruncido.

—Sí. Esa es la palabra que usó. Creo que la había fastidiado una vez y Tessa le había regañado. Sophie tenía que estar protegida. Él se lo tomó muy en serio

—¿Alguna vez te acostaste con Brian? —preguntó Bobby de repente.

—No. No me follo a mis clientes. —Le masacró con la mirada—. Gilipollas —murmuró.

Bobby volvió a enseñar su placa.

—Será «detective Gilipollas» para ti.

Jessica se encogió de hombros.

—¿Tessa engañaba a Brian? Tal vez descubrió algo que le motivara para estar cada vez más grande.

—No me dijo nada. Aunque... —Hizo una pausa—. Ningún chico va a admitirlo delante de una chica. Sobre todo una atractiva como yo. Vamos, eso es como decir: «Soy un perdedor desgraciado», así de primeras. Con los chicos te tienes que enterar tú por tu cuenta.

Bobby no podía discutir esa lógica.

—Pero Brian no creía que su esposa lo amara.

Más dudas.

—No lo sé. Me dio la impresión... Tessa es una agente estatal, ¿verdad? Una oficial de policía. Parecía que era muy dura. Las cosas eran a su manera o no eran. Brian hizo muchas cosas por ella. Eso no significa que ella pensara que era el hombre más genial de la tierra. Solo que esperaba que sacrificara cosas, sobre todo cuando se trataba de Sophie.

—¿Tenía un montón de reglas con respecto a su hija?

—Brian trabajaba mucho. Cuando estaba en casa, quería descansar. Tessa, sin embargo, quería que cuidara de Sophie. Me parece que algunas veces se peleaban. Pero él nunca dijo nada malo de ella —añadió Jessica rápidamente—. No era ese tipo de persona.

—¿Qué clase de persona?

—El tipo de persona que airea los trapos sucios de su esposa. Créeme —levantó la mirada—, tenemos un montón por aquí.

—Entonces, ¿por qué Brian estaba de mal humor? —retomó la cuestión Bobby—. ¿Qué pasó esta última vez que estuvo trabajando?

—No lo sé. Nunca me lo dijo. Él solo parecía... triste.

—¿Crees que pegaba a su esposa?

—¡No! —Jessica parecía horrorizada.

—Ella tiene un historial médico que concuerda —agregó Bobby, solo por ahondar en el tema.

Jessica, sin embargo, defendió a su cliente.

—Ni de coña.

—¿Me lo dices en serio?

—De verdad.

—¿Cómo ibas a saberlo?

—Porque era dulce. Y los tíos sensibles no pegan a sus mujeres.

—Una vez más, ¿cómo lo sabes?

Ella se quedó mirándole.

—Porque yo encontré a mi propio maltratador. Estuve casada con él durante cinco largos años. Hasta que fui más lista, me puse a entrenar, y le saqué de mi vida de una patada. —Flexionó los brazos en un gesto lleno de significado. Miss Fit Nueva Inglaterra cuatro veces seguidas, no cabía duda—. Brian quería a su esposa. Él no le pegó, y tampoco se merecía morir. ¿Hemos acabado?

Bobby se metió la mano en el bolsillo, sacó su tarjeta.

—Piensa en por qué Brian estaba tan raro desde que había vuelto. Y, si se te ocurre alguna cosa, me llamas, ¿vale?

Jessica cogió la tarjeta mientras examinaba el brazo extendido de Bobby, ni de lejos tan fuerte como el de ella.

—Te podría ayudar con eso —dijo.

—No.

—¿Por qué no? ¿Por el precio? Eres un detective. Te puedo hacer una oferta.

—No conoces a mi mujer —contestó Bobby.

—¿También es policía?

—No. Pero se le dan muy bien las pistolas.

Bobby recogió su grabadora, su bloc de notas y salió de allí.

18

D. D. no tuvo ningún problema para localizar a la amiga de la infancia de Tessa, Juliana MacDougall, de soltera Howe, casada hacía tres años y madre de un niño. Vivía en una casa estilo Cape Cod de ciento sesenta metros cuadrados en Arlington. Puede que D.D. mintiera un poco. Dijo que era del instituto y que estaba localizando a antiguas alumnas para una próxima reunión.

Bueno, no todo el mundo quería recibir llamadas de la policía, y era aún menos probable que quisiera responder a más preguntas acerca de los disparos que habían matado a su hermano hacía diez años.

D.D. consiguió la dirección de Juliana, comprobó que estaba en casa y fue para allá. De camino, escuchó sus mensajes de voz, incluyendo un alegre saludo de buenos días de Alex, que le deseaba lo mejor con el caso de la niña desaparecida y le hacía saber que iba a cocinar, por si le apetecía comer con él.

Su estómago gruñó. Después se revolvió. Entonces volvió a gruñir. Se merecía un bebé tan contradictorio como ella.

Tendría que llamar a Alex. A ver si tenía algo de tiempo esa tarde, incluso aunque fueran treinta minutos para sentarse y hablar. Trató de imaginarse la conversación, pero todavía no estaba segura de cómo sería.

ELLA: ¿Te acuerdas de cuando me dijiste que tú y tu primera mujer intentasteis tener un hijo hace unos años, pero no funcionó? Bueno, pues tú *no* eras el problema.
ÉL:
ELLA:
ÉL:
ELLA:

No era una gran conversación. Tal vez porque ella no tenía mucha imaginación y ninguna experiencia con estas cosas. Personalmente, prefería las conversaciones del tipo: «No me llames, ya te llamaré yo».

¿Le pediría que se casara con él? ¿Debería aceptar, si no por ella, al menos por el bebé? ¿Realmente importaba? ¿Daba por sentado que la ayudaría? ¿O él daría por sentado que nunca lo iba a dejar?

El estómago le dolía de nuevo. No quería seguir estando embarazada. Era demasiado confuso y no se le daban muy bien las grandes preguntas de la vida. Prefería debates más elementales como ¿por qué mató Tessa Leoni a su marido y qué tenía que ver eso con haber disparado hacía diez años a Thomas Howe?

Esa era una buena pregunta.

D.D. obedeció a su GPS por un laberinto de calles en Arlington. Una a la izquierda, dos a la derecha y llegó a una casa pintada de rojo con ventanas blancas y un patio pequeño cubierto de nieve. D.D. aparcó en la calle, cogió su abrigo y se dirigió a la puerta.

Juliana MacDougall respondió a la primera. Tenía el pelo rubio ceniza recogido en una cola de caballo despeinada y un bebé gordo y babeante sujeto a la cadera. Miró a D.D. con curiosidad, pero después se puso blanca cuando esta le enseñó su placa.

—Sargento detective D.D. Warren, de la policía de Boston. ¿Puedo pasar?

—¿Qué ha sucedido?

—Por favor. —D.D. hizo un gesto hacia el interior de la casa—. Hace frío. Creo que todos estaríamos más cómodos hablando en el interior.

Juliana apretó los labios y después mantuvo la puerta abierta para que D.D. entrara. La casa contaba con un pequeño recibidor adornado con azulejos que daba a una salita de estar con unas bonitas ventanas y un suelo de madera recién acuchillado. La casa olía a pintura fresca y a polvos de talco, una nueva y pequeña familia instalándose en un nuevo y pequeño hogar.

El cesto de la ropa sucia estaba sobre el sofá verde oscuro. Juliana se sonrojó y lo bajó al suelo sin soltar a su bebé. Cuando por fin se sentó, lo hizo en el borde del cojín, con su hijo en el regazo como primera línea de defensa.

D.D. se sentó en el otro extremo del sofá. Contempló al niño babeante. El bebé le devolvió la mirada, y luego se metió todo el puño en la boca y emitió un sonido que podría haber sido: «Gaa».

—Qué mono —dijo D.D., con una voz que sonaba claramente escéptica—. ¿Qué edad tiene?

—Nathaniel tiene nueve meses.

—Un chico.

—Sí.

—¿Ya camina?

—Acaba de empezar a gatear —contestó Juliana con orgullo.

—Buen chico —dijo D.D., y ya se le había acabado la charla sobre bebés. Dios, ¿cómo iba a ser madre cuando ni siquiera podía hablar con uno?—. ¿Trabajas? —preguntó D.D., a continuación.

—Sí —respondió Juliana con orgullo—, estoy criando a mi hijo.

D.D. aceptó esa respuesta y siguió.

—Por tanto —anunció de manera cortante—, me imagino que has visto las noticias. La niña desaparecida en Allston-Brighton.

Juliana miró sin comprender.

—¿Qué?

—¿La alerta AMBER? ¿Sophie Leoni, de seis años, desaparecida en Allston-Brighton?

Juliana frunció el ceño, sostuvo a su bebé un poco más cerca.

—¿Y qué tiene que ver conmigo? Yo no conozco a ninguna niña de Allston-Brighton. Yo vivo en Arlington.

—¿Cuándo fue la última vez que viste a Tessa Leoni? —preguntó D.D.

La reacción de Juliana fue inmediata. Se puso rígida y apartó la vista, sus ojos azules se clavaron en el suelo de madera. Un bloque cuadrado con la letra «E» y una imagen de un elefante estaban junto a su pie. Recogió el bloque y se lo ofreció al bebé, quien se lo quitó de las manos y luego trató de metérselo todo en la boca.

—Le están saliendo los dientes —murmuró ella con aire ausente, acariciando la mejilla enrojecida de su hijo—. El pobrecito lleva noches sin dormir y se queja para que lo lleve en brazos todo el día. Sé que todos los bebés pasan por eso, pero no creí que fuera a ser tan duro. Ver a mi propio hijo dolorido. Sabiendo que no puedo hacer nada más que esperar.

D.D. no dijo nada.

—A veces, por la noche, cuando está llorando, lo mezo y lloro con él. Sé que suena cursi, pero parece que le alivia. Tal vez a nadie, ni siquiera a los bebés, le gusta llorar a solas.

D.D. no dijo nada.

—Ay, Dios mío —exclamó Juliana MacDougall bruscamente—. Sophie Leoni. *Sophia* Leoni. Es la hija de Tessa. Tessa tuvo una niña. Ay, Dios mío.

Entonces Juliana Howe se calló, sentada allí con su bebé, que seguía mordiendo el bloque de madera.

—¿Qué viste esa noche? —preguntó D.D. a la joven madre con tono suave. No había necesidad de precisar qué noche. Lo más probable era que toda la vida de Juliana estuviera marcada por ese momento.

—No vi nada. De verdad que no. Yo estaba medio dormida, oí un ruido, bajé por las escaleras. Tessa y Tommy... Estaban en el sofá. Luego hubo un sonido, y Tommy se puso de pie, dio un paso atrás y cayó al suelo. Entonces Tessa se levantó, me vio y empezó a llorar. Me tendió la mano, y todavía tenía la pistola. Eso fue lo primero de lo que realmente me di cuenta. Tessa tenía un arma. El resto se difumina a partir de ahí.

—¿Qué hiciste?

Juliana estaba en silencio.

—Ha pasado mucho tiempo.

D.D. esperó.

—No entiendo. ¿Por qué estas preguntas ahora? Dije todo lo que tenía que decir a la policía. Lo último que supe fue que era un caso cerrado. Tommy tenía mala reputación... El detective dijo que Tessa no era la primera chica a la que había agredido.

—¿Qué piensas?

Juliana se encogió de hombros.

—Era mi hermano —susurró—. Sinceramente, trato de no pensar en ello.

—¿Creíste a Tessa aquella noche? ¿Que tu amiga solo se estaba defendiendo?

—No lo sé.

—¿Nunca mostró algún interés por Tommy? ¿Le preguntaba por sus clases? ¿Coqueteaba con él?

Juliana negó con la cabeza, todavía sin mirar a D.D.

—Pero no volviste a hablar con ella. La echaste de tu vida. Como su padre.

Ahora Juliana se ruborizó. Agarró con más fuerza a su bebé. El niño se quejó y ella de inmediato lo soltó.

—A Tommy le pasaba algo —dijo bruscamente.

D.D. esperó.

—Mis padres no querían verlo. Pero él era... malo. Si quería algo, lo cogía. Incluso cuando éramos pequeños, si yo tenía un juguete y él quería ese juguete... —Se encogió de hombros—. Prefería romperlo antes que dejármelo. Mi padre decía que eran cosas de chicos, y que no le diera importancia. Pero aprendí. Tommy quería lo que quería y era mejor no interponerse en su camino.

—Crees que atacó a Tessa.

—Creo que, cuando el detective Walthers nos dijo que otras chicas habían llamado para acusar a Tommy, no me sorprendí. Mis padres estaban horrorizados. Mi padre... todavía no se lo cree. Pero yo sí. Tommy quería lo que quería y era mejor no interponerse en su camino.

—¿Alguna vez se lo dijiste a Tessa?

—Hace diez años que no hablo con Tessa Leoni.

—¿Por qué no?

—Porque... —De nuevo el consabido encogimiento de hombros—. Tommy no era solo mi hermano, también era el hijo de mis padres. Y, cuando murió..., mis padres quemaron sus ahorros en el funeral de Tommy. Y, después, cuando mi padre no pudo volver a trabajar, perdimos nuestra casa. Mis padres tuvieron que declararse en quiebra. Con el tiempo, se divorciaron. Mi madre y yo nos mudamos con mi tía. Mi padre sufrió una crisis nerviosa. Vive en un asilo, donde pasa sus días mirando el álbum de fotos de Tommy. No puede superarlo. Simplemente no puede. El mundo es un lugar terrible, donde su hijo puede ser asesinado y la policía lo va a tapar.

Juliana acarició la mejilla de su bebé.

—Es gracioso —murmuró—. Yo pensaba que mi familia era perfecta. Eso era lo que a Tessa le gustaba más de mí. Yo tenía esta gran familia, no como la suya. Después, en una sola noche, nos convertimos en ellos. No fue solo que perdiera a mi hermano, sino que mis padres perdieron a su hijo.

—¿Ha intentado ponerse en contacto contigo?

—Las últimas palabras que le dije a Tessa Leoni fueron: «Tienes que irte a casa ahora mismo». Y eso fue lo que hizo. Cogió la pistola y se fue.

—¿Y no la veías por el barrio?

—Su padre la echó de casa. Ya no vivía en el barrio.

—¿Nunca te has preguntado por ella? ¿Nunca te preocupaste por tu mejor amiga, que tuvo que luchar contra tu propio hermano? La invitaste aquella noche. De acuerdo con su declaración inicial, Tessa había preguntado si Tommy estaría en casa aquella noche.

—No me acuerdo.

—¿Le dijiste a Tommy que iba a venir?

Los labios de Juliana se fruncieron. De pronto, dejó al bebé en el suelo y se puso de pie.

—Tiene que marcharse, detective. No he hablado con Tessa desde hace diez años. No sabía que tenía una hija, y desde luego no tengo ni idea de dónde está.

Pero D.D. se quedó donde estaba, sentada en el borde del sofá, mirando a la ex mejor amiga de Tessa.

—¿Por qué dejaste a Tessa en el salón aquella noche? —quiso saber D.D.—. Si se trataba de una fiesta de pijamas, ¿por qué no despertaste a tu mejor amiga para que subiera contigo al dormitorio? ¿Qué te dijo Tommy que hicieras?

—¡Cállese!

—Tenías tus sospechas, ¿no? Sabías lo que iba a hacer, y por eso bajaste. Temías a tu hermano, te preocupaste por tu amiga. ¿Avisaste a Tessa, Juliana? ¿Por eso se trajo la pistola?

—¡No!

—Sabías que tu padre no iba a querer oír nada del asunto. Son cosas de chicos. Parece que tu madre ya había interiorizado el mensaje. Solo quedabais Tessa y tú. Dos niñas de dieciséis años, tratando de hacer frente al bruto de tu hermano mayor. ¿Pensó Tessa que solo le iba a asustar? ¿Que con enseñarle la pistola todo se acabaría?

Juliana no respondió. Su rostro estaba pálido.

—Solo que el arma se disparó —continuó D.D. como si nada—. Y Tommy resultó herido. Tommy *murió*. Toda tu familia se vino abajo. Todo porque tú y Tessa realmente no sabíais lo que estabais haciendo. ¿De quién fue la idea de traer el arma esa noche?

—Váyase.

—¿Tuya? ¿Suya? ¿En qué estabais *pensando*?

—¡Váyase!

—Voy a revisar tus llamadas telefónicas. Una sola. Eso es todo lo que necesito. Una llamada realizada por Tessa y tu nueva pequeña familia se va a desmoronar también, Juliana.

Voy a destrozarte si me entero de que me has estado ocultando algo.

—¡*Fuera!* —gritó Juliana. En el suelo, el bebé respondió al tono de su madre y comenzó a llorar.

D.D. se levantó del sofá. Mantuvo los ojos fijos en Juliana MacDougall, el pálido rostro de la mujer, los hombros temblorosos, la mirada salvaje. Parecía un ciervo paralizado por la luz de unos faros. Parecía una mujer atrapada por una mentira de hace diez años.

D.D. lo intentó por última vez:

—¿Qué pasó esa noche, Juliana? ¿Qué es lo que no me estás contando?

—Yo la quería —dijo de repente la mujer—. Tessa era mi mejor amiga, y yo la quería. Luego murió mi hermano, mi familia se hizo añicos y mi mundo se fue a la mierda. No voy a volver. Ni por ella, ni por usted, ni por nadie. Lo que le haya pasado a Tessa esta vez, ni lo sé ni me importa. Ahora salga de mi casa, detective, y no me moleste a mí o a mi familia de nuevo.

Juliana se dirigió a la puerta de entrada y la mantuvo abierta. El bebé todavía estaba sollozando en el suelo. D.D. captó la indirecta y, finalmente, se fue. La puerta se cerró detrás de ella, que giró el cerrojo para asegurarse.

Cuando D.D. se dio la vuelta, sin embargo, pudo ver a través de la ventana a Juliana. La mujer había recogido a su hijo del suelo y lo acunaba contra su pecho. ¿Tranquilizaba al niño o dejaba que el niño la calmara?

A lo mejor no importaba. A lo mejor así funcionaban las cosas.

Juliana MacDougall amaba a su hijo. Como sus padres habían querido a su hermano. Como Tessa Leoni quería a su hija.

Ciclos, pensó D.D. Piezas de un patrón más amplio. Excepto que ella no podía romperlos, ni volverlos a recomponer.

Los padres amaban a sus hijos. Algunos padres harían cualquier cosa para protegerlos. Y otros padres...

D.D. comenzó a tener un mal presentimiento.

Entonces sonó su móvil.

19

La sargento detective D.D. Warren y el detective Bobby Dodge vinieron a por mí a las 11:43 de la mañana. Oí sus pasos en el corredor, rápidos y decididos. Tenía una fracción de segundo; lo utilicé para guardar el botón azul en la parte posterior del cajón más bajo de la mesilla del hospital.

Mi único vínculo con Sophie.

Mi innecesario recordatorio de que jugara según las reglas.

Tal vez un día podría volver y recuperar el botón. Si tenía suerte, tal vez Sophie y yo podríamos hacerlo juntas, recuperar el ojo perdido de Gertrude y volver a coserlo en su impasible cara de muñeca.

Si tenía suerte.

Me acababa de sentar en el borde de la cama del hospital cuando corrieron de un tirón la cortina y D.D. entró en la habitación. Sabía lo que venía después y aun así tuve que morderme el labio inferior para contener un grito de protesta.

Todo lo que quiero por Navidad son mis dos dientes, mis dos dientes, mis dos dientes.

Me di cuenta demasiado tarde de que estaba tarareando la canción en voz baja. Afortunadamente, ninguno de los detectives pareció darse cuenta.

—Tessa Marie Leoni —comenzó D.D. y me puse rígida—. Quedas detenida por el asesinato de Brian Anthony Darby. Ponte en pie.

Más pasos en el pasillo. Lo más probable era que el fiscal de distrito y su ayudante no quisieran perderse el gran momento. O tal vez algunos jefecillos de la policía de Boston, siempre buscando una fotografía. Posiblemente algunos mandos de la policía estatal, también. No me abandonarían por el momento, una joven agente de policía maltratada. No podían permitirse el lujo de parecer tan insensibles.

La prensa estaría en el aparcamiento, me di cuenta, impresionada por mi propia frialdad mientras me ponía de pie, presentando las muñecas a mis colegas. Shane llegaría en breve, como representante del sindicato. También mi abogado. O tal vez se encontrarían conmigo en el juzgado, donde sería formalmente acusada de matar a mi marido.

Mi memoria viajó atrás en el tiempo, y me vi sentada a la mesa de una cocina: mi pelo recién lavado goteaba por mi espalda mientras un corpulento detective me preguntaba una y otra vez: «¿De dónde sacaste la pistola, por qué la llevabas encima, qué te hizo disparar...?».

Mi padre, de pie en el umbral de la puerta, impasible, con los brazos cruzados por encima de su sucia camiseta blanca. Y yo comprendiendo incluso entonces que lo había perdido. Que mis respuestas no importaban. Yo era culpable, siempre sería culpable.

A veces, ese es el precio que hay que pagar por el amor.

La detective Warren me leyó mis derechos. Yo no hablaba; ¿qué iba a decir? Me esposó las muñecas, preparada para llevarme, y entonces se encontró con el primer problema. Yo no tenía ropa. Mi uniforme lo habían embolsado y etiquetado como prueba cuando llegué al hospital y lo habían entregado ayer por la tarde al laboratorio. Eso me dejaba con el camisón del hospital, e incluso D.D. entendía el peligro de que fotografiaran a una detective de la policía de Boston arrastrando a una agente estatal maltratada sin nada más que una bata de hospital.

Ella y el detective Dodge hablaron rápidamente, en el otro extremo de la habitación. Me senté en el borde de la cama. Una enfermera había entrado y había estado observando el proceso con preocupación. Se acercó.

—¿Qué tal la cabeza? —preguntó secamente.

—Me duele.

Me tomó el pulso, me hizo seguir su dedo con los ojos, y después asintió con satisfacción. Al parecer solo me dolía, pero no me encontraba en estado crítico. Después de haberse asegurado de que su paciente no estaba en peligro inmediato, la enfermera salió por la puerta.

—No se puede utilizar un mono de prisión —D.D. estaba discutiendo en voz baja con Bobby—. Su abogado argumentará que estamos influyendo en el juez si la llevamos ante él con un uniforme naranja. La bata de hospital presenta el mismo problema, solo que en ese caso pareceríamos unos idiotas insensibles. Necesitamos ropa. Unos vaqueros, un jersey. Esa clase de cosas.

—Manda a un agente que se pase por su casa —masculló Bobby.

D.D. lo observó un segundo, y luego se volvió para examinarme.

—¿Tienes un conjunto favorito? —preguntó D.D.

—Walmart —le dije, poniéndome en pie.

—¿Qué?

—Está a dos manzanas de aquí... Vaqueros de la talla 38, jersey de la talla M. Agradecería algo de ropa interior, también, además de calcetines y zapatos.

—No te voy a comprar ropa —dijo D.D., enfadada—. Vamos a traerte algo de tu casa.

—No —repliqué, y volví a sentarme.

D.D. me miró. Que mirara. Al fin y al cabo era ella la que me arrestaba, ¿por qué estaba tan enfadada? No quería ropa de mi casa, en la cárcel del condado de Suffolk me quitarían todos los objetos personales y los guardarían bajo llave mientras estuviera encarcelada. Prefería llegar vestida con una bata de hospital. ¿Por qué no? Ese aspecto me haría ganar un poco de compasión, y yo necesitaba toda la ayuda que pudiera conseguir.

Al parecer, también D.D. se dio cuenta de eso. Llamaron a un agente y le dieron instrucciones. Ni siquiera pestañeó cuando le dijeron que comprara ropa de mujer. Desapareció, lo que me dejó a solas con D.D. y Bobby de nuevo.

Los demás debían de estar en el pasillo. Las habitaciones del hospital no eran tan grandes. Lo mismo daba esperar en el pasillo para contemplar el espectáculo.

Empecé la cuenta atrás, aunque no sabía de qué.

—¿Qué usaste? —preguntó bruscamente D.D.—. ¿Bolsas de hielo? ¿Nieve? Es gracioso. Me di cuenta ayer de la mancha de humedad del garaje. Me quedé con la duda.

No dije nada.

Se dirigió hacia mí, con los ojos entrecerrados, como si estuviera estudiando una especie en particular de la fauna silvestre. Me había percatado de que, cuando entró, tenía una mano extendida sobre su estómago y la otra, en la cadera. También de que su rostro estaba pálido y tenía ojeras oscuras.

Al parecer, yo mantenía despierta por las noches a la pobre detective. Un punto para mí.

La miré con mi ojo bueno. La reté a que juzgara mi cara amoratada e hinchada.

—¿Alguna vez has conocido al forense? —preguntó intentando empezar una conversación. Se detuvo frente a mí. Sentada en el borde de la cama del hospital, tuve que mirar hacia arriba.

No dije nada.

—Ben es bueno. Uno de los mejores que hemos tenido —continuó—. Tal vez otro forense no lo habría notado. Pero a Ben le gustan los detalles. Al parecer, el cuerpo humano es como cualquier otra carne. Puedes congelarlo y descongelarlo, pero no sin algunos cambios en..., ¿cómo dijo él?, la consistencia. La carne de las extremidades de tu marido parecía estar estropeada. Así que tomó algunas muestras, las metió bajo un microscopio y..., yo no entiendo mucho de ciencia, pero, básicamente, determinó unos daños a nivel celular compatibles con la congelación de la carne humana. Disparaste a tu marido, Tessa. Después lo congelaste.

No dije nada.

D.D. se acercó más.

—Esto es lo que no entiendo, sin embargo. Obviamente, intentabas ganar tiempo. Lo necesitabas para hacer algo. ¿Qué, Tessa? ¿Qué estabas haciendo mientras el cadáver de tu marido yacía congelado en el sótano?

No dije nada. Me quedé escuchando una canción que sonaba en el fondo de mi mente. *Todo lo quiero por Navidad son mis dos dientes, mis dos dientes, mis dos dientes.*

—¿Dónde está? —susurró D.D., como si me hubiera leído los pensamientos—. Tessa, ¿qué hiciste con tu niña? ¿Dónde está Sophie?

—¿De cuánto está? —le pregunté, y D.D. retrocedió como si le hubiera disparado, mientras al otro lado de la habitación Bobby aspiraba profundamente.

Él no lo sabía, descubrí. O tal vez lo sabía sin saberlo, de esa manera en que los hombres a veces lo hacen. Me pareció interesante.

—¿Es él el padre? —pregunté.

—Cállate —dijo D.D., cortante.

Entonces recordé.

—No —me corregí, como si no la hubiera oído. Miré a Bobby—. Usted está casado con otra mujer, del caso del psiquiátrico del estado, de hace un par de años. Y tiene un bebé ahora, ¿verdad? No ha pasado mucho tiempo. Oí hablar de ello.

Él no dijo nada. Solo se me quedó mirando con sus fríos ojos grises. ¿Pensaba que estaba amenazando a su familia?

Tal vez solo necesitaba entablar conversación, porque de lo contrario podría decir todo lo que no debía. Por ejemplo, que utilicé nieve, porque fue bastante fácil de apilar y no dejaba rastro como una docena de bolsas de hielo vacías. Y Brian pesaba mucho, más de lo que me había imaginado. Todo ese ejercicio, todo ese músculo, solo para que un sicario y yo pudiéramos cargar con veinte kilos más de sobrepeso por las escaleras y meterle en su queridísimo y siempre ordenado garaje.

Había llorado cuando apilaba la nieve encima del cuerpo de mi marido muerto. Las lágrimas calientes formaron pequeños agujeros en la nieve blanca, luego tuve que echar más nieve y todo el tiempo me temblaban las manos de una manera descontrolada. Me concentré. Una pala llena de nieve, a continuación, la segunda, después la tercera. Hicieron falta veintitrés paladas.

Veintitrés paladas de nieve para enterrar a un hombre adulto.

Se lo había advertido a Brian. Le había dicho desde el principio que yo era una mujer que sabía demasiadas cosas. No puedes meterte con una mujer que sabe el tipo de cosas que yo sé.

Tres tampones para tapar los agujeros de bala. Veintitrés paladas de nieve para ocultar el cuerpo.

Todo lo que quiero por Navidad son mis dos dientes, mis dos dientes, mis dos dientes.

Yo a ti te quiero más, me había dicho mientras se moría. Estúpido hijo de puta.

No dije nada más. D.D. y Bobby también se sentaron en silencio durante unos buenos diez o quince minutos. Tres miembros de la policía que no se miraban. Por último, la puerta se abrió de golpe y Ken Cargill irrumpió, con su abrigo de lana negro aleteando en torno a él, el cabello, revuelto. Se detuvo en seco, entonces se dio cuenta de mis muñecas esposadas y se dirigió a D.D. con toda la furia de un buen abogado defensor.

—¿Qué es esto? —exclamó.

—Su cliente, Tessa Marie Leoni, ha sido acusada de la muerte de su marido, Brian Anthony Darby. Le hemos leído sus derechos, y ahora está a la espera de que se la lleven al juzgado.

—¿Cuáles son los cargos? —exigió saber Cargill, con un tono de indignación apropiado.

—Asesinato en primer grado.

Abrió mucho los ojos.

—¿Asesinato con premeditación y alevosía? ¿Están locos? ¿Quién ha autorizado estos cargos? ¿Ha *mirado* a mi cliente últimamente? El ojo morado, la fractura de la mejilla y, sí, ¿la *conmoción cerebral*?

D.D. simplemente se quedó mirándole, luego se volvió hacia mí.

—¿Hielo o nieve, Tessa? Vamos, si no es por nosotros, que sea por el bien de tu abogado. Dile cómo congelaste el cuerpo.

—¿*Qué?*

Me pregunté si todos los abogados iban a la escuela de arte dramático o si simplemente era algo innato, igual que los policías.

El primer agente estaba de vuelta, jadeante; aparentemente había atravesado el hospital corriendo con una gran bolsa de Walmart. Se la dio a D.D., que hizo los honores de explicar mi guardarropa nuevo a Cargill.

D.D. me quitó las esposas de las muñecas. Me entregó el montón de ropa nueva, sin perchas ni otros objetos cortantes, y después me dejó meterme en el baño para cambiarme. El agente de policía de Boston había hecho un trabajo muy decente. Unos vaqueros rectos, rígidos de tan nuevos. Un suéter verde de cuello redondo. Un sujetador deportivo, ropa interior lisa, calcetines, zapatillas deportivas blancas.

Me moví lentamente, pasándome el sujetador y, después, el suéter por encima de mi lastimada cabeza. Los pantalones vaqueros fueron más fáciles, pero atarme los cordones de los zapatos me fue imposible. Mis dedos temblaban demasiado.

¿Sabes lo que había sido la parte más difícil de enterrar a mi marido?

Esperar a que se desangrara. Esperar a que su corazón se detuviera y la última gota de sangre se congelara en el pecho, porque de lo contrario podría gotear. Dejaría un rastro, y, aunque fuera pequeño y yo lo limpiara con lejía, el luminol lo sacaría a la luz.

Así que me senté en una silla de la cocina, celebrando un velatorio que nunca pensé que tendría que celebrar. Y, todo ese tiempo, simplemente no podía decidir qué era peor. ¿Disparar a un joven y huir de ahí con la sangre aún fresca en mis manos? ¿O disparar a un hombre y sentarme a esperar a que su sangre se secara para poder luego limpiar bien?

Había colocado tres tampones en los orificios de la espalda de Brian, como medida de seguridad.

—*¿Qué estás haciendo?* —*había exigido saber el hombre.*

—*No se puede dejar un rastro de sangre* —*le había contestado con calma.*

—*Oh* —*me había dicho, y me había dejado ir.*

Tres tampones sangrientos. Dos dientes delanteros. Es curioso, los talismanes que te pueden dar fuerza.

Tararé la canción. Até mis zapatos. Entonces, me puse de pie y me concedí un último minuto para estudiarme en el espejo. No reconocí mi propio reflejo. Esa cara distorsionada, las mejillas hundidas, el pelo lacio.

Estaba bien, pensé, sentirme como una extraña para mí misma. Se ajustaba perfectamente a todas las cosas que estaban a punto de suceder.

—Sophie —murmuré, porque necesitaba escuchar el nombre de mi hija—. Sophie, yo a ti te quiero más.

Entonces abrí la puerta del baño y, una vez más, presenté mis muñecas.

Las esposas estaban frías, se cerraron con un clic.

Era la hora. D.D. a un lado. Bobby, al otro. Mi abogado cerrando la marcha.

Salimos al pasillo blanco, e inmediatamente el fiscal de distrito se apartó de la pared, listo para dirigir su desfile triunfal. Vi al teniente coronel, su mirada firme mientras observaba a una agente de policía arrestada, su expresión inescrutable. Vi a otros hombres de uniforme, nombres que conocía, manos que había estrechado.

No me miraron, así que les devolví el favor.

Nos dirigimos por el pasillo hacia las grandes puertas de cristal y la turba de periodistas que esperaban al otro lado.

La actitud lo es todo. Nunca dejes que te vean sudar.

Las puertas se abrieron y el mundo explotó en un estallido de luces blancas.

20

Tenemos que volver a empezar —estaba diciendo D.D. una hora y media más tarde.

Habían entregado a Tessa en el juzgado del condado de Suffolk. El fiscal presentaría los cargos. El abogado de Tessa haría un alegato, se establecería la fianza y se le concedería al tribunal la autorización legal del condado para mantener a Tessa Leoni hasta que se cumplieran los requisitos de su libertad bajo fianza. En ese momento, Tessa sería puesta en libertad condicional o llevada a la cárcel del condado de Suffolk. Teniendo en cuenta que el fiscal iba a alegar que Tessa tenía un alto riesgo de fuga y no iba a solicitar fianza, había una probabilidad de que ya estuviera de camino a la cárcel de mujeres mientras hablaban.

Pero eso no resolvía todos sus problemas.

—Nuestra cronología se basó en la declaración inicial de Tessa a la policía —prosiguió D.D., de vuelta en la sede de la policía de Boston, donde había convocado con urgencia a todos los miembros del grupo de trabajo—. Asumimos, según su relato de los acontecimientos, que Brian Darby había muerto el domingo por la mañana, después de un altercado físico con ella. De acuerdo con el forense, sin embargo, el cuerpo de Darby fue congelado antes de la mañana del domingo, y, lo más probable, *descongelado* para el espectáculo que nos brindó Tessa.

—¿El forense ha podido determinar cuánto tiempo estuvo congelado? —preguntó Phil desde la primera fila.

D.D. dejó que su tercer compañero, Neil, respondiera a la pregunta, dado que había sido el que había asistido a la autopsia.

—Probablemente menos de veinticuatro horas —dijo Neil—. Ben explicó que podía ver el daño celular compatible con la congelación en las extremidades, pero no en los órganos internos. Es decir, el cuerpo estuvo metido en hielo, pero no lo suficiente como para congelarlo todo. Extremidades, cara, dedos de las manos, dedos de los pies, sí. Dentro del torso, no. Así que posiblemente estuvo congelado de doce a veinticuatro horas. Se trata solo de una estimación, dado que la temperatura de la habitación en la que estuviera es determinante. Y después hay que calcular unas cuantas horas para que el cuerpo vuelva a la temperatura ambiente... Suponemos (y es arriesgado) que Brian Darby fue asesinado el viernes por la noche o el sábado por la mañana.

—Por lo tanto —intervino D.D., volviendo a llamar su atención—, tenemos que volver a interrogar a todos los vecinos, amigos y familiares. ¿Cuándo fue la última vez que alguien vio o conversó con Brian Darby? ¿Estamos hablando de la noche del viernes o del sábado por la mañana?

—Tenía una llamada en su teléfono móvil la noche del viernes —comentó Jake Owens, otro detective—. Lo vi cuando estaba mirando los registros de ayer.

—¿Una llamada larga? ¿Lo suficiente para hablar con alguien?

—Ocho o nueve minutos, así que no solo dejó un mensaje. Voy a rastrear el número y a tener una charla con el receptor.

—Asegúrate de que la persona que habló era Brian —ordenó D.D. secamente— y no Tessa, usando su teléfono.

—No lo entiendo. —Phil había estado haciendo todos los controles de antecedentes y sabía más sobre los detalles del caso que nadie—. Estamos pensando que Tessa disparó a su marido, luego congeló el cuerpo y después montó toda una escena para el domingo por la mañana. ¿Por qué?

D.D. se encogió de hombros.

—Curiosamente, no nos lo ha dicho.

—Quería tiempo —apuntó Bobby, apoyado en la pared—. No hay otra razón. Estaba ganando tiempo.

—¿Por qué? —preguntó Phil.

—Lo más probable: para ocuparse de su hija.

Eso hizo que todos se callaran. D.D. frunció el ceño. Obviamente, esa teoría no la hacía muy feliz. Pero lo entendía. Tampoco a él le hacía feliz haberse enterado de que estaba embarazada gracias a una sospechosa de asesinato. Podías llamarle antiguo, pero le había dolido y ahora estaba enfadado.

—¿Crees que le hizo daño a su hija? —preguntó Phil ahora con voz cautelosa. Tenía cuatro hijos.

—Un vecino vio el Denali de Brian salir de la casa después del sábado al mediodía —contestó Bobby—. En un principio, se asumió que era Brian quien conducía. Dado que los técnicos del laboratorio creen que había un cadáver en la parte trasera del vehículo, dimos por sentado que Brian había matado a su hijastra y fue a deshacerse de la prueba. Pero resulta que Brian Darby estaba al parecer muerto el sábado por la tarde. Lo que significa que no era él quien transportaba un cadáver.

D.D. apretó los labios, pero asintió de manera cortante.

—Creo que tenemos que considerar la teoría de que Tessa Leoni mató a toda su familia. Dado que Sophie estaba en la escuela el viernes, creo que el viernes por la noche, antes del turno de patrulla de Tessa, o quizás el sábado por la mañana, a su vuelta del trabajo, algo terrible sucedió en su casa. El cuerpo de Brian fue metido en hielo en el garaje, mientras que el cuerpo de Sophie fue llevado a un sitio que desconocemos y escondido. Tessa se presentó a trabajar el sábado por la noche. Y el domingo por la mañana montó toda la escena.

—Ella lo organizó —murmuró Phil—. Hizo que pareciera que su marido le había hecho algo a Sophie. Y que entonces ella y Brian se pelearon y le mató en defensa propia.

D.D. asintió; Bobby, también.

—¿Pero qué pasa con sus lesiones? —Neil habló desde el fondo—. No pudo trabajar el sábado por la noche con esos golpes y el pómulo fracturado. Ayer ni siquiera se podía poner en pie y mucho menos conducir.

—Bien visto —convino D.D. Se colocó delante del tablero, donde había escrito: «Cronología». Ahora añadió: «Las lesiones de Tessa Leoni: domingo por la mañana»—. Las heridas deben de ser recientes. ¿Puede verificarlo un médico? —preguntó a Neil, exenfermero y su experto.

—Es difícil —respondió Neil—. Todo el mundo sana de manera diferente. Pero supongo que, debido a la gravedad de las lesiones, es más probable que fueran recientes. No hubiera podido trabajar después de recibir esos golpes en la cabeza.

—¿Quién la golpeó? —preguntó otro agente.

—Un cómplice —murmuró Phil.

D.D. asintió.

—Además de cambiar nuestra cronología, esta nueva información también implica que tenemos que reconsiderar el alcance del caso. Si Brian Darby no golpeó a su esposa, ¿quién lo hizo, y por qué?

—Un amante —dijo Bobby en voz baja—. Es la explicación más lógica. ¿Por qué iba Tessa Leoni a matar a su marido y a su hija? Porque no quería seguir con ellos. ¿Y por qué no quería? Porque había conocido a alguien.

—¿Han comentado algo? —le preguntó D.D.—. Algún rumor en el cuartel, ese tipo de cosas.

Bobby negó con la cabeza.

—Tampoco es que me lo fueran a contar. Soy detective, no agente estatal. Vamos a tener que entrevistar al teniente coronel.

—A primera hora de esta tarde —le aseguró D.D.

—Tengo que decir —intervino Phil— que esta teoría se ajusta mejor a lo que el jefe de Darby, Scott Hale, me contó. Hablé con él a las once, y me juró por su vida que Darby no tenía un gramo de violencia en todo su cuerpo. Trabajar en un barco es bastante difícil. Ves a la gente con falta de sueño, echando de menos a su familia y estresada, teniendo que trabajar todos los días las veinticuatro horas. Como ingeniero, Darby tenía que lidiar con todos los problemas técnicos, y al parecer muchas cosas pueden ir mal en un barco: que se meta agua en el combustible, que se estropeen los sistemas eléctricos, problemas con el software... Pero Hale nunca vio a Darby perder la compostura. De hecho, cuanto mayor era el problema, más animado estaba Darby para encontrar una solución. Hale desde luego no creía que un tipo como él fuera a casa y pegara a su mujer.

—Darby era un empleado modelo —dijo D.D.

—Darby era el ingeniero preferido de todos. Y, al parecer, bastante bueno al Guitar Hero. Tienen una sala de juegos a bordo.

D.D. suspiró y cruzó los brazos. Echó un vistazo a Bobby, sin entrecruzar la mirada con él, solo enfocando en su dirección.

—¿Qué averiguaste en el gimnasio? —preguntó.

—Brian se pasó los últimos nueve meses siguiendo un régimen de ejercicios diseñado para muscular. Su entrenadora personal me juró que no se trataba de esteroides, solo sangre, sudor y lágrimas. Únicamente le oyó decir cosas buenas de su esposa, pero cree que tener una mujer policía fue duro para él. Ah, y en las últimas tres semanas, desde que regresó a casa, Darby estaba definitivamente con un estado de ánimo raro, pero no quería hablar de ello.

—¿Qué quería decir con eso?

—La entrenadora personal me explicó que parecía más sombrío y temperamental. Le preguntó un par de veces, por si tenía algún problema en casa, pero él no quiso hacer comentarios. Al parecer, eso es bastante raro. La mayoría de los clientes cuentan sus penas mientras se entrenan. Ir a un gimnasio es como entrar en un confesonario.

D.D. se animó.

—Así que tenía algo en la cabeza, pero no quería hablar de ello.

—Quizás descubrió que su esposa estaba teniendo una aventura —comentó Neil—. Has dicho que parecía raro cuando regresó, o sea justo cuando acababa de dejar a su mujer sola durante sesenta días...

—Además del salón de juegos en el barco —intervino Phil—, hay una sala de ordenadores para la tripulación. Estoy intentando conseguir una orden para obtener copias de todos los correos electrónicos que escribió o recibió Darby. A lo mejor encontramos algo.

—Así que Tessa está quedando con otro hombre —reflexionó D.D.— y decide matar a su marido. ¿Por qué matarle? ¿Por qué no el divorcio?

Planteó la pregunta para todos y se formó un revuelo.

—El seguro de vida —propuso un agente.

—Porque le convenía más —dijo otro—. Tal vez él le dijo que no le iba a conceder el divorcio.

—Tal vez Darby sabía algo de ella, y la amenazó con crear problemas si ella se divorciaba de él.

D.D. escribió cada uno de los comentarios, interesada particularmente en el tercero.

—Según ella misma ha admitido, Tessa Leoni es una alcohólica que ya había matado una vez, cuando tenía dieciséis años. Si es eso lo que ella está dispuesta a contarnos, ¿qué es lo que *no* nos está diciendo?

D.D. se volvió hacia el grupo.

—Está bien, entonces, ¿por qué matar a la hija? Brian es su padrastro, por lo que no tiene motivos para luchar por la custodia. Una cosa es poner fin a un matrimonio. ¿Por qué matar a su propia hija?

Esta respuesta requería más reflexión. De todos los presentes fue Phil quien finalmente aventuró una respuesta:

—Porque su amante no quiere niños. ¿No es así como funcionan estas cosas? Diane Downs, etcétera, etcétera. Las mujeres matan a sus hijos cuando se convierten en un inconveniente para ellas. Tessa estaba buscando iniciar una nueva vida. Sophie no podía ser parte de esa vida, por lo que tenía que morir.

Nadie tenía nada que añadir a eso.

—Necesitamos identificar al amante —murmuró Bobby.

—Tenemos que encontrar el cuerpo de Sophie —replicó D.D. con un fuerte suspiro—. Demostrar de una vez por todas lo que Tessa Leoni es capaz de hacer.

Dejó el rotulador y miró por encima de la pizarra.

—Muy bien, chicos. Estas son nuestras teorías: Tessa Leoni mató a su marido y a su hija, lo más probable es que fuera en algún momento de la noche del viernes o el sábado por la mañana. Congeló el cuerpo de su marido en el garaje. Se deshizo de su hija a lo largo del sábado por la tarde. Después se fue a trabajar mientras el cuerpo de su marido se descongelaba en la cocina. Volvió a casa, dejó que su amante le diera una paliza y llamó a sus compañeros de la policía. Solo es una teoría. Ahora salid a la calle y encontradme hechos. Quiero correos electrónicos y mensajes telefónicos entre ella y su amante. Quiero un vecino que la viera descargando hielo o paleando nieve. Quiero saber exactamente adónde fue el Denali blanco de Brian Darby la tarde del sábado. Quiero el cuerpo de Sophie. Y, si esto es realmente lo que pasó, quiero que Tessa Leoni termine encerrada de por vida. ¿Alguna pregunta?

—¿La alerta AMBER? —preguntó Phil, ya en pie.

—La mantendremos activa hasta que encontremos a Sophie Leoni, de un modo u otro.

El grupo comprendió lo que quería decir: hasta que encontraran a la niña viva o hasta que se recuperara su cuerpo. Salieron de la habitación. Solo quedaron Bobby y D.D.

Él se apartó de la pared y se dirigió a la puerta.

—Bobby.

Había suficiente incertidumbre en su voz para que él se diera la vuelta.

—Ni siquiera se lo he dicho a Alex —confesó—. ¿Vale? Ni siquiera se lo he dicho a Alex.

—¿Por qué no?

—Porque... —D.D. se encogió de hombros—. Porque no.

—¿Vas a tenerlo?

Abrió mucho los ojos. Le indicó frenéticamente la puerta abierta, así que él le siguió la corriente y la cerró.

—A ver, por esto no he dicho nada —explotó—. ¡Este es precisamente el tipo de conversación que no quiero tener!

Se quedó allí de pie, mirándola. Tenía una mano extendida en la parte inferior del abdomen. ¿Cómo no se había dado cuenta antes, él, el antiguo francotirador? La forma en que sostenía su vientre, casi de manera protectora. Se sentía estúpido, y se dio cuenta ahora de que nunca debería haber formulado la pregunta. Sabía la respuesta con solo mirar la forma en que estaba de pie: iba a tener el bebé. Eso era lo que la tenía tan aterrada.

La sargento detective D.D. Warren iba a ser mamá.

—Todo va a ir bien —le dijo.

—¡Ay, Dios!

—D.D., siempre has sido muy buena en todo lo que has hecho. ¿Por qué va a ser diferente esto?

—Ay, Dios —dijo de nuevo, con la mirada más enloquecida.

—¿Puedo traerte algo? ¿Agua? ¿Pepinillos? ¿O chicles de jengibre? Annabelle vivía de chicles de jengibre. Decía que se le asentaba el estómago.

—¿Chicles de jengibre? —D.D. lo sopesó. Parecía un poco menos frenética y un poco más curiosa—. ¿De verdad?

Bobby le sonrió, cruzó la habitación y, porque pensaba que era lo adecuado, le dio un abrazo.

—Felicidades —le susurró al oído—. En serio, D.D. Bienvenida al gran viaje de tu vida.

—¿Eso crees? —Tenía los ojos empañados. Después le sorprendió devolviéndole el abrazo—. Gracias, Bobby.

Él le palmeó el hombro. Ella apoyó la cabeza en su pecho. Entonces ambos se enderezaron, se giraron hacia la pizarra y volvieron a trabajar.

21

Me puse de pie, con las manos esposadas, mientras el fiscal de distrito leía los cargos. De acuerdo con él, había disparado a mi propio marido de forma deliberada y por mi propia voluntad. Por otra parte, tenían razones para creer que también había matado a mi hija. Por eso se me acusaba de asesinato en primer grado y solicitaba que fuera retenida sin fianza, dada la gravedad de los cargos.

Mi abogado, Cargill, bramó su protesta. Yo era una agente de policía estatal excelente, con una larga y distinguida carrera (¿cuatro años?). No tenían pruebas suficientes en mi contra, y creer que una representante de la ley y una madre dedicada iba a eliminar a toda su familia era absurdo.

El fiscal dijo que el departamento de balística ya había comparado las balas del pecho de mi marido con las de mi Sig Sauer.

Cargill señaló mi ojo morado, mi pómulo fracturado y mi conmoción cerebral. Obviamente, me había visto forzada a ello.

El fiscal contraatacó y dijo que podría ser cierto, si no fuera porque el cuerpo de mi marido había sido congelado después de su muerte.

LISA GARDNER

Esto dejó claramente perplejo al juez, que me lanzó una mirada sorprendida.

Bienvenido a mi mundo, quise decirle. Pero no dije nada, no mostré nada, porque, incluso el más pequeño gesto, feliz, iracundo o triste, me llevaría al mismo lugar: la histeria.

Sophie, Sophie, Sophie.

Todo lo que quiero por Navidad son mis dos dientes, mis dos dientes, mis dos dientes.

Iba a ponerme a cantar. Y luego empezaría a gritar porque eso es lo que una madre quiere hacer cuando retira las mantas de la cama vacía de su hija. Quería gritar, solo que yo nunca tuve la oportunidad.

Había oído un ruido abajo. Sophie, pensé. Y salí corriendo de su habitación, bajé las escaleras, me dirigí directamente a la cocina, y allí estaba mi marido, y allí había un hombre con una pistola contra la sien de mi marido.

—¿A quién amas? —me había dicho, y rápidamente me dejó claras las opciones. Podía hacer lo que me dijeran y salvar a mi hija. O podría luchar y perder a toda mi familia.

Brian se quedó mirándome, intentando decirme lo que tenía que hacer. Porque, incluso si él era un desgraciado, todavía era mi marido y, lo más importante aún, era el padre de Sophie. El único hombre al que alguna vez había llamado papá.

Él la amaba. Pese a todos sus defectos, él nos quería.

Es gracioso, las cosas que no aprecias plenamente hasta que es demasiado tarde.

Dejé mi cinturón de servicio en la mesa de la cocina.

Y el hombre dio un paso hacia delante, arrancó mi Sig Sauer de su funda y disparó a Brian tres veces en el pecho.

Pum, pum, pum.

Mi esposo murió. Mi hija había desaparecido. Y yo, la agente de policía entrenada, me quedé allí, completamente en estado de shock, con un grito todavía encerrado en mis pulmones.

El juez dio un golpe con el martillo.

Eso hizo que me concentrara otra vez. Mi mirada fue instintivamente al reloj: 14:43. ¿El tiempo todavía importaba? Tenía la esperanza de que sí.

—La fianza se fija en un millón de dólares —declaró el juez.

El fiscal sonrió. Cargill hizo una mueca.

—Mantente tranquila —murmuró Shane detrás de mí—. Todo irá bien. Mantente tranquila.

No me digné a responderle. El sindicato de policía tenía dinero reservado para las fianzas, por supuesto, del mismo modo que contrataba un abogado para cualquier agente que necesitara asistencia legal. Desgraciadamente, los ahorros no llegaban al millón de dólares. Ese tipo de financiación llevaría tiempo, por no hablar de una votación especial, lo que probablemente significaba que no iba a tener suerte.

Como si el sindicato fuera a involucrarse con una policía acusada de asesinar a su marido y a su hija. Como si mis mil seiscientos compañeros fueran a votar a mi favor.

No dije nada, no mostré nada, porque el grito estaba surgiendo de nuevo, una opresión en el pecho que seguía y seguía. Deseé tener el botón azul, ojalá hubiera podido quedármelo, porque sujetarlo me habría mantenido cuerda, aunque fuera de una forma perversa. El botón significaba Sophie. El botón significaba que Sophie estaba por ahí, y yo solo tenía que encontrarla.

El guardia se me aproximó y puso su mano en mi codo. Me empujó hacia delante y empecé a caminar, un pie delante del otro, porque eso es lo que hacías, era lo que tenías que hacer.

Cargill estaba a mi lado.

—¿Familia? —me preguntó en voz baja.

Entendí lo que quería decir. ¿Tenía una familia que me pagara la fianza? Pensé en mi padre, sentí que el grito subía por mi garganta. Negué con la cabeza.

—Voy a hablar con Shane, presentar tu caso al sindicato —me dijo, pero yo ya podía sentir su escepticismo.

Recordé a mis jefes, que ni me miraron cuando crucé el pasillo del hospital. El paseo de la vergüenza. El primero de muchos.

—Puedo solicitar un trato especial en la cárcel —dijo Cargill, hablando rápidamente puesto que nos estábamos acercando a la puerta que llevaba a la celda de detención, desde donde sería conducida oficialmente a la cárcel—. Eres una policía estatal. Te pueden poner en aislamiento si lo deseas.

Negué con la cabeza. Ya había estado en la cárcel del condado de Suffolk; la unidad de aislamiento era lo más deprimente del lugar. Conseguiría mi propia celda, pero también me pasaría encerrada dentro unas veintitrés horas al día. No había privilegios como un pase de gimnasio o la hora de la biblioteca, y ningún área comunal con televisión ni la bicicleta estática más vieja del mundo que me ayudara a pasar el tiempo. Era gracioso, las cosas que estaba a punto de considerar artículos de lujo.

—Reconocimiento médico —me sugirió con urgencia, lo que significaba que también podría pedir que me llevaran a la enfermería.

—Con todos los otros psicópatas —murmuré, porque, la última vez que había hecho una gira por la prisión, todos los locos estaban en la enfermería, gritándose las veinticuatro horas a sí mismos, a los guardias, a los otros internos. Cualquier cosa, supongo, para ahogar las voces en sus cabezas.

Habíamos llegado, el guardia dirigió a Cargill una mirada de advertencia. Por un momento, mi abogado vaciló. Me miró con algo que podría haber sido compasión y deseé que no lo hubiera hecho, porque consiguió que el grito de mi garganta pasara al hueco oscuro de mi boca. Tuve que fruncir los labios y apretar la mandíbula para evitar que se escapara.

Yo era fuerte, era dura. No había nada aquí que no hubiera visto antes. Normalmente yo estaba en el otro lado, pero solo eran detalles.

Cargill me agarró las manos esposadas. Me apretó los dedos.

—Solicita verme, Tessa —murmuró—. Tienes el derecho legal de consultar con tu abogado en cualquier momento. Llama y vendré.

Luego desapareció. La puerta se abrió. Tropecé al entrar, uniéndome a otras cinco mujeres con caras tan pálidas y distantes como la mía. Mientras las observaba, una fue hacia el inodoro, se subió la minifalda negra de licra y se puso a mear.

—¿Qué estás mirando, perra? —preguntó, bostezando.

La puerta de la celda se cerró de golpe detrás de mí.

Os presento el baile de South Bay: para ejecutar esta maniobra de transporte tan utilizada en la cárcel, un detenido debe enlazar cada uno de sus brazos con el brazo de la persona que tiene a cada lado, y luego juntar las manos a la altura de la cintura, donde le esposarán las muñecas. Una vez que cada detenido ha sido enlazado con los otros, también les encadenan los tobillos, y así una fila de seis mujeres puede caminar a duras penas hacia la furgoneta que las llevará a la cárcel.

Las mujeres se sientan a un lado de la camioneta. Los hombres se sientan en el otro. Una pared de plexiglás transparente nos separa. La rubia teñida que tengo al lado se pasa la mayor parte del recorrido haciendo movimientos sugerentes con la lengua. El tío de enfrente, ciento diez kilos, negro y cubierto de tatuajes, la anima con las caderas.

Tres minutos más y creo que podrían haber completado su transacción. Por desgracia para ellos, ya habíamos llegado a la cárcel del condado de Suffolk.

La furgoneta se detuvo en el muelle de descarga. Una puerta de garaje de metal bajó, dejando cerrado el lugar. Entonces las puertas del vehículo finalmente se abrieron.

Los hombres desembarcaron en primer lugar, formando una línea de grilletes, y entraron por la puerta de acceso de los detenidos. Después de unos momentos, llegó nuestro turno.

Salir de la camioneta fue lo más difícil. Sentí la presión de las compañeras para no tropezar y caerme, derrumbando a toda la fila. El hecho de que fuera blanca y de que llevara puesta ropa nueva me hizo resaltar, dado que la mayoría de mis colegas de detención parecían ser prostitutas y traficantes de drogas. Las más limpias probablemente trabajaban por dinero. Las no tan limpias trabajaban para drogarse.

La mayoría de ellas habían estado despiertas toda la noche, y, a juzgar por los diversos olores, habían estado ocupadas.

Curiosamente, la mujer de cabello naranja de mi derecha arrugó la nariz debido a mi particular olor de hospital y vaqueros nuevos. Mientras la chica de mi izquierda (¿dieciocho, diecinueve años?) se fijó en mi cara, y me dijo:

—Cariño, la próxima vez, simplemente dale el dinero y no te pegará tanto.

Las puertas se abrieron. Nos arrastramos por el corredor de acceso. Las puertas se cerraron tras nosotras. Las puertas de la izquierda se abrieron.

Justo enfrente pude ver un centro de control, ocupado por dos funcionarios de prisiones con uniforme azul marino. Mantuve la cabeza gacha, con miedo a ver una cara familiar.

Más pasos cojeando, avanzando poco a poco con los hombros y las caderas juntas, por un largo pasillo, más allá de las paredes pintadas de amarillo sucio, inhalando el olor astringente de las instituciones gubernamentales de todo el mundo, una mezcla de sudor, lejía y apatía humana.

Llegamos a otra celda, muy parecida a la del juzgado. Un banco de madera en una de las paredes. Un inodoro y un lavabo metálicos. Dos teléfonos públicos de pago. Todas las llamadas se tenían que hacer a cobro revertido, se nos indicó, mientras que un mensaje automático informaría al receptor de que la llamada provenía de la cárcel del condado de Suffolk.

Nos desataron. Los funcionarios de prisiones se marcharon. La puerta de metal se cerró, y eso fue todo.

Me froté las muñecas, y luego me di cuenta de que era la única que lo estaba haciendo. Todas las demás ya estaban haciendo cola para el teléfono. Preparadas para llamar a quien fuera que les pagara la fianza.

No me puse en la fila. Me senté en el banco de madera y observé a las prostitutas y a las drogadictas, que tenían más personas que las quisieran que yo.

El funcionario dijo mi nombre primero. Aun sabiendo que iba a pasar, tuve un momento de pánico. Me agarré al borde del banco. No estaba segura de que pudiera seguir.

Hasta entonces me las había apañado. Hasta el momento. Pero ahora me procesarían. La agente de policía Tessa Leoni dejaría de existir oficialmente. La presa n.º 55669021 ocuparía su lugar.

No podía hacerlo. No lo haría.

El funcionario volvió a llamarme. Estaba al otro lado de la puerta de metal, mirándome a través de la ventana. Y yo sabía que lo sabía. Por supuesto que lo sabía. Estaban recluyendo a una agente de la policía estatal. Tenía que ser uno de los rumores más jugosos del año. Una mujer acusada de matar a su marido y sospechosa de asesinar a su hija de seis años. Exactamente el tipo de preso al que a los funcionarios les encantaba odiar.

Me forcé a separarme del asiento. Me obligué a ponerme de pie.

La actitud lo es todo, pensé. Nunca dejes que te vean sudar.

Llegué a la puerta. El funcionario me quitó las esposas y me agarró del codo. Su brazo era firme, su rostro, impasible.

—Por aquí —me dijo, y tiró de mi brazo hacia la izquierda.

Regresamos al centro de control, donde me preguntaron la información básica: altura, peso, fecha de nacimiento, el contacto más cercano, direcciones, números de teléfono, tatuajes distintivos, etcétera. Luego me hicieron una foto de pie delante de la pared, con un cartel con el número que se convertiría en mi nueva identidad. Todo eso pasaría a ser mi nueva tarjeta de identificación, que me vería obligada a llevar siempre.

Otra vez por el pasillo. Una nueva sala, donde me quitaron la ropa y me obligaron a ponerme en cuclillas desnuda mientras una agente de policía apuntaba con una linterna a todos mis orificios. Recibí un uniforme marrón: un par de pantalones, una camisa, un solo par de zapatillas de deporte blancas, a las que llamaban Air Cabrals en deferencia al sheriff, Andrea Cabral, y una bolsa de plástico con artículos de aseo. La bolsa contenía un cepillo de dientes del tamaño de un dedo meñique, un pequeño desodorante, champú y pasta de dientes. Los artículos de aseo eran transparentes para dificultar que los internos ocultaran drogas en ellos. El cepillo de dientes era pequeño para que fuera menos eficaz cuando se convirtiera inevitablemente en una navaja.

Si deseaba otras cosas, por ejemplo, acondicionador, crema para las manos o bálsamo para los labios, tenía que comprarlo. Un pintalabios, uno con diez. Una crema, dos veintiuno. También podría comprarme otras deportivas, que podían costar de veintiocho a cuarenta y siete dólares.

A continuación, la enfermería. Me examinó el ojo morado, la mejilla hinchada y el corte de la frente. Respondí a las preguntas de rutina, mientras me vacunaban contra la tuberculosis, algo que siempre hay que tener en cuenta en las prisiones. La enfermera tardó un poco con la evaluación psicológica, tal vez intentando determinar si yo era el tipo de mujer que podría hacer algo imprudente, como ahorcarme con las sábanas.

La enfermera firmó mi reconocimiento médico. A continuación, el funcionario me llevó al ascensor. Pulsó el noveno piso, en el que estaban recluidas las mujeres a la espera de juicio. Había dos opciones, la unidad 1-9-1 o la unidad 1-9-2. Me tocó la 1-9-2.

De sesenta a ochenta mujeres recluidas a la espera de juicio. Dieciséis celdas en cada unidad. De dos a tres mujeres en una única celda.

Me llevaron a una celda con una sola ocupante. Se llamaba Erica Reed. Ella dormía en la litera superior y dejaba sus cosas en la inferior. Supongo que pensó que mi sitio era el tablón que hacía de mesa.

En el momento en el que la puerta metálica se cerró detrás de mí, Erica comenzó a morderse las uñas descoloridas, dejando al descubierto una hilera de dientes ennegrecidos. Adicta a la metanfetamina. Lo que explicaba su cara pálida y hundida y su lacio cabello castaño.

—¿Eres la policía? —preguntó de inmediato, muy impresionada—. ¡Todo el mundo dijo que nos iban a meter a una poli! ¡*Espero* que lo seas!

Entonces me di cuenta de que mis problemas eran mayores de lo que había pensado.

22

El teniente coronel Gerard Hamilton no parecía encantado de hablar con D.D. y Bobby; más bien resignado a su destino. Una de sus agentes estaba involucrada en un «desafortunado incidente». Por supuesto el equipo que lo investigaba tenía que entrevistarlo.

En un gesto de deferencia, D.D. y Bobby se encontraron con él en su oficina. Estrechó la mano de D.D. y saludó a Bobby con una palmada en el hombro, de manera más familiar. Era obvio que los hombres se conocían, y D.D. agradeció la presencia de Bobby. Hamilton no se hubiera mostrado tan afable sin él.

Dejó que Bobby se hiciera cargo de los prolegómenos mientras estudiaba la oficina de Hamilton.

La policía del estado de Massachusetts estaba notoriamente orgullosa de su jerarquía de tipo militar. Si D.D. trabajaba en una modesta oficina con muebles genéricos, el despacho de Hamilton le recordaba al de un candidato en política. Las paredes forradas de madera estaban adornadas con fotos de Hamilton con todos los principales políticos de Massachusetts, incluyendo una instantánea particularmente grande de Hamilton y un senador republicano, Scott Brown. Vio un diploma de Amherst, la Universidad de Massachusetts, otro certificado de la Academia del FBI. Una impresionante cornamenta de ciervo revelaba su destreza con la caza, y, en caso de que esta no sirviera, otra foto de Hamilton le mostraba con uniforme verde y un chaleco de caza naranja de pie junto a la presa recién derribada.

D.D. no miró la foto demasiado tiempo. Estaba empezando a pensar que su hijo iba a ser vegetariano. La carne roja parecía mala idea. Pero los cereales resultaban cada vez más apetecibles.

—Por supuesto que conozco a la agente Leoni —estaba diciendo Hamilton ahora. Era un oficial de alto rango muy distinguido. Delgado, complexión atlética, pelo oscuro blanqueando en las sienes, un bronceado permanente de años al aire libre. D.D. se apostaba algo a que los policías jóvenes lo admiraban abiertamente, mientras que las policías lo encontraban atractivo en secreto. ¿Era Tessa Leoni una de ellas? ¿Era correspondida?—. Buena agente —prosiguió—. Joven, pero competente. Sin historial de incidentes o quejas.

Hamilton tenía el expediente de Tessa abierto en su escritorio. Confirmó que Tessa había trabajado los turnos del viernes y el sábado por la noche. Entonces él y Bobby revisaron sus hojas de servicio, muchas de las cuales no tenían sentido para D.D. Los detectives apuntan los casos abiertos, los casos cerrados, las órdenes de detención, los interrogatorios, etcétera. Los agentes que patrullan anotan, entre otras cosas, controles de vehículos, multas de tráfico, órdenes de arresto, bienes incautados y un montón de asistencias. Al parecer, los agentes estatales se dedicaban a hacer llamadas o a ayudar a otros agentes que hacían llamadas.

De todos modos, Tessa tenía unas hojas de servicio especialmente nutridas, incluso la del viernes y la del sábado por la noche. Solo la noche del sábado, había puesto dos multas por conducir bajo los efectos del alcohol, lo que en el segundo caso implicó no solo detener al conductor, sino llamar a la grúa para que se llevara el coche.

Bobby hizo una mueca.

—¿Ha visto todo ese papeleo? —dijo, señalando las dos detenciones del sábado.

—Me lo dio el capitán hace un par de horas. Está bien.

Bobby miró a D.D.

—Entonces está claro que no tenía una conmoción cerebral la noche del sábado. Yo apenas puedo completar estos formularios completamente sobrio, no me quiero ni imaginar si además tuviera un traumatismo craneal.

—¿Hizo alguna llamada personal el sábado por la noche? —preguntó D.D. al teniente.

Hamilton se encogió de hombros.

—Los agentes patrullan con sus propios móviles, no solo con el busca de su departamento. Es posible que hiciera todo tipo de llamadas personales. Pero nada a través de los canales oficiales.

D.D. asintió. Estaba sorprendida de que se siguiera permitiendo a los agentes de patrulla llevar sus móviles. En muchos cuerpos de seguridad se prohibía, dado que los agentes de uniforme, que a menudo eran los primeros en llegar a la escena del crimen, tenían cierta tendencia a tomar fotos personales utilizando sus teléfonos. Tal vez pensaban que el chico que se había volado la cabeza de un disparo tenía un aspecto gracioso. O querían compartir esas salpicaduras de sangre en particular con algún compañero de otro departamento. Desde un punto de vista legal, sin embargo, cualquier foto de la escena del crimen era parte de las pruebas y estaba sujeta a la obligación de ser entregada a la defensa. Lo que significaba que, si cualquiera de esas fotos salía a la luz *después de* que el caso hubiera sido resuelto, su sola presencia era motivo para la anulación del juicio.

A los fiscales no les hacía mucha gracia cuando eso pasaba. Tendían a ponerse francamente desagradables con el tema.

—¿Leoni nunca ha sido amonestada? —preguntó D.D.

Hamilton negó con la cabeza.

—¿Pedía muchos días libres, quizás por asuntos personales? Es una madre joven y se pasa la mitad del año a solas con su hija.

Hamilton hojeó el archivo, negó con la cabeza.

—Admirable —comentó—. No es fácil compaginar las exigencias del trabajo y las necesidades de una familia.

—Amén —murmuró Bobby.

Ambos sonaban sinceros. D.D. se mordió el labio inferior.

—¿La conocía bien? —preguntó al teniente bruscamente—. ¿Quedaban para compartir actividades, la pandilla se reunía para beber, ese tipo de cosas?

Hamilton dudó.

—Yo realmente no la conozco —contestó finalmente—. La agente Leoni tenía fama de ser distante. Un par de sus evaluaciones de desempeño tocaban el tema. Era una agente sólida. Fiable. Buen juicio. Pero en el ámbito social, se mantenía al margen. Causaba cierta preocupación. Incluso los agentes, que en general patrullan solos, necesitan sentir la cohesión del grupo. La tranquilidad de que su compañero le cubra las espaldas. Los compañeros de la agente Leoni la respetaban profesionalmente. Pero en realidad nadie tenía la sensación de conocerla. Y, en este trabajo, donde las líneas entre la vida profesional y la personal se difuminan con facilidad...

La voz de Hamilton se fue apagando. D.D. entendía lo que quería decir y estaba intrigada. Un trabajo como agente de la ley no era un trabajo normal. No llegabas, cumplías con tus deberes y te ibas. Era una vocación. Estabas comprometido con tu trabajo, comprometido con tu equipo y resignado con la vida que llevabas.

D.D. se había preguntado si Tessa había estado demasiado cerca de un compañero, o incluso de un oficial al mando, tal como el teniente coronel. Pero al parecer no había estado lo suficientemente cerca de ninguno.

—¿Puedo hacerle una pregunta? —dijo de repente Hamilton.

—¿A mí? —Sorprendida, D.D. pestañeó. A continuación, asintió.

—¿Usted queda con sus compañeros? ¿Se toma una cerveza, comparten una pizza fría, ven el partido en la casa de alguien?

—Por supuesto. Pero yo no tengo una familia —señaló D.D.—. Y ya soy mayor. Tessa Leoni..., estamos hablando de una madre joven y atractiva en medio de un cuartel de policías masculinos. Ella es la única mujer policía, ¿cierto?

—En Framingham, sí.

D.D. se encogió de hombros.

—No hay muchas mujeres con el uniforme. Si la agente Leoni no tenía ganas de confraternizar no voy a ser yo quien la culpe.

—Nunca hemos tenido ninguna queja de acoso sexual —se apresuró a señalar Hamilton.

—No a todas las mujeres les apetece rellenar el papeleo.

A Hamilton no le gustó esa afirmación. Le lanzó una mirada intimidante, incluso dura.

—En el ámbito del cuartel —aseveró cortante— animamos al jefe de Leoni para que creara más oportunidades con el fin de que ella se sintiera incluida. Digamos que los resultados fueron contradictorios. No hay duda de que es difícil ser la única mujer en una organización predominantemente masculina. Por otra parte, Leoni no pareció querer reducir esa distancia. Para ser francos, se la percibía como una solitaria. E incluso los agentes que hicieron un esfuerzo por confraternizar con ella...

—¿Como el agente Lyons? —interrumpió D.D.

—Como el agente Lyons —confirmó Hamilton—. Lo intentaron sin éxito. El trabajo en equipo consiste en ganarte los corazones y las mentes de tus compañeros. A ese respecto, la agente Leoni solo consiguió quedarse a medias.

—Hablando de los corazones y las mentes. —Bobby parecía disculparse, como si sintiera tener que hacer bajar al teniente hasta el nivel de los cotilleos—. ¿Cualquier rumor de que Leoni estuviera liada con otro agente? ¿O tal vez de alguien que estuviera interesado en ella, tanto si ella le correspondía como si no?

—Pregunté por ahí. El colaborador más cercano a la agente Leoni parece ser el agente Shane Lyons, aunque esa relación es más bien a través del marido de Leoni.

—¿Lo conoció? —preguntó con curiosidad D.D.—. ¿Al marido, Brian Darby? ¿Y a su hija Sophie?

—Los conocí a los dos —contestó Hamilton muy serio, sorprendiéndola—. Los vi en varias barbacoas y funciones de teatro en los últimos años. Sophie es una niñita muy linda. Muy precoz, o eso es lo que recuerdo. —Frunció el ceño, parecía estar luchando consigo mismo—. Se podría decir que la agente Leoni la quería mucho —dijo bruscamente—. Al menos, eso es lo que siempre pensé cuando las vi juntas. La forma en la que Tessa abrazaba a su hija, la adoraba. Solo pensar...

Hamilton apartó la mirada. Se aclaró la garganta y luego juntó las manos en la mesa delante de él.

—Es algo triste, muy triste —murmuró el teniente a nadie en particular.

—¿Qué me dice de Brian Darby? —preguntó Bobby.

—Lo conocía desde hacía más tiempo que a Tessa. Brian era un buen amigo del agente Lyons. Comenzó a aparecer por las barbacoas hace unos ocho o nueve años. Incluso quedó con nosotros un par de veces para ver a los Bruins de Boston, venía a la noche de póquer de vez en cuando.

—No sabía que usted y el agente Lyons eran tan amigos —comentó D.D., arqueando una ceja.

Hamilton le dirigió una mirada severa.

—Si mis agentes me invitan a algo, siempre trato de asistir. La camaradería es importante, por no mencionar que las reuniones informales son de gran valor para mantener las líneas de comunicación abiertas entre los agentes y la cadena de mando. Dicho esto, probablemente quedo con el agente Lyons y su «pandilla», como él los llama, tres o cuatro veces al año.

—¿Qué le pareció Brian? —preguntó Bobby.

—Seguía el hockey, también le gustaban los Boston Red Sox. Solo con eso ya me caía bien.

—¿Hablaba con él?

—Casi nada. La mayor parte de nuestras salidas eran de tipo masculino: ver un partido, jugarlo o apostar por su resultado. Y sí —se giró hacia D.D., como si ya anticipara sus quejas—, es posible que esas actividades hicieran que la agente Leoni se sintiera excluida. Aunque, por lo que recuerdo, a ella también le gustan los Boston Red Sox, e iba con su familia a muchos de los partidos.

D.D. frunció el ceño. Odiaba cuando era tan transparente.

—Y el alcoholismo de la agente Leoni —dijo Bobby en voz baja—. ¿Salió ese tema alguna vez?

—Yo estaba al tanto de la situación —respondió Hamilton con voz neutra—. Por lo que pude saber, Leoni había completado con éxito el programa de los doce pasos de Alcohólicos Anónimos y se había mantenido sobria. Una vez más, sin incidentes ni quejas.

—¿Qué pasa con toda esa historia de que mató a alguien cuando tenía dieciséis años? —preguntó D.D.

—Eso —dijo Hamilton con pesar— nos va a crear un problema de narices.

La brusquedad de su declaración sorprendió a D.D. Después lo entendió. La prensa excavando en los detalles de la última mujer fatal de Boston, exigiendo saber en qué estaba pensando la policía estatal cuando contrataron a alguien que ya tenía un historial de violencia...

Pues sí, el teniente coronel tendría mucho que explicar.

—Mire —continuó—. La agente Leoni nunca fue acusada de un delito. Cumplía con todos los requisitos para ser candidata. De haber rechazado su solicitud, habría sido discriminación. Y, para que conste, aprobó la academia con gran éxito y ha sido ejemplar en el cumplimiento del deber. No teníamos forma de saberlo, no hay manera de anticipar...

—¿Usted cree que lo hizo? —preguntó D.D.—. Usted conocía a su marido, a su hija. ¿Cree que Tessa les mató a los dos?

—Creo que, cuanto más tiempo paso en este trabajo, menos me sorprenden todas las cosas que me deberían sorprender.

—¿Habló de si Brian y ella tenían problemas conyugales? —preguntó Bobby.

—Yo hubiera sido el último en enterarme —le aseguró Hamilton.

—¿Hubo cambios notables en su comportamiento, en particular las últimas tres semanas?

Hamilton inclinó la cabeza hacia un lado.

—¿Por qué las últimas tres semanas?

Bobby se limitó a examinar a su superior. Pero D.D. lo entendió. Porque Brian Darby solo había estado en casa durante las últimas tres semanas, y, de acuerdo con su entrenadora personal, no había regresado muy feliz.

—Bueno, se me ocurre algo —dijo Hamilton abruptamente—. No implica a la agente Leoni, pero sí a su marido.

D.D. y Bobby intercambiaron una mirada.

—Hace unos seis meses —continuó Hamilton, sin mirarles—. Veamos... Noviembre. Creo que sí. El agente Lyons organizó una excursión a Foxwoods. Muchos de nosotros asistimos, incluido Brian Darby. Personalmente, vi un espectáculo, me dejé cincuenta dólares en el casino y con eso ya me di por satisfecho. Pero Brian... Cuando llegó el momento, no podíamos conseguir que se fuera. Una ronda más, una ronda más, esta sería la ganadora. Él y Shane terminaron discutiendo, Shane tuvo que tirar de él para sacarle de la sala del casino. Los otros chicos se rieron. Pero... pareció quedar bastante claro que Brian Darby no debía volver a Foxwoods.

—¿Tenía un problema con el juego? —preguntó Bobby con el ceño fruncido.

—Yo diría que su interés por el juego era más alto que el promedio. Diría que, si Shane no le hubiera arrancado de la mesa de la ruleta, Brian todavía estaría sentado allí, observando cómo giran los números.

Bobby y D.D. se miraron. D.D. habría dado más crédito a esa historia si no fuera porque Brian tenía cincuenta de los grandes en el banco. Los adictos al juego no suelen poder ahorrar cincuenta mil dólares. Aun así, escucharon al teniente coronel.

—¿Sabe si Shane y Brian han ido a Foxwoods últimamente? —preguntó Bobby.

—Tendría que preguntarle al agente Lyons.

—¿La agente Leoni nunca mencionó ningún problema financiero? ¿Pedía más turnos, horas extra, ese tipo de cosas?

—A juzgar por las hojas de servicio —dijo Hamilton despacio—, sí ha estado trabajando más horas últimamente.

Pero cincuenta mil dólares en el banco, pensó D.D. ¿Quién necesitaba horas extra cuando tiene cincuenta mil dólares en el banco?

—Hay algo más que quizá deberían saber —añadió Hamilton en voz baja—. Necesito que entiendan que esto es estrictamente confidencial. Y puede que no tenga nada que ver con la agente Leoni. Pero han dicho las últimas tres semanas, y lo cierto es que tenemos una investigación interna abierta desde hace justo dos semanas: un auditor externo ha descubierto unos movimientos sospechosos en la cuenta del sindicato. Los auditores creen que los fondos fueron malversados, muy probablemente por una fuente interna. Estamos tratando de localizarlos ahora mismo.

D.D. se quedó boquiabierta.

—Gracias por contárnoslo. Y con tanta premura, gracias.

Bobby le lanzó una mirada de advertencia.

—¿De cuánto estamos hablando? —preguntó en un tono más razonable.

—Doscientos cincuenta mil.

—¿Desaparecidos hace unas dos semanas?

—Sí. Sin embargo, la malversación de fondos comenzó doce meses antes, con una serie de pagos efectuados a una compañía de seguros que resulta que no existe.

—Pero los cheques se han cobrado —declaró Bobby.

—Todos y cada uno de ellos —respondió Hamilton.

—¿Quién firmó?

—Es difícil de saber. Pero todos fueron depositados en el mismo banco en Connecticut, que cerró hace cuatro semanas.

—La compañía de seguros era falsa —concluyó D.D.—. Creada para recibir los pagos, apoderarse de un cuarto de millón de dólares y después cerrarla.

—Eso es lo que los investigadores creen.

—La información que tiene el banco —dijo Bobby—. ¿Usaron el mismo banco para todas las transacciones?

—El banco ha estado cooperando plenamente. Nos ha suministrado un vídeo con material de archivo donde se ve a una mujer con una gorra de béisbol roja y gafas de sol cerrando la cuenta. Esta es la mayor pista con la que contamos; están buscando a una mujer que pueda disponer de información privilegiada sobre el sindicato de policía.

—Como Tessa Leoni —murmuró D.D.

El teniente coronel no se lo discutió.

23

Si quieres a alguien muerto, la cárcel es el lugar perfecto para conseguirlo. Solo porque la cárcel del condado de Suffolk fuera de mínima seguridad no quiere decir que no estuviera llena de delincuentes violentos. El asesino convicto que acababa de cumplir veinte años en el penal de máxima seguridad del estado podría terminar su condena aquí, completando dieciocho meses por robo o asalto simple que había cometido además del cargo de homicidio. Tal vez Erica, mi compañera de cuarto, había sido encerrada por vender droga o por pequeños robos. O tal vez había matado a las tres últimas mujeres que se habían interpuesto entre ella y su metanfetamina.

Cuando se lo pregunté, se limitó a sonreír, mostrando dos hileras de dientes negros.

La unidad 1-9-2 albergaba a otras treinta y cuatro mujeres como ella.

Como estábamos detenidas en prisión preventiva, nos mantenían separadas del resto, en una unidad reforzada donde nos traían la comida, nos traían a la enfermera y nos traían las actividades programadas. Pero dentro de la unidad nos podíamos juntar, creando múltiples oportunidades para la violencia.

Erica me guio en la programación diaria. La mañana comenzaba a las siete, cuando la funcionaria encargada hacía el recuento. Luego se servía el desayuno en nuestras celdas, seguido de un par de horas libres. Podíamos salir de nuestras celdas y deambular sin grilletes por el recinto, tal vez pasar un rato en el área común viendo la televisión, quizás ducharnos (tres duchas situadas justo al lado de la zona común, donde todo el mundo podía disfrutar también del espectáculo) o montar en la chirriante bicicleta estática (insultos verbales de tus compañeras detenidas no incluidos).

La mayoría de las mujeres, me di cuenta rápidamente, pasaban su tiempo jugando a las cartas o cotilleando en las redondas mesas de acero inoxidable del centro de la unidad. Una mujer iba a una mesa, se enteraba de un rumor, lo compartía con otras dos más; a continuación, visitaba la celda de una vecina, donde podría ser la primera en dar la noticia. Y así seguían, de una mesa a otra, celda a celda. Todo el ambiente me recordó a un campamento de verano, donde todas llevaban la misma ropa, dormían en literas y estaban obsesionadas por los chicos.

A las once de la mañana todo el mundo volvía a su celda asignada para el recuento, seguido del almuerzo. Más tiempo libre. Recuento otra vez a las tres. Cena a las cinco. El recuento final a las once y, después, apagaban las luces, pero no por eso se guardaba silencio. En la cárcel no había nada parecido al silencio, y, en un correccional que albergaba tanto a hombres como a mujeres, definitivamente no existía el silencio.

Las mujeres, me enteré pronto, ocupaban los tres últimos pisos de la «torre» de la prisión de Suffolk. Alguna mujer emprendedora (u hombre, supongo) descubrió que las tuberías de agua de las plantas superiores estaban conectadas a los pisos inferiores. Lo que implicaba que una mujer detenida, digamos mi compañera de celda Erica, podía meter la cabeza dentro del inodoro de porcelana blanca y ponerse a «hablar» con un hombre al azar en el piso inferior. Pero hablar no era lo que los hombres querían hacer. Aquello era la versión carcelaria del sexo telefónico.

Erica hacía comentarios lascivos. Nueve pisos por debajo, un hombre desconocido gemía. Erica hacía más comentarios lascivos: «Más fuerte, más rápido, vamos, nene, me estoy frotando las tetas para ti, ¿lo sientes?» (Me lo he inventado: Erica no tenía tetas. La metanfetamina había disuelto toda la grasa y el tejido de sus huesos, incluyendo sus pechos. Dientes negros, uñas negras, sin tetas. Erica debería ser la protagonista de un anuncio de servicio público dirigido a niñas y adolescentes: «Así deja tu cuerpo la metanfetamina»).

El hombre desconocido nueve pisos por debajo de nosotras, sin embargo, no sabía eso. En su imaginación, Erica era probablemente una rubia pechugona, o tal vez aquella chica latina tan buenorra que había visto una vez en la enfermería. Él se iba a masturbar igual de feliz. Erica iniciaba la segunda ronda.

Como la mujer en la celda de al lado, y la de la celda de al lado de esa y del resto de celdas. A lo largo-de-toda-la noche.

La cárcel es un lugar social.

La cárcel del condado de Suffolk tenía múltiples edificios. Por desgracia, solo los varones en los pisos inferiores de la torre podían comunicarse a través de inodoros con las mujeres de los tres niveles superiores. Obviamente, esto representaba un agravio comparativo con respecto a los hombres en otros edificios.

Los machos emprendedores del edificio 3, sin embargo, se dieron cuenta de que podíamos mirar hacia abajo por las ventanas de nuestras celdas. Como Erica me explicó, a primera hora de la mañana nuestro trabajo era comprobar si había mensajes publicados en las ventanas del edificio 3; por ejemplo, una ingeniosa disposición de calcetines, ropa interior y camisetas que formaban una serie de números o letras. No se podía deletrear todo con calcetines, obviamente, por lo que habían desarrollado un código. Apuntábamos ese código, el cual dirigía a las mujeres de la 1-9-2 a diversos libros durante la hora de la biblioteca, donde podría ser recuperado un mensaje más completo («fóllame, fóllame, hazlo, así, oh, eres tan bonita, me la pones tan dura...»).

La poesía de la prisión, me dijo Erica con un suspiro. La ortografía no era su punto fuerte, me confesó, pero siempre hacía lo posible por escribir una respuesta, dejando una nota nueva («¡sí, sí, sí!») en la misma novela.

En otras palabras, los presos podían comunicarse entre unidades, las mujeres detenidas en prisión preventiva con los hombres en general, y viceversa. Lo más probable era que toda la población carcelaria supiera de mi presencia, y un novato de una unidad podría ganarse la ayuda de alguien con más experiencia que estuviera en otra.

Me preguntaba cómo iba a suceder.

Por ejemplo, cuando toda mi unidad era acompañada a la biblioteca, que estaba en el nivel inferior, nueve pisos más abajo. O el par de veces en que íbamos al gimnasio. O durante las visitas, que también eran una actividad grupal, una enorme habitación llena con una docena de mesas donde todo el mundo se mezclaba.

Era bastante fácil que una compañera de prisión se sentara a mi lado, me clavara un cuchillo en las costillas y desapareciera.

A veces ocurren accidentes, ¿verdad? Especialmente en la cárcel.

Lo pensé despacio. Si yo fuera una mujer detenida tratando de matar a una agente de policía entrenada, ¿cómo lo haría? Pensándolo bien, nada de violencia. Uno, se supone que un policía es capaz de defenderse. Dos, las pocas veces en que nos llevaban a alguna parte —a la biblioteca, el gimnasio o las visitas— nos escoltaba un equipo especial, preparado para reducirnos en cualquier momento.

No, si fuera yo, escogería el veneno.

La tradicional arma favorita de las mujeres. No sería muy difícil pasarlo de contrabando. Cada detenido podía gastar cincuenta dólares a la semana en la cantina. La mayoría parecían dejarse la pasta en fideos chinos, zapatillas deportivas y artículos de aseo. Con ayuda del exterior, no habría problema en esconder un poco de veneno para ratas en el paquete de condimentos de los fideos o en la tapa de la nueva crema para las manos, etcétera.

Un momento de distracción y Erica podría echármelo en la cena. O más tarde, en el área común cuando otra detenida, Sheera, me ofreció una tostada con mantequilla de cacahuete.

El arsénico podría mezclarse con lociones, productos para el cabello, pasta de dientes. Cada vez que me hidrataba la piel, me lavaba el pelo o los dientes...

¿Es así como uno se vuelve loco? ¿Dándose cuenta de todas las formas en las que puede morir?

Y, si muriera, ¿a cuántas personas les importaría?

Las ocho y veintitrés de la tarde. Sentada a solas en un delgado colchón frente a una ventana con barrotes. El sol ya se había puesto. Contemplando la gélida oscuridad del otro lado del cristal, mientras, detrás de mí, las implacables luces fluorescentes brillaban demasiado.

Deseé por un instante poder doblar los barrotes, abrir la ventana y, nueve pisos por encima de la ciudad de Boston, dar un leve paso ligero hacia la noche de marzo y ver si podía volar.

Olvidarme de todo. Caer en la oscuridad.

Presioné mi mano contra el cristal. Miré fijamente la profunda oscuridad de la noche. Y me pregunté si en algún lugar Sophie estaba mirando la misma oscuridad. Si ella podía sentir que yo intentaba llegar a ella. Si sabía que yo estaba todavía aquí y que la quería y que iba a encontrarla. Ella era mi Sophie y yo la salvaría, tal como había hecho cuando se quedó encerrada en el maletero.

Pero, en primer lugar, las dos debíamos ser valientes.

Brian tenía que morir. Eso era lo que el hombre me había dicho el sábado por la mañana en mi cocina. Brian había sido un chico muy malo y tenía que morir. Pero Sophie y yo podríamos vivir. Solo debía hacer lo que me dijeran.

Tenían a Sophie. Para recuperarla, asumiría la culpa de matar a mi marido. Incluso tenían algunas ideas sobre el tema. Yo podía adornar algunas cosas, argumentar defensa propia. Brian seguiría estando muerto, pero yo me salvaría y encontrarían milagrosamente a Sophie y volvería conmigo. Dejaría de ser policía, pero, bueno, recuperaría a mi hija.

De pie, en medio de la cocina, con los oídos sordos por los disparos, las fosas nasales dilatadas aún con el olor de la pólvora y la sangre, me había parecido un buen trato. Dije que sí, a cualquier cosa, a todo.

Solo quería a Sophie.

—Por favor —le había rogado, *le había rogado* en mi propia casa—. No hagas daño a mi hija. Lo haré. Solo mantenla a salvo.

Ahora, por supuesto, estaba empezando a darme cuenta de lo tonta que había sido. ¿Brian tenía que morir y algún *otro* cargar con la culpa? Si Brian tenía que morir, ¿por qué no alterar sus frenos, o causar un «accidente» la próxima vez que fuera a esquiar? Brian estaba solo la mayor parte del tiempo, había un montón de cosas que el hombre de negro podría haber hecho que no fuera disparar a Brian y pedirle a su esposa que cargara con la culpa. ¿Por qué así? ¿Por qué yo?

¿Encontrarían milagrosamente a Sophie? ¿Cómo? ¿Vagando en unos grandes almacenes, o tal vez despertándose en un área de descanso en una autopista? Era evidente que la policía le iba a hacer preguntas, y es sabido que los niños son testigos poco fiables. Tal vez el hombre podía asustarla para que no dijera nada, pero ¿por qué correr el riesgo?

Por no hablar de que, una vez que recuperara a mi hija, ¿qué incentivo tendría yo para permanecer en silencio? Quizás iría a la policía después. ¿Por qué correr ese riesgo?

Estaba pensando cada vez más que el tipo de persona que disparaba a un hombre tres veces a sangre fría probablemente no corría riesgos innecesarios.

Estaba pensando cada vez más que el tipo de persona que podía disparar a un hombre tres veces a sangre fría se jugaba mucho más de lo que admitía.

¿Qué había hecho Brian? ¿Por qué tenía que morir?

¿Y se dio cuenta, en el último segundo de su vida, de que nos había condenado a Sophie y a mí?

Sentí las barras de metal presionando contra mis manos; no eran redondas como había supuesto, sino con una forma similar a los listones de las persianas verticales.

Ese hombre me quería en la cárcel, me di cuenta entonces. Él y la gente para la que él trabajaba me querían fuera del camino.

Por primera vez en tres días, sonreí.

Resultó que les aguardaba una pequeña sorpresa. Porque, después de toda la sangre, con los oídos todavía resonando y los ojos llenos de horror, me había aferrado a un pensamiento. Necesitaba ganar tiempo, necesitaba frenar todo aquello.

Cincuenta mil dólares le ofrecí al hombre que acababa de matar a mi marido. Cincuenta mil dólares, si me daba veinticuatro horas para «poner mis asuntos en orden». Si yo iba a asumir la culpa de la muerte de mi marido e iba a acabar en la cárcel, tenía que dejarlo todo dispuesto para mi hija. Eso fue lo que le dije.

Y tal vez no confiaba en mí, y tal vez le resultó sospechoso, pero eran cincuenta de los grandes, y una vez que le expliqué que podría poner el cuerpo de Brian en hielo...

Se había quedado impresionado. No conmocionado. Impresionado. Una mujer que preservaba el cuerpo de su marido con nieve era aparentemente su tipo.

Así que el asesino sin nombre había aceptado cincuenta de los grandes, y a cambio yo tenía veinticuatro horas para «montar mi historia».

Resulta que se puede hacer mucho en veinticuatro horas. Especialmente cuando eres la clase de mujer que puede palear desapasionadamente nieve sobre el hombre que una vez había prometido amarla, cuidarla, no abandonarla nunca.

No pensé en Brian entonces. No estaba lista, no podía permitirme el lujo de ir a ese lugar. Así que me concentré en lo que más importaba.

¿A quién quieres?

El asesino estaba en lo cierto. A eso es a lo que se reduce la vida al final. ¿A quién quieres?

A Sophie. En algún lugar en esa misma oscuridad, mi hija. Seis años de edad, rostro en forma de corazón, grandes ojos azules y una desdentada sonrisa que podría alimentar el sol. Sophie.

Brian había muerto por ella. Ahora yo iba a sobrevivir por ella.

Lo que fuera con tal de recuperar a mi hija.

—Ya voy —susurré—. Sé valiente, cariño. Sé valiente.

—¿Qué? —dijo Erica, desde la litera de arriba, donde estaba jugando a las cartas.

—Nada.

—La ventana no se romperá —afirmó—. ¡No puedes escaparte por ahí! —exclamó riendo socarronamente como si hubiera hecho un chiste genial.

Me volví hacia mi compañera de cuarto.

—Erica, el teléfono público en el área común. ¿Puedo usarlo para hacer una llamada?

Ella dejó de jugar.

—¿A quién vas a llamar? —preguntó con interés.

—A los cazafantasmas —dije, muy seria.

Erica se rio de nuevo. Después me dijo lo que necesitaba saber.

24

B obby quería parar a cenar. D.D., no.

—Tienes que cuidarte más —le dijo Bobby.

—¡Y tú tienes que dejar de fastidiarme! —replicó ella cortante mientras conducían por las calles de Boston—. No me gustaba antes y sigue sin gustarme ahora.

—No.

—¿*Perdona?*

—He dicho que no. Y no me vas a hacer cambiar de opinión.

D.D. se giró en el asiento del pasajero hasta que pudo mirarlo de frente.

—¿Notas que se da por hecho que las mujeres embarazadas se vuelven hormonales y locas? Lo que significa que podría matarte ahora, y, siempre que hubiera una madre en el jurado, me saldría con la mía.

Bobby sonrió.

—Ah, ¡Annabelle solía decir lo mismo!

—Oh, por el amor de Dios.

—Estás embarazada —la interrumpió—. A los hombres nos gusta mimar a las mujeres embarazadas. Nos proporciona algo que hacer. También nos gusta, en secreto, mimar a los bebés. Bueno, cuando lleves a tu bebé por primera vez a que lo conozca tu equipo..., apuesto a que Phil le teje un par de botitas. Neil... Creo que te dará tiritas con dibujitos y su primer casco infantil para la bici.

D.D. se quedó mirándole. No había pensado en botitas, tiritas, ni en llevar al niño al trabajo. Todavía estaba acostumbrándose al bebé como para pensar en la vida con el bebé.

Tenía un mensaje de Alex: «He visto lo del encarcelamiento, ¿cómo va el resto de la batalla?».

No había respondido. No sabía qué decir. Claro, habían arrestado a Tessa Leoni, pero todavía no habían encontrado a Sophie. Y el sol se había puesto por segunda vez, ya habían pasado treinta y seis horas desde que se activara la alerta AMBER, pero seguramente dos días completos desde que Sophie había desaparecido. Solo que lo más probable era que la alerta AMBER no importase. Lo más probable era que Tessa Leoni hubiera matado a toda su familia, incluyendo a Sophie.

D.D. no trabajaba en un caso de personas desaparecidas; era una investigación de asesinato para recuperar el cuerpo de una niña.

No estaba preparada para pensar en eso todavía. No estaba preparada para las preguntas de Alex. Ni sabía cómo saltar de esa conversación al: «Ah, sí, y estoy embarazada, tú todavía no lo sabías, pero Bobby Dodge sí, después de que se lo dijera una sospechosa de asesinato».

Ese era exactamente el tipo de situaciones que habían convertido a D.D. en una adicta al trabajo. Porque encontrar a Sophie y condenar a Tessa solo la haría sentir mejor. Mientras que hablar con Alex sobre el nuevo orden mundial solo la haría sentirse como si estuviera cayendo más y más hondo en el agujero del conejo.

—Lo que necesitas es un faláfel —dijo Bobby.

—*Gesundheit* —respondió D.D.

—A Annabelle le encantaban cuando estaba embarazada. Es por la carne, ¿no es así? No puedes soportar el olor de la carne.

D.D. asintió.

—Los huevos tampoco me hacen mucha gracia.

—Por eso, mejor la comida mediterránea, con sus muchos y variados platos vegetarianos.

—¿Te gustan los faláfeles? —preguntó con desconfianza D.D.

—No, me gustan los Big Mac, pero eso no nos va a ser útil en este momento.

D.D. meneó la cabeza.

—Pues faláfeles para todos.

Bobby sabía de un lugar. Al parecer era uno de los favoritos de Annabelle. Entró para hacer el pedido mientras D.D. se quedaba en el coche para evitar los olores de la cocina y ponerse al día con el buzón de voz. Comenzó devolviéndole la llamada a Phil, para pedirle que volviera a examinar las finanzas de Brian Darby, que buscara otras cuentas o transacciones, posiblemente bajo un apellido, o un alias. Si Darby era adicto al juego, deberían ser capaces de ver el impacto en su cuenta bancaria, con grandes sumas de dinero que iban y venían, o tal vez una serie de retiradas de efectivo en los cajeros automáticos en Foxwoods, Mohegan Sun u otros casinos.

Luego llamó a Neil, que había estado investigando en el hospital. Neil había estado preguntando sobre el historial médico de Tessa. Ahora D.D. quería saberlo todo acerca de Brian. En los últimos doce meses, cualquier incidencia, rotura de piernas (tal vez una lesión de esquí, reflexionó D.D.) o, digamos, una caída por un largo tramo de escaleras. Neil se mostró intrigado y aseguró que se pondría a ello de inmediato.

La línea de emergencias estaba recibiendo pocas llamadas sobre Sophie, pero iban teniendo más suerte respecto al Denali blanco. Resultó que la ciudad estaba llena de deportivos utilitarios blancos, es decir, que el grupo de trabajo requería mano de obra adicional para seguir todas las pistas. D.D. sugirió que el equipo telefónico avisara directamente sobre el coche a las tres personas que se encargaban de rastrear sus últimos movimientos. Quienes, les informó, tendrían que trabajar las veinticuatro horas del día, así que todas las solicitudes de horas extra quedaban automáticamente autorizadas y, si necesitaban más gente, que engancharan refuerzos.

Localizar dónde había estado el coche de Brian Darby era su prioridad: si descubrían dónde había ido el sábado por la tarde, encontrarían el cuerpo de Sophie.

A D.D. le deprimía pensarlo. Terminó sus llamadas y miró por la ventana.

Hacía frío. La gente caminaba por las aceras, con los cuellos subidos para protegerse las orejas, las manos enguantadas hundidas en los bolsillos del abrigo. Todavía no había nevado, pero se sentía que lo haría en breve. Una noche fría y dura, acorde con el ánimo de D.D.

No se sentía bien con la detención de Tessa Leoni. Aunque quería hacerlo. Esa policía la incomodaba. Era a la vez demasiado joven y demasiado serena. Demasiado guapa y demasiado vulnerable. Todas malas combinaciones en la mente de D.D.

Tessa les estaba mintiendo. Acerca de su marido, acerca de su hija, y, si la teoría de Hamilton era correcta, acerca de doscientos cincuenta mil dólares que faltaban del sindicato de policía. ¿Había robado Tessa el dinero? ¿Formaba esto parte de su «nueva vida»? ¿Robar un cuarto de millón, eliminar a su familia y cabalgar hacia el atardecer, joven, bonita y rica?

¿O era culpa de su marido? ¿Habría acumulado deudas que ningún hombre honrado podría pagar? Tal vez malversar el dinero de la policía había sido su idea y la había presionado para que participara. Apoyar a tu hombre. Solo que luego, una vez conseguido el dinero en efectivo, se había dado cuenta de los riesgos que había corrido y había considerado las ventajas de la libertad total... ¿Por qué iba a darle las ganancias si se las podía quedar ella?

Su plan también había sido bastante bueno. Dibujar a su marido como un asesino de niños y un maltratador. Después alegar defensa propia. Una vez que hubiera pasado todo, Tessa podría retirarse de la policía e irse a vivir a otro estado, donde podría pasar por una viuda que hubiera heredado doscientos cincuenta mil en seguros de vida.

El plan le habría funcionado, pensó D.D., si el forense no se hubiera dado cuenta del daño celular causado por la congelación.

Tal vez por eso Tessa había estado presionando para que le dieran el cuerpo de su marido. Para tratar de evitar la autopsia como fuera, o, si se realizaba, para que lo hicieran rápido. Ben podría haberlo despachado sin esmerarse y nadie se habría enterado.

Bien hecho, Ben, pensó D.D., y entonces se dio cuenta de que estaba agotada. No había comido nada, no había dormido mucho anoche. Su cuerpo se estaba rebelando contra ella. Necesitaba una siesta. Tenía que llamar a Alex.

¿Dios mío, qué le iba a decir a Alex?

La puerta del coche se abrió. Bobby subió. Tenía en la mano una bolsa de papel marrón de la que se escapaban todo tipo de olores curiosos. D.D. los inhaló y, por una vez, su estómago no se rebeló. Respiró profundamente y, tan fácil como eso, ya estaba muerta de hambre.

—¡Faláfel! —ordenó.

Bobby le dio una palmada en la mano, que ya estaba quitando el envoltorio.

—Ahora, ¿quién estaba diciendo que los hombres no deben mimar...?

—¡Dame, dame, dame!

—Yo también te quiero, D.D. Yo también te quiero.

Comieron. La comida estaba buena. La comida era energía. La comida era poder.

Cuando terminaron, D.D. se limpió recatadamente la boca, se pasó una servilleta por las manos y metió los papeles sucios en la bolsa de papel marrón.

—Tengo un plan —dijo.

—¿Tiene que ver con irme a casa con mi esposa y mi hija?

—No. Se trata de ir a casa del agente Lyons y preguntarle delante de su esposa y sus hijos.

—Me apunto.

Ella le acarició la mano.

—Yo también te quiero, Bobby. Yo también te quiero.

Lyons vivía en una casa modesta de los años cincuenta, a unas siete manzanas de Brian Darby. Desde la calle, la casa parecía anticuada, pero bien mantenida. Un patio delantero pequeño, ahora mismo atestado con una colección de palas de nieve y trineos de plástico. Los restos de un muñeco de nieve y lo que parecía ser un fuerte de nieve se alineaban en la calzada, donde permanecía estacionado el coche patrulla de Lyons.

Bobby tuvo que dar un par de vueltas a la manzana para conseguir aparcar. Cuando no vieron ningún sitio, aparcó ilegalmente detrás del coche patrulla de Lyons. ¿Qué ventaja tenía ser policía si no podías romper algunas reglas?

En el momento en que D.D. y Bobby se bajaron del vehículo, Lyons estaba de pie en el porche delantero. El corpulento agente llevaba vaqueros desteñidos, una camisa de franela y un ceño fruncido muy poco acogedor.

—¿Qué? —les preguntó a modo de saludo.

—Tengo un par de preguntas —dijo D.D.

—No, en mi casa no tienen ninguna.

D.D. se echó hacia atrás y dejó que Bobby se pusiera delante. Era un compañero de la policía del estado, por no hablar de que se le daba mejor el papel del poli bueno.

—No pretendemos molestar —dijo Bobby con un tono conciliador—. Estábamos en la casa de Darby —mintió—, se nos ocurrieron un par de cosas, y dado que está a la vuelta de la esquina...

—No me llevo el trabajo a casa. —La cara rubicunda de Lyons todavía estaba alerta, pero no era tan hostil—. Tengo tres hijos. No necesitan oír lo de Sophie. Ya están lo suficientemente asustados.

—Saben que ha desaparecido —intervino D.D. Él le lanzó una mirada.

—Lo oyeron en la radio cuando su madre les llevaba al colegio. Alerta AMBER. —Se encogió de hombros—. No se puede evitar. Creo que eso es todo. Pero conocen a Sophie. No entienden qué le puede haber ocurrido. —Su voz se hizo más áspera—. No entienden por qué su padre, el superpolicía, no la ha encontrado todavía.

—Entonces todos tenemos el mismo objetivo —dijo Bobby. Él y D.D. habían llegado a la escalera de entrada—. Queremos encontrar a Sophie, llevarla a casa.

Los hombros de Lyons se relajaron. Pareció ceder finalmente. Después de un momento, abrió la puerta y les hizo un gesto para que pasaran.

Entraron en un pequeño cuartito, con las paredes revestidas de madera cubiertas con abrigos y el suelo de baldosas invadido de botas. La casa era pequeña, y D.D. solo tardó un minuto en averiguar quién dirigía el cotarro, los tres hijos, de cinco a nueve años, que se precipitaron para saludar a los recién llegados, hablando al mismo tiempo de la emoción, antes de que su madre, una guapa mujer de treinta y pico con unos rizos castaños hasta los hombros, los siguiera con gesto exasperado.

—¡Es hora de dormir! —advirtió a los chicos—. A las habitaciones. No quiero veros de nuevo hasta que os hayáis cepillado los dientes y os hayáis puesto el pijama.

Los tres chicos la miraron, sin mover ni un músculo.

—¡El último que llegue a la escalera es un huevo podrido! —gritó el mayor de repente, y los tres salieron disparados como cohetes, en su prisa por llegar a la escalera en primer lugar.

Su madre suspiró.

Shane meneó la cabeza.

—Esta es mi esposa, Tina —la presentó. Tina les dio la mano, sonriendo amablemente, pero D.D. podía leer la tensión en las líneas finas que enmarcaban su boca, la forma en que miraba instintivamente a su marido, como para asegurarse.

—¿Sophie? —susurró ella, el nombre se le atascó en la garganta.

—No hay noticias —respondió Shane en voz baja, y puso las manos sobre los hombros de su esposa, en un gesto que D.D. encontró realmente conmovedor—. Tengo algo de trabajo que hacer aquí, ¿te parece bien? Sé que te dije que acostaría a los niños...

—Está bien —dijo Tina automáticamente.

—Estaremos en la salita.

Tina asintió de nuevo. D.D. podía sentir sus ojos posados en ellos, mientras seguían a Shane desde el cuartito de la entrada hasta la cocina. Pensó que la mujer aún tenía aspecto preocupado.

Más allá de la cocina había una pequeña sala de estar. Parecía que había sido una vez un porche que Lyons había cerrado con ventanas, con una pequeña estufa de gas para la calefacción. La habitación tenía un marcado sello masculino, con una gran pantalla de televisión, dos sillones marrones de gran tamaño y una plétora de artículos deportivos de colección. La cueva del macho, dedujo D.D., adonde el policía estresado podía retirarse para recuperarse de su día.

Se preguntó si la mujer tendría una sala de manualidades equivalente o un spa, porque, personalmente, estaba convencida de que la vida con tres niños superaba con creces las ocho horas de patrulla.

La habitación carecía de asientos para los tres, a menos que se contaran los pufs apilados en la esquina, por lo que se quedaron de pie.

—Bonita casa —dijo Bobby, una vez más el poli bueno.

Lyons se encogió de hombros.

—La compramos por la ubicación. No pueden verlo en este momento, pero el jardín trasero da a un parque, lo que nos ofrece un montón de espacios verdes. Va bien para las barbacoas. Esencial para tres niños.

—Es verdad —intervino D.D.—. Se le conoce por sus barbacoas al aire libre. Así es como se conocieron Tessa y Brian.

Lyons asintió, no dijo nada. Tenía los brazos cruzados, una postura defensiva, pensó D.D. O tal vez agresiva, teniendo en cuenta cómo hinchaba los músculos de los hombros y el pecho.

—Hemos hablado con el teniente coronel Hamilton —comentó Bobby.

¿Eran imaginaciones de D.D. o de repente Lyons parecía tenso?

—Mencionó varias de las salidas que ha organizado, ya sabe, ir al partido de los Boston Red Sox, Foxwoods...

Lyons asintió.

—Parece que Brian Darby se unía al plan a menudo.

—Si estaba por aquí —replicó Lyons. Otro encogimiento de hombros sin comprometerse.

—Háblenos de Foxwoods —dijo D.D.

Lyons se quedó mirándola y luego volvió a mirar a Bobby.

—¿Por qué no me lo pregunta directamente?

—Está bien. ¿Sabe si Brian Darby tenía un problema con el juego?

—Que yo sepa... —El policía de repente suspiró y dejó caer los brazos—. Maldita sea —dijo.

D.D. lo interpretó como un sí.

—¿Muy grave? —preguntó.

—No lo sé. Él no quería hablar de eso conmigo. Sabía que yo no lo aprobaba. Pero Tessa me llamó hace unos seis meses. Brian estaba en el barco y en la bañera del piso de arriba había un escape de agua. Le di el nombre de un fontanero, al que llamó. Había que sustituir un par de tuberías, reconstruir algunos paneles de yeso. Cuando todo estuvo acabado supongo que le salió por sus buenos ochocientos o novecientos dólares. Solo que, cuando fue a retirarlo de la cuenta, el dinero no estaba allí.

—¿No estaba allí? —repitió D.D.

Lyons se encogió de hombros.

—Según Tessa, tenían treinta mil ahorrados, pero no estaban. Terminé prestándole el dinero para pagar al fontanero. Después, cuando Brian volvió...

—¿Qué pasó?

—Nos enfrentamos a él. Los dos. Tessa me quería allí. Me dijo que, si lo hacía solo ella, parecería una esposa gruñona. Pero, si lo planteábamos los dos a la vez, la esposa de Brian y su mejor amigo, no tendría más remedio que hacernos caso.

—Le hicieron enfrentarse a su adicción al juego —dijo Bobby—. ¿Funcionó?

Lyons gruñó.

—¿Que si funcionó? Joder, no solo Brian se negó a reconocer que tenía un problema, sino que nos acusó de tener una aventura. Estábamos en contra de él. Todo el mundo iba a pillarle. —Lyons negó con la cabeza—. Quiero decir..., crees que conoces a alguien y... ¿Durante cuánto tiempo habíamos sido amigos? Y, entonces, un día, de repente se le va la cabeza. Es más fácil para él creer que su mejor amigo se está follando a su mujer que aceptar que tiene un problema con el juego y que ventilarse los ahorros de toda una vida para pagar a los prestamistas no es una buena manera de vivir.

—¿Trataba con prestamistas? —preguntó D.D. bruscamente.

Lyons le lanzó una mirada.

—No según él. Dijo que había sacado el dinero para pagar el crédito del Denali. Así que, ya que estábamos todos sentados allí, Tessa, fresca como una lechuga, coge el teléfono y llama al banco. Todos los sistemas están automatizados hoy en día y, por supuesto, su préstamo por el vehículo todavía tiene treinta y cuatro mil dólares pendientes de pago. Y fue entonces cuando empezó a gritar que obviamente estábamos durmiendo juntos. Imagínese.

—¿Qué hizo Tessa?

—Se enfrentó a él. Le rogó que pidiera ayuda antes de que fuera demasiado tarde. Él se negó a reconocerlo. Así que finalmente le dijo que, si de verdad no tenía un problema, entonces debería ser fácil para él acceder a no volver a apostar. Nada de nada. No se acercaría a Foxwoods, Mohegan Sun o a cualquier otro sitio. Él aceptó, después de hacerle prometer a ella que no volvería a verme.

D.D. levantó una ceja y le miró.

—Parece como si realmente creyera que usted y Tessa estaban demasiado unidos.

—Los adictos culpan a los demás de sus problemas —respondió Lyons de forma neutra—. Pregunte a mi esposa. Se lo conté todo, y ella puede dar fe de dónde me encontraba yo, tanto si Brian estaba en casa como si no. Nosotros no tenemos secretos el uno para el otro.

—¿De verdad? Entonces, ¿por qué no nos lo contó antes? —replicó D.D.—. En vez de eso, recuerdo toda esa pequeña charla sobre cómo usted no estaba demasiado involucrado en el matrimonio de Brian y Tessa. Ahora, veinticuatro horas más tarde, es su especialista personal en enfrentarse a adicciones.

Lyons enrojeció. Tenía los puños cerrados. D.D. miró hacia abajo, y entonces...

—*¡Hijo de puta!*

D.D. le agarró la mano derecha, acercándola hacia la luz. Inmediatamente, Lyons levantó la izquierda, como para empujarla, y al momento siguiente tenía una Sig Sauer clavada en la sien.

—Tóquela y le mato —dijo Bobby.

Los dos hombres jadeaban, D.D. aplastada en el medio.

El agente estatal le sacaba veinte kilos de ventaja a Bobby. Era más fuerte, y, como oficial de patrulla, más experimentado en una pelea callejera. Tal vez, si se hubiera tratado de cualquier otro detective, hubiera estado tentado de moverse, de poner a prueba su farol.

Pero Bobby ya se había ganado sus medallas: disparaba a matar. Los demás policías no ignoraban ese tipo de cosas.

Lyons se echó hacia atrás y dejó que D.D. examinara su mano derecha herida bajo la luz del techo. Los nudillos estaban de color púrpura e hinchados, la piel erosionada en varios puntos.

Mientras Bobby apartaba lentamente su arma, la mirada de D.D. se dirigió a las botas con punta de acero en los pies de Lyons. La punta redondeada de la bota. La contusión en la cadera de Tessa que su abogado no les permitió examinar.

—Hijo de puta —repitió D.D.—. Usted le pegó. *Usted es* el que le dio una paliza a Tessa Leoni.

—Tuve que hacerlo —respondió Lyons en un tono cortante.

—¿Por qué?

—Porque ella me rogó que lo hiciera.

En la nueva y mejorada historia de Lyons, Tessa le había llamado por teléfono, histérica, a las nueve de la mañana del domingo. Sophie se había perdido, Brian estaba muerto, un hombre misterioso lo había hecho todo. Necesitaba ayuda. Quería que Lyons viniera, a solas, ahora, ahora, ahora.

Lyons había, literalmente, corrido a su casa, ya que ir en su coche patrulla habría llamado demasiado la atención.

Al llegar había descubierto a Brian muerto en la cocina y a Tessa, todavía con su uniforme, llorando junto al cadáver.

Tessa le había contado una historia absurda. Había llegado a casa después de patrullar, había dejado su cinturón en la mesa de la cocina y, a continuación, había subido las escaleras para ver a Sophie. La habitación de Sophie se hallaba vacía. Tessa estaba empezando a ponerse nerviosa cuando oyó un ruido en la cocina. Había corrido hacia abajo, donde había descubierto a un hombre con un abrigo negro de lana reteniendo a Brian pistola en mano.

El hombre le había dicho a Tessa que se había llevado a Sophie. La única manera de traerla de vuelta era hacer lo que le decía. Luego había disparado tres veces a Brian en el torso con la pistola de Tessa y se había ido.

—¿Y se creyó esa historia? —preguntó con incredulidad D.D. a Lyons. Se habían terminado sentando en los pufs. Hubiera sido una escena casi cordial, si no fuera porque Bobby tenía su Sig Sauer en el regazo.

—Al principio no —admitió Lyons—, lo que le daba la razón a Tessa. Si yo no creía su historia, entonces, ¿quién lo haría?

—¿Cree que el hombre de negro era un matón? —preguntó Bobby con el ceño fruncido—. ¿Enviado por alguien a quien Brian le debía dinero?

Lyons suspiró, miró a Bobby.

—Brian empezó a muscularse —dijo abruptamente—. Me preguntó por eso ayer. ¿Por qué empezó Brian a ir al gimnasio?

Bobby asintió.

—Brian comenzó a apostar hace un año. Tres meses después, tuvo su primer «incidente». Empezó a deber demasiado y algunos matones de casino le pegaron hasta que elaboró un plan de pago. La siguiente semana, se apuntó al gimnasio. Creo que quería muscularse como protección. Digamos que, *después* de que Tessa y yo habláramos con él, no dejó el gimnasio.

—Todavía seguía apostando —señaló Bobby.

—Eso es lo que creo. Es decir, podría haber acumulado más deuda. Y el hombre fue a que le pagaran.

D.D. tenía el ceño fruncido.

—Pero lo mató. Lo que tengo entendido es que, si matas a alguien, no te paga nunca.

—Creo que Brian ya había sobrepasado ese punto. Parece que cabreó a las personas equivocadas. No querían su dinero, ellos lo querían muerto. Pero era el marido de una agente de la policía. Ese tipo de asesinatos pueden causar una atención no deseada. Así que se le ocurrió un escenario donde Tessa era la que se convertía en sospechosa. No llama la atención sobre ellos, pero consiguen hacer el trabajo.

—Brian es un chico malo —repitió D.D. lentamente—. A Brian le matan. A Sophie la secuestran, para que Tessa no diga nada.

—Sí.

—Esto es lo que le dijo Tessa.

—Ya le he explicado...

D.D. levantó una mano para que se callara. Ya había oído la historia, pero simplemente no se la podía creer. Y el hecho de que viniera de un policía que ya les había mentido una vez no estaba ayudando.

—Por lo tanto —repasó D.D.—, Tessa entra en estado de pánico. Su marido ha recibido tres disparos con su arma, su hija está secuestrada y su única esperanza de volver a verla con vida es declararse culpable del asesinato de su marido.

—Sí —asintió Lyons con entusiasmo.

—Tessa trama un plan maestro: usted le da una paliza. Entonces dice que fue Brian quien lo hizo y que ella le disparó en defensa propia. De esa manera ella puede declararse culpable, cumpliendo el acuerdo con los secuestradores de su hija, pero a la vez se libra de la cárcel. —Esta parte de hecho tenía mucho sentido para D.D. Tessa Leoni había sacado provecho de sus experiencias en el pasado. Una mujer inteligente.

Bobby, sin embargo, tenía una pregunta para Lyons.

—Pero le dio una auténtica paliza, una verdadera paliza de muerte. ¿Por qué?

El agente enrojeció; bajó la mirada hacia su puño destrozado.

—No podía pegarle —dijo con voz apagada.

—Entonces, ¿cómo se explica el pómulo fracturado? —preguntó D.D.

—Ella es una mujer. Yo no golpeo a mujeres. Y ella lo sabía. Así que empezó... En la academia, nos tenemos que golpear entre nosotros. Forma parte del entrenamiento de autodefensa. Y los tíos grandes como yo lo pasamos mal. Nos interesa convertirnos en policías porque queremos que el mundo sea más justo, no pegamos a las mujeres ni nos metemos con el más débil. —Miró a Bobby—. Excepto en la academia, cuando, de repente, había que...

Bobby asintió con la cabeza, como si comprendiera.

—Por lo tanto tenemos que insultarnos, ¿vale? Tenemos que meternos en acción, porque los grandes tienen que pegar en serio para que los pequeños aprendan a defenderse en serio.

Bobby asintió de nuevo.

—Digamos que Tessa era realmente buena insultando. Tenía que ser convincente, dijo. El maltrato conyugal es una defensa afirmativa, es decir, la carga de la prueba recaería sobre ella. Tenía que golpearla *con fuerza*. Tenía que darle... *miedo*. Así que empezó a provocarme, y siguió, y siguió, hasta que... Mierda. —Lyons parecía estar mirando algo que solo él podía ver—. Fue cuestión de un instante. Realmente la quería muerta.

—Pero se detuvo a sí mismo —dijo Bobby en voz baja. Él se enderezó.

—Sí.

—Un punto para usted —replicó D.D. secamente, y el policía enrojeció de nuevo.

—¿Sucedió entonces el domingo por la mañana? —preguntó Bobby.

—A las nueve de la mañana. Debe de haber un registro de su llamada en mi teléfono móvil. Fui hacia allí, hicimos nuestro... No sé. Debió de ser sobre las diez y media. Me volví a casa. Ella hizo la llamada oficial, y el resto es lo que ya saben. Llegaron otros policías, el teniente coronel. Eso es todo cierto. Creo que Tessa y yo estábamos esperando que la alerta AMBER cambiara las cosas. Todo el estado busca a Sophie, Brian está muerto, Tessa, detenida. Así que el hombre puede dejar que Sophie se vaya, ¿verdad? La puede dejar en una parada de autobús o algo así. Tessa hizo lo que le pidieron. Sophie debería estar bien.

Lyons parecía desesperado. D.D. no lo culpaba. La historia no tenía mucho sentido, e imaginaba que, a cada hora que pasaba, Lyons también estaba llegando a esa conclusión.

—Eh, Lyons —le dijo—. Si fue a la casa de Tessa el domingo por la mañana, ¿cómo es posible que el cuerpo de Brian fuera congelado antes?

—¿Qué?

—El cuerpo de Brian. El forense concluyó que lo mataron antes del domingo por la mañana y fue conservado en hielo.

—Oí que el forense... Algunos comentarios... —La voz de Lyons se apagó. Les miró—. No entiendo.

—Ella le engañó.

—No...

—No había ningún hombre misterioso en la casa de Tessa el domingo por la mañana, Shane. De hecho, Brian muy probablemente murió la noche del viernes o el sábado por la mañana. Y en cuanto a Sophie...

El corpulento agente cerró los ojos, no podía tragar.

—Pero ella dijo... Por Sophie. Estábamos haciendo esto... Tenía que golpearla... Para proteger a Sophie...

—¿Sabe usted dónde está Sophie? —preguntó Bobby con suavidad—. ¿Alguna idea de dónde se la podría haber llevado Tessa?

Lyons negó con la cabeza.

—No. Ella no haría daño a Sophie. No lo puede entender. Es imposible que Tessa hiciera daño a Sophie. Ella la ama. Es solo que... No es posible.

D.D. lo observó muy seria.

—Entonces es usted más tonto de lo que pensábamos. Sophie ha desaparecido y, teniendo en cuenta que ahora es cómplice de asesinato, me parece que Tessa Leoni le ha jodido bien jodido.

25

Bobby y D.D. no arrestaron a Lyons. Bobby pensó que era más adecuado dejar que asuntos internos se ocupara, puesto que la policía estatal podría exprimir a Lyons con más eficacia que la policía de Boston. Además, asuntos internos estaba en mejor posición para identificar los enlaces entre las acciones de Lyons y la otra investigación, la falta de fondos del sindicato de policía.

En su lugar, Bobby y D.D. regresaron a la sede de la policía de Boston, para la puesta en común de las once con el grupo de trabajo.

El faláfel le había sentado muy bien a D.D. Tenía ese brillo en los ojos y el paso decidido mientras subían las escaleras de la unidad de homicidios.

Ya se estaban acercando. Bobby podía sentir que la investigación se precipitaba a una conclusión inevitable: Tessa Leoni había matado a su marido y a su hija.

Todo lo que quedaba por hacer era colocar las últimas piezas del caso, incluyendo localizar el cuerpo de Sophie.

Los otros oficiales del grupo de trabajo ya estaban sentados en el momento en el que D.D. y Bobby entraron. Phil parecía igual de animado que D.D. y, efectivamente, habló en primer lugar.

—Tenías razón —le dijo a D.D. en cuanto puso un pie en la sala—. No tienen cincuenta mil dólares en ahorros, se retiraron el sábado por la mañana. La transacción no había sido reflejada aún cuando me dieron el informe inicial. Y, mira esto, el dinero también había sido retirado doce días antes, y luego se reingresó seis días después. Es un montón de actividad para cincuenta de los grandes.

—¿Cómo lo sacaron al final? —preguntó D.D.

—Cheque bancario, en efectivo.

Bobby silbó por lo bajo.

—Casi nada.

—¿Fue un hombre o una mujer quien cerró la cuenta? —quiso saber D.D.

—Tessa Leoni —informó Phil—. El cajero la reconoció. Iba todavía con uniforme cuando se realizó la transacción.

—Montando su nueva vida —dijo D.D. inmediatamente—. Si terminaba bajo investigación por el asesinato de su marido, los activos podrían ser congelados. Así que se quedó con el dinero en primer lugar y lo guardó a buen recaudo. Ahora, ¿cuánto te apuestas a que, si damos con esos cincuenta, habrá otro cuarto de millón acompañándolos?

Phil se quedó intrigado, por lo que Bobby le contó la investigación actual de la policía estatal por los fondos malversados. Su mejor pista era que la cuenta había sido cerrada por una mujer que llevaba una gorra de béisbol roja y gafas de sol.

—Necesitaban el dinero —declaró Phil—. Investigué un poco más, y, aunque Brian Darby y Tessa Leoni estaban bien en teoría, no os vais a creer la deuda que ha acumulado la tarjeta de crédito de la pequeña Sophie.

—¿Qué? —exclamó D.D.

—Exactamente. Al parecer, Brian Darby solicitó media docena de tarjetas de crédito a nombre de Sophie, utilizando un apartado de correos. He encontrado que tiene más de cuarenta y dos mil de deuda, acumulada a lo largo de los últimos nueve meses. Alguna evidencia de pagos a tanto alzado, pero inevitablemente seguidos de retiradas de efectivo, la mayoría en el cajero del Foxwoods.

—Así que Brian Darby tenía un problema con el juego. Gilipollas.

Phil sonrió.

—Solo para divertirme, correlacioné las fechas de los adelantos en efectivo con el horario de trabajo de Brian, y estoy bastante seguro de que Sophie únicamente retiraba grandes sumas de dinero cuando Brian estaba en tierra. Así que, sí, creo que Brian Darby se estaba jugando el futuro de su hijastra.

—¿Cuál fue la última transacción? —preguntó Bobby.

—Hace seis días. Hizo un pago antes de eso, tal vez la primera vez que sacaron los cincuenta mil de su cuenta. Pagó las tarjetas de crédito, luego regresó al casino y debió de ganar o logró que se lo prestaran, porque pudo volver a ingresarlo en seis días. Espera un minuto... —Phil frunció el ceño—. No —se corrigió el detective a sí mismo—. Lo tuvo que pedir prestado, porque los últimos movimientos de la tarjeta de crédito muestran importantes retiradas de efectivo, es decir, en los últimos seis días, Brian se endeudó todavía más y, sin embargo, fue capaz de sustituir cincuenta mil dólares en su cuenta. Tuvo que ser un préstamo personal. Tal vez para que su mujer no se diera cuenta.

Bobby miró a D.D.

—¿Sabes? Si Darby había pedido dinero a los prestamistas, es posible que le mandaran un matón a casa.

D.D. se encogió de hombros. Relató al grupo de trabajo la declaración del agente Lyons: que Tessa Leoni le había llamado el domingo por la mañana, contándole que un asesino misterioso había secuestrado a su hija y había matado a su marido. Ella se iba a echar la culpa con el fin de recuperar a su hija. Shane Lyons entonces la había ayudado dándole una paliza.

Cuando terminó, la mayoría de sus compañeros investigadores fruncieron el ceño.

—Espera un minuto —Neil tomó la palabra—. ¿Llamó a Lyons el domingo? Pero Brian había muerto al menos veinticuatro horas antes.

—Algo que ella se olvidó de decirle, y una prueba más de que es una mentirosa compulsiva.

—Investigué la llamada que realizó Darby el viernes por la noche —habló el detective Jake Owens—. Por desgracia, fue a un teléfono móvil de prepago. No hay manera de saber a quién llamó, aunque un teléfono de prepago sugiere a alguien que no quiere que sus llamadas sean rastreadas, como un prestamista.

—Y resulta que Brian sufrió dos «accidentes» recientes —intervino Neil—. En agosto, recibió atención médica por múltiples contusiones en el rostro, que atribuyó a un percance haciendo senderismo. Veamos... —Neil hojeó sus notas—. Trabajé con Phil en esto... Sí, Brian embarcó de septiembre a octubre. Volvió el 3 de noviembre y el 16 estaba en urgencias de nuevo, esta vez con una fisura en las costillas, que según declaró se había causado al caer de una escalera mientras reparaba una fuga en su tejado.

—Para que conste —habló Phil—, las tarjetas de crédito de Sophie Leoni habían llegado al máximo en noviembre, es decir, si Brian había acumulado deudas, no podía utilizar ese crédito para pagarlo.

—¿Alguna retirada de la cuenta personal? —preguntó
D.D.

—Encontré una en julio de cuarenta y dos mil dólares.
Pero ese dinero fue reemplazado justo antes de que Brian
embarcara en septiembre, y, después de eso, no he visto ninguna transacción igual de grande hasta las dos últimas semanas.

—La intervención —comentó Bobby—. Hace seis me-
ses, Tessa y Shane se enfrentaron a Brian sobre su adicción al
juego, de la que Tessa se había enterado debido a la repentina
pérdida de treinta de los grandes. Reemplazó ese dinero.

—¿Lo ganó o lo pidió prestado? —murmuró D.D.

Bobby se encogió de hombros.

—Luego empezó a hacerlo en secreto, utilizando un
montón de tarjetas de crédito falsas, mandando los recibos a
un apartado de correos para que Tessa no los viera. Hasta hace
dos semanas, cuando al parecer Brian Darby volvió a recaer
y retiró cincuenta mil. Y a lo mejor Tessa se enteró y por eso
lo tuvo que reponer rápidamente.

—¿Y por qué lo sacó ella la mañana del sábado? —señaló Phil—. Olvídate de comenzar una nueva vida; me parece
que Tessa Leoni estaba trabajando muy duro para conservar
la antigua.

—Razón de más para matar a su esposo —declaró D.D.
Lo apuntó en la pizarra—. Bueno. ¿Quién piensa que Brian
Darby tenía problemas con el juego?

Todo su grupo de trabajo levantó las manos. Ella estaba
de acuerdo y lo apuntó también.

—Vale. Brian Darby apostaba dinero. Y, al parecer, no
con éxito. Estaba lo suficientemente metido como para con-
traer deudas, cometer fraude con tarjetas de crédito y tal vez
recibir algún golpe de los matones locales. ¿Y luego qué?

Sus investigadores la miraron fijamente. Ella les devolvió la mirada.

—Oye, no quiero acaparar la diversión. Asumimos que el amante de Tessa Leoni le había dado una paliza. En cambio, resulta que era un compañero policía, que creía que le estaba haciendo un favor. Ahora podemos corroborar la mitad de la historia: Brian Darby apostaba. Brian Darby puede haber tenido una deuda tan grande que motivara que un matón le hiciera una visita. ¿Dónde nos deja eso?

D.D. escribió un nuevo encabezamiento: «Motivo».

—Si yo fuera Tessa Leoni —continuó— y descubriera que mi marido no solo seguía jugando, sino que el muy hijo de puta había acumulado decenas de miles de dólares de deuda en tarjetas de crédito a nombre de mi hija, solo por eso ya lo mataría. Curiosamente, mi-marido-es-gilipollas no es una defensa afirmativa, es decir, a Tessa le viene mejor explicar que la maltrataba y conseguir que Lyons le pegue.

Varios agentes asintieron. Bobby, por supuesto, descubrió el primer fallo en el argumento.

—Así que ama a su hija lo suficiente como para enfadarse por la estafa con las tarjetas de crédito, ¿pero luego la mata de todos modos?

D.D. frunció los labios.

—Bien visto. —Miró a su equipo—. ¿Alguna sugerencia?

—Tal vez ella no matara a Sophie a propósito —propuso Phil—. Tal vez fue un accidente. Ella y Brian se estaban peleando, Sophie se puso en medio. Tal vez la muerte de Sophie se convirtió en una razón más para matar a Brian. Y entonces se da cuenta de que ahora su familia está muerta, ha disparado a su marido con su pistola de servicio, lo que automáticamente supone que habrá una investigación. Así que a Tessa le entra el pánico. Tiene que montar un escenario plausible.

—La defensa propia ya le funcionó una vez antes —comentó Bobby—. La muerte de Tommy Howe.

—Congela el cuerpo de su marido para ganar algo de tiempo, se lleva el cuerpo de Sophie en el coche, y a la mañana siguiente se inventa una historia para manipular tanto a Shane Lyons como a nosotros para que creamos lo que ella quiere —concluyó D.D.—. El domingo por la mañana es la hora del show.

—¿Y si ella retiró el sábado por la mañana los cincuenta mil porque descubrió que Brian estaba jugando de nuevo? —dijo otro agente—. Brian se dio cuenta, o ella le hizo frente. Y la pelea empezó por eso.

D.D. asintió, escribió una nueva nota en la pizarra: «¿Dónde está el dinero?».

—Va a ser difícil de rastrear —advirtió Phil—. El cheque se hizo en efectivo, lo que significa que puede ser depositado en cualquier banco bajo cualquier nombre o llevado a un intermediario para cobrar.

—Es un cheque grande para la mayoría de los intermediarios —dijo Bobby.

—Tiene un porcentaje garantizado —respondió Phil—. Especialmente si ella llamó antes, hay varias casas de cambio que te harían una oferta. Los cheques del banco son tan buenos como el oro y el mercado financiero no está tan boyante.

—¿Qué pasa si Tessa necesitaba el dinero? —preguntó bruscamente D.D.—. ¿Y si tenía que hacer un pago?

Treinta pares de ojos la miraron.

—Es otra posibilidad —pensó en voz alta—. Brian Darby tenía un problema de juego. No podía controlarlo y, al igual que un barco que se hunde, se estaba llevando a Tessa y a Sophie con él. Pero Tessa es una mujer que ya ha tocado fondo antes. Sabe lo que es eso. De hecho, ha trabajado el doble para reconstruir su vida, sobre todo motivada por su hija.

Entonces, ¿qué puede hacer? El divorcio lleva tiempo, y solo Dios sabe cuánto más puede arruinarlas Brian antes de que se acabe todo.

»Tal vez —D.D. siguió reflexionando—, tal vez sí hubo un ejecutor. Quizás fue Tessa Leoni la que le *contrató* a él, un asesino a sueldo para matar a su marido. Solo que el hombre de negro se llevó su propia póliza de seguros, Sophie Leoni, de modo que Tessa no pudiera traicionarle y detenerlo.

Bobby la miró.

—Pensé que estabas convencida de que había matado a su propia hija.

La mano de D.D. estaba descansando inconscientemente sobre su vientre.

—¿Qué te puedo decir? Me estoy volviendo una blanda. Además, un jurado se va a creer que una mujer pueda matar a su marido por ser adicto a las apuestas. Que una madre mate a su hija, sin embargo, es más difícil de vender.

Miró a Phil.

—Tenemos que seguir el dinero. Concretar que fue Tessa quien lo sacó. Ver qué más se puede encontrar en las cuentas. Y mañana vamos a llamar al abogado de Tessa, a ver si podemos concertar una nueva charla. Veinticuatro horas en la cárcel suelen conseguir que la mayoría de las personas se vuelvan más habladoras.

»¿Cualquier otra noticia de la línea telefónica? —preguntó a continuación.

Nada, le comunicó su equipo de trabajo.

—¿Sabemos cuál fue el último recorrido del Denali? —tanteó esperanzada.

—Basándonos en el consumo de combustible, se mantuvo a menos de ciento sesenta kilómetros de Boston —informó el encargado.

—Excelente. Así lo hemos reducido a, ¿qué?, ¿una cuarta parte del estado?

—Más o menos.

D.D. levantó la mirada, dejó el rotulador.

—¿Cualquier otra cosa que deba saber?

—La pistola —habló una voz desde el fondo de la sala. El detective John Little.

—¿Qué pasa? —preguntó D.D.—. Lo último que supe es que el equipo de balística la había entregado para el juicio.

—No el arma de Tessa —dijo Little—. La pistola de Brian.

—¿Brian tenía un arma? —se asombró D.D.

—Sacó un permiso hace dos semanas. Una Glock del 40. No pude encontrarla en los registros que se hicieron en la casa ni en el coche.

El detective la miró expectante. D.D. le devolvió la mirada.

—¿Me estás diciendo que Brian Darby tenía un arma? —dijo.

—Sí. Solicitó el permiso hace dos semanas.

—A lo mejor el gimnasio no era suficiente —murmuró Bobby.

D.D. le saludó con la mano.

—Hola. ¿Qué tal si estamos a lo que estamos? Brian Darby tenía una Glock, *y no tenemos ni idea de dónde está*. Detective, no es un detalle sin importancia.

—Acababan de aprobar el permiso de armas. —El detective Little se puso a la defensiva—. Estamos un poco hasta arriba estos días. ¿No has leído los periódicos? El Armagedón se acerca y, al parecer, la mitad de la ciudad necesita estar armada.

—Necesitamos esa pistola —dijo D.D. con voz entrecortada—. Para empezar, ¿y si esa es el arma que mató a Sophie Leoni?

La sala se quedó en silencio.

—Sí —concluyó—. No se hable más. No hay más teorías. Tenemos al marido muerto de una agente de la policía y una niña desaparecida. Quiero a Sophie Leoni. Quiero la pistola de Brian Darby. Y, si esto nos lleva a donde creo que nos lleva, quiero que construyamos un caso tan jodidamente cerrado que Tessa Leoni se pase el resto de su miserable vida en la cárcel. Salid a buscarlo.

A las once de la noche del lunes, el equipo fue a trabajar.

26

Llega un momento en la vida de toda mujer en el que se da cuenta de que de verdad ama a un hombre y de que él no lo merece.

Me llevó casi tres años alcanzar ese punto con Brian. Tal vez hubo señales en el camino. Tal vez, al principio, estaba tan feliz de tener a un hombre que me amara a mí y a mi hija tanto como Brian parecía quererme a mí y a Sophie que no les hice caso. Sí, podía tener cambios de humor. Después de seis meses de luna de miel, la casa se convirtió en su dominio obsesivamente organizado y pulcro: Sophie y yo recibíamos charlas diarias si nos habíamos dejado un plato en la encimera, un cepillo de dientes fuera de su soporte, un lápiz de color en la mesa.

A Brian le gustaba la precisión, la necesitaba.

—Soy ingeniero —me recordaba—. Confía en mí, nadie quiere una presa construida por un ingeniero descuidado.

Sophie y yo nos esforzamos. Compromiso, me dije. El precio de una familia; renuncias a algunas de tus preferencias individuales por un bien mayor. Además, Brian volvería a embarcar y Sophie y yo nos pasaríamos ocho semanas esparciendo nuestra basura por todas partes. Dejábamos los abrigos en el respaldo de las sillas de la cocina. Los trabajos de arte, apilados en la encimera. Sí, nos volvíamos locas cuando Brian se iba a trabajar.

Entonces un día fui a pagar al fontanero y descubrí que los ahorros de toda nuestra vida habían desaparecido.

Es un momento difícil cuando te tienes que enfrentar al nivel de tu propia complacencia. Yo sabía que Brian había estado yendo a Foxwoods. Me había dado cuenta de las noches en las que llegaba a casa apestando a alcohol y cigarrillos, pero afirmaba que había estado haciendo senderismo. Me había mentido en varias ocasiones y yo lo había pasado por alto. Para que no me dijera algo que yo no quería oír. Así que me callaba.

Mientras tanto mi marido, al parecer, había cedido a sus demonios interiores y se había jugado nuestra cuenta de ahorros.

Shane y yo nos enfrentamos a él, que lo negó. No era muy creíble. Pero llegados a un cierto punto no había mucho más que yo pudiera hacer o decir. El dinero apareció mágicamente, y, de nuevo, no me hice muchas preguntas, no quería saberlo.

Pensé en mi esposo dividido en dos personas después de eso. Estaba el Brian bueno, el hombre del que me enamoré, que recogía a Sophie después de la escuela y se la llevaba con el trineo hasta que ambos tenían las mejillas rojas de tanto reír. El Brian bueno me hacía tortitas con sirope de arce cuando llegaba a casa del turno de noche. Me frotaba la espalda, tensa por tener que llevar el chaleco. Me abrazaba mientras dormía.

Y después estaba el Brian malo. El Brian malo me gritaba cuando se me olvidaba pasarle una bayeta a la encimera después de lavar los platos. El Brian malo era seco y distante, y no solo ponía cualquier programa lleno de testosterona en la televisión que pudiera encontrar, sino que subía el volumen si Sophie o yo tratábamos de protestar.

El Brian malo olía a tabaco, alcohol y sudor. Hacía ejercicio de manera compulsiva, empujado por los demonios de un hombre que tiene algo que temer. Luego desaparecía durante un par de días para pasar tiempo con «los chicos», decía el Brian malo, cuando ambos sabíamos que se iba solo, que sus amigos hacía tiempo que habían renunciado a él.

Pero así era el Brian malo. Podía mirar a su mujer agente de la policía estatal a los ojos y decir una mentira.

Siempre me pregunté: ¿hubiera sido un tipo diferente de marido si yo hubiera sido un tipo diferente de mujer?

El Brian malo me rompía el corazón. Entonces el Brian bueno reaparecía el tiempo suficiente como para arreglar las cosas de nuevo. Y así seguíamos, nuestra vida era una montaña rusa.

Solo que todos los juegos al final tienen que terminar.

El Brian bueno y el Brian malo acabaron exactamente en el mismo sitio, en el suelo impecablemente limpio de nuestra cocina.

El Brian malo ya no me puede hacer daño, ni a mí ni a Sophie, nunca más.

Del Brian bueno me va a costar olvidarme.

Martes, siete de la mañana.

La funcionaria comenzó con el recuento y la unidad 1-9-2 empezó oficialmente la jornada. Mi compañera de cuarto, Erica, ya llevaba una hora despierta, en posición fetal, balanceándose hacia delante y hacia atrás, con los ojos fijos en algo que solo ella podía ver, mientras murmuraba entre dientes.

Calculé que se había retirado a su litera poco después de la medianoche. No tenía un reloj en mi muñeca, tampoco en la celda, así que debía medir el tiempo en mi cabeza. Me dio algo que

hacer durante toda la noche: «Creo que son... las dos de la mañana, las tres de la mañana, las cuatro y veinte de la mañana».

Me quedé dormida una vez. Soñé con Sophie. Ella y yo
estábamos en un inmenso mar revuelto, luchando por mante-
nernos juntas y enfrentándonos a las olas.

—Quédate conmigo —le grité—. ¡Quédate conmigo, te
mantendré a salvo!

Pero su cabeza desapareció bajo el agua negra, y me
zambullí, y me zambullí, y me zambullí, pero no pude encontrar a mi hija de nuevo.

Me desperté, sintiendo el sabor a sal en los labios. No
pude dormir de nuevo.

La torre hacía ruidos por la noche. Las mujeres sin nombre, animando a los hombres sin nombre que gemían. El tra-
queteo de las tuberías. El zumbido de un edificio intentando
asentar su esqueleto. Parecíamos estar dentro de una bestia
gigante que nos hubiera tragado por entero. No dejaba de tocar las paredes, como si el tacto áspero del cemento me mantuviera en tierra. Entonces me levanté para orinar, puesto que la
oscuridad de la noche era lo más cercano a la privacidad que
iba a conseguir.

La funcionaria había llegado a nuestra celda. Miró a Erica,
luego a mí, y nuestros ojos se encontraron, un destello de reconocimiento, antes de que ella los apartara.

Kim Watters. Había salido con uno de los chicos en el
cuartel, había asistido a un par de las cenas de grupo. Claro.
Funcionaria en la cárcel del condado de Suffolk. Ahora lo recordaba.

Pasó a la siguiente celda. Erica se sacudió con más fuerza.
Miré por la ventana con barrotes y traté de convencerme de
que conocer a mi propia guardia de la prisión no empeoraba las
cosas.

Siete y media. Desayuno.

Erica se había levantado. Murmurando, sin mirarme. Agitada. Las drogas habían frito su cerebro. Necesitaba rehabilitación y unos servicios de salud mental más que una sentencia de cárcel. Una vez más, bienvenidos a la mayoría de la población carcelaria.

Nos dieron tortitas rancias, compota de manzana y leche. Erica puso la compota en sus tortitas, lo enrolló todo junto y se lo comió en tres bocados gigantes. En cuatro tragos se acabó la leche. Entonces miró mi bandeja.

No tenía hambre. Las tortitas sabían a cartón. La miré y poco a poco me las comí de todos modos.

Erica se sentó en el inodoro. Me di la vuelta para ofrecerle intimidad.

Ella se rio.

Más tarde utilicé mi bolsa de aseo para cepillarme los dientes y echarme desodorante. Después..., después no supe qué hacer. Bienvenida a mi primer día completo en la cárcel.

Hora del tiempo libre. La funcionaria abrió nuestra celda. Algunas mujeres salieron, otras se quedaron dentro. No podía soportarlo más. Los techos altos y las ventanas creaban una ilusión de espacio, pero una celda era una celda. Ya me sentía harta de los fluorescentes, suspiraba por la luz del sol.

Caminé hacia un extremo de la sala de estar, donde seis mujeres se habían reunido para ver la televisión. El programa era demasiado feliz para mí. A continuación, lo intenté con las mesas, donde había dos mujeres jugando a las cartas y otra riéndose de algo que solamente ella entendía.

Una ducha se puso en marcha. No miré. Prefería no hacerlo.

Entonces oí un sonido extraño, como un grito destemplado, alguien que intenta inhalar y exhalar al mismo tiempo.

Me di la vuelta. La funcionaria, Kim Watters, parecía estar bailando de un modo extraño. Su cuerpo estaba en el aire, con los pies retorciéndose como si quisieran alcanzar el suelo, solo que no podían. Una gigante negra con el pelo largo y oscuro estaba de pie justo detrás de ella, con su muy musculoso brazo alrededor de la tráquea de Kim, apretando firmemente aunque los dedos de Kim intentaran soltarse.

Di un paso adelante y, en el instante siguiente, mi compañera de celda, Erica, gritó: «¡A por la puerca!», y media docena de detenidas se precipitaron contra mí.

Me dieron el primer golpe en el estómago. Apreté mis abdominales por reflejo, giré a la izquierda y di un puñetazo contra algo blando. Otro golpe. Me agaché, moviéndome por instinto, porque eso es lo que hacen los policías entrenados. Haces lo imposible una y otra vez y se convierte en lo posible. Mejor aún, se convierte en rutina, es decir, un día, cuando menos te lo esperas, meses y años de entrenamiento pueden salvarte de repente la vida.

Otro golpe en el hombro. Iban a por mi cara, con el ojo hinchado y la mejilla destrozada. Alcé ambas manos en la postura clásica del boxeador, protegiendo la cabeza, mientras me dirigía hacia la atacante más cercana. La agarré por la cintura y la lancé hacia el resto, derribando a dos mujeres en una maraña de extremidades.

Llantos. El dolor, la rabia, la suya, la mía, realmente no importaba. En movimiento, en movimiento, tenía que permanecer de pie frente a la embestida o ser aplastada.

Un escozor fuerte. Algo me cortó el antebrazo, mientras que otro puño iba directo a mi hombro. Lo esquivé otra vez, metí el codo en el estómago de mi agresora, después le puse el canto de la mano en la garganta. Se quedó quieta.

Las cuatro restantes retrocedieron. Mantuve la mirada fija en ellas, tratando de procesar muchas cosas a la vez. ¿Dónde estaban las otras reclusas? ¿Metidas en sus celdas? ¿Para no verse luego salpicadas?

¿Y Kim? Oí un jadeo detrás de mí. Agente derribado, agente derribado, agente derribado.

El botón de alarma. Tenía que haber alguno por ahí.

Un corte en el brazo. Me defendí dándole una patada en la rodilla a la mujer.

Entonces grité. Grité y grité y *grité,* días acumulados de rabia e impotencia y frustración saliendo al fin de mi garganta, porque Kim se estaba muriendo y mi hija probablemente había muerto y mi marido había muerto, justo delante de mis ojos, llevándose al Brian bueno con él, y el hombre de negro se había llevado a mi hija y solo había dejado atrás el botón azul de su muñeca favorita y *les iba a atrapar. Les iba a hacer pagar a todos ellos.*

Entonces me moví. Quizá todavía estaba gritando. Mucho. Y no creo que fuera un sonido muy cuerdo porque mis agresoras recularon hasta que fui hacia ellas, mostrando los dientes, las manos como puños compactos.

Me moví, di patadas, cabezazos, puñetazos. Volvía a tener veintitrés años. Mirad a la matagigantes. Mirad a la matagigantes realmente, profundamente *cabreada.*

Y mi cara goteaba sudor y mis manos goteaban sangre y había derribado a las dos primeras mujeres y la tercera estaba corriendo irónicamente hacia la seguridad de su celda, pero la cuarta tenía una navaja y pensó que eso la mantendría a salvo. Seguramente se había enfrentado a puteros agresivos y chulos cabreados. Yo solo era una remilgada chica blanca y no podía competir contra una auténtica graduada de la escuela de la calle.

Kim jadeaba. El sonido de una mujer moribunda.

—¡Hazlo! —gruñí—. Vamos, perra. Muéstrame lo que tienes.

Se abalanzó sobre mí. Estúpido saco de mierda. Me moví a la izquierda y le aplasté la garganta. Ella dejó caer la navaja y se llevó la mano a la tráquea. Cogí la navaja y salté sobre su cuerpo para ir hacia Kim.

Los pies de Kim ya no estaban bailando. Permanecía suspendida en el aire, el brazo negro todavía alrededor de su garganta mientras sus ojos se volvían vidriosos.

La rodeé.

Miré a la mujer negra, que resultó no ser una mujer, sino un hombre de pelo largo que de alguna manera se había infiltrado en la unidad.

Pareció sorprenderse al verme.

Así que le sonreí. Luego le clavé la navaja en las costillas.

Dejó caer el cuerpo de Kim al suelo. El preso se tambaleó hacia atrás, agarrándose el costado. Fui hacia él. Se giró, tratando de correr hacia la puerta de la unidad. Le di una patada en la parte posterior de la rodilla derecha. Se tambaleó. Le di una patada en la parte posterior de la rodilla izquierda. Se cayó y se dio la vuelta, intentando defenderse con las manos.

Me puse de pie sobre él, sosteniendo la navaja con sangre. Debía de parecer temible, con las manos goteantes, la cara llena de hematomas y el ojo morado, porque el gran macho negro se orinó en su mono naranja de prisión.

Alcé la navaja.

—No —susurró con voz ronca.

La clavé en la carne de su muslo. Él gritó. Yo la retorcí más.

Entonces canté para que todos lo escucharan: *Todo lo que quiero por Navidad son mis dos dientes, mis dos dientes, mis dos dientes...*

El hombre gritó mientras yo me inclinaba, echaba hacia atrás los largos y oscuros mechones de su cabello y, en voz baja, como una amante, le decía al oído:

—Dile al hombre de negro que voy a por él. Dile que él es el próximo.

Después volví a retorcer la navaja.

Entonces me puse de pie, limpié la navaja en el pantalón y apreté el botón de alarma.

¿Lloras cuando tu mundo se ha acabado? ¿Cuando has llegado a un destino del que no hay vuelta atrás?

El equipo de emergencias descendió como una estampida. Todo el recinto estaba bloqueado. Me esposaron allí mismo, mis piernas temblorosas, los cortes en los brazos, los moratones recientes floreciendo en mi costado y en la espalda.

Se llevaron a Kim en una camilla, inconsciente, pero respirando.

Mi cuarta atacante, la que había llevado la navaja, estaba en una bolsa para cadáveres. Los vi subiendo la cremallera. No sentí nada en absoluto.

Erica sollozaba. Se puso a gritar y a llorar hasta tal extremo que finalmente la condujeron al médico, donde estaría sedada y bajo vigilancia. Interrogaron a las demás, pero, por supuesto, no tenían ni idea de lo que había pasado.

—Estuve en mi celda todo el tiempo...

—No miré hacia fuera...

—He oído algunos ruidos, aunque...

—Sonaba como un montón de jaleo...

—Estaba dormida, agente. De verdad.

El preso, sin embargo, dijo a quien quisiera escucharlo que yo era el Ángel de la Muerte, y que, por favor,

Dios, por favor, Dios, por favor, Dios, me mantuvieran lejos de él.

El director de la cárcel se detuvo frente a mí. Me estudió durante mucho tiempo y su expresión dejó ver que le estaba creando demasiados problemas.

Pronunció mi castigo con una sola palabra.

—Aislamiento.

—Quiero a mi abogado.

—¿Quién atacó a la funcionaria, *reclusa?*

—La señora Doubtfire.

—La señora Doubtfire, *señor.* Dígame, ¿por qué atacaron a la funcionaria Watters?

—No lo sé, *señor.*

—Usted ha estado en prisión menos de veinticuatro horas. ¿Cómo ha obtenido una navaja?

—Se la quité a la puta que me estaba intentando matar. —Hice una pausa—. *Señor.*

—¿Las seis?

—No se juega con la policía estatal. *Señor.*

Casi se le escapó una sonrisa. En vez de ello, señaló con el índice hacia el techo y las múltiples cámaras.

—Esto es lo que pasa con la cárcel: el gran hermano está mirando siempre. Así que, por última vez, *reclusa,* ¿alguna cosa que quiera decirme?

—Watters me debe una tarjeta de agradecimiento.

No replicó, así que quizás ya sabía más de lo que estaba dejando entrever.

—Médico —dijo ahora, haciendo un gesto a los cortes de mis brazos.

—Abogado —repetí.

—La solicitud será enviada a través de los canales correspondientes.

—No tengo tiempo. —Miré al director de la cárcel a los ojos—. He decidido cooperar plenamente con la policía de Boston —declaré para que todos lo oyeran—. Llame a la detective D.D. Warren. Dígale que la llevaré hasta el cuerpo de mi hija.

27

¡Joder! —explotó D.D. dos horas más tarde. Estaba en la sede central de la policía de Boston, en una sala de conferencias con Bobby, su superintendente y el abogado de Tessa Leoni, Ken Cargill. Este último les había llamado hacía veinte minutos. Tenía una oferta por tiempo limitado, les había dicho. Era necesario que el jefe de D.D. estuviera en la habitación, ya que, si iban a tomar una decisión, tenían que hacerlo rápido. Es decir, estaba planeando negociar algo por encima de lo que pudiera decidir D.D. O sea, tenía que dejar que el superintendente, Cal Horgan, respondiera a su absurda petición.

A D.D. nunca se le había dado muy bien quedarse en silencio.

—¡No hacemos visitas guiadas! —continuó, acaloradamente ahora—. ¿Tessa quiere hacer finalmente lo correcto? Bien por ella. Bobby y yo podemos estar en la cárcel en veinte minutos, y que nos dibuje un mapa.

Horgan no dijo nada, así que tal vez estaba de acuerdo con ella.

—No puede dibujar un mapa —respondió Cargill sin alterarse—. No recuerda la ubicación precisa. Llevaba un rato conduciendo antes de detenerse. De hecho, puede que no les sepa guiar hasta el lugar exacto, pero sí muy cerca, siguiendo puntos de referencia familiares.

—¿Ni siquiera nos puede llevar al punto exacto? —tomó la palabra Bobby, sonando tan escéptico como D.D.

—Yo organizaría un equipo de perros de apoyo —respondió Cargill.

—Un equipo de recuperación de cadáveres, quiere decir —señaló D.D. con amargura. Se dejó caer en la silla, los brazos cruzados sobre su estómago. Había sabido, después de las primeras veinticuatro horas, que la pequeña Sophie Leoni, con el pelo castaño rizado, ojos azules y rostro en forma de corazón, estaba probablemente muerta. Aun así, oírlo decir en voz alta, de boca del abogado de Tessa, que era el momento de recuperar el cuerpo...

Había días en los que este trabajo era demasiado duro.

—¿Cómo dice entonces que murió Sophie? —preguntó Bobby.

Cargill lo atravesó con la mirada.

—No ha dicho nada.

—Así es —continuó Bobby—. Ella no nos está contando nada, ¿verdad? Solo está exigiendo que la saquemos de la prisión y nos la llevemos a dar una vuelta. Imagínate.

—Casi muere esta mañana —argumentó Cargill—. Un ataque coordinado, seis presas fueron a por ella mientras un hombre se encargaba de la funcionaria. De no haber sido por la rápida respuesta de la agente Leoni, la oficial Watters estaría muerta y seguramente Tessa también.

—Puro instinto de supervivencia —dijo Bobby.

—Se lo está inventando —agregó D.D. con dureza.

Cargill les miraba.

—No es una invención. Está grabado. He visto el vídeo con mis propios ojos. El hombre atacó a Watters en primer lugar, y después seis presas fueron a por Tessa. Tiene suerte de estar viva. Y ustedes tienen suerte de que el shock por dichos eventos la haya llevado a querer cooperar.

—Cooperar —declaró D.D.—. Esa palabra otra vez. «Cooperar», para mí, significa ayudar a otros. Por ejemplo, nos podría dibujar un mapa, quizás uno basado en sus puntos de referencia. Eso sería cooperar. Nos podría decir cómo murió Sophie. Eso sería cooperar. También nos podría decir de una vez por todas lo que les sucedió a su marido y a su hija, eso sería otra forma de cooperar. Sin embargo, parece que no termina de entenderlo.

Cargill se encogió de hombros. Dejó de mirar a Bobby y a D.D. y dedicó su atención al superintendente.

—Nos guste o no, no se sabe cuánto tiempo va a continuar mi cliente queriendo *cooperar*. Esta mañana sufrió una experiencia traumática. Pero esta tarde, y mucho menos mañana, ya no podré garantizar que mantenga el impulso de querer seguir haciéndolo. Mientras tanto, dado que mi cliente puede no desear contestar a todas sus preguntas, me imagino que la recuperación del cuerpo de Sophie Leoni les podría ser de gran ayuda. Ya saben, aportaría pruebas. Si es que ustedes todavía se dedican a eso de reunir pruebas.

—Después vuelve a la cárcel —dijo Horgan.

—Oh, por favor. —D.D. lanzó un resoplido—. No se negocia con terroristas.

Cargill no le hizo caso, solo atendía a Horgan.

—Entendido.

—Encadenada en todo momento.

—Nunca se ha pretendido lo contrario. —Breve pausa—. Es posible, sin embargo, que quiera coordinarse con el departamento del sheriff del condado de Suffolk. Desde un punto de vista jurídico, se encuentra bajo su protección, lo que significa que puede que quieran ser los que proporcionen la escolta.

Horgan torció la mirada. Más gente, justo lo que necesitaban.

—¿Cuánto tiempo van a tardar? —preguntó Horgan.

—No más de una hora en coche.

D.D. echó un vistazo al reloj de la pared. Eran las diez y media de la mañana. El sol se ponía a las cinco y media. Lo que implicaba que era fundamental darse prisa. Miró a su jefe, sin estar segura ya de lo que quería. Odiaba ceder a la demanda de un sospechoso, y, sin embargo... Quería llevar a Sophie a su casa. Anhelaba cerrar el caso por fin. Como si así pudiera aliviar el dolor de su corazón.

—La recogeremos a mediodía —dijo Horgan bruscamente. Se volvió para mirar a D.D.—. Obtengan un equipo de perros. Ahora.

—Sí, señor.

Horgan volvió a dirigirse a Cargill.

—Esto no es un paseo. Su cliente coopera, o todos sus beneficios penitenciarios se desvanecen. No solo volvería a la cárcel, sino que lo pasaría mal. ¿Entendido?

Cargill esbozó una sonrisa.

—Mi cliente es representante de la ley. Lo entiende. Y le felicito por sacarla de la cárcel mientras todavía está viva para ayudarles.

Había un montón de cosas que D.D. quería hacer en ese preciso instante: gritar, llorar, dejarse llevar por la rabia. Dado que iban con poco tiempo, sin embargo, se contuvo y contactó con el equipo de búsqueda y recuperación canina de Massachusetts.

Como la mayoría de los equipos caninos, el grupo se componía de voluntarios. Tenía once miembros, entre ellos Nelson Bradley y su pastor alemán, Quizo, que era uno de los varios cientos de perros entrenados en la búsqueda de cadáveres que existían en el mundo.

D.D. necesitaba a Nelson y Quizo y los necesitaba ahora. Buenas noticias, la jefa del equipo, Cassondra Murray, accedió a que el equipo se movilizara en noventa minutos. Murray y posiblemente Nelson se encontrarían con la policía en Boston y les seguirían. Los demás miembros del equipo irían una vez que tuvieran una ubicación, ya que vivían demasiado lejos de la ciudad para llegar antes.

A D.D. le valía.

—¿Qué necesitan? —preguntó D.D. por teléfono. Hacía tiempo que no trabajaba con un equipo de perros y, cuando lo había hecho, había sido en el rescate de personas vivas, no en la recuperación de un cadáver—. Les puedo conseguir la ropa de la niña, ese tipo de cosas.

—No es necesario.

—¿Porque solo es el cuerpo? —quiso saber D.D.

—No. Eso no importa. Los perros están entrenados para identificar el olor humano, si se trata de un rescate, y el olor de un cadáver, si se trata de una recuperación. Sobre todo, necesitamos que usted y su equipo permanezcan fuera de nuestro camino.

—Está bien —contestó D.D. arrastrando las palabras, un poco irritada.

—Un perro de búsqueda equivale a ciento cincuenta voluntarios humanos —recitó Murray con firmeza.

—¿La nieve será un problema?

—No. El calor hace subir el olor, el frío lo mantiene más cerca del suelo. Como adiestradores, ajustamos nuestra estrategia de búsqueda a las condiciones. Desde la perspectiva de nuestros perros, sin embargo, el olor es el olor.

—¿Cuánto tiempo?

—Si el terreno no es demasiado difícil, los perros serán capaces de trabajar dos horas, y luego van a necesitar un descanso de veinte minutos. Depende de las condiciones, por supuesto.

—¿Cuántos perros va a traer?

—Tres. Quizo es el mejor, pero todos son perros de búsqueda y salvamento.

—Espere, pensaba que Quizo era el único perro de cadáveres.

—Ya no. Hace dos años todos nuestros perros empezaron a ser entrenados para personas vivas, cadáveres y agua. Comenzamos con las búsquedas en vivo en primer lugar, ya que es la más fácil de enseñar a un cachorro. Pero, una vez que los perros la dominan, los entrenamos para la recuperación de cadáveres y, a continuación, las búsquedas en el agua.

—¿Cómo se entrena para buscar un cadáver? —preguntó D.D.

Murray se rio.

—En realidad, tenemos suerte. El forense, Ben...

—Conozco a Ben.

—Es un buen colaborador. Le damos pelotas de tenis para que las coloque en el interior de las bolsas para cadáveres. Una vez que el olor de la descomposición se ha transferido a las pelotas, las sella en recipientes herméticos para nosotros. Eso es lo que usamos para entrenar. Es un buen acuerdo, ya que el estado de Massachusetts multa la propiedad privada de los cadáveres y yo no creo en los «olores sintéticos». Los mejores científicos del mundo están de acuerdo en que la descomposición es uno de los olores más complicados de conseguir. Dios sabe lo que los perros perciben, pero no deberíamos interferir en eso.

—Está bien —dijo D.D.

—¿Se anticipa una búsqueda en el agua? —preguntó Murray—, porque eso plantea un par de desafíos en esta época del año. Llevamos a los perros en barcos, por supuesto, pero, teniendo en cuenta las temperaturas, querría que llevaran unos trajes especiales en caso de que se caigan...

—¿Sus perros trabajan en barcos?

—Sí. Captan el olor en la corriente de agua, al igual que en la brisa del viento. Quizo ha encontrado cuerpos en el agua a treinta metros de profundidad. Parece vudú, y por eso no me gusta el olor sintético. Los perros son muy listos para entrenarlos con experimentos de laboratorio. ¿Cree que habrá agua?

—No se puede descartar nada —contestó D.D. con sinceridad.

—Entonces vamos a llevar el equipo al completo. ¿Ha dicho que el área de búsqueda estaba probablemente a una hora en coche de Boston?

—Creemos que sí.

—Entonces voy a llevar los mapas topográficos del estado. La topografía *lo es todo* cuando se trabaja con olores.

—Está bien —dijo D.D. de nuevo.

—¿Va a estar ahí el forense o un antropólogo?

—¿Por qué?

—A veces los perros localizan otros restos. Está bien tener alguien allí que pueda identificar de inmediato si son humanos.

—Estos restos... son de hace menos de cuarenta y ocho horas —dijo D.D.—. A temperaturas bajo cero.

Un momento de silencio.

—Bueno, supongo que no hace falta entonces —concluyó Murray—. Nos vemos en noventa minutos.

Murray colgó. D.D. fue a coordinar el resto de su equipo.

28

Martes, doce del mediodía. Esperé atada con grilletes en el pasillo de la cárcel del condado de Suffolk. La furgoneta de traslados no estaba allí. En vez de eso, el coche de la detective de Boston subía por el muelle de carga. A mi pesar, me quedé impresionada. Había supuesto que el departamento de policía del condado de Suffolk estaría a cargo del transporte. Me pregunté cuántas cabezas habían rodado y a cuántas personas habían llamado para que se me pusiera bajo la custodia de la detective D.D. Warren.

Fue la primera en bajarse del automóvil. Dirigió una mirada burlona en mi dirección y, después, se acercó al centro de mando para entregar la documentación a la funcionaria. El detective Bobby Dodge había abierto la puerta del asiento del pasajero. Se acercó hacia mí, la expresión inescrutable. Aguas tranquilas, pero profundas.

No me devolvieron la ropa para mi viaje por carretera. Me hicieron ponerme el tradicional mono naranja de prisión, mi condición de rea a la vista del mundo. Había pedido un abrigo, un gorro y unos guantes. Que no habían sido concedidos. Aparentemente, al departamento del sheriff le preocupaba menos mi posible congelación y más que me escapara. Iba a estar encadenada todo el tiempo que permaneciera en sociedad. También estaría bajo la supervisión directa de un agente de la ley en todo momento.

No discutí. Ya me encontraba lo suficientemente tensa. Nerviosa por lo que estaba por venir y aún conmocionada por los sucesos de esa mañana. Mantuve la mirada al frente y mi cabeza gacha.

La clave de cualquier estrategia es no exagerar.

Bobby llegó a mi lado. La funcionaria que me había estado vigilando soltó mi brazo. Él lo agarró en su lugar y me condujo hacia el coche.

D.D. había terminado con el papeleo. Volvió al coche y contempló torvamente cómo Bobby abría la puerta trasera y yo me esforzaba por deslizarme en el asiento con las manos y las piernas atadas. Me incliné demasiado hacia atrás y quedé atrapada como un escarabajo con las patas en el aire. Bobby tuvo que agacharse, colocarme una mano en la cadera y empujarme.

D.D. meneó la cabeza y después se colocó tras el volante.

Otro minuto y las enormes puertas del garaje crujieron lentamente. Salimos a las calles de Boston.

Volví la cara hacia el cielo gris de marzo y parpadeé a la luz.

«Parece que va a nevar», pensé, pero no dije una palabra.

D.D. nos llevó al aparcamiento de un hospital cercano. Allí, una docena de vehículos, que iban desde deportivos utilitarios blancos hasta los coches patrulla blancos y negros, nos estaban esperando. Se pusieron en línea detrás de nosotros. D.D. me miró por el espejo retrovisor.

—Empieza a hablar —dijo.

—Me gustaría un café.

—Que te jodan.

Sonreí, no pude evitarlo. Me había convertido en mi marido, con una Tessa buena y una Tessa mala. La Tessa buena había salvado la vida de Kim Watters. La Tessa buena había luchado contra el mal y se había sentido, por un momento, como una orgullosa representante de la ley.

La Tessa mala llevaba un mono naranja de rea y se sentaba en la parte trasera de un coche patrulla de la policía. La Tessa mala... Bueno, para la Tessa mala, el día acababa de empezar.

—¿Hay perros de búsqueda? —pregunté.

—Hay perros de búsqueda de *cadáveres* —precisó D.D.

Sonreí de nuevo, pero ahora con tristeza, y, por un segundo, pensé que iba a perder la compostura. Un enorme vacío floreció en mi interior. Todas las cosas que había perdido. Y más que podía perder.

Todo lo que quiero por Navidad son mis dos dientes, mis dos dientes, mis dos dientes...

—Debería haberla encontrado —murmuré—. Contaba con que la encontraría.

—¿*Dónde*? —preguntó D.D. con brusquedad.

—Autopista 2. En dirección oeste, hacia Lexington.

D.D. se puso en marcha.

—Sabemos lo del agente Lyons —dijo D.D., cortante, hablando desde el asiento delantero. Habíamos tomado la autopista 2 pasado Arlington, cambiando la jungla urbana por el paraíso de las afueras. Lo siguiente era Lexington y Concord para seguir con el pintoresco encanto de Harvard, Massachusetts.

—¿Qué saben? —pregunté. Sentía auténtica curiosidad.

—Que te dio una paliza, para que pudieras alegar que te maltrataban.

—¿Alguna vez ha pegado a una chica? —le pregunté al detective Dodge.

Bobby Dodge se giró en el asiento.

—Háblame del matón, Tessa. Averigua cuánto estoy dispuesto a creer.

—No puedo.

—¿No puedes?

Me incliné hacia delante con las manos atadas lo mejor que pude.

—Voy a matarlo —le dije con aire sombrío—. Y no es bonito hablar mal de los muertos.

—Oh, por favor —exclamó D.D. con enfado—. Pareces una loca.

—Bueno, me han dado algunos golpes en la cabeza.

Levantó la mirada.

—Tienes de loca lo que yo de amable —me cortó D.D.—. Lo sabemos todo sobre ti, Tessa. Tu marido ludópata que saqueó tus cuentas de ahorro. El adolescente salido que era hermano de tu mejor amiga y que una noche pensó que podría tener suerte contigo. Parece que tienes la costumbre de atraer a los hombres equivocados y después dispararles.

No dije nada. La detective sabía llegar al corazón del asunto.

—¿Pero por qué tu hija? —continuó implacable—. Créeme, no te culpo por disparar a Brian. ¿Pero qué diablos te llevó a matar a tu propia hija?

—¿Qué tenía Shane que decir? —le pregunté.

D.D. frunció el ceño.

—¿Te refieres a antes o a después de que tu amigo intentara pegarme?

Silbé por lo bajo.

—Vaya, es lo que pasa. Se golpea a la primera mujer y todo se vuelve más fácil después de eso.

—¿Estabais discutiendo tú y Brian? —intervino Bobby—. Quizás llegasteis a las manos. Y Sophie se puso en medio.

—Fui a trabajar el viernes por la noche —dije, mirando por la ventana. Menos casas, más bosque. Nos estábamos acercando—. No he visto a mi hija con vida desde entonces.

—¿Así que lo hizo Brian? ¿Por qué no culparle simplemente? ¿Por qué ocultarlo e inventarse una historia tan complicada?

—Shane no me creyó. Si él no podía, entonces, ¿quién lo iba a hacer?

Un puesto de manzanas pintado de rojo, a la izquierda. Ahora vacío, pero aquí se vendía la mejor sidra en el otoño. Habíamos venido hacía solo siete meses para beber sidra de manzana, dar un paseo entre el heno y, a continuación, visitar los campos de calabazas. ¿Era eso lo que me había hecho volver el sábado por la tarde, cuando mi corazón latía a mil por hora, estaba anocheciendo y me sentía enloquecer por el dolor y el pánico y la pura desesperación? Tenía que moverme, rápido, rápido, rápido. Menos pensamiento. Más acción.

Lo que me había llevado hasta allí, hasta el lugar de la última excursión de mi familia antes de que Brian embarcara en otoño. Uno de mis últimos recuerdos felices.

A Sophie le había encantado este puesto de manzanas. Se había bebido tres vasos de sidra y, después, llena de energía por el azúcar, había corrido por el campo de calabazas antes de recoger no solo una, sino tres. Un papá calabaza, una mamá calabaza y una calabaza hija, declaró. Toda una *familia* de calabazas.

—¿*Podemos, mamá? ¿Podemos podemos podemos? Por favor por favor por favor.*

—*Claro, cariño, tienes toda la razón. Sería una vergüenza separarlos. Vamos a llevarnos a toda la familia.*

—*¡Yupi! ¡Papá, papá, papá, vamos a comprar una familia de calabazas! ¡Yupi!*

—Gire a la derecha —murmuré.

—¿A la derecha? —D.D. frenó de golpe e hizo el giro.

—Dentro de poco, a la izquierda, un camino rural...

—*¿Tres calabazas?* —*Brian me miró meneando la cabeza*—. *La mimas.*

—*Tú le has comprado dónuts para acompañar la sidra.*

—*Entonces, ¿tres dónuts es lo mismo que tres calabazas?*

—*Eso parece.*

—*Está bien, pero me pido tallar la calabaza papá...*

—¡El árbol! Gire aquí. Izquierda, a la izquierda. Y después por el camino de la derecha.

—¿Seguro que no podrías haber dibujado un mapa? —D.D. frunció el ceño.

—Estoy segura.

D.D. giró a la derecha por el camino más pequeño, rural, los neumáticos girando en la nieve compacta. Detrás de nosotros, uno, dos, tres, cuatro coches se esforzaron por seguirnos; a continuación, un par de deportivos utilitarios blancos, después la fila de coches de policía.

«Sin duda, va a nevar», decidí.

Pero ya no me importaba. La civilización había desaparecido. Esta era la tierra de los árboles desnudos, de los estanques congelados y de los estériles campos blancos. El tipo de lugar en el que un montón de cosas podrían suceder antes de que la población en general se diera cuenta. El tipo de lugar que una mujer desesperada podría utilizar como último recurso.

La Tessa mala se estaba despertando.

—Hemos llegado —anuncié.

Y la detective D.D. Warren, que el cielo la ayudara, se detuvo.

—Sal —ordenó con enfado.

Sonreí. No pude evitarlo. Miré a la detective a los ojos y le dije:

—La palabra que he estado esperando oír todo el día.

29

No quiero que camine por el bosque! —D.D. estaba discutiendo con Bobby diez minutos más tarde, al lado de los vehículos aparcados—. Su trabajo consistía en traernos hasta aquí. Ahora su trabajo está hecho y el nuestro está comenzando.

—El equipo canino necesita su ayuda —respondió Bobby—. No hay viento, lo que significa que va a ser difícil para los perros atrapar el cono del olor.

D.D. se quedó mirándolo fijamente.

—El olor —lo intentó de nuevo, haciendo una forma triangular con las manos— irradia desde el objetivo como un cono en expansión. Para que el perro pueda captar el olor, tiene que estar a favor del viento, en la apertura del cono; si no, el perro puede estar a solo un metro de distancia del objetivo y aun así no olerlo.

—¿Cuándo te has enterado de lo de los perros? —exigió saber D.D.

—Hace treinta segundos, cuando le pregunté a Nelson y a Cassondra lo que teníamos que hacer. Están preocupados por las condiciones. El terreno es plano, lo que supongo que es bueno, pero está abierto, por lo que es más complicado.

—¿Por qué?

—El olor se agolpa cuando da contra una barrera. Así que, si hubiera una valla o un precipicio, empezarían a buscar desde ahí. Pero no hay nada. Solo... esto.

Bobby hizo un gesto con la mano señalando el espacio que les rodeaba. D.D. lanzó un hondo suspiro.

Tessa Leoni les había llevado a uno de esos sitios en mitad de la nada, medio bosque, medio campo, que quedan en Massachusetts. Dado que el domingo por la noche había nevado, los campos eran una blanca expansión de nada, sin huellas de pies, sin huellas de neumáticos, sin marcas de arrastre, salpicada de manchas oscuras de árboles desnudos y arbustos enmarañados.

Habían tenido suerte de haber podido llegar hasta allí, y D.D. todavía no estaba segura de que pudieran salir. Unas raquetas de nieve habrían sido una buena idea. Unas vacaciones, aún mejor.

—Los perros se van a cansar antes —estaba diciendo Bobby—, si van por la nieve reciente. Por lo que el equipo quiere comenzar buscando en el área más pequeña. Lo que significa tener a Tessa con nosotros para llegar lo más cerca posible.

—Tal vez nos pueda indicar la dirección correcta —murmuró D.D.

Bobby levantó la mirada.

—Tessa lleva los grilletes puestos y va a caminar sobre ocho centímetros de nieve. No va a ir a ninguna parte.

—No tiene abrigo.

—Estoy seguro de que alguien lleva uno de repuesto.

—Nos la está jugando —dijo D.D. bruscamente.

—Lo sé.

—No ha respondido a ninguna de nuestras preguntas.

—Me he dado cuenta.

—Mientras hace todo lo posible para sacarnos información.

—Sí.

—¿Has oído lo que le hizo al preso que atacó a la funcionaria? No solo lo redujo. Le clavó una navaja en el muslo y la retorció. Dos veces. Eso va un poco más allá del entrenamiento profesional. Eso ya es satisfacción personal.

—Parece... nerviosa. —Bobby se mostró de acuerdo—. Estoy empezando a pensar que su vida no ha ido demasiado bien en los últimos días.

—Y, sin embargo, aquí estamos —replicó D.D.—, bailando al ritmo que ella nos marca. No me gusta.

Bobby pensó en ello.

—Tal vez deberías permanecer en el coche —dijo al fin—. Solo para estar seguros...

D.D. apretó los puños para no pegarle. Luego suspiró y se frotó la frente. No había dormido la noche anterior, no había comido por la mañana. Lo que significaba que ya estaba cansada y de mal humor *antes* de recibir la noticia de que Tessa Leoni estaba dispuesta a llevarlos hasta el cuerpo de su hija.

D.D. no quería estar ahí. No quería tener que estar avanzando por la nieve. No quería llegar a un leve montículo y retirarlo para encontrar a una niña de seis años congelada. ¿Parecería que estaba durmiendo? ¿Envuelta en su abrigo de invierno de color rosa, agarrando a su muñeca favorita?

¿O habría agujeros de bala, gotas rojas dando testimonio de un último momento lleno de violencia?

D.D. era una profesional que ya no se sentía como tal. Quería meterse en el asiento trasero y rodear con sus manos la garganta de Tessa Leoni. Quería apretarla y sacudirla y gritar: «¿Cómo pudiste hacerlo? ¡Esa niña te quería!».

D.D. probablemente debería quedarse atrás. Lo que significaba, por supuesto, que no lo iba a hacer.

—El equipo está solicitando ayuda adicional —estaba diciendo Bobby en voz baja—. Nos quedan cuatro horas de luz, en unas condiciones en absoluto ideales. Los perros no pueden caminar tan rápido. Lo mismo pasa con sus adiestradores. ¿Qué sugieres?

—Mierda —murmuró D.D.

—Lo mismo pienso yo.

—Si intenta algo, la voy a matar —dijo D.D. después de otro momento.

Bobby se encogió de hombros.

—No creas que hay demasiada gente que se vaya a quejar.

—Bobby..., si encontramos el cuerpo... Si no puedo manejarlo...

—Yo te cubro —dijo en voz baja.

Ella asintió. Trató de darle las gracias, pero su garganta estaba demasiado tensa. Asintió de nuevo. Él le puso la mano en el hombro.

Entonces se volvieron hacia Tessa Leoni.

Tessa había salido del coche. Sin abrigo, con grilletes en las muñecas y los tobillos, incluso se las había arreglado para acercarse a uno de los camiones de búsqueda y salvamento, donde estaba viendo a Nelson descargar sus perros.

Las primeras dos jaulas contenían los perros más pequeños, que estaban dando vueltas en círculos agitados, mientras ladraban como posesos.

—¿Esos son los perros de búsqueda? —estaba preguntando Tessa con escepticismo, cuando Bobby y D.D. se acercaron.

—No —contestó Nelson, abriendo una tercera jaula mucho más grande, que albergaba a un pastor alemán—. Esos son la recompensa.

—¿Qué?

Después de haber soltado al pastor alemán, que trotaba a su alrededor en un círculo cerrado, Nelson se inclinó para abrir las otras dos jaulas. Los perros más pequeños salieron disparados saltando hacia el pastor alemán, Nelson, Tessa, Bobby, D.D. y todos los demás en un radio de seis metros cuadrados.

—Te presento a Kelli y a Skyler —dijo Nelson—. Dos terriers. Inteligentes, pero un poco nerviosos para este trabajo. Por otro lado, Quizo cree que son los mejores compañeros de juego del mundo, y que me aspen si no los escogió como recompensa.

—No se los va a comer, ¿verdad? —preguntó Tessa con escepticismo. Parecía una mancha de color naranja brillando contra el blanco de la nieve, temblando de frío.

Nelson le sonrió, obviamente divertido por su comentario. Si hablar con una sospechosa de asesinato le molestaba, pensó D.D., no lo parecía.

—La parte más importante en la formación de un perro —dijo, descargando más suministros de su vehículo— es la motivación para su aprendizaje. Cada cachorro es diferente. Algunos quieren alimentos. Otros, afecto. La mayoría se empeña en un juguete particular, que se convierte en *el* juguete. Como entrenador, tienes que fijarte en las señales. Cuando finalmente sabes cuál es la recompensa, cuál es el único elemento que motiva de verdad a tu perro, es cuando comienza el entrenamiento en serio.

»Ahora bien, Quizo —le dio una palmadita rápida en la cabeza— fue un hueso duro de roer. El perro más inteligente que he visto, pero solo cuando le daba la gana. Por supuesto, eso no funcionaba. Necesito un perro que busque cuando yo se lo digo, no solo cuando a él le apetece. Entonces, un día, estos dos —señaló hacia los terriers— aparecieron. Tenía un amigo que no podía mantenerlos más. Le dije que le ayudaría unos días, hasta que pudiera encontrar otro sitio. Bueno, fue amor a primera vista. La señorita Kelli y el señor Skyler persiguieron a Quizo como almas gemelas y él hizo lo mismo. Lo que me hizo pensar. Quizás la hora del recreo con sus mejores amigos podría ser una recompensa. Probamos un par de veces, y bingo. Resulta que a Quizo le gusta presumir. No le importa trabajar, lo único que quiere es la audiencia adecuada.

»Ahora, cuando realizamos una búsqueda, traigo a los tres. Estoy dando a Quizo un momento para interactuar con sus amigos, que sepa que están ahí. Después Kelli y Skyler tendrán que ser guardados, si no los tendríamos entre los pies todo el rato, y le daré la orden a Quizo de que se ponga a trabajar. Se pondrá a ello, sabiendo que, cuanto antes complete su misión, antes regresará con sus amigos.

Nelson levantó la vista, mirando a Tessa directamente a los ojos.

—Skyler y Kelli también ayudarán a animarlo —añadió el guía canino—. Incluso a los perros de búsqueda y salvamento no les gusta encontrar cadáveres. Les deprime, por lo que es doblemente importante que Skyler y Kelli estén hoy aquí.

¿Fueron imaginaciones de D.D. o Tessa al fin se alteró? Tal vez un corazón seguía latiendo bajo esa fachada, después de todo.

D.D. dio un paso adelante, Bobby junto a ella. Se dirigió a Nelson primero.

—¿Cuánto tiempo más necesitas?

Nelson miró a sus perros y, a continuación, al resto del equipo, descargando material de los demás vehículos.

—Quince minutos más.

—¿Necesitas algo más de nosotros? —preguntó D.D.

Nelson esbozó una leve sonrisa.

—¿Una X para marcar el punto?

—¿Cómo sabes que los perros lo han encontrado, que han tenido éxito? —preguntó D.D. con curiosidad—. ¿Quizo va a ladrar más fuerte...?

—Un ladrido sostenido de tres minutos —respondió Nelson—. Todos los perros de búsqueda y salvamento están entrenados de modo diferente; algunos se sientan para indicar un lugar, otros tienen un tono específico de ladrido. Sin embargo, dado que nuestro equipo está especializado en la búsqueda y rescate, hemos optado por un ladrido sostenido, previendo que nuestros perros podrían estar fuera de la vista, detrás de un árbol o una roca, y podríamos necesitar tres minutos para llegar. A nosotros nos funciona.

—Bueno, no puedo daros una X —dijo D.D.—, pero sí podemos empezar. —Se volvió hacia Tessa—. Así que vamos a hacer un viaje por el caminito de la memoria. ¿Condujiste hasta aquí?

El rostro de Tessa se volvió inexpresivo. Asintió.

—¿Aparcaste aquí?

—No lo sé. El camino estaba mejor definido. Conduje hasta el final.

D.D. hizo un gesto alrededor.

—¿Los árboles, campos, nada te parece familiar?

Tessa vaciló, temblando de nuevo.

—Tal vez ese bosquecillo de árboles de allí —dijo al fin, señalando vagamente con las dos manos unidas por las muñecas—. No estoy segura. La nieve fresca..., es como si alguien hubiera limpiado la pizarra. Todo es a la vez lo mismo y diferente.

—Cuatro horas —dijo D.D., cortante—. Luego, de una manera u otra, estarás nuevamente tras las rejas. Así que sugiero empezar a estudiar el paisaje, porque, si realmente quieres llevar a tu hija a casa, esta es la única oportunidad que vas a tener.

Algo finalmente se traslució en la cara de Tessa, un espasmo de emoción que era difícil de leer, pero podría haber incluido pesar. Eso molestó a D.D. Se dio la vuelta con los brazos cruzados.

—Consíguele un abrigo —le murmuró a Bobby.

Él ya tenía en la mano una chaqueta extra. Se la ofreció y D.D. casi se rio. Era una chaqueta negra con el lema «Policía de Boston» bordado; seguro que la había conseguido de uno de los coches patrulla. Bobby la puso sobre los hombros de Tessa, ya que no podía deslizar sus manos con grilletes por las mangas, y, a continuación, le subió la cremallera para que no se cayera.

—¿Qué es más incongruente? —murmuró D.D. en voz alta—. ¿Una policía estatal con una chaqueta de la policía de Boston o una reclusa de la cárcel del condado de Suffolk con una chaqueta de la policía de Boston? De cualquier manera —su voz se volvió oscura, incluso desagradable— hay algo que no encaja.

D.D. se marchó de nuevo a su coche. Permaneció a solas, acurrucada contra el frío y con una sensación de fatalidad inminente. Oscuras nubes grises se agolpaban en el horizonte.

«Va a nevar», pensó, y deseó una vez más que ninguno de ellos estuviera ahí.

Salieron doce minutos más tarde, con Tessa, encadenada, a la cabeza, Bobby y D.D. a cada lado y el equipo canino y unos cuantos agentes en la retaguardia. Los perros iban atados. No se les había dado la orden de trabajo todavía, pero tiraban con fuerza de sus correas, claramente ansiosos.

Solo habían conseguido avanzar seis metros antes de tener que parar por primera vez. Por muy vengativa que se sintiera D.D., Tessa no podía caminar con los grilletes por la nieve fresca. Le quitaron los de los tobillos y, finalmente, hicieron algunos progresos.

Tessa llevó al grupo hacia unos árboles. Los rodeó, con el ceño fruncido, como si los estuviera examinando. Entonces entró en la arboleda y caminó un poco antes de sacudir la cabeza y salir de nuevo. Exploraron tres áreas más de bosque de una manera similar, antes de la cuarta, que parecía ser la definitiva.

Tessa entró y siguió caminando, sus pasos cada vez más rápidos, más seguros ahora. Llegó a una roca gris que sobresalía del paisaje y pareció asentir. Se giró hacia la izquierda y Quizo gimió bajito, como si ya lo oliera.

Nadie habló. Solo el crujido chirriante de los pasos en la nieve, el jadeo de los perros, las exhalaciones apagadas de sus entrenadores y los policías, abrigándose el cuello con bufandas de lana.

Salieron de la arboleda. D.D. se detuvo, pensando que debía haber un error, pero Tessa siguió avanzando, cruzando una extensión abierta de nieve, vadeando una pequeña corriente apenas visible entre los campos blancos, antes de desaparecer en un bosque más tupido.

—Está un poco lejos para caminar cargando con un cuerpo —masculló D.D.

Bobby le lanzó una mirada; parecía estar pensando lo mismo.

Pero Tessa no dijo ni una palabra. Caminaba más rápido ahora, con un propósito. Había una mirada en su cara que era casi dolorosa de ver. Una sombría determinación bordeada de desesperación.

¿Era Tessa consciente del equipo de perros, de su séquito de agentes de la ley? ¿O había vuelto a algún lugar de su mente, a un frío sábado por la tarde? Los vecinos habían visto salir el Denali alrededor de las cuatro de la tarde, es decir, cuando quiso llegar, no le quedaba mucha luz.

¿Qué había estado pensando Tessa Leoni en esos últimos treinta minutos de crepúsculo? Luchando con el peso del cuerpo de su hija mientras corría por el bosque, a través de campos blancos, adentrándose cada vez más y más en la densa maleza.

Cuando enterrabas a un hijo, ¿era como dar tu mayor tesoro a la naturaleza? ¿O era como ocultar tu mayor pecado, instintivamente buscando las entrañas más oscuras para cubrir tu crimen?

Llegaron a otro conjunto de rocas cubiertas de musgo, esta vez moldeadas por el hombre. Paredes de roca, cimientos, el resto de una chimenea. En un estado habitado desde hacía tanto tiempo como Massachusetts, ni siquiera los bosques permanecían sin restos de civilización.

Los árboles dieron paso a un pequeño claro y Tessa se detuvo.

Quiso hablar. Le costó un par de intentos; luego la palabra salió como un susurro:

—Aquí —dijo Tessa.

—¿Dónde? —preguntó D.D.

—Había un árbol caído. La nieve se había apilado frente a él, formando un banco de nieve. Parecía... un lugar fácil de cavar.

D.D. no dijo nada de inmediato. Miró el claro, cubierto de nieve fresca. A su izquierda, parecía haber una pequeña elevación, que podría estar formada por un árbol derribado. Por supuesto, había otra elevación unos pocos metros más adelante y una tercera al otro lado del claro, junto a unos árboles. Pero estaba mirando unos trescientos metros cuadrados de espacio, más o menos. Dado que tenían un equipo de tres perros con experiencia, la zona de búsqueda era bastante abarcable.

Bobby estaba estudiando también el paisaje con su mirada de francotirador. Miró a D.D., señaló el primer par de elevaciones y, a continuación, una aún más alta que se alzaba junto a los bosques.

D.D. asintió.

La hora de liberar a los perros.

—Vas a volver al coche ahora —dijo D.D., sin mirar a Tessa.

—Pero...

—*¡Vas a volver al coche!*

Tessa calló. D.D. se volvió hacia su equipo. Vio a un agente, el mismo que había estado elaborando la lista de todos los presentes en la escena original del crimen.

Le hizo una seña.

—¿Agente Fiske?

—Sí, señora.

—Va a escoltar a la prisionera Leoni de nuevo a su coche patrulla y a esperar allí con ella.

El joven se entristeció. De una búsqueda activa a actuar de niñera.

—Sí, señora —dijo.

—Es una gran responsabilidad escoltar a un prisionero a solas.

Él se animó un poco y se situó al lado de Tessa, con la mano en la funda de la pistola.

Tessa no dijo nada, se quedó allí, con el rostro inexpresivo una vez más. La cara de un policía, pensó D.D. de pronto, y, por alguna razón, eso la hizo temblar.

—Gracias —dijo bruscamente D.D.

—¿Por qué? —preguntó Tessa.

—Tu hija se merece esto. Los niños no deben perderse en el bosque. Ahora podremos llevarla a casa.

La expresión de Tessa se resquebrajó. Sus ojos se abrieron, su mirada se oscureció, y se balanceó sobre los pies, como si estuviera a punto de caer al suelo. Finalmente consiguió controlarse.

—Amo a mi hija.

—Vamos a tratarla con respeto —respondió D.D., haciendo un gesto hacia el equipo de rescate, que estaba empezando a formarse en una línea de búsqueda en el bosque más cercano.

—Amo a mi hija —repitió Tessa, con un tono más urgente—. Usted cree que ahora lo entiende, pero es solo el comienzo. Dentro de nueve meses, se sorprenderá por lo poco que amaba antes, y luego pasará un año, y después otro. Imagine seis años. Seis años enteros de esa clase de amor...

D.D. miró a la mujer.

—Eso no la salvó, ¿no?

D.D. se alejó con parsimonia de Tessa Leoni y se unió a los perros que buscaban cadáveres.

30

A quién amas?
Esa era la pregunta, por supuesto. Así había sido desde el principio, pero, naturalmente, la detective D.D. no lo sabía. Pensó que estaba lidiando con un caso típico de abuso y homicidio infantiles. No se puede decir que la culpe. Dios sabe que me llamaron a suficientes casas donde pálidos niños de cinco años atendían a sus madres desvanecidas. He visto a una madre darle una bofetada a su hijo con la expresión de quien aplasta a una mosca. Niños que se vendan sus propios rasguños porque ya saben que a sus madres no les importa lo suficiente como para hacerlo ellas mismas.

Pero yo había tratado de advertir a D.D. de que había reconstruido mi vida por Sophie. No solo era mi hija, era el amor que finalmente me salvó. Ella era risas, alegría y entusiasmo puro, destilado. Era todo lo bueno en mi mundo y todo por lo que vale la pena volver a casa.

¿A quién amas?

A Sophie. Siempre ha sido a Sophie.

D.D. creía que estaba viendo lo peor que una madre puede hacer. No se había dado cuenta hasta ahora de que, en realidad, estaba siendo testigo de lo lejos que una madre está dispuesta a ir por amor.

¿Qué puedo decir? Los errores en este negocio se pagan caros.

Volví al coche patrulla del agente Fiske. Tenía las manos atadas con grilletes, pero las piernas estaban libres. Parecía haberse olvidado de ese detalle, y no me sentí obligada a recordárselo. Me senté en la parte de atrás, concentrándome en mantener mi lenguaje corporal perfectamente inmóvil, no amenazante.

Ambas puertas estaban abiertas, la suya y la mía. Necesitaba aire, le dije. Me encontraba mal, como si fuera a vomitar. El agente Fiske me había mirado suspicaz, pero me lo había consentido, incluso me ayudó a quitarme la pesada chaqueta de la policía de Boston que mantenía mis brazos pegados al torso.

Ahora estaba sentado en el asiento delantero, obviamente frustrado y aburrido. La gente se hacía policía porque quería jugar a la pelota, no sentarse en el banquillo. Pero aquí estaba, obligado a escuchar el partido desde la distancia. El eco de los gemidos de los perros de búsqueda, el débil murmullo de voces en el bosque.

—Qué mala suerte has tenido —comenté.

El agente Fiske mantuvo la vista al frente.

—¿Alguna vez has hecho una recuperación de cadáveres?

Se negó a hablar; no confraternizaba con el enemigo.

—Yo hice un par —continué—. Es un trabajo meticuloso, cubrir toda el área. Centímetro a centímetro, metro a metro, la limpieza de cada lugar antes de pasar al siguiente y, después, al siguiente. Los trabajos de rescate son mejores. Me llamaron para ayudar a localizar a un niño de tres años perdido en el lago Walden. Un par de voluntarios lo encontró al fin.

Un momento increíble. Todo el mundo lloraba, menos el niño. Él solo quería otra chocolatina.

El agente Fiske seguía sin decir nada.

Me removí en el duro asiento, forzando mis oídos. ¿Lo había oído? Todavía no.

—¿Tienes niños? —pregunté.

—Cállate —gruñó Fiske.

—Estrategia equivocada —le informé—. Mientras estás conmigo, deberías darme conversación. A lo mejor eres el afortunado que al final se ganará mi confianza. A lo mejor te digo lo que realmente les pasó a mi marido y a mi hija, y te conviertes en un héroe de la noche a la mañana. Piénsalo.

El agente Fiske me miró por fin.

—Espero que vuelvan a instaurar la pena de muerte, solo para ti —dijo.

Le sonreí.

—Entonces eres un idiota, porque la muerte, en este punto, sería el camino más fácil.

Se giró de nuevo hasta quedar mirando por la parte delantera del coche patrulla, en silencio una vez más.

Empecé a tararear. No pude evitarlo. La Tessa mala se estaba despertando.

—*Todo lo que quiero por Navidad son mis dos dientes, mis dos dientes, mis dos dientes...*

—Cállate —me ordenó el agente Fiske de nuevo.

Entonces ambos lo oímos: los repentinos ladridos ansiosos de un perro percibiendo un olor. El grito del entrenador, la emoción correspondiente del equipo de búsqueda, acercándose al objetivo. El agente Fiske se enderezó y se inclinó sobre el volante.

Podía sentir su tensión, el impulso apenas reprimido de abandonar el coche patrulla y unirse a la refriega.

—Deberías darme las gracias —dije desde la parte posterior.

—Cállate.

El perro, ladrando aún más fuerte ahora, afinando. Podía imaginarme el camino de Quizo, a través del pequeño claro, rodeando la suave elevación de nieve. El árbol caído había creado un hueco natural, lleno de nieve más ligera, más esponjosa, copos no demasiado grandes, ni demasiado pequeños. Había estado tambaleándome bajo el peso de mi carga cuando lo encontré. Literalmente, oscilando de agotamiento.

Dejar el cuerpo. Sacar la pala plegable atada a mi cintura. Mis manos enguantadas temblando mientras la montaba. Mi dolor de espalda mientras me inclinaba, abriéndome camino a través de la capa externa de hielo hasta la nieve blanda de debajo. Cavar, cavar, cavar. Mi aliento con jadeos cortos, helados. Las lágrimas calientes que se congelaban casi instantáneamente en mis mejillas.

Excavado el hueco, coloqué suavemente el cuerpo en el interior. Moviéndome más lentamente ahora, lo volví a cubrir, palada tras palada de nieve, y, a continuación, lo nivelé todo poniéndolo de nuevo en su lugar.

Veintitrés paladas de nieve para enterrar a un hombre adulto. Para esto, no tanto.

—Me tendrías que dar las gracias —dije de nuevo, sentándome con la espalda recta, enderezando mi cuerpo. La Tessa mala de nuevo.

El perro lo había encontrado. Quizo había hecho su trabajo y lo estaba haciendo saber con un ladrido prolongado.

Que se vaya a jugar con sus amigos, pensé, tensa, a pesar de mí misma. Recompensen al perro. Llévenselo con Kelli y Skyler. Por favor.

El agente Fiske me observó fijamente.

—¿Cuál es tu problema? —preguntó con enfado.

—¿Cuál es tu problema? Después de todo, yo soy la que acaba de salvar tu vida.

—¿Salvar mi vida? Qué demonios...

Luego, mirando mi cara impasible, al fin até cabos.

El agente Fiske saltó del coche. El agente Fiske buscó la radio en su cinturón de servicio. El agente Fiske se volvió de espaldas a mí.

¿Qué puedo decir? Los errores en este negocio se pagan caros.

Salté de la parte trasera del coche patrulla, junté mis puños engrilletados y le golpeé en la cabeza. El agente Fiske cayó hacia delante. Le pasé las manos por la cabeza, alrededor del cuello, y apreté fuerte.

El agente Fiske se quedó sin aliento, emitió un zumbido extraño, que me recordó al de Kim Watters. O quizás Brian, muriéndose en el suelo impoluto de la cocina.

«No estoy cuerda». Ese fue mi último pensamiento. «Es totalmente imposible que vuelva a estar cuerda».

Las rodillas del agente Fiske se doblaron. Los dos nos fuimos abajo, mientras que, unos cuatrocientos metros más adelante, la nieve saltó por los aires, los gritos surcaron el cielo y el primer perro comenzó a aullar.

Cuando las piernas del agente Fiske finalmente dejaron de moverse, jadeé tres veces, inhalando bocanadas de aire frío que me obligaron a volver al presente. Tanto por hacer y tan poco tiempo para hacerlo.

No pienses, no pienses, no pienses.

Me quité los grilletes de las manos, trastabillando a tientas con las llaves que el agente Fiske tenía en la cintura, luego me acordé de arrebatarle el teléfono móvil. Tenía una llamada muy importante que hacer en los próximos treinta segundos.

Podía escuchar gritos en la distancia. Más perros aullando. A cuatro vehículos de distancia, Kelli y Skyler recogieron el mensaje de angustia, sus ladridos uniéndose a la refriega.

No pienses, no pienses, no pienses.

Miré el cielo y calculé las horas que quedaban de luz.

«Parece que va a nevar», pensé de nuevo.

Entonces, agarrando las llaves y el teléfono móvil, eché a correr.

31

Cuando la primera explosión sacudió el cielo, D.D. estaba a medio camino a través del claro, avanzando hacia el montículo cubierto de nieve, donde Quizo ladraba alborotado. Entonces el mundo se volvió blanco.

La nieve explotó hacia arriba en una conmoción gigante. A D.D. solo le dio tiempo a alzar los brazos y, aun así, se sintió como si le picaran mil agujas. El ladrido de Quizo se convirtió en un balido de angustia. Alguien gritó.

Después otra explosión y más gritos, mientras D.D. caía hacia atrás, la cabeza entre los brazos para protegerse.

—Quizo, Quizo —alguien estaba gritando. Probablemente Nelson.

—D.D., D.D., D.D. —alguien más estaba gritando. Probablemente Bobby.

Ella abrió los ojos justo para ver a Bobby atravesando el claro, las piernas hundidas en la nieve, el rostro pálido por el pánico.

—¿Estás bien? Habla conmigo, D.D. Dime algo, joder.

—¿Qué, qué, qué? —Ella parpadeó. Sacudió el hielo y la nieve de su cabello. Volvió a parpadear. Le zumbaban los oídos, llenos de una sensación de presión. Abrió la mandíbula, tratando de liberarlos.

Bobby había llegado a su lado, agarrando sus hombros.

—¿Estás bien? ¿Estás bien? ¿Estás bien? —Los labios de Bobby se movían. D.D. necesitó un segundo más para que las palabras penetraran en el zumbido de su cabeza.

Asintió débilmente, empujándolo hacia atrás para poder hacer inventario de sus brazos, sus piernas y, lo más importante, su torso. En general, parecía estar de una sola pieza. Había sido lo suficientemente lejos y la nieve había amortiguado su caída. No estaba herida, solo aturdida y confusa.

Dejó que Bobby la ayudara a ponerse de pie, y después comprobó el resto de daños.

El montículo de nieve blanco que había estado olfateando Quizo se había desintegrado. En su lugar había un hueco marrón de tierra, revestido con trozos triturados de árbol, hojas y, que Dios los amparara, tela de color rosa.

Quizo estaba a un lado, el hocico enterrado en la nieve, lloriqueando y jadeando. Nelson estaba al lado de su perro, sus manos sosteniendo suavemente las orejas del pastor alemán mientras le susurraba de manera relajante.

Los otros perros de búsqueda se habían detenido de pronto y ladraban al cielo.

«Agente derribado», pensó D.D. Los perros se lo estaban diciendo al mundo. Ella hubiera querido ladrar con ellos, hasta que esa terrible sensación de rabia e impotencia se le moderó en el pecho.

Cassondra Murray, líder del equipo, ya tenía su teléfono fuera y con tono cortante estaba llamando a un veterinario. Otros agentes de la policía de Boston estaban llegando a la escena, las manos en las fundas de las pistolas, en busca de signos de amenaza inmediata.

—¡Parad!— gritó Bobby de repente.

Los agentes se detuvieron. Los adiestradores de los perros se detuvieron.

Estaba mirando en la nieve a su alrededor. D.D., todavía moviendo su mandíbula contra el zumbido en los oídos, hizo lo mismo.

Vio trozos de tela de color rosa chillón, un resto de vaqueros, lo que podría haber sido una zapatilla deportiva de niño. Vio rojo, marrón y verde. Vio... trozos. Esa era la única palabra que lo describía. Donde antes habían sido enterrados los restos de un cuerpo, ahora había trozos, esparcidos en todas las direcciones.

Todo el claro se acababa de convertir en un sitio de recuperación de cadáveres. Lo que significaba que todas las personas tenían que irse para limitar la contaminación cruzada. Necesitaban contenerla, necesitaban controlarla. Y necesitaban comunicarse inmediatamente con el departamento forense y con los técnicos de la escena del delito. Tenían trozos de restos humanos, tenían pelo y fibra, tenían... Tenían mucho trabajo por hacer.

Dios mío, pensó vagamente D.D. Sus oídos seguían zumbando, los brazos todavía le escocían. Los perros aullaban, aullaban y aullaban.

Ella no podía... No podía...

Miró hacia abajo y se dio cuenta de que había un poco de rosa pegado a su bota. Parte de un abrigo, tal vez, o la manta favorita de una niña.

Sophie Leoni, con grandes ojos azules y una cara con forma de corazón. Sophie Leoni, con el pelo castaño y una sonrisa desdentada, a quien le gustaba trepar a los árboles y odiaba dormir a oscuras.

Sophie Leoni.

«Amo a mi hija». Tessa había estado aquí y eso había dicho. «Amo a mi hija».

¿Qué clase de madre podría hacer tal cosa?

Entonces, de repente, el cerebro de D.D. volvió a la vida y se dio cuenta de la siguiente pieza del rompecabezas.

—El agente Fiske —gritó con urgencia, agarrando el brazo de Bobby—. Tenemos que avisar al agente Fiske. ¡Llamadlo por radio, *ahora!*

Bobby ya tenía la radio fuera; pulsó el botón para transmitir.

—Agente Fiske. Conteste, agente Fiske. Agente Fiske.

Pero no hubo respuesta. Por supuesto que no hubo respuesta. ¿Por qué otra razón habría exigido Tessa Leoni acompañarles personalmente hasta el cuerpo? ¿Por qué cargar de explosivos a su propia hija?

D.D. se volvió hacia sus compañeros.

—¡Agente derribado! —gritó, y, en grupo, se sumergieron de nuevo a través del bosque.

Después todo parecía tan obvio. D.D. no se podía creer que no lo hubiera visto venir. Tessa Leoni había congelado el cuerpo de su marido por lo menos veinticuatro horas. ¿Por qué tanto tiempo? ¿Por qué un plan tan elaborado para deshacerse de los restos de su hija?

Porque Tessa Leoni no había estado solo enterrando un cadáver. Había estado sembrando su tarjeta para salir de la cárcel.

Y D.D. había caído en su trampa.

Ella había sacado personalmente a Tessa Leoni de la cárcel del condado de Suffolk. Ella misma había llevado a una sospechosa de doble asesinato hasta una población remota de Massachusetts. Después ella personalmente había acompañado a un equipo canino hasta un cuerpo lleno de explosivos, lo que permitió a Tessa Leoni desaparecer en plena naturaleza.

—¡Soy una puta idiota! —exclamó D.D. dos horas más tarde. Permanecían en el mismo lugar, los vehículos de la policía de Boston y los del departamento del sheriff aparcados a unos trescientos metros.

La ambulancia había llegado en primer lugar. Los enfermeros intentaron atender al agente Fiske, pero, luego, cuando él los rechazó, avergonzado y poco dispuesto a hablar con los demás, pasaron a ocuparse de Quizo. El pobre perro había sufrido una rotura del tímpano al haber estado más cerca de la explosión. El tímpano se curaría naturalmente con el tiempo, igual que en los seres humanos, aseguraron a Nelson los técnicos de emergencias médicas.

Mientras tanto, se ofrecieron a llevar al perro a su veterinario. Nelson había aceptado ese acuerdo, obviamente muy afectado. El resto del equipo de rescate volvió a cargar sus enseres en el camión, incluyendo a los tristes Kelli y Skyler. Se reunirían con D.D. por la mañana, Cassondra le había asegurado. Pero, por ahora, necesitaban reagruparse y relajarse un poco. Estaban acostumbrados a las búsquedas que terminaban con descubrimientos tangibles, no explosivos caseros.

A continuación, D.D. llamó por teléfono a Ben, el médico forense del estado. Tenía partes del cuerpo, sin duda se le necesitaba allí.

Así que fue. Los agentes se habían retirado. Los técnicos habían llegado.

Y la búsqueda de la ex agente estatal Tessa Leoni, ahora oficialmente una fugitiva de la justicia, se puso en marcha.

Según relató Fiske, se había olvidado de los grilletes de los tobillos (otra admisión vergonzante que, sin duda, conduciría a un buen vaso de whisky más tarde esa noche). Tessa había cogido las llaves, lo que significaba que seguramente había liberado también sus muñecas.

Se había llevado el teléfono móvil, pero no su pistola, lo que eran buenas noticias para el equipo que la buscaba, y tal vez fue lo que salvó por los pelos a Fiske (un segundo vaso de whisky, probablemente mañana por la noche). Tessa fue vista por última vez con una chaqueta negra desabrochada del departamento de policía de Boston y un mono naranja. Iba a pie, sin provisiones, sin gorro ni guantes, y en medio de la nada. Nadie esperaba que la mujer llegara muy lejos.

La adrenalina la sostendría los dos primeros kilómetros, pero correr por la nieve cansaba mucho y dejaba un rastro que hasta un ciego podría seguir.

El equipo se preparó y se puso en marcha. Quedaba una hora de luz del día. Esperaban que fuera suficiente, pero estaban pertrechados con linternas por si acaso no era así. Veinte agentes contra una fugitiva desesperada.

Lo conseguirían, le habían prometido a D.D. Ninguna asesina de niños se iba a escapar si ellos podían evitarlo.

Le tocaba a D.D. avergonzarse más tarde, pero sin vaso de whisky. Solo otra escena del crimen para procesar y un grupo de trabajo al que informar y un jefe al que poner al día, que probablemente iba a estar muy enfadado con ella, lo que estaba bien, ya que en ese momento ella tampoco parecía muy contenta consigo misma.

Así que hizo lo que siempre hacía: se dirigió de nuevo a la escena del crimen, con Bobby a su lado.

El forense había traído a su propio personal, que estaba depositando delicadamente las partes del cuerpo en bolsas de bioseguridad. Los técnicos seguían su paso, recogiendo otros residuos, incluidas las piezas del dispositivo incendiario. No era demasiado difícil manipular explosivos hoy en día. Bastaba con unos diez minutos en internet y un viaje rápido a la ferretería. Tessa era inteligente. Montabas un par de dispositivos sensibles a la presión y luego los colocabas en el hueco nevado junto con el cuerpo. Solo había que tapar y esperar.

Llegan los perros y la policía. Tessa se retira. La bomba explota. Su escolta no sabe lo que ha pasado. Y Tessa aprovecha la oportunidad para reducir a un agente y salir a la carretera.

Hola, grupo de búsqueda. Adiós, policía de Boston.

En lo que se refería a D.D., cada pieza de prueba recuperada era otro clavo en el ataúd de Tessa Leoni, y ella los quería todos. Ella los quería *todos*.

Ben alzó la vista cuando Bobby y D.D. se acercaron. Entregó su bolsa a uno de sus asistentes y luego se acercó a ellos.

—¿Y bien? —preguntó D.D. inmediatamente.

El forense, cuarenta y tantos años, fornido, con el pelo gris acero cortado al rape, vaciló. Cruzó los brazos.

—Hemos recuperado materia orgánica y un hueso que pertenece a un cuerpo —concedió.

—¿Sophie Leoni?

En respuesta, el forense extendió su mano enguantada, revelando un delgado fragmento de hueso blanco, de aproximadamente cinco centímetros de largo y lleno de barro y hojas.

—Un segmento de hueso de costilla —dijo—. La longitud total sería compatible con un niño de seis años.

D.D. tragó saliva y se obligó a asentir con la cabeza enérgicamente. El hueso era más pequeño de lo que hubiera imaginado. Increíblemente delicado.

—Se ha encontrado una etiqueta de ropa infantil, de la talla 6 —continuó Ben—. Los restos de tela son en su mayoría de color rosa. También en consonancia con una niña.

D.D. asintió de nuevo, todavía mirando el hueso de la costilla.

Ben abrió la palma de la otra mano, revelando una pieza más pequeña, del tamaño de un grano de maíz.

—Un diente. También en consonancia con una niña impúber. Excepto porque... no hay raíz. —El forense parecía confundido—. En general, cuando se recupera un diente a partir de restos, la raíz está todavía unida. A menos que ya estuviera suelto. —El forense parecía estar hablando más para sí mismo que para D.D. y Bobby—. Lo que supongo que sería adecuado para un niño de primer curso. Un diente flojo, junto con la fuerza de la explosión... Sí, podría ser que...

—¿Así que es posible que el diente sea de Sophie Leoni? —presionó D.D.

—El diente muy probablemente procedía de una niña impúber —le corrigió Ben—. Es lo más que puedo decir en este momento. Necesito llevarme los restos a mi laboratorio. Una radiografía dental sería de gran ayuda, aunque aún tenemos que recuperar el cráneo o la mandíbula. Queda por hacer un poco de trabajo.

En otras palabras, pensó D.D., Tessa Leoni había instalado un explosivo lo bastante potente como para que se desprendiera un diente de la calavera de su hija.

Un copo de nieve cayó hacia abajo, seguido de otro, y luego de otro.

Todos miraron hacia el cielo; las grises nubes que anunciaban la nieve por fin habían llegado.

—Una lona —dijo Ben inmediatamente, apresurándose hacia su ayudante—. Hay que proteger los restos, ahora, ahora, *ahora*.

Ben corrió. D.D. se retiró del claro, agachándose detrás de un arbusto muy denso, donde se inclinó y vomitó al instante.

¿Qué había dicho Tessa? El amor que D.D. sentía ahora por su feto no era nada comparado con el amor que sentiría dentro de un año, y un año después, y un año después. Seis años de ese amor. Seis años...

¿Cómo podía una mujer...? ¿Cómo podía una madre...?

¿Cómo podías abrazar a tu hija y al instante estar buscando el lugar perfecto para sepultarla? ¿Cómo le dabas las buenas noches y después llenabas su cuerpo con explosivos?

«Amo a mi hija», había dicho Tessa. «Amo a mi hija».

Qué hija de puta.

D.D. volvió a vomitar. Bobby estaba a su lado. Sintió cómo le retiraba el pelo de la cara. Le entregó una botella de agua. La utilizó para enjuagarse la boca, luego volvió su rostro enrojecido hacia el cielo, tratando de sentir la nieve sobre sus mejillas.

—Vamos —dijo él en voz baja—. Vamos a llevarte al coche. Un poco de descanso, D.D. Todo va a ir bien. De verdad.

La tomó de la mano, tirando de ella a través del bosque. Ella le siguió desanimada, pensando que era un mentiroso. Que una vez que has visto el cuerpo de una niña volar delante de tus ojos el mundo nunca volverá a ir bien otra vez.

Tenían que dirigirse a la sede, salir antes de que el camino rural se hiciera infranqueable. Tenía que prepararse para la inevitable conferencia de prensa.

Buenas noticias, lo más probable es que hayamos encontrado el cuerpo de Sophie Leoni. Malas noticias, hemos perdido a su madre, una policía estatal que muy probablemente mató a toda su familia.

Llegaron al coche. Bobby abrió la puerta del lado del pasajero. Ella se metió dentro, sintiéndose confusa e inquieta y casi desesperada por escapar de su propia piel. No quería seguir siendo una detective. La sargento detective D.D. Warren no había atrapado a su sospechosa. La sargento D.D. Warren no había rescatado a la niña. La sargento D.D. Warren estaba a punto de convertirse en madre. Y fíjate en Tessa Leoni, una policía excepcional que había matado, sepultado y llenado de explosivos a su propia hija... ¿qué decía eso acerca de las agentes que se convertían en madres y en qué demonios estaba pensando D.D.?

No debería estar embarazada. No era lo bastante fuerte. Su armadura se estaba desmoronando y debajo de ella solamente había un vasto pozo de tristeza. Todos los cadáveres que había examinado a través de los años. Otros niños que nunca habían llegado a casa. Las caras que no se arrepienten de los padres, los tíos, abuelos, incluso vecinos de al lado que habían cometido el crimen.

El mundo era un lugar terrible. Ella resolvía cada asesinato solo para pasar al siguiente. Arrestas a un pedófilo y ves a un maltratador salir en libertad al día siguiente. Y sigue, y sigue. D.D., condenada a pasar el resto de su vida buscando en bosques pequeños cuerpecitos que nunca habían sido amados o deseados desde el principio.

Ella solo había querido traer a Sophie a casa. Rescatar a esa niña. Poner su granito de arena en el universo, y ahora..., ahora...

—Shhh. —Bobby le acariciaba el cabello.

¿Estaba llorando? Tal vez, pero no era suficiente. Apoyó la mejilla manchada de lágrimas en la curva de su hombro. Sintió su calor. Sus labios encontraron su cuello, saboreando la sal. Entonces le pareció lo más natural del mundo inclinarse hacia atrás y encontrar sus labios. Él no se apartó. En cambio, sintió que la agarraba de los hombros. Así que ella lo besó de nuevo, el hombre que una vez había sido su amante y una de las pocas personas a las que consideraba como un pilar vital.

El tiempo se detuvo, un latido del corazón o dos en los que ella no tenía por qué pensar, solo tenía que sentir.

Entonces, las manos de Bobby la apretaron de nuevo. La apartó y suavemente reclinó su espalda, hasta que ella quedó sentada en ángulo recto en el asiento del pasajero. Él se sentó recto en el asiento del conductor y se abrió distancia entre ellos.

—No —dijo Bobby entonces.

D.D. no podía hablar. La desmesura de lo que acababa de hacer empezó a quedarle clara. Miró alrededor del pequeño coche, desesperada por escapar.

—Ha sido un instante —continuó Bobby. Su voz sonaba áspera. Se detuvo, se aclaró la garganta y dijo de nuevo—: Un instante. Pero yo tengo a Annabelle y tú tienes a Alex. Los dos sabemos que no tenemos que estropear las cosas.

D.D. asintió.

—D.D...

Inmediatamente, ella negó con la cabeza. No quería oír nada más. Ya lo había jodido lo suficiente. Un instante. Como él había dicho. Un instante. La vida estaba llena de instantes.

Solo que ella siempre había tenido debilidad por Bobby Dodge. Ella había dejado que se fuera, y nunca lo había superado. Y, si hablaba ahora, iba a llorar y eso era estúpido. Bobby se merecía algo mejor. Alex se merecía algo mejor. Todos ellos.

Entonces, se encontró pensando en Tessa Leoni y no podía dejar de sentir la conexión de nuevo. Dos mujeres, tan capaces en su vida profesional y tan desastre en sus vidas personales.

La radio del salpicadero cobró vida. D.D. la agarró rápidamente, con la esperanza de oír buenas noticias.

Era el equipo de búsqueda, el oficial Landley informaba. Habían seguido el rastro de Tessa durante cuatro kilómetros, mientras seguía el camino rural hacia la autopista. Entonces sus pisadas habían terminado y las huellas de unos neumáticos habían comenzado.

Hipótesis más probable: Tessa Leoni ya no estaba sola ni iba a pie.

Tenía un cómplice y un vehículo.

Había desaparecido.

32

Cuando Juliana y yo teníamos doce años, acuñamos un eslogan: «¿Para qué están los amigos?». Lo usábamos como un código; eso significaba que, si una de nosotras necesitaba un favor, generalmente relacionado con algo embarazoso o desesperado, entonces la otra tenía que decir que sí, porque para eso estaban los amigos.

Juliana olvidaba hacer sus deberes de matemáticas. «¿Para qué están los amigos?», decía junto a las taquillas, y yo le pasaba las respuestas a toda prisa. Mi padre se estaba comportando como un idiota y no me dejaba quedarme después de la escuela para hacer atletismo. «¿Para qué están los amigos?», decía, y Juliana hacía que su madre le dijera a mi padre que ella me traería a casa, porque mi padre jamás discutiría con la madre de Juliana. Esta se enamoró de un chico de nuestra clase de biología. «¿Para qué están los amigos?». Me senté con él durante el almuerzo para averiguar si mi amiga tenía alguna oportunidad.

Fui arrestada por el asesinato de mi marido. ¿Para qué están los amigos?

Busqué el número de Juliana el sábado por la tarde, cuando mi mundo se desmoronaba y se me ocurrió que necesitaba ayuda. Diez años más tarde, todavía había una sola persona en la que podía confiar. Así que, después de que el hombre de negro finalmente se hubo marchado, dejando el cuerpo de mi marido en el garaje enterrado en la nieve, busqué el nombre de casada, dirección y el número de teléfono de mi ex mejor amiga. Me aprendí la información de memoria, con el fin de eliminar el rastro de papel.

Poco después fabriqué dos pequeños artefactos explosivos, y luego cargué el Denali y me fui a dar una vuelta.

Mis últimos actos como una mujer libre. Lo sabía incluso entonces. Brian había hecho algo malo, pero Sophie y yo íbamos a ser las que sufrieran el castigo. Así que pagué al asesino de mi propio marido cincuenta mil dólares con el fin de ganar veinticuatro horas. Luego utilicé ese tiempo para conseguir ir dos pasos por delante.

El domingo por la mañana, Shane había venido y el juego había comenzado. Una hora más tarde, me habían dado una paliza de muerte, tenía una conmoción cerebral y un pómulo fracturado, pasando de ser una brillante estratega a una mujer realmente maltratada, aturdida, confundida y, en algún lugar de mi revuelta cabeza, todavía débilmente esperanzada por haberme equivocado acerca de todo. Tal vez Brian no había muerto delante de mis ojos. Tal vez Sophie no había sido arrebatada de la cama. Tal vez la próxima vez que me despertara, mi mundo estaría completo de nuevo y mi marido y mi hija estarían a mi lado, cogiéndome de la mano.

No tuve esa suerte.

En su lugar, estuve confinada en una cama de hospital hasta el lunes por la mañana, cuando la policía me detuvo, y el plan B se puso en marcha.

Todas las llamadas de prisión comienzan con un mensaje grabado al receptor de que la llamada a cobro revertido se ha originado en un correccional. ¿La otra parte acepta los cargos?

La pregunta del millón, pensé el lunes por la noche, mientras estaba de pie en el área comunal y marcaba el número de Juliana con los dedos temblando. Me sorprendí como el que más cuando Juliana dijo que sí. Seguro que ella se sorprendió a sí misma también. Y seguro que deseó, al cabo de treinta segundos, haber dicho que no.

Dado que todas las llamadas se graban, mantuve una conversación sencilla.

—¿Para qué están los amigos? —dije con el corazón acelerado. Oí a Juliana contener el aliento.

—¿Tessa?

—Me vendría bien una amiga —continué, rápidamente ahora, antes de que Juliana hiciera algo sensato, como colgar—. Mañana por la tarde. Volveré a llamar. Para qué están los amigos.

Luego colgué, porque el sonido de la voz de Juliana me había llenado de lágrimas los ojos y no podía permitirme el lujo de llorar en la cárcel.

Ahora, tras haber derribado al agente Fiske, le quité el móvil. Entonces corrí unos cien metros por la nieve compacta del camino rural hasta que llegué a un enorme abeto. Agachándome bajo su dosel de ramas verdes, marqué rápidamente el número de Juliana, mientras retiraba una pequeña bolsa resistente al agua que previamente había metido debajo de las ramas.

—¿Diga?

Hablé rápido. Direcciones, coordenadas GPS y una lista de materiales. Había tenido veinticuatro horas en la cárcel para planear mi fuga y las había utilizado bien.

En el otro extremo del teléfono móvil, Juliana no discutió. ¿Para qué están los amigos?

Tal vez llamaría a la policía nada más colgar. Pero no lo creía. Porque, la última vez que la frase fue dicha entre nosotras, era Juliana quien había pronunciado las palabras, mientras me entregaba el arma que acababa de terminar con la vida de su hermano.

Colgué el teléfono del agente Fiske y abrí la bolsa. Dentro estaba la Glock de Brian, que yo había sacado de la caja fuerte.

Él ya no la necesitaba. Pero yo sí.

Cuando el coche plateado redujo la velocidad en la autopista, mi confianza había huido y estaba de los nervios. Con la pistola metida en el bolsillo de mi chaqueta negra, envolviéndome con los brazos, me mantuve oculta entre los árboles, sintiéndome muy expuesta. En cualquier momento, un coche de policía empezaría a rugir. Si no me había puesto a cubierto para entonces, me detectarían y todo se habría acabado.

Tengo que prestar atención. Tengo que correr. Tengo que ocultarme.

Entonces, otro vehículo que se avecina en la distancia, las luces delanteras brillando contra la oscuridad. Este vehículo se movía más lento, con incertidumbre, como si el conductor estuviera buscando algo. Sin luces en el techo, sin sirenas, lo que significaba que era un vehículo civil, y no un coche de policía. Ahora o nunca.

Respiré profundamente, di un paso hacia el asfalto. Los faros enfocaron mi cara, luego el coche frenó.

Juliana había llegado.

Trepé rápidamente al asiento trasero. En el mismo instante en que cerré la puerta, el coche salió disparado. Me tumbé en el suelo y me quedé allí.

El asiento del coche. Vacío, pero medio cubierto con una manta de bebé, por lo que hacía poco que estaba ocupado. No sé por qué me sorprendió. Yo tenía una hija. ¿Por qué no Juliana?

Cuando éramos niñas habíamos planeado casarnos con hermanos gemelos. Viviríamos en casas vecinas y criaríamos a nuestros hijos juntas. Juliana quería tres hijos, dos niños y una niña. Yo planeaba tener uno de cada. Ella iba a quedarse en casa con sus hijos, al igual que su madre. Yo iba a tener una tienda de juguetes, donde, por supuesto, sus hijos recibirían un descuento familiar.

Al lado del asiento del coche había una bolsa de lona de color verde oscuro. Me puse de rodillas, manteniéndome fuera de la vista, y abrí la bolsa. Encontré todo lo que había pedido, una muda de ropa, todo de color negro. Ropa interior limpia, dos camisetas adicionales. Tijeras, maquillaje, una gorra negra y guantes.

Ciento cincuenta en efectivo, billetes pequeños. Probablemente lo máximo que pudo reunir en tan corto plazo.

Me pregunté si eso era mucho dinero para Juliana en esos momentos. Yo solo conocía a la chica que había sido, no a la esposa y madre en que se había convertido.

Empecé sacando toda la ropa negra y colocándola en el asiento trasero. Me costó un poco de trajín, pero finalmente logré quitarme el mono naranja y cambiarlo por unos vaqueros negros y un jersey de cuello negro. Me retorcí el pelo sobre la parte superior de la cabeza y lo cubrí con la gorra de béisbol.

Entonces me giré para estudiarme en el espejo retrovisor.

Juliana me estaba mirando. Tenía los labios apretados en una línea delgada, sus nudillos blancos en el volante.

«Recién nacido», pensé inmediatamente. Tenía ese aspecto característico. La agotada mamá primeriza que todavía no duerme por las noches y arrastra esa apariencia deteriorada. Que sabía que el primer año sería difícil, pero aun así todavía se sorprende al descubrir que lo es todavía más. Ella apartó la mirada, con los ojos en la carretera.

Me senté en el asiento trasero.

—Gracias —le dije al fin.

Ella no respondió.

Condujo en silencio durante otros cuarenta minutos. La nieve al final había comenzado a caer, ligeramente al principio, y luego lo bastante para que Juliana tuviera que reducir la velocidad.

A petición mía, puso las noticias de la radio. Ni una palabra de cualquier policía herido, por lo que al parecer D.D. Warren y su equipo habían sobrevivido a mi pequeña sorpresa y habían optado por mantener silencio sobre la situación.

Tenía sentido. Ningún policía quería admitir que había perdido a un prisionero, en especial si creían que lo iban a recuperar en breve. Lo último que sabían es que yo estaba sola e iba a pie, lo que significaba que probablemente D.D. creía que me atraparía en menos de una hora.

No sentía decepcionarla, pero me aliviaba que todo el mundo estuviera bien. Había hecho todo lo posible para que los dispositivos estallaran hacia el árbol, lejos del equipo de recuperación. Sin embargo, dado que era un trabajo de novata, no tenía forma de saber si lo había conseguido.

Me había sentado detrás del agente Fiske, esperando y temiendo lo que sucedería a continuación.

El coche volvió a reducir la velocidad. Juliana había puesto el intermitente, se preparaba para salir de la autopista hacia la carretera 9. Había conducido por debajo del límite de velocidad durante todo el camino, vista al frente, las dos manos en el volante. Una cómplice muy respetuosa con la ley.

Ahora nuestra aventura estaba a punto de terminar, y pude ver que su labio inferior temblaba. Parecía asustada.

Me preguntaba si creía que había matado a mi marido. Me preguntaba si pensó que había asesinado a mi propia hija. Tendría que haber proclamado mi inocencia, pero no lo hice.

Pensé que ella más que nadie debía conocer la respuesta.

Doce minutos más. Todo lo necesario para viajar en el tiempo, para volver al viejo barrio. Más allá de su antigua casa, más allá de la casa en mal estado de mis padres.

Juliana no miró a ningún edificio. No suspiró, ni se mostró nostálgica ni dijo una sola palabra.

Dos giros más y allí estábamos, en el taller de mi padre.

Se detuvo, apagó las luces.

La nieve caía pesadamente ahora, cubriendo el mundo oscuro de blanco.

Recogí todas mis cosas, las metí en la bolsa de lona que me llevaría conmigo. Mejor no dejar ninguna prueba.

—Cuando llegues a casa —dije, mi voz sorprendentemente fuerte en el silencio—, mezcla amoniaco con agua tibia y utilízalo para limpiar el coche. Eso borrará todas las huellas dactilares.

Juliana me miraba en el espejo retrovisor de nuevo, pero se mantuvo en silencio.

—La policía te va a encontrar —continué—. Van a rastrear la llamada que te hice anoche desde la cárcel. Es una de las únicas pistas potenciales que tienen, así que van a seguirla. Solo di la verdad. Lo que dije, lo que tú me dijiste. Toda la conversación fue grabada, por lo que no les estarás diciendo nada que no sepan ya, y no es nada incriminatorio.

Juliana me miró, se mantuvo en silencio.

—No deberían ser capaces de rastrear la llamada de hoy —añadí—. Nuestro único contacto ha sido a través del teléfono de otra persona, y estoy a punto de quemarlo con un soplete de acetileno. Una vez que se derritan los circuitos, no hay nada que hacer. Así que esta tarde te fuiste a dar un paseo. He escogido un lugar que no implica ninguna carretera de peaje, lo que significa que no hay manera de que puedan rastrear dónde has ido. Puedes haberte dirigido a cualquier lugar y haber hecho cualquier cosa. Hazles trabajar.

Sobra decir que resistiría un interrogatorio policial. Ya lo había hecho antes.

—Estamos en paz —habló ella de repente, su voz era neutra—. No me vuelvas a llamar. Estamos en paz.

Sonreí con tristeza, con auténtico pesar. Durante diez años habíamos mantenido la distancia. Y así hubiera continuado de no ser por la mañana del sábado y mi estúpido marido muriéndose en nuestra estúpida cocina.

La sangre es más espesa que el agua. En realidad, era la amistad, y tuve que respetarlo cuando Juliana lo necesitó, aunque me doliera.

—Lo haría de nuevo —murmuré, mis ojos fijos en ella por el espejo retrovisor—. Eras mi mejor amiga, te quería, y lo haría de nuevo.

—¿De verdad le pusiste Sophie?

—Sí.

Juliana Sophia MacDougall, antes Howe, se tapó la boca. Comenzó a llorar.

Me colgué la bolsa de lona por encima del hombro y salí a la noche nevada. Pasado un momento, el motor se puso en marcha. A continuación, las luces se encendieron y Juliana se fue.

Me dirigí al taller de mi padre. Me di cuenta por la luz del interior de que ya me estaba esperando.

33

Bobby y D.D. se dirigieron a la comisaría en silencio. Bobby conducía. D.D. estaba sentada en el asiento del pasajero. Tenía las manos apretadas en el regazo, tratando de no pensar, su mente en cualquier caso iba a toda máquina.

No había comido en todo el día y la noche anterior su sueño había sido escaso. Combina eso con el peor día de tu carrera y tendrás derecho a estar un poco loca y besar a un hombre casado mientras llevas dentro un bebé de otro hombre. Tenía mucho sentido.

Apoyó la frente en la ventana fría, se quedó mirando la nieve. Los copos congelados iban cayendo pesadamente, borrando el rastro de Tessa Leoni. Retención de tráfico. Para terminar de complicar una investigación ya de por sí complicada.

Se había puesto en contacto con su jefe antes de salir de la escena del crimen. Mejor que Horgan oyera los hechos de su boca que del último parte de los medios de comunicación, donde la noticia saltaría en cualquier momento. D.D. había perdido a una sospechosa de doble asesinato. La había llevado en medio de la nada, donde su equipo había sido víctima de la trampa explosiva de una novata.

Iban a parecer un montón de idiotas. Sin mencionar que la unidad de captura de fugitivos violentos se iba a adueñar del caso, dado el tamaño cada vez mayor de la operación de búsqueda. Así que la policía de Boston parecería incompetente y no tendría ninguna posibilidad de redimirse. Era un billete de ida a la avenida Gilipollas. Y una frase recurrente en todos los comunicados a partir de entonces: «La presunta doble asesina Tessa Leoni, que escapó mientras estaba bajo custodia de la policía de Boston...».

Esperaba estar embarazada, pensó D.D. Entonces, en vez de ser despedida, podría tomarse la baja por maternidad.

Le dolía todo.

De verdad. Le dolía la cabeza. También el pecho. Lloraba por Sophie Leoni, una dulce niña que se merecía algo mejor. ¿Había esperado que su madre volviera del trabajo por las mañanas? ¿Abrazos y besos, mientras se acurrucaba para contarle historias o mostrarle su última tarea? D.D. pensaba que sí. Eso era lo que hacían los niños. Querer y querer y querer. Con todo su corazón. Con cada fibra de su ser.

Después los adultos de sus vidas les fallaban.

Y la policía les fallaba.

Y así seguía todo.

Amo a mi hija.

—Voy a parar —dijo Bobby, y puso el intermitente derecho—. Necesito comer. ¿Quieres algo?

D.D. negó con la cabeza.

—¿Qué tal unos cereales? Tienes que comer algo, D.D. Los bajones de azúcar en la sangre nunca te han sentado bien.

—¿Por qué lo haces?

—¿El qué?

—Cuidarme.

Bobby apartó la vista de la carretera el tiempo suficiente para mirarla.

—Seguro que Alex también lo haría. Si le dejaras.

Ella frunció el ceño. Bobby apartó la mirada, la atención de nuevo en la traicionera carretera. Les costó un poco encontrar la salida y luego localizar una plaza en el aparcamiento de un pequeño centro comercial. D.D. observó una tintorería, una tienda de mascotas y un pequeño supermercado.

El supermercado parecía ser el objetivo de Bobby. Aparcaron enfrente, la mayoría de los clientes parecían asustados por las condiciones invernales. Cuando D.D. bajó del coche, se sorprendió al ver la cantidad de nieve que ya se había acumulado. Bobby rodeó el vehículo y le ofreció su brazo en silencio.

Ella aceptó su ayuda y caminaron con cautela por la acera hacia la tienda iluminada. Bobby se dirigió a la sección de comida preparada. Ella duró allí cinco segundos antes de que el olor a pollo asado la echara. Dejó que Bobby fuera por su cuenta y cogió una manzana de la sección de frutería y una caja de cereales del pasillo de los desayunos. Tal vez una de esas bebidas de frutas orgánicas de lujo, pensó, o un batido de proteínas. Podía vivir solo con eso, la próxima etapa lógica del ciclo de vida.

Se encontró en la sección de farmacia y rápidamente supo lo que iba a hacer.

Rápido, antes de que pudiera cambiar de opinión, antes de que Bobby apareciera: la sección de planificación familiar, condones, condones, y, por supuesto, cuando los condones se rompían, test de embarazo. Cogió el primero que vio. Hacer pis en un palito, esperar a ver lo que te dice. No podía ser tan difícil.

No había tiempo para pagar. Bobby la vería, seguro. Así que fue al baño con su manzana, su caja de cereales y la prueba de embarazo agarrada fuertemente contra su pecho.

Una señal verde anunciaba que no se podía entrar con mercancía en el aseo.

Y una mierda, pensó D.D., y empujó la puerta.

Ocupó la cabina de minusválidos. Resultó que tenía un cambiador para bebés atornillado a la pared. Desplegó la mesa de plástico y la utilizó como banco de trabajo. Manzana, cereales, test de embarazo.

Sus dedos temblaban. Violentamente. Hasta el punto de que no podía sostener la caja y leer las palabras. Así que le dio la vuelta a la caja sobre el cambiador, leyendo las instrucciones mientras peleaba con en el botón de sus pantalones, para acabar deslizando sus vaqueros hasta las rodillas.

Es probable que este fuera el tipo de cosas que las mujeres hacían en casa. Rodeadas por el agradable confort de sus toallas favoritas, las paredes pintadas de color melocotón, tal vez algún centro de flores. Ella se puso en cuclillas en un baño público y lo hizo, los dedos todavía temblando mientras trataba de colocar el palito y hacer pis.

Le costó tres intentos. Dejó el palito en el cambiador, negándose a mirarlo. Terminó de hacer pis. Se subió los pantalones. Salió para lavarse las manos en el lavabo.

Luego regresó a la cabina. Fuera, pudo oír que la puerta del baño se abría. Las pisadas de otra mujer al entrar, dirigiéndose a la cabina de al lado. D.D. cerró los ojos, contuvo la respiración.

Se sentía traviesa, la colegiala sorprendida fumando en el baño.

No podía ser vista, no podía ser descubierta. Para mirar el palito, necesitaba privacidad absoluta.

La cisterna del inodoro. La puerta de la cabina que se abre. El sonido del agua en el lavabo, entonces la explosión del secador de manos automático.

La puerta exterior se abrió. La puerta exterior se cerró. D.D. estaba sola otra vez.

Poco a poco fue abriendo un ojo. A continuación, el otro. Se quedó mirando el palito. Un signo positivo de color rosa.

La sargento D.D. Warren estaba oficialmente embarazada.

Se sentó en el inodoro, puso la cabeza en sus manos y lloró.

Más tarde, todavía sentada en el borde de la taza del baño, se comió la manzana. El subidón de azúcar llegó a su torrente sanguíneo, y de repente le entró hambre. Se comió media caja de cereales y luego abandonó el baño en busca de una barra de proteínas, frutos secos, patatas fritas, yogur y plátanos.

Cuando Bobby finalmente se encontró con ella, estaba de pie en la cola de la caja con sus restos de manzana, la caja de cereales abierta, el test de embarazo usado y los demás artículos. La cajera, que llevaba tres piercings faciales y una constelación de estrellas tatuadas, la miraba con clara desaprobación.

—¿Dónde has estado? —preguntó Bobby con el ceño fruncido—. Pensé que te habías perdido.

Luego su mirada fue hacia la prueba de embarazo. Abrió los ojos. No dijo una palabra más.

D.D. entregó su tarjeta de crédito, cogió su bolsa del supermercado. Tampoco dijo nada.

Acababan de llegar al coche cuando sonó su teléfono. Comprobó quién llamaba: Phil, de la comisaría.

Trabajo. Justo lo que necesitaba.

Respondió a la llamada, escuchó lo que tenía que decir, y no sabía si fue por las noticias o por su frenesí de comida, pero al final se sintió mejor.

Guardó su teléfono y se giró hacia Bobby, que estaba al lado de su coche en la nieve.

—¿A que no lo adivinas? Tessa Leoni hizo una llamada de teléfono mientras estaba bajo la custodia del condado de Suffolk. A las nueve horas de anoche, contactó con su mejor amiga de la infancia, Juliana Sophia Howe.

—¿La hermana del chico al que disparó?

—Exacto. Ahora bien, si te arrestan por el asesinato de tu marido, ¿cuáles son las probabilidades de que llames a la familia de la última persona a la que has matado?

Bobby frunció el ceño.

—No me gusta.

—A mí tampoco. —La cara de D.D. se iluminó—. ¡Vamos a por ella!

—Vale. —Bobby abrió la puerta, luego se detuvo—. D.D... —Su mirada se posó en la bolsa del supermercado—. ¿Contenta?

—Sí —dijo, moviendo la cabeza lentamente—. Creo que sí.

Cuando Bobby y D.D. lograron finalmente completar el traicionero trayecto hasta el hogar de Juliana, descubrieron la casita iluminada con brillantes luces encendidas contra un fondo de enormes copos de nieve que se movían lentos en su caída. Un deportivo utilitario plateado y un sedán oscuro estaban aparcados en la calle.

Mientras Bobby y D.D. se acercaban, la puerta principal se abrió y un hombre apareció. Llevaba un traje, todavía estaba vestido con la ropa del trabajo, pero ahora llevaba un bebé y una bolsa de pañales. Miró a Bobby y a D.D., ya en el porche delantero.

—Ya le he dicho que llamara a un abogado —comentó. El buen marido, dedujo D.D.

—¿Necesita uno?

—Ella es una buena persona y una gran madre. Si quiere alguien a quien procesar, vuelva atrás y dispare a su hermano de nuevo. Él se merece este abuso. No ella.

Y, dicho lo que tenía que decir, el marido de Juliana pasó junto a los dos y se dirigió a través de la nieve hacia el sedán de color azul oscuro. Otro minuto para sujetar al bebé en la parte posterior del vehículo y la familia de Juliana había desaparecido.

—Definitivamente está esperando nuestra visita —murmuró Bobby.

—¡Vamos a por ella! —dijo de nuevo D.D.

El bondadoso marido no había cerrado completamente la puerta detrás de él, por lo que Bobby terminó de abrirla empujando. Juliana estaba sentada en el sofá justo enfrente de la puerta. No se levantó, sino que los miró fijamente.

D.D. entró la primera. Mostró su placa y después presentó a Bobby. Juliana no se incorporó. Bobby y D.D. no se sentaron. La habitación estaba ya llena de tensión, y eso hizo que D.D. alcanzara la siguiente conclusión lógica:

—La ayudaste, ¿verdad? Recogiste a Tessa Leoni esta tarde y te la llevaste del lugar donde enterró a su hija. Le has dado ayuda y apoyo a una fugitiva. ¿Por qué? Lo digo en serio. —D.D. hizo un gesto señalando la bonita casa recién pintada con su alegre colección de juguetes de bebé—. ¿Por qué demonios poner en riesgo todo esto?

—Ella no lo hizo —dijo Juliana.

D.D. arqueó una ceja.

—¿Exactamente cuándo te tomaste la píldora de la estupidez y cuándo pasan sus efectos?

La barbilla de Juliana se alzó.

—No soy la idiota aquí. ¡Lo es usted!

—¿Por qué?

—Es lo que hacen —estalló Juliana en un torrente amargo—. La policía. Los polis. Miran, pero no ven. Preguntan, pero nunca escuchan. Hace diez años lo jodieron todo. ¿Por qué ahora debería ser diferente?

D.D. se quedó mirando a la joven madre, sorprendida por la violencia del estallido. En ese momento, D.D. lo entendió todo. Lo que el marido había dicho fuera. La inexplicable disposición de Juliana para ayudar a la mujer que había destruido a su familia hacía diez años. Su persistente rabia con la policía.

D.D. dio un paso hacia delante, y luego otro. Se puso en cuclillas hasta que estuvo al nivel de los ojos de Juliana y pudo ver los rastros de lágrimas en las mejillas de la mujer.

—Dinos, Juliana. ¿Quién disparó a tu hermano aquella noche? Es la hora de contarlo. Así que habla, y te prometo que te vamos a escuchar.

—Tessa no tenía el arma —susurró Juliana Howe—. Ella la trajo por mí. Porque yo se lo pedí. Ella no tenía la pistola. Ella nunca tuvo la pistola.

—¿Quién disparó a Tommy, Juliana?

—Yo. Disparé a mi hermano. Y lo siento, pero ¡lo volvería a hacer!

Ahora que por fin la presa se había abierto, Juliana confesó el resto de la historia entre sollozos. La primera noche que su hermano había llegado a casa y la había agredido sexualmente. Cómo había llorado a la mañana siguiente y le había pedido perdón. Estaba borracho, no sabía lo que hacía. Por supuesto que nunca lo haría de nuevo... Por favor, no se lo digas a mamá y a papá.

Había accedido a mantener el secreto, solo que después la había violado una y otra vez. Hasta media docena de veces, y ya no estaba borracho ni se disculpó. Le dijo que era culpa suya. Si no usara ese tipo de ropa, si no se paseara delante de sus narices...

Así que empezó a usar ropa más holgada y dejó de peinarse y de maquillarse. Y tal vez eso ayudó, o tal vez fue solo porque él se fue a la universidad, donde resultó que había encontrado a un montón de chicas nuevas a las que violar. La dejó en paz. Excepto los fines de semana.

Ella perdió su capacidad para concentrarse en la escuela, siempre tenía oscuras bolsas bajo los ojos porque, si era viernes, Tommy podría volver a casa, por lo que tenía que estar alerta. Puso un cerrojo en su habitación. Dos semanas más tarde, al volver a casa se encontró la puerta del cuarto hecha astillas.

—Lo siento muchísimo —había dicho Tommy durante la cena—. No debería haber estado corriendo por el pasillo.

—Y sus padres le habían sonreído porque era su hijo mayor y lo adoraban.

Un lunes por la mañana Juliana no pudo más. Fue a la escuela, comenzó a llorar, no podía parar. Tessa se la llevó a la última cabina del cuarto de baño de las chicas, y se quedaron allí hasta que Juliana dejó de llorar y empezó a hablar.

Juntas, las dos chicas idearon un plan. El padre de Tessa tenía una pistola. Ella la conseguiría.

—No es que preste nunca mucha atención —había dicho Tessa con un encogimiento de hombros—. No puede ser tan difícil.

Así que Tessa cogería el arma y la llevaría la noche del viernes. Celebrarían una fiesta de pijamas. Tessa montaría guardia. Cuando Tommy apareciera, Juliana sacaría la pistola.

Le apuntaría y le diría que, si alguna vez la volvía a tocar, le dispararía en las pelotas.

Las chicas practicaron la frase varias veces. Les gustó.

Había tenido sentido, acurrucadas en una cabina del baño. Tommy, como cualquier matón, necesitaba que le hicieran frente, entonces él se acobardaría y Juliana estaría a salvo de nuevo.

Había tenido sentido.

Para el jueves, Tessa ya tenía el arma. El viernes por la noche, se acercó a la casa y se la dio a Juliana.

Luego se sentaron juntas en el sofá y, un poco nerviosas, comenzaron su maratón de películas.

Tessa se había quedado dormida en el suelo. Juliana, en el sofá. Pero ambas se habían despertado cuando Tommy llegó a casa.

Para variar, no se fijó en su hermana. En su lugar, mantuvo su mirada pegada al pecho de Tessa.

—Igual que las manzanas maduras —había dicho, ya lanzándose a por ella cuando Juliana triunfalmente sacó la pistola.

Apuntó a su hermano. Le gritó que se fuera. Que las dejara a ella y a Tessa en paz, *o de lo contrario...*

Pero Tommy se había quedado mirándola y había comenzado a reírse.

—¿*O qué?* ¿Sabes siquiera cómo disparar esa cosa? Yo de ti quitaría el seguro.

Juliana había levantado la pistola para comprobarlo. En ese momento Tommy se había abalanzado sobre ella, intentando coger el arma.

Tessa estaba gritando. Juliana estaba gritando. Tommy estaba gruñendo y tirando del pelo de Juliana.

La pistola entre ellos. La pistola disparándose.

Tommy tambaleándose, mirando su pierna.

—Perra —le había dicho su hermano. Eso fue lo último que le dijo—. Perra —le había dicho una vez más, después se había caído y, poco a poco, se había muerto.

Juliana había entrado en pánico. No había querido... Sus padres, por Dios, sus padres...

Le había dado la pistola a Tessa. Esta tenía que llevársela. Tessa tenía que... correr..., simplemente irse. *Fuera fuera fuera.*

Eso hizo Tessa. Y esas fueron las últimas palabras que Juliana le había dicho a su mejor amiga. *Fuera fuera fuera.*

Cuando Tessa llegó a su casa, la policía estaba llegando a la de Juliana. Esta podría haber admitido lo que había hecho. Podría haber confesado lo que su hermano era realmente. Pero su madre gritaba histérica y su padre estaba en estado de shock y ella no podía hacerlo. Simplemente no podía hacerlo.

Juliana había susurrado el nombre de Tessa a la policía y, rápidamente, la ficción se convirtió en realidad. Tessa había disparado a su hermano.

Y Tessa nunca lo desmintió.

—Habría confesado —dijo Juliana ahora—. Si hubieran ido a juicio, si Tessa realmente se hubiera visto en un lío... yo lo habría confesado. Solo que empezaron a aparecer las otras chicas con sus historias y se hizo evidente que Tessa nunca se enfrentaría a cargos. El fiscal del distrito dijo que era un uso justificado de la fuerza.

»Me imaginé que iba a estar bien. Y mi padre, para entonces, ya era una ruina. Si no podía aceptar que Tommy hubiera asaltado a otras mujeres, ¿cómo podría creer lo que Tommy me había hecho a mí? Parecía mejor mantener la boca cerrada. Solo que... cuanto más tiempo pasaba sin contarlo, más difícil se hacía. Yo quería ver a Tessa, pero no sabía qué decir. Yo quería que mis padres supieran lo que había pasado, pero no sabía cómo decírselo.

»Dejé de hablar. Literalmente. Durante todo un año. Y mis padres ni siquiera lo notaron. Estaban tan ocupados con sus propias crisis nerviosas que ni se molestaron con la mía. Luego Tessa desapareció; oí que su padre la había echado de casa. Ella nunca me lo dijo. No vino a despedirse. A lo mejor ella tampoco podía hablar. Nunca lo supe. Hasta que usted apareció ayer por la mañana, no sabía que se había convertido en policía, no sabía que se había casado y no sabía que tenía una hija llamada Sophie. Es mi segundo nombre. Le puso a su hija mi nombre. Después de todo lo que le hice, le puso a su hija mi nombre...

—La hija que ahora está muerta —dijo D.D. sin rodeos.

—¡Se equivoca! —Juliana negó con la cabeza.

—Tú eres la que se equivoca, Juliana: hemos visto el cuerpo. O al menos los pedazos después de que ella lo hiciera estallar.

Juliana palideció, luego sacudió la cabeza de nuevo.

—Se equivoca —insistió tercamente.

—Claro, y no es como si esto viniera de una mujer cuya familia es especialista en negar la evidencia...

—Usted no conoce a Tessa.

—Durante los últimos diez años, tú tampoco.

—Es inteligente. Autosuficiente. Pero ella no le haría daño a un niño, no después de lo sucedido con su hermano.

Bobby y D.D. se miraron.

—¿Hermano? —dijo D.D.

—Un bebé muerto. Eso es lo que desgarró a su familia, años antes de que yo la conociera. Su madre cayó en una profunda depresión, probablemente debería haber sido ingresada, pero ¿qué sabía la gente entonces? Su madre vivía en el dormitorio. Nunca salía y, desde luego, nunca atendía a Tessa. Su padre lo hizo lo mejor que pudo, aunque no era exactamente el mejor cuidador. Pero Tessa los amaba. Ella trató de hacerse cargo de ellos, a su manera. Y quería a su hermano pequeño, también. Un día, celebramos un funeral para él, solo ella y yo, y ella lloró, lloró sin consuelo, porque era lo único que en su casa nunca se le permitía hacer.

D.D. contempló a Juliana.

—Sabes, podrías haberme contado todo esto mucho antes.

—Bueno, podría usted haberse dado cuenta antes. Policías... ¿Tienen que ser las víctimas las que hagan todo el trabajo?

D.D. se crispó. Bobby le colocó rápidamente una mano en el brazo.

—¿Adónde la llevaste? —preguntó él en voz baja.

—No sé de lo que está hablando —contestó Juliana.

—Recogiste a Tessa. Ya has admitido que...

—No. Yo no. Su compañera ha dicho que yo la recogí. Yo nunca he dicho tal cosa.

D.D. apretó los dientes.

—¿Así que esa es la forma en la que quieres jugar?

Señaló al suelo cubierto de juguetes.

—Te podemos llevar a la comisaría. Requisar tu coche. Vamos a despedazarlo mientras te pudres detrás de los barrotes. ¿Qué edad tiene tu niño? Porque no sé si a los bebés se les permiten las visitas en la cárcel.

—Tessa me llamó la noche del lunes poco después de las nueve —declaró Juliana desafiante—. Me dijo: «¿Para qué están los amigos?». Yo dije: «¿Tessa?», porque me sorprendió oír su voz después de todos estos años. Ella dijo que me volvería a llamar. Luego colgó. Eso es todo lo que nos hemos dicho, y la única relación que he tenido en los últimos diez años con Tessa Leoni. Si usted quiere saber por qué me llamó, lo que quería decir, o si quiere tener más contacto, tendrá que preguntarle a ella.

D.D. estaba asombrada, atónita de verdad. ¿Quién iba a suponer que la amiga de Tessa mentía tan bien?

—Un solo cabello en tu coche, y estás jodida —dijo D.D.

Juliana se llevó las manos a la cara.

—Ay, Dios mío, lo siento. ¿He mencionado que he pasado la aspiradora? Ah, y el otro día leí el mejor truco para lavar el coche. Se trata de amoniaco...

D.D. se quedó mirando al ama de casa.

—Te voy a detener solo por eso —dijo finalmente.

—Entonces hágalo.

—Tessa disparó a su marido. Arrastró su cuerpo hacia el garaje y lo cubrió de nieve —le espetó D.D. con rabia—. Tessa mató a su hija, llevó su cuerpo al bosque y le metió explosivos suficientes para derribar al equipo de recuperación. Esta es la mujer que estás tratando de proteger.

—Esta es la mujer que usted *creía* que había matado a mi hermano —la corrigió Juliana—. Y estaba equivocada acerca de eso. No es tan difícil creer que esté equivocada con el resto también.

—No nos hemos... —D.D. comenzó, pero luego se detuvo. Frunció el ceño. Se le ocurrió algo, una duda que la corroía desde que habían estado en el bosque.

Oh, mierda

—Tengo que hacer una llamada telefónica —dijo bruscamente—. Tú. Quédate. Sentada. Si te apartas un paso del sofá, arrestaré a tu culo.

Luego hizo una seña a Bobby y le llevó al porche, donde sacó su teléfono móvil.

—¿Qué...? —comenzó él a decir, pero ella levantó una mano para silenciarlo.

—¿Oficina del médico forense? —habló por el micrófono—. Llama a Ben. Sé que está trabajando. ¿Acerca de qué diablos te crees que estoy llamando? Dile que soy la sargento Warren, porque te apuesto cien dólares a que está sobre un microscopio en este momento, pensando: «Oh, mierda».

34

El taller de mi padre nunca había sido muy impresionante, y diez años no lo habían mejorado. Un edificio tipo bloque de hormigón, con la pintura exterior del color de la nicotina y descascarillada en enormes trozos. La calefacción siempre había sido poco fiable; en el invierno, mi padre trabajaba debajo de los coches abrigado como para salir a la nieve. La fontanería no era mucho mejor. Hacía mucho tiempo, había habido un inodoro que funcionaba. Pero mi padre y sus amigos en general meaban en la valla. Típico de los hombres, marcar el territorio.

Había dos ventajas del negocio de mi padre, sin embargo: en primer lugar, un montón de coches usados a la espera de ser reparados y vendidos; en segundo lugar, un soplete de acetileno, perfecto para cortar metal y, casualmente, quemar teléfonos.

La puerta principal estaba cerrada con llave. Lo mismo ocurría con el compartimento del garaje. La puerta trasera, sin embargo, estaba abierta. Seguí el resplandor de la solitaria bombilla hasta la parte de atrás del taller, donde mi padre estaba sentado en un taburete, fumando un cigarrillo y mirando cómo me acercaba.

Una botella medio vacía de Jack Daniels descansaba detrás de él sobre el banco de trabajo. Había tardado años en darme cuenta de cuánto podía llegar a beber mi padre. De que no nos íbamos a la cama a las nueve solo porque mi padre se levantara temprano por la mañana, sino porque estaba demasiado borracho para continuar con su día.

Cuando di a luz a Sophie, esperé que me ayudara a comprender a mis padres y su dolor sin fin. Pero no fue el caso. Incluso estando de luto por la pérdida de un bebé, ¿cómo pudieron dejar de sentir el amor de la hija que les quedaba? ¿Cómo pudieron simplemente dejar de verme?

Mi padre inhaló una última vez, y luego apagó el cigarrillo. Él no utilizaba un cenicero; su mesa de trabajo llena de cicatrices también servía para eso.

—Sabía que vendrías —dijo, hablando con el chirrido del fumador de toda la vida—. Acaban de anunciar que te has escapado en las noticias. Imaginé que acabarías aquí.

Así que la sargento Warren había asumido su error. Bien por ella.

No hice caso de mi padre y me dirigí hacia el soplete de acetileno.

Mi padre todavía estaba vestido con su mono manchado de gasolina. Incluso desde esa distancia pude ver que sus hombros seguían siendo anchos, su pecho, musculoso. Pasar todo el día trabajando con los brazos por encima de la cabeza consigue eso en un hombre.

Si quería detenerme, tenía la fuerza bruta de su lado.

Ese pensamiento hizo que mis manos temblaran mientras llegaba a los tanques de acetileno. Cogí las gafas de seguridad de su gancho y empecé a prepararlo todo. Llevaba puestos los guantes oscuros que Juliana me había dado. Tuve que quitármelos el tiempo suficiente como para desmontar el teléfono móvil: deslizar la tapa, retirar la batería.

Entonces me puse los guantes negros de nuevo y, por encima, otros de trabajo. Coloqué la bolsa de lona junto a la pared, después, el teléfono móvil en medio del suelo de cemento, la mejor superficie cuando se trabaja con un soplete que puede cortar el acero como un cuchillo la mantequilla.

Cuando tenía catorce años, me había pasado todo un verano trabajando en el establecimiento de mi padre. Ayudando a cambiar el aceite, a reemplazar las bujías, a rotar los neumáticos. Una de mis ideas equivocadas: si mi padre no se interesaba por mi mundo, tal vez yo debería tener interés en el suyo.

Trabajamos codo con codo durante todo el verano, él ladrando órdenes con su voz profunda y retumbante. A continuación, en su tiempo de descanso, se retiraba a su oficina cubierta de polvo y me dejaba sola en el garaje para comer. No hubo momentos de agradable silencio entre padre e hija, no hubo palabras de elogio. Me dijo qué hacer. Hice lo que me dijo. Eso fue todo.

A finales del verano, me había dado cuenta de que mi padre no era hablador y de que probablemente nunca me querría.

Lo bueno es que tuve a Juliana en su lugar.

Mi padre permaneció en el taburete. Con el cigarrillo acabado, se había pasado al Jack Daniels, y bebía de un viejo vaso de plástico.

Bajé mis gafas de seguridad, encendí la antorcha y fundí el teléfono del agente Fiske hasta convertirlo en un pequeño bulto negro de plástico inútil.

No quería hacerlo, no sabía cuándo la capacidad de hacer una llamada me podría ser útil. Pero no podía confiarme. Algunos teléfonos tenían GPS, lo que podría ser utilizado para hacerme un seguimiento. O, si hiciera una llamada, se podría triangular la señal. Por otra parte, no podía correr el riesgo de tirarlo simplemente porque, si la policía lo recuperaba, se podría rastrear mi llamada a Juliana.

De ahí el soplete de acetileno, el cual, tengo que decir, hizo el trabajo.

Lo apagué. Cerré los tanques, envolví la manguera y colgué los guantes de trabajo y las gafas de seguridad.

Arrojé el teléfono móvil derretido, ya frío, dentro de mi bolsa de lona para reducir mi rastro de pruebas. La policía estaría aquí muy pronto. Cuando persigues fugitivos siempre visitas todos los lugares del pasado y a los conocidos, lo que incluiría a mi padre.

Me enderecé y, cumplido mi cometido, finalmente me enfrenté a mi padre.

Los años habían pasado por él. Podía verlo ahora. Sus mejillas le colgaban, profundas arrugas le cruzaban la frente. Parecía derrotado. Un joven que había sido fuerte, desinflado por la vida y todos los sueños que nunca hizo realidad.

Quería odiarlo, pero no pude. Era el patrón de mi vida: amar a los hombres que no me merecían, y, sabiéndolo, desear su amor de todos modos.

Mi padre habló.

—Dicen que mataste a tu marido.

Empezó a toser y, de inmediato, le salieron flemas.

—Eso he oído.

—Y a mi nieta —dijo en tono acusador.

Eso me hizo sonreír.

—¿Tienes una nieta? Eso es gracioso, porque no recuerdo que mi hija haya recibido ni una visita de su abuelo. O un regalo por su cumpleaños, o en Navidades. Así que no me hables de nietos. Se cosecha lo que se siembra.

—Desalmada —dijo.

—Lo saqué de ti.

Posó el vaso con fuerza sobre la mesa. El ámbar líquido se derramó. Olí el whisky y mi boca se hizo agua. Olvidémonos de una pelea que no nos llevaría a ninguna parte. Podía coger una silla y beber con mi padre en su lugar. Tal vez eso era lo que él había estado esperando el verano de mis catorce años. No necesitaba que una niña trabajara con él, necesitaba que su hija bebiera con él.

Dos alcohólicos sentados juntos a la luz tenue de un taller venido a menos.

Entonces los dos hubiéramos fallado a nuestras hijas.

—Voy a coger un coche —le dije.

—Llamaré a la policía.

—Haz lo que tengas que hacer.

Me volví hacia el tablero junto a la mesa de trabajo, lleno de pequeños ganchos de los que colgaban llaves. Mi padre se bajó de su taburete y se quedó de pie delante de mí.

Un tipo duro, lleno con el falso coraje de su líquido amigo Jack. Mi padre nunca me había pegado. Mientras esperaba a que empezara ahora, no tenía miedo, simplemente estaba cansada. Conocía a este hombre, no solo como mi padre, sino como todos los imbéciles iguales a los que me enfrentaba cinco noches a la semana.

—Papá —me oí decir en voz baja—. Ya no soy una niña. Soy una agente de policía entrenada, y, si quieres detenerme, vas a tener que hacer algo mejor que esto.

—No crie a ninguna asesina de bebés —gruñó.

—No. No lo hiciste.

Frunció el ceño. Estaba tan bebido que le era difícil entenderme.

—¿Quieres que declare mi inocencia? —continué—. Lo intenté una vez antes. No funcionó.

—Mataste al chico de los Howe.

—No.

—La policía lo dijo.

—La policía comete errores, aunque me duela decirlo.

—¿Entonces por qué te convertiste en policía, si no son los buenos?

—Porque sí. —Me encogí de hombros—. Quiero servir. Y soy buena en mi trabajo.

—Hasta que mataste a tu marido y a la niña.

—No.

—La policía lo dijo.

—Y seguimos con eso.

Frunció el ceño de nuevo.

—Voy a coger un coche —repetí—. Voy a usarlo para dar caza al hombre que tiene a mi hija. Puedes discutir conmigo, o puedes decirme cuál de estos cacharros está más preparado para recorrer unos kilómetros. Ah, y algo de gasolina estaría genial. Detenerme en una gasolinera no me va muy bien ahora mismo.

—Tengo una nieta —terminó diciendo.

—Sí. Tiene seis años, su nombre es Sophie y está esperando que la rescate. Así que ayúdame, papá. Ayúdame a salvarla.

—¿Es tan dura como su madre?

—Dios, espero que sí.

—¿Quién se la llevó?

—Eso es lo primero que voy a averiguar.

—¿Cómo vas a hacerlo?

Sonreí, esta vez con gravedad.

—Digamos que el estado de Massachusetts invirtió una gran cantidad de recursos en mi formación, y estoy a punto de demostrar que fue un dinero bien empleado. Un coche, papá. No tengo mucho tiempo y tampoco lo tiene Sophie.

No se movió, simplemente se cruzó de brazos y me miró.

—¿Me estás mintiendo?

Yo no tenía ganas de discutir más. En lugar de ello, di un paso hacia delante, le pasé los brazos por la cintura y apoyé la cabeza contra su pecho. Él olía a tabaco, a aceite de motor y a whisky. Olía a mi infancia, y al hogar, y la madre que todavía echaba de menos.

—Te quiero papá. Siempre lo he hecho. Siempre lo haré.

Su cuerpo se sacudió. Un ligero temblor. Elegí creer que esa era su forma de decirme que también me quería. Sobre todo porque la alternativa me habría dolido demasiado.

Di un paso atrás. Descruzó los brazos, se acercó al tablero y me dio una sola llave.

—Camioneta Ford azul, en la parte de atrás. Muchos kilómetros, pero buen corazón. Con doble tracción. Vas a necesitarla.

Para conducir por la carretera nevada. Perfecto.

—Las latas de gasolina están al lado de la pared. Tú misma.

—Gracias.

—Tráela —dijo de repente—. Cuando la encuentres, cuando... la traigas de vuelta. Quiero... Quiero conocer a mi nieta.

—Puede —dije.

Se sorprendió de mi vacilación, me miró.

Tomé la llave y le devolví la mirada con calma.

—De un alcohólico a otro: tienes que dejar de beber, papá. Entonces veremos.

—Desalmada —murmuró.

Sonreí por última vez, y luego le di un beso en la curtida mejilla.

—Lo saqué de ti —susurré.

Cogí la llave y la bolsa de lona, y me fui.

35

Por qué la escena del bosque fue tan horrible? —estaba diciendo D.D. quince minutos más tarde. Respondió a su propia pregunta—: Porque qué tipo de madre mataría a su propia hija y después volaría el cuerpo. ¿Qué clase de mujer podría hacer tal cosa?

Bobby, de pie junto a ella en el porche de Juliana Howe, asintió.

—Una distracción. Necesitaba ganar tiempo para escapar.

D.D. se encogió de hombros.

—En realidad, no. Ya estaba a solas con el agente Fiske y se encontraban a bastante distancia del equipo de búsqueda. Podría haber reducido fácilmente a Fiske sin todo eso y todavía tener unos buenos treinta minutos de ventaja. Y por eso hacer explotar los restos de una niña nos parece tan horrible: es gratuito. ¿Por qué hacer una cosa tan terrible?

—Está bien, te lo pregunto: ¿por qué hacer algo así?

—Porque necesitaba los huesos fragmentados. No podía permitirse que encontráramos los restos *in situ*. Entonces hubiera sido muy obvio que el cuerpo no pertenecía a un niño.

Bobby se quedó mirándola.

—¿Perdona? Los pedazos de ropa de color rosa, los pantalones vaqueros, el hueso de la costilla, el diente...

—Puso la ropa junto al cuerpo. El hueso de la costilla es de la medida aproximada del de un niño de seis años... o de un perro grande. Ben acaba de pasar mucho tiempo en el laboratorio inspeccionando los fragmentos de hueso. Esos huesos no son humanos. Son caninos. Tamaño correcto. Especie equivocada.

Bobby la miró con sorpresa.

—Joder —dijo, un hombre que casi nunca maldecía—. El pastor alemán. El perro de Brian Darby, que falleció. ¿Tessa enterró *ese* cuerpo?

—Aparentemente. De ahí el fuerte olor a descomposición en el Denali blanco. Una vez más, de acuerdo con Ben, el tamaño y la longitud de muchos huesos de un perro grande se corresponderían con un niño de seis años, edad humana. Por supuesto, el cráneo no coincide, ni tampoco los detalles de menor importancia como la cola y las patas. Un esqueleto canino intacto, por lo tanto, nunca se confunde con el de un humano. Los fragmentos de huesos revueltos, sin embargo... Ben se disculpa por su error. Le da un poco de vergüenza, si te digo la verdad. Ha pasado bastante tiempo desde la última vez que ha tenido que vérselas con semejante escenario del crimen.

—Espera un segundo. —Bobby levantó una mano en señal de advertencia—. Los perros de búsqueda, ¿te acuerdas? No hubieran buscado restos no humanos. Sus narices y su formación son de lo mejor.

D.D., de repente, sonrió.

—Muy inteligente —murmuró—. ¿No es eso lo que dijo Juliana? Tessa Leoni es muy inteligente, hay que concedérselo.

»Los dos dientes —informó a Bobby— y también tres tampones con sangre, recuperados de la escena después de que nos fuimos. Ben suministra los materiales de entrenamiento

Y YO A TI MÁS

utilizados por los equipos de búsqueda y salvamento. Según él, los entrenadores son bastante creativos en la búsqueda de «cadáveres», ya que la posesión de personas fallecidas es ilegal. Resulta que los dientes son huesos. Así que buscan la manera de conseguir los dientes de la clínica de un dentista local, y los utilizan para entrenar a los perros. Lo mismo pasa con los tampones usados. Tessa ocultó un cuerpo de perro, pero adornó el lugar con «olor a cadáver»: los dientes de leche de su hija y productos de higiene femenina.

—Es repugnante —dijo Bobby.

—Es ingenioso —le rebatió D.D.

—¿Pero por qué?

D.D. tuvo que pensarlo.

—Porque sabía que la culparíamos. Esa ha sido su experiencia, ¿verdad? Ella no disparó a Tommy Howe, pero la policía asumió que lo hizo. Es decir, teníamos razón: la primera experiencia de hace diez años ha determinado su experiencia de ahora. Otra vez ha sucedido algo terrible en el mundo de Tessa Leoni. Su primer instinto es que va a cargar con la culpa. Solo que esta vez probablemente sí la van a detener. Así que pone en escena un elaborado plan para salir de la cárcel.

—¿Pero por qué? —repitió Bobby—. Si no ha hecho nada, ¿por qué no decirnos la verdad? ¿Por qué... complicarse tanto? Ella ahora es policía. ¿No debería tener más fe en el sistema?

D.D. arqueó una ceja.

Él suspiró.

—Tienes razón. Hemos nacido cínicos.

—Pero ¿por qué no hablar con nosotros? —continuó D.D.—. Vamos a pensar en eso. Hace diez años dimos por sentado que Tessa disparó a Tommy Howe. Estábamos equivocados. Hemos dado por sentado que disparó a su marido,

Brian, la mañana del sábado. Bueno, tal vez nos hemos equivocado en eso también. Es decir, puede que lo hiciera otra persona. Esa persona mató a Brian y secuestró a Sophie.

—¿Por qué iban a matar al marido, pero secuestrar a la niña? —preguntó Bobby.

—Para tener poder sobre ella —le contestó D.D. inmediatamente—. Esto tiene que ver con las apuestas. Brian les debe demasiado dinero. En lugar de darle una paliza a él, el eslabón más débil, deciden ir a por Tessa. Disparan a Brian para demostrar que van en serio y secuestran a Sophie. Tessa puede recuperar a su hija si paga. Así que Tessa se dirige al banco, saca cincuenta de los grandes...

—Está claro que no es suficiente —comentó Bobby.

—Exacto. Necesita más dinero, pero también tiene que lidiar con el hecho de que su marido ha muerto, y el disparo proviene de su pistola, como confirmó balística.

Los ojos de Bobby se abrieron.

—Estaba en la casa —dijo de repente—. Es la única forma de que hayan podido disparar a Brian con su arma. Tessa estaba en la casa. Tal vez incluso entró en ese momento y se encontró con la situación. Alguien ya se ha llevado a su hija. ¿Qué puede hacer ella? El hombre le exige que le dé la Sig Sauer y entonces...

—Dispara a Brian —susurró D.D.

—Está jodida —continuó Bobby en voz baja—. Sabe que está jodida. Su marido está muerto, ha sido con su pistola, su hija ha sido secuestrada, y ella ya tiene un historial previo. ¿Cuáles son las probabilidades de que alguien la crea? Aunque dijera: «Eh, unos mafiosos han matado a mi marido ludópata con mi arma reglamentaria y ahora necesito vuestra ayuda para rescatar a mi hija...».

—Yo no me lo creería —dijo D.D. muy seria.

—Los policías nacimos siendo cínicos —repitió Bobby.

—Así que empieza a pensar —continuó D.D.—. La única manera de recuperar a Sophie es obtener el dinero, y la única manera de conseguir el dinero es permanecer fuera de la cárcel.

—Lo que significa que necesita planificar los siguientes pasos —aportó Bobby.

D.D. frunció el ceño.

—Por lo tanto, según lo que pasó con Tommy, la opción A es alegar defensa propia. Eso puede ser difícil, puesto que el abuso conyugal es una defensa afirmativa, por lo que decide que también necesita una red de seguridad. La opción A será la defensa propia y la opción B, esconder los huesos del perro en el bosque y declarar que son los restos de su hija. Si el plan A no funciona y ella termina siendo arrestada, entonces puede escapar utilizando el plan B.

—Inteligente —comentó Bobby—. Como dijo Juliana, autosuficiente.

—Complicado. —D.D. tenía el ceño fruncido—. Sobre todo teniendo en cuenta que ella ahora es una fugitiva, por lo que le es mucho más difícil obtener dinero y rescatar a Sophie. ¿Arriesgarías tanto cuando es la vida de tu hija la que está en juego? ¿No le sería más fácil pedir nuestra ayuda? ¿Conseguir que siguiéramos a los mafiosos, que rescatáramos a Sophie, incluso aunque la hubiéramos detenido primero?

Bobby se encogió de hombros.

—Tal vez, como Juliana, no tiene una gran opinión del resto de policías.

Pero a D.D. se le ocurrió otra cosa.

—Tal vez —dijo lentamente—, porque otro policía es parte del problema.

Bobby la miró, y D.D. pudo percibir cómo ataba cabos.

—¿Quién le pegó? —preguntó D.D. ahora—. ¿Quién le pegó tan fuerte que durante las primeras veinte horas ni siquiera podía sostenerse en pie? ¿Quién estuvo presente todo el tiempo que permanecimos en su casa el domingo por la mañana, con la mano en su hombro? Pensé que estaba mostrando su apoyo. Pero tal vez le estaba recordando que se callara.

—El agente Lyons.

—El «amigo» solícito que le fracturó el pómulo e introdujo a su marido en el mundo del juego. Tal vez porque Lyons ya estaba pasando a su vez bastante tiempo en el Foxwoods.

—El agente Lyons no es parte de la solución —murmuró Bobby—. El agente Lyons es el corazón del problema.

—¡Vamos a por él! —dijo D.D.

Ella ya estaba dando el primer paso cuando Bobby la agarró del brazo, atrayéndola hacia él.

—D.D., ¿sabes lo que significa esto?

—¿Que finalmente puedo arrestar al agente Lyons?

—No, D.D. Sophie Leoni. Todavía podría estar viva. Y el agente Lyons sabe dónde está.

D.D. se quedó quieta. Sintió un destello de emoción.

—Entonces, escúchame, Bobby. Tenemos que hacer esto bien, y tengo un plan.

36

A la vieja Ford no le gustaba cambiar de marchas ni frenar. Afortunadamente, dada la alerta de tormenta y lo tarde que era, los caminos estaban en su mayoría vacíos. Pasé junto a varias máquinas quitanieves, un par de vehículos de emergencias y varios coches de policía atendiendo a su tarea. Mantuve los ojos al frente y el velocímetro, en el límite exacto de velocidad. Vestida de negro, con la gorra de béisbol calada sobre mi frente, todavía me sentía muy expuesta volviendo de nuevo a Boston, hacia mi hogar.

Pasé despacio por delante de mi casa. Los faros del coche alumbraron la cinta de la escena del crimen, un amarillo que destacaba llamativamente contra la nieve blanca y limpia.

La casa se veía y se sentía vacía. Un anuncio andante de que algo malo había pasado ahí.

Seguí adelante hasta que encontré aparcamiento en el parking vacío de un supermercado.

Cogí la bolsa e hice el resto del camino a pie.

Me movía más rápidamente ahora. Quería que el manto de la oscuridad me cubriera, pero no estaba encontrando mucha en una ciudad generosamente salpicada con farolas y resplandecientes letreros luminosos. Una manzana a la derecha, otra a la izquierda, y me estaba aproximando a mi objetivo.

El coche patrulla de Shane estaba aparcado frente a su casa. Eran las once menos cinco, lo que significaba que en cualquier momento se iría a trabajar.

Me agaché detrás del maletero, donde podía fundirme con la sombra que el vehículo proyectaba en el charco de luz de la farola.

Tenía las manos frías, incluso con guantes. Me soplé los dedos para mantenerlos calientes, no podía permitirme el lujo de estar torpe. Solo tenía una oportunidad para esto. O lo conseguía o no.

Mi corazón latía con fuerza. Me sentí un poco mareada y se me ocurrió de pronto que no había comido desde hacía al menos doce horas. Ahora ya era muy tarde. La puerta principal se abrió. Las luces del patio se encendieron. Shane apareció.

Su esposa, Tina, estaba detrás de él con una mullida bata rosa. Le dio un beso rápido en la mejilla, despidiendo a su hombre para que se fuera a trabajar. Sentí una punzada. La aplasté.

Shane bajó el primer escalón, después el segundo. La puerta se cerró tras él, Tina no esperó a que se fuera del todo.

Solté el aliento que no había notado que estaba conteniendo y empecé con la cuenta atrás en mi cabeza.

Shane descendió las escaleras y atravesó el camino de entrada, las llaves tintineando en su mano. Llegó a su coche patrulla, metió la llave en la cerradura, la giró, abrió la puerta.

Me abalancé desde detrás del vehículo y le puse la Glock en el cuello.

—Una palabra y estás muerto.

Shane permaneció en silencio.

Cogí su arma reglamentaria. Después, los dos nos subimos a su coche patrulla.

Le hice sentarse en la parte trasera, lejos de la radio y del panel de instrumentos. Me coloqué en el asiento del conductor, la división de seguridad corrediza abierta entre nosotros. Mantuve la Glock en mi lado de la barrera a prueba de balas, lejos del alcance de Shane, mientras le apuntaba directamente. Lo habitual es que los policías apunten al torso, el objetivo más grande. Dado que Shane ya llevaba chaleco antibalas, me concentré en su cabeza.

Le ordené que me pasara su teléfono, su cinturón de servicio y su busca. Apilé todo en el asiento del pasajero y seleccioné las esposas, que volví a darle para que se las pusiera.

Con el sujeto asegurado, pude apartar mi vista el tiempo suficiente para arrancar el motor del coche. Podía sentir su cuerpo tensarse, preparándose para algún tipo de acción.

—No seas estúpido —dije secamente—. Te debo una, ¿recuerdas? —Hice un gesto hacia mi cara llena de hematomas. Se hundió en el asiento de nuevo, las manos esposadas en su regazo.

El motor del coche cobró vida. Si la mujer de Shane miraba por la ventana, solo iba a ver a su marido calentando el coche patrulla mientras hablaba con la oficina, tal vez incluso enviando unos pocos mensajes.

Un retraso de cinco a diez minutos no sería demasiado inusual. Más allá de ese tiempo podría preocuparse, incluso podría salir de la casa para investigar. Es decir, yo no tenía mucho margen para esta conversación.

Todavía tenía que conseguir algo de información.

—Deberías haberme pegado más —dije, girándome y prestando a mi antiguo compañero toda mi atención—. ¿De verdad creías que una conmoción cerebral sería suficiente para dejarme en el suelo?

Shane no dijo nada. Sus ojos estaban posados en la Glock, no en mi cara magullada.

Me sentía cada vez más cabreada. Quería arrastrarme a través de la estrecha abertura de la barrera de seguridad y golpear a ese hombre con la pistola media docena de veces, antes de terminar con él con las manos desnudas.

Había confiado en Shane, mi compañero. Brian había confiado en él, su mejor amigo. Y nos había traicionado a los dos.

Le había llamado el sábado por la tarde, después de pagar al sicario. Mi última esperanza en un mundo que se estaba desintegrando rápidamente, o eso había pensado. Por supuesto, me habían dicho que no me pusiese en contacto con la policía. Por supuesto, me habían dicho que me mantuviera callada *o de lo contrario...* Pero Shane no era solo colega. Él era mi amigo, era el mejor amigo de Brian. Él me ayudaría a salvar a Sophie.

En cambio, su voz fría, totalmente desprovista de emoción al otro extremo del teléfono: «No sigues las instrucciones demasiado bien, ¿verdad, Tessa? Cuando estos chicos te dicen que te calles, te *callas*. Ahora deja de intentar que nos maten a todos y haz lo que te han dicho que hagas».

Resultó que Shane ya sabía que Brian estaba muerto. Había recibido sus propias instrucciones, y entonces me lo contó todo: Brian era un maltratador. En el calor del momento, había ido demasiado lejos y yo le había disparado en defensa propia. ¿Que no había evidencia de asalto físico? No te preocupes, Shane te ayuda con eso. Balbucí que me habían concedido veinticuatro horas para prepararme para el regreso de Sophie. Bien, me había dicho de manera cortante. Vendría a primera hora de la mañana. Una paliza sin importancia, y después llamaríamos a emergencias juntos, Shane a mi lado en cada paso del camino. Shane vigilándome e informando.

Por supuesto, me di cuenta entonces. Shane no era solo el amigo de Brian, era su socio de andanzas. Y ahora tenía que proteger su propio pellejo a cualquier precio. Incluso si eso implicaba sacrificarnos a Brian, a Sophie y a mí.

Yo estaba jodida y la vida de mi hija en juego. Es increíble lo claras que tienes las cosas cuando tu hija te necesita. Cómo cubrir el cadáver de tu esposo con paladas de nieve tiene todo el sentido del mundo. Y sacar el cadáver de Duke del cobertizo del patio trasero, donde Brian había almacenado el cuerpo mientras esperaba el deshielo de la primavera. Y buscar cómo se hacían bombas en internet...

Abandoné la negación. Abracé el caos. Y supe que yo era una persona mucho más implacable de lo que había creído.

—Sé lo del dinero —le dije a Shane. A pesar de que estaba intentando permanecer calmada, pude sentir mi rabia de nuevo. Recordé el primer impacto del puño de Shane en mi cara. La forma en que me había mirado mientras me caía al suelo ensangrentado de la cocina. El minuto interminable en que me di cuenta de que me podía matar, y entonces no habría nadie para salvar a Sophie. Había llorado. Había rogado. Eso era lo que mi «amigo» me había hecho.

Ahora la mirada de Shane se encontró con la mía, con un gesto de sorpresa.

—¿Creías que no me iba a enterar nunca? —le dije—. ¿Por qué si no me exigiste toda esta farsa de haber matado a mi propio marido? Porque tú y tus socios me queríais fuera del camino. Querías destruir mi credibilidad y entonces incriminarme por el robo. Tus amigos mafiosos no están interesados en mi dinero. Me estás utilizando para cubrir tus pistas, quieres que cargue con la culpa del dinero que *tú* robaste del sindicato de la policía. Ibas a culparme de todo. *¡De todo!*

No dijo ni una palabra.

—¡Eres un hijo de puta! —exploté—. Si yo iba a prisión, ¿qué pasaría con Sophie? Firmaste su sentencia de muerte, imbécil. ¡Has matado a mi hija!

Shane palideció.

—No..., no. Nunca habría llegado tan lejos.

—¿*Tan lejos*? *Robaste* del sindicato de policía. Has jodido a tus amigos, tu trabajo y tu familia. ¿Eso no fue dejar que las cosas llegaran tan lejos?

—Fue idea de Brian —dijo Shane automáticamente—. Necesitaba el dinero. Había perdido demasiado... Dijo que le iban a matar. Yo solo estaba intentando ayudar. De verdad, Tessa. Ya sabes cómo era Brian. Yo solo estaba intentando ayudar.

En respuesta, agarré su cinturón de servicio con la mano izquierda, solté el táser y la alcé en la mano.

—Una mentira más, y bailarás para mí. ¿Me entiendes, Shane? ¡Deja de *mentirme*!

Tragó saliva, con una lengua nerviosa lamiendo la comisura de su boca.

—No... Ay, Dios —me dijo de repente—. Lo siento, Tessa. No sé cómo llegamos a esto. Al principio me gustaba ir con Brian a Foxwoods para mantenerlo bajo control. Lo que significaba, por supuesto, que de vez en cuando yo también jugaba. Entonces gané un par de veces. Quiero decir, *gané*. Cinco de los grandes, así como así. Compré a Tina un nuevo anillo. Ella lloró. Y me sentía... estupendo. Maravilloso. Como si fuera Superman. Así que, por supuesto, tuve que jugar de nuevo, solo que no siempre ganas. Pero ahora juegas más porque ahora lo necesitas. Es tu turno. Una buena partida, eso es todo lo que hace falta, una buena mano.

»Eso era lo que nos decíamos estas últimas semanas. Una tarde propicia en las mesas y todo cambiaría. Estaríamos bien. Un par de horas incluso. Solo con que hubieran sido unas horas buenas, todo habría vuelto a la normalidad.

—Robaste el dinero del sindicato. Vendiste tu alma a la mafia.

Shane me miró.

—Has de tener dinero para ganar dinero —dijo simplemente, como si fuera la explicación más lógica del mundo.

Tal vez para un jugador lo era.

—¿A quién le pidió prestado el dinero? ¿Quién disparó a Brian? ¿Quién se llevó a mi hija?

Se encogió de hombros.

—¡Que te jodan, Shane! Tienen a mi pequeña. ¡Vas a hablar o te vuelo la cabeza!

—¡Me matarán de todas formas! —me contestó, los ojos por fin con un destello de vida—. Nadie se mete con estos chicos. Ya me han enviado fotos: Tina en el supermercado, Tina yendo a yoga, Tina recogiendo a los niños. Siento lo de Brian. Siento lo de Sophie. Pero tengo que proteger a mi propia familia. Puede que sea un fracasado, pero todavía puedo hacer algo.

—Shane —le dije secamente—. No lo estás entendiendo. Voy a matarte. Después, voy a escribir la palabra «chivato» en tu pecho. Doy a Tina y a los niños unas cuarenta y ocho horas de vida más allá de eso. Probablemente menos.

Parpadeó.

—No lo harías...

—Piensa en lo lejos que has llegado por tus hijos y entiende que yo también lo haré.

Shane exhaló bruscamente. Se quedó mirándome, y me di cuenta por su mirada de que finalmente había comprendido la manera en la que todo esto iba a acabar. Quizás, al igual que yo, se había pasado los últimos días averiguando que realmente existían múltiples capas en el infierno y que no importaba cuánto hubieras caído, porque siempre había algún lugar más profundo y más oscuro al que ir.

—Si te doy un nombre —dijo bruscamente—, tienes que matarlo. Esta noche. Júramelo, Tessa. Que le matarás antes de que llegue a mi familia.

—Hecho.

—Los quiero —susurró Shane—. Soy un desgraciado, pero quiero a mi familia. Yo solo deseo que estén bien.

Era mi turno de permanecer en silencio.

—Siento lo de Brian, Tessa. En realidad, no pensé que iban a hacer eso. No pensé que le fueran a hacer daño. O que secuestraran a Sophie. Nunca debí haber jugado. No debería haber cogido ni una puta ficha.

—El nombre, Shane. ¿Quién mató a Brian? ¿Quién se llevó a mi hija?

Estudió mi rostro magullado y, por fin, hizo una mueca compasiva de dolor. Luego asintió con la cabeza, se sentó un poco más erguido, cuadró los hombros. Hacía tiempo, Shane había sido un buen policía. Hacía tiempo había sido un buen amigo. Tal vez estaba tratando de encontrar a esa persona de nuevo.

—John Stephen Purcell —me dijo—. Un sicario. Un tipo que trabaja para ellos. Encuentra a Purcell y él tendrá a Sophie. O al menos sabrá dónde está.

—¿Su dirección?

Vaciló.

—Quítame las esposas y te la doy.

Su pausa fue suficiente advertencia para mí. Negué con la cabeza.

—No tendrías que haber hecho daño a mi hija —dije en voz baja, cogiendo la Glock.

—Tessa, vamos. Te he dicho lo que necesitabas saber. —Agitó sus muñecas esposadas—. Por Dios, esto es una locura. Déjame ir. Te ayudaré a recuperar a tu hija. Encontraremos a Purcell juntos. Venga...

Sonreí, pero era una sonrisa triste. Shane hacía que todo pareciera tan fácil. Por supuesto, él me podría haber hecho esa misma oferta el sábado. Pero, en vez de eso, me había dicho que me sentara, me callara y, ah, sí, que el domingo por la mañana me pegaría una paliza.

Brian bueno. Brian malo.

Shane bueno. Shane malo.

Tessa buena. Tessa mala.

Tal vez, para todos nosotros, la línea entre el bien y el mal es más delgada de lo que debería ser. Y, tal vez, una vez que la línea ha sido cruzada, ya no hay vuelta atrás. Eras quien eras, y ahora eres quien eres.

—Shane —murmuré—. Piensa en tus hijos.

Pareció estar confuso, entonces lo entendió todo. Los policías que morían en el cumplimiento del deber podían dejar una pensión a sus familias, mientras que los policías que iban a la cárcel por malversación de fondos y actividades delictivas, no.

Como había dicho Shane, él era un desgraciado, pero todavía podía hacer algo.

El Shane bueno pensó en sus tres hijos. Y me di cuenta de cuando llegó a la conclusión lógica, porque sus hombros bajaron. Su rostro se relajó.

Shane Lyons me miró por última vez.

—Lo siento —susurró.

—Yo también —dije.

Entonces, apreté el gatillo.

Después saqué el coche patrulla del camino de entrada y conduje por la calle; lo aparqué detrás de un almacén oscuro, el tipo de lugar que un policía podría inspeccionar al detectar alguna actividad sospechosa. Fui a la parte de atrás, ignorando el hedor de la sangre; el cuerpo de Shane todavía estaba caliente y flexible.

Rebusqué en sus bolsillos y después en su cinturón de servicio. Descubrí un trozo de papel con unos dígitos que parecían coordenadas de GPS escondido al lado de su teléfono móvil. Utilicé el ordenador en el asiento delantero para buscarlas y después anoté la dirección.

Volví al asiento trasero y desaté las manos de Shane para volver luego a ponerle su cinturón de servicio. Le había hecho un favor disparándole con la Glock de Brian. Podría haber usado su propia Sig Sauer, en cuyo caso hubieran podido alegar que su muerte había sido un suicidio. Y Tina y los chicos no habrían recibido nada.

«Aún no soy tan dura», pensé. No me había convertido en una piedra.

Notaba las mejillas raras. Mi cara curiosamente entumecida.

Me concentré en lo que me traía entre manos. La noche era joven todavía, y tenía un montón de trabajo que hacer.

Rodeé el coche y abrí el maletero. Los agentes estatales siempre estaban preparados y Shane no me defraudó. Botellas de agua, media docena de barras de proteínas, e incluso algunas comidas preparadas. Eché la comida en mi bolsa de lona, la mitad de una barra de proteínas en la boca y después utilicé las llaves de Shane para abrir la caja fuerte de las armas.

Shane guardaba una escopeta Remington, un rifle M4, media docena de cajas de munición y un cuchillo.

Me lo llevé todo.

37

Bobby y D.D. estaban llegando a la casa de Lyons cuando oyeron la llamada: «Agente derribado, agente derribado, llamada a todos los agentes...».

Dijeron una dirección. D.D. la buscó en el ordenador. Palideció mientras el mapa aparecía en la pantalla delante de ella.

—Es justo al lado de la casa de Tessa —murmuró.

—Y del agente Lyons —dijo Bobby.

Se miraron el uno al otro.

—Mierda.

Bobby puso las luces y pisó el pedal. Fueron en el más completo silencio.

Cuando llegaron, las ambulancias y los coches de policía ya estaban bloqueando la escena. Un montón de agentes deambulaban, pero nadie parecía estar haciendo algo concreto. Lo que significaba una sola cosa.

Bobby y D.D. salieron del coche. El primer agente que encontraron era de la policía estatal, por lo que Bobby hizo los honores.

—¿Situación? —preguntó.

—Agente Shane Lyons, señor. Una sola herida de bala en la cabeza. —El joven policía tragó saliva—. Muerto, señor. Declarado en la escena. Nada que la ambulancia pudiera hacer.

Bobby asintió con la cabeza, mirando en la dirección de D.D.

—¿Estaba atendiendo una llamada? —preguntó.

—Negativo. No había empezado el servicio. El detective Parker —el chico hizo un gesto a un hombre vestido con un grueso abrigo de lana gris en la escena del crimen— dirige la investigación. Puede que deseen hablar con él, señor, señora.

Ellos asintieron, le dieron las gracias al muchacho y se acercaron.

Bobby conocía a Al Parker. Él y D.D. mostraron sus placas al agente encargado, pasaron por debajo de la cinta amarilla y se aproximaron al detective principal.

Parker, un hombre delgado y desgarbado, se enderezó al verlos llegar. Le tendió una mano enguantada y Bobby le presentó a D.D.

La nieve estaba empezando a caer más lentamente. Todavía quedaban unos centímetros en el pavimento, dejando al descubierto las huellas de todos los que habían ido a ayudar. Solo había unas de neumáticos, sin embargo. Ese fue el primer pensamiento de D.D. Otro vehículo hubiera dejado algún tipo de rastro, pero no vio nada.

Se lo dijo al detective Parker, quien asintió.

—Parece que el agente Lyons condujo hasta el edificio —dijo—. No estaba oficialmente de servicio todavía. Tampoco notificó ningún signo de actividad sospechosa...

El detective Parker dejó que esa frase se explicara por sí misma.

Los agentes siempre lo comunicaban todo. Estaba impreso en su ADN. Si iban a por café, al baño, o veían que estaban robando, siempre llamaban. Lo que implicaba que lo que había llevado al agente Lyons a ese destino no había sido profesional, sino personal.

—Un solo tiro —continuó el detective Parker—. Sien izquierda. Disparado desde el asiento delantero. El agente Lyons estaba en la parte de atrás.

D.D. se sobresaltó. Bobby, también.

Al ver sus miradas, el detective Parker les hizo un gesto para que le siguieran hasta el coche patrulla, que estaba con las cuatro puertas abiertas. Empezó con la mancha de sangre en el asiento trasero y luego describió la trayectoria del disparo.

—¿Llevaba puesto el cinturón de servicio? —preguntó Bobby con el ceño fruncido.

Parker asintió.

—Sí, pero hay marcas en sus muñecas que indican que estuvo esposado. Ya no tenía las esposas puestas cuando llegó el primer agente, pero en algún momento de esta noche esposaron las manos de Lyons.

A D.D. no le gustaba esa imagen: un agente esposado, sentado en la parte posterior de su coche patrulla, mirando el cañón de una pistola. Se arrebujó en su abrigo de invierno, sintiendo los copos de nieve posándose en sus pestañas.

—¿Su arma? —preguntó.

—La Sig Sauer está en su funda. Pero miren esto.

Parker les hizo dar la vuelta al coche patrulla para ir hasta el maletero. Estaba vacío. D.D. comprendió el significado al instante. Ningún poli, uniformado o no, llevaba el maletero vacío. Debería haber algunos suministros básicos, por no mencionar al menos un rifle o escopeta, o ambos.

Miró a Bobby para que lo confirmara.

—Una escopeta Remington y un fusil M4 suele ser lo habitual —murmuró, moviendo la cabeza—. Alguien estaba buscando armas.

Parker les observó, pero ni ella ni Bobby dijeron otra palabra. Sabían quién era ese alguien, una persona que conocía al agente Lyons, que podía llevarlo a su coche patrulla y que necesitaba desesperadamente armas.

—¿La familia del agente Lyons? —preguntó Bobby ahora.

—El coronel se acercó a notificárselo.

—Mierda —Bobby murmuró.

—Tres hijos. Mierda —estuvo de acuerdo Parker.

Sonó el móvil de D.D. No reconoció el número, pero era local, por lo que se excusó para ir a responder.

Un minuto más tarde, volvió donde estaban Bobby y Parker.

—Nos tenemos que ir —dijo ella, tocando a Bobby ligeramente en el brazo.

No le preguntó, no delante del otro detective. Se limitó a estrechar la mano de Parker, le dio las gracias por su tiempo y luego se pusieron en marcha.

—¿Quién? —preguntó Bobby, una vez que nadie les escuchaba.

—Lo creas o no, la viuda de Shane. Tiene algo para nosotros.

Bobby arqueó una ceja.

—Un sobre —aclaró D.D.—. Al parecer, Shane se lo entregó el domingo por la tarde. Dijo que, si algo le sucedía, tenía que llamarme a mí, y solo a mí, y entregármelo. El coronel se acaba de marchar. La viuda solo está cumpliendo los últimos deseos de su marido.

Todas las luces estaban encendidas en la casa de Shane Lyons. Media docena de coches llenaban la calle, incluyendo dos aparcados ilegalmente en el patio delantero. Su familia, supuso D.D. Esposas de otros policías. El sistema de apoyo poniéndose en marcha.

Se preguntó si los niños de Shane se habían despertado ya. Se preguntó si la madre ya les había dado la noticia de que su padre no iba a volver a casa.

Ella y Bobby se cuadraron frente a la puerta principal, cara de condolencias preparada, porque así era como funcionaban estas cosas. Compartían el luto ante la muerte de cualquier agente de la autoridad, sentían el dolor de la familia del oficial y cumplían con su deber de todos modos. El agente Shane Lyons era una víctima que también era un sospechoso. No había nada fácil en este caso o en este tipo de investigación.

Una mujer mayor llegó a la puerta. A juzgar por la edad y las características faciales, D.D. supuso que era la madre de Tina Lyons. D.D. le enseñó su placa; Bobby, también.

La mujer parecía confundida.

—No es posible que vaya a interrogar a Tina en este momento —dijo en voz baja—. Al menos denle a mi hija un día o dos.

—Ella nos ha llamado, señora —replicó D.D.

—¿Qué?

—Estamos aquí porque ella nos pidió que viniéramos —reiteró D.D.—. Si le puede decir que la sargento D.D. Warren está aquí, no nos importa esperar fuera.

De hecho, ella y Bobby preferían el exterior. Fuera lo que fuera lo que Tina tenía para ellos, era el tipo de cosas que no se muestra en presencia de testigos.

Pasaron los minutos. Justo cuando D.D. estaba empezando a pensar que Tina había cambiado de opinión, apareció la mujer. Su cara estaba ojerosa, con los ojos enrojecidos por el llanto. Llevaba una mullida bata de color rosa, cuya parte superior mantenía cerrada con una mano. En la otra, tenía un sobre blanco de tamaño folio.

—¿Sabe usted quién mató a mi marido? —preguntó.

—No, señora.

Tina Lyons le dio el sobre a D.D.

—Eso es todo lo que quiero saber. Lo digo en serio. Eso es *todo* lo que quiero saber. Descubra eso y hablaremos de nuevo.

Tras estas palabras, regresó al tenue consuelo de su familia y sus amigos, dejando a D.D. y Bobby en la escalera de entrada.

—Ella sabe algo —dijo Bobby.

—Sospecha —le corrigió D.D. en voz baja—. Pero no quiere saber. Creo que ese es el motivo de lo que nos ha dicho.

D.D. agarró el sobre con las manos enguantadas. Miró el camino de entrada, todo cubierto de nieve. Medianoche en una zona residencial tranquila, la acera tachonada de farolas y, sin embargo, la oscuridad asomaba por todas partes.

De pronto se sintió muy visible y expuesta.

—Vamos —le murmuró a Bobby.

Fueron con cuidado por la calle hacia su coche aparcado. D.D. llevaba el sobre en sus manos enguantadas. Bobby, su arma.

Diez minutos más tarde, realizaron maniobras evasivas básicas por un laberinto de calles de Allston-Brighton. Bobby quería asegurarse de que nadie les seguía. D.D. se moría por conocer el contenido del sobre.

Encontraron una tienda repleta de estudiantes universitarios, a los que no les había disuadido el clima ni lo tarde de la hora. El grupo de vehículos hacía a su coche menos visible, mientras que los estudiantes les proveían de testigos para disuadir una posible emboscada.

Satisfecha, D.D. cambió sus guantes de invierno por un par de látex y después despegó la solapa del sobre, abriéndolo cuidadosamente con el fin de preservar las pruebas.

En el interior, se encontró con una docena de fotografías en color. Las once primeras parecían ser de la familia de Shane Lyons. Aquí estaba Tina en el supermercado. Tina entrando en un edificio con una esterilla de yoga. Tina recogiendo a los niños de la escuela. Los muchachos jugando en el patio de la escuela.

No hacía falta ser un genio para captar el mensaje. Alguien había estado acechando a la familia de Shane y esa persona quería que él lo supiera.

Entonces D.D. llegó a la última foto. Contuvo el aliento mientras Bobby maldecía.

Sophie Leoni.

Estaban mirando a Sophie Leoni o, más bien, ella estaba mirando directamente a la cámara, agarrando una muñeca con un solo ojo. Los labios de Sophie estaban apretados, de la manera en que lo hace un niño cuando trata de no llorar. Pero tenía la barbilla alzada. Su mirada azul parecía estar tratando de desafiarles, aunque había manchas de suciedad y lágrimas en sus mejillas y su bonito pelo castaño ahora parecía un nido de ratas.

La foto había sido recortada, solo se adivinaba un revestimiento de madera al fondo. Tal vez un armario o una habitación pequeña. Una habitación oscura sin ventanas, pensó D.D. Ahí es donde alguien retendría a un niño.

Su mano comenzó a temblar.

D.D. giró la foto en busca de otras pistas.

Encontró un mensaje escrito con rotulador negro: «No deje que esto le suceda a su hija».

D.D. volteó otra vez la imagen, miró una vez más a Sophie, con su cara en forma de corazón, y le temblaron tanto las manos que tuvo que dejar la foto en su regazo.

—Alguien la secuestró de verdad. Alguien lo hizo... —Entonces su siguiente pensamiento la confundió—. ¡Y han pasado más de tres putos días! ¡Cuáles son nuestras probabilidades de encontrarla después de *tres putos días!*

Le dio un golpe al salpicadero. La mano le empezó a doler, pero su rabia no se vio amortiguada.

Se volvió hacia su compañero.

—¿Qué demonios está pasando aquí, Bobby? ¿Quién coño secuestra al hijo de una agente de policía, mientras amenaza a la familia de otro? Quiero decir, *¿quién demonios hace eso?*

Bobby no respondió de inmediato. Sus manos estaban agarrando con fuerza el volante y sus nudillos se habían vuelto blancos.

—¿Qué dijo Tina cuando llamó? —quiso saber de repente—. ¿Cuáles fueron las instrucciones de Shane?

—Que, si le pasaba algo, me tenía que dar este sobre.

—¿Por qué a ti, D.D.? Con el debido respeto, eres una policía de Boston. Si Shane necesitaba ayuda, ¿no sería lógico que recurriera a sus propios amigos, a sus supuestos hermanos de uniforme?

D.D. se quedó mirándole. Recordó el primer día del caso, la forma en la que la policía del estado había cerrado filas, incluso en contra de ella, una policía de la ciudad.

Entonces abrió los ojos.

—Crees... —comenzó.

—No muchos delincuentes tienen los cojones para amenazar a un policía estatal, y no digamos a dos policías. Sin embargo, otro policía sí lo haría.

—¿Por qué?

—¿Cuánto robaron del sindicato?

—Un cuarto de millón.

Bobby asintió.

—En otras palabras, doscientas cincuenta mil razones para traicionar tu uniforme. Doscientas cincuenta mil razones para matar a Brian Darby, secuestrar a Sophie Leoni y amenazar a Shane Lyons.

D.D. se puso a pensar.

—Tessa Leoni disparó al agente Lyons. Él traicionó el uniforme, pero, aún peor, traicionó a su familia. Ahora la pregunta es: ¿consiguió de Lyons la información que buscaba?

—El nombre y dirección de la persona que tiene a su hija —dijo Bobby.

—Lyons era un subordinado. Tal vez Brian Darby, también. Ellos robaron de la cuenta del sindicato para financiar su adicción al juego. Pero otra persona les ayudó, el que tiene la última palabra.

Bobby echó un vistazo a la foto de Sophie. Parecía estar poniendo en orden sus pensamientos.

—Si Tessa Leoni disparó al agente Lyons, y llegó hasta aquí, eso significa que debe de tener un coche.

—Por no hablar de un pequeño arsenal de armas.

—Así que quizás sí consiguió un nombre y una dirección —añadió Bobby.

—Va a por su hija.

Bobby finalmente sonrió.

—Entonces, por su bien, a ese hijo de puta más le vale confiar en que lo encontremos nosotros antes.

38

Hay cosas sobre las que es mejor no pensar. Así que no lo hice. Conduje. De Pike a la 128, de la 128 en dirección sur hasta Dedham. Doce kilómetros y varias vueltas más, y me encontré en una zona residencial muy arbolada. Las casas eran más antiguas, las propiedades, más grandes. El tipo de lugar donde la gente tiene camas elásticas en el patio delantero y tiende la colada en la parte posterior.

Un buen lugar para tener a un niño, pensé, pero después dejé de pensar otra vez.

Me perdí la primera vez. No vi los números de la calle por la nieve que caía. Cuando me di cuenta de que había ido demasiado lejos, pisé el freno y el coche derrapó. Giré el volante, un reflejo aprendido que calmó mis nervios y me hizo recobrar la compostura.

Entrenamiento. Todo se reduce a eso.

Los matones no entrenan.

Pero yo sí.

Aparqué al lado de la carretera. A la vista de todos, pero necesitaba que estuviera accesible para una escapada rápida. Tenía la Glock de Brian metida en la cinturilla posterior del pantalón. El cuchillo venía con una funda para la pierna. Me la abroché.

Entonces cargué la escopeta. Si eres joven, mujer y no muy alta, la escopeta es siempre el camino que debes seguir. Podrías acabar con un búfalo de agua sin ni siquiera tener que apuntar.

Comprobé mis guantes negros, me calé la gorra negra. Sentía el frío, pero como algo abstracto y lejano. Sobre todo, pude escuchar un sonido de ráfaga en mis oídos, mi propia sangre, suponía, accionada a través de mis venas por un torrente de adrenalina.

Sin linterna. Dejé que mis ojos se acostumbraran a la clase de oscuridad que existe solo en los caminos rurales; entonces me adentré en el bosque.

Moverme me sentaba bien. Después de las primeras veinticuatro horas confinada en una cama de hospital, seguidas de otras veinticuatro horas atrapada en la cárcel, ya estaba por fin en movimiento, haciendo algo, me sentía bien.

En algún lugar más adelante estaba mi hija. Iba a salvarla. Iba a matar al hombre que la había secuestrado. Después, las dos nos iríamos a casa.

A menos que, por supuesto...

Dejé de pensar de nuevo.

Llegué a un claro. Vi un campo cubierto de nieve y me aparté bruscamente, mirando la amplia casa que apareció frente a mí. Todas las ventanas estaban a oscuras, ni una sola luz brillando intensamente en señal de bienvenida. Era bien entrada la medianoche. El tipo de hora en la que la gente honrada está dormida.

Por otra parte, mi objetivo no llevaba una vida honrada, ¿verdad?

Luces de detección de movimiento, supuse tras otro segundo. Reflectores que se pondrían en marcha en el mismo instante en que alguien se aproximara. Probablemente algún tipo de sistema de seguridad en las puertas y ventanas. Al menos medidas defensivas básicas.

Es como el viejo dicho: los mentirosos esperan que todo el mundo mienta. Los sicarios que matan esperan ser asesinados.

Conseguir entrar en la casa sin ser detectada probablemente no era una opción.

Bueno, pues tendría que lograr que saliera.

Empecé con el vehículo que encontré aparcado en el camino de acceso. Un Cadillac Esplanade negro con todos los accesorios. Por supuesto. Me dio una gran satisfacción atravesar la ventanilla del conductor con la culata de la escopeta.

La alarma del coche empezó a sonar. Me acerqué corriendo al lateral de la casa. Los focos reflectores volvieron a la vida, inundando el patio delantero y los laterales de luz blanca. Pegué la espalda contra la pared frente al Cadillac, acercándome lo más que pude hacia la parte trasera de la casa, por donde supuse que saldría Purcell. Contuve el aliento.

Un sicario como Purcell era demasiado listo como para lanzarse hacia la nieve en ropa interior. Pero también sería demasiado arrogante como para dejar que alguien le robara el coche. Iba a venir. Armado. Y, probablemente, a su entender, preparado.

Tardó un minuto completo. Entonces oí el crujido de una puerta trasera, abriéndose lentamente.

Sostuve la escopeta sin apretar, acunada en el hueco de mi brazo izquierdo. Con la mano derecha, retiré lentamente el cuchillo.

Nunca había hecho nada parecido. Nunca nada tan cercano y personal.

Dejé de pensar de nuevo.

Mi oído ya se había aclimatado a la chillona alarma del coche. Eso hacía que me fuera más fácil captar otros ruidos: el leve crujido de la nieve cuando él dio su primer paso, luego otro. Me tomé un segundo para mirar hacia atrás, por si acaso había dos de ellos en la casa, uno arrastrándose desde el frente, otro acechando desde la parte posterior, dando la vuelta.

Solo oí unos pasos, y ese se convirtió en mi objetivo.

Obligándome a inhalar por la nariz, respiré el aire profundamente en mis pulmones. Reduje mi propio latido del corazón. Pasaría lo que tuviera que pasar. Había llegado la hora.

Me agaché, cuchillo en mano.

Apareció una pierna. Vi unas botas negras para la nieve, unos vaqueros gruesos, el extremo de una camisa roja de franela.

Vi que sostenía una pistola contra su muslo.

—¿John Stephen Purcell? —susurré.

Una cara sorprendida volviéndose hacia mí, los ojos oscuros abriéndose, la boca moviéndose.

Me quedé mirando hacia el hombre que había matado a mi marido y secuestrado a mi hija.

Blandí el cuchillo.

Justo cuando él abrió fuego.

No lleves nunca un cuchillo a un duelo de pistolas.

Un dicho que no es necesariamente cierto. Purcell me dio en el hombro derecho. Yo, en cambio, le corté el tendón de la pierna izquierda. Se cayó, disparando una segunda vez contra la nieve.

Le di una patada en la mano para quitarle la pistola y empuñé la escopeta. Aparte de revolverse de dolor, no hizo ningún gesto contra mí.

De cerca, Purcell parecía tener cuarenta y muchos o cincuenta y pocos años. Un matón con experiencia, estaba claro. El tipo de persona con algunas muescas en su puño de acero. Obviamente, estaba orgulloso de ello, porque, a pesar de que sus vaqueros se oscurecieron con un río de sangre, apretó los labios y no dijo ni una palabra.

—¿Me recuerdas? —le pregunté.

Después de un momento, asintió.

—¿Ya has gastado el dinero?

Negó con la cabeza.

—Es una pena, porque iban a ser tus últimas compras. Quiero a mi hija.

No dijo ni una palabra.

Así que coloqué el cañón de la escopeta contra su rótula derecha, la pierna que no le había incapacitado.

—Di adiós a tu pierna —le dije.

Sus ojos se abrieron. Sus fosas nasales se dilataron. Al igual que una gran cantidad de tipos duros, a Purcell le resultaba mejor dar que recibir.

—No la tengo —contestó de repente con voz rasposa—. Aquí no está.

—Vamos a verlo.

Le ordené que se pusiera boca abajo, con las manos detrás de la espalda.

Tenía un puñado de bridas del maletero de Shane. Anudé las muñecas de Purcell en primer lugar y, a continuación, los tobillos, aunque moverle la pierna lesionada hizo que gimiera de dolor.

«Debería sentir algo», pensé. Triunfo, remordimiento, alguna cosa. No sentí nada en absoluto.

Mejor no pensar en ello.

Purcell estaba herido y atado. Aun así, no hay que subestimar al enemigo. Rebusqué en sus bolsillos y descubrí una navaja, un busca y una docena de cartuchos sueltos que se había metido en los pantalones para recargar. Le quité todo y me lo metí en mis bolsillos.

Entonces, ignorando su mueca de dolor, utilicé mi brazo izquierdo para arrastrarle varios metros a través de la nieve hacia el porche de atrás de su casa, donde usé una brida de plástico para enlazar sus brazos a un grifo exterior. Con el tiempo y esfuerzo suficientes, podría ser capaz de liberarse, incluso de romper el grifo de metal, pero yo no estaba pensando en dejarlo tanto tiempo. Además, con los brazos y las piernas atadas y el tendón cortado, no iba a ir muy lejos ni muy rápido.

Me quemaba el hombro. Podía sentir la sangre correr por mi brazo, por dentro de la camisa. Era una sensación incómoda, como si se te escurriera agua por la manga. Tenía la vaga impresión de que no estaba dando la suficiente importancia a mi lesión. Que, probablemente, me había hecho mucho daño. Y que, probablemente, perder mucha sangre era peor que empaparse de agua.

Me sentí vacía. Más allá de la emoción y del inconveniente del dolor físico.

Mejor no pensar en ello.

Entré en la casa con cautela, el cuchillo de vuelta a su funda, encañonando la escopeta. La tuve que apoyar en el antebrazo izquierdo. Teniendo en cuenta mi estado, mi puntería sería cuestionable. Por otra parte, era una escopeta.

Purcell no había encendido las luces. Tenía sentido, en realidad. Cuando uno se prepara para meterse en la oscuridad, encender las luces interiores solo arruinaría la visión nocturna.

Entré en una cocina a oscuras que olía a ajo, albahaca y aceite de oliva. Al parecer, a Purcell le gustaba cocinar. Desde la cocina, fui a un salón con dos sillones y un televisor gigante. De ahí a una habitación más pequeña con un escritorio y un montón de estanterías. Un pequeño cuarto de baño. Luego, un largo pasillo que conducía a tres puertas abiertas.

Me obligué a respirar y caminé tan sigilosamente como me fue posible hacia la primera puerta. Estaba abriéndola lentamente cuando mis pantalones comenzaron a sonar. Entré de inmediato, barriendo la habitación con la escopeta, preparada para abrir fuego contra cualquier forma; después descansé la espalda contra la pared y me preparé para el contraataque.

Nadie me atacó de entre las sombras. Metí la mano derecha frenéticamente en el bolsillo y saqué el busca de Purcell, intentando encontrar a tientas el botón de apagado.

En el último segundo, le eché un vistazo a la pantalla. Lo leí. «Lyons M. B. Leoni».

Shane Lyons estaba muerto. Busque a Tessa Leoni.

—Demasiado poco, demasiado tarde —murmuré. Metí el busca de vuelta en mi bolsillo y terminé de registrar la casa.

Nada. Nada, nada, nada.

Por lo que parecía, Purcell vivía una vida de soltero con una gran pantalla de televisión, un dormitorio adicional y un estudio. Entonces vi la puerta del sótano.

El corazón se me disparó de nuevo. Sentí que el mundo se inclinaba mientras daba el primer paso hacia la puerta cerrada.

Pérdida de sangre. Debilidad. Tienes que parar, curarte la herida.

Mi mano en el pomo, girando.

Sophie. Todos estos días, todos estos kilómetros.

Abrí la puerta y miré hacia abajo en la penumbra.

39

Cuando D.D. y Bobby llegaron al taller del padre de Tessa Leoni, se encontraron con la puerta posterior abierta y el hombre en cuestión desplomado sobre una deteriorada mesa de trabajo. D.D. y Bobby entraron corriendo, D.D. dirigiéndose directamente hacia el señor Leoni, mientras Bobby les cubría las espaldas.

D.D. levantó la cara de Leoni y buscó frenética cualquier tipo de herida, luego retrocedió por el hedor a whisky.

—¡Mierda! —Dejó que la cabeza del hombre cayera de nuevo contra su pecho. Todo su cuerpo se deslizó del taburete, y habría caído al suelo si Bobby no hubiera aparecido a tiempo para atraparlo. Bobby dejó al hombre en el suelo y le hizo rodar sobre su costado, para reducir las probabilidades de que el borracho se ahogara en su propio vómito.

—Coge las llaves de su coche —murmuró D.D. con disgusto—. Pediremos a una patrulla que venga y se asegure de que vuelve a casa sano y salvo.

Bobby ya estaba buscando en los bolsillos de Leoni. Encontró una cartera, pero no las llaves. Entonces D.D. vio el tablero con los ganchos.

—¿Las llaves de los clientes? —pensó en voz alta.

Bobby se acercó a investigar.

—Vimos un montón de viejos cacharros aparcados en la parte de atrás —murmuró—. Apuesto a que los restaura para revenderlos.

—Es decir, si Tessa quería acceso a un vehículo...

—Una chica con recursos —comentó Bobby.

D.D. bajó la mirada hacia el desmayado padre de Tessa y sacudió la cabeza de nuevo.

—Al menos podría haber presentado batalla, por el amor de Dios.

—Tal vez fue ella quien le trajo el whisky —dijo Bobby con un encogimiento de hombros, señalando la botella vacía. Él era un alcohólico; sabía de estas cosas.

—Así que definitivamente tiene un coche. Una descripción estaría bien, pero no creo que papá Leoni vaya a hablar a corto plazo.

—Suponiendo que esto no sea un negocio tapadera, Leoni debe de tener papeles de todo. Vamos a ver.

Bobby hizo un gesto hacia la puerta abierta de una pequeña oficina. Dentro, se encontraron con un diminuto escritorio y un maltratado archivador gris. En el cajón superior había una carpeta de papel manila marcada con el rótulo: «Trabajo».

D.D. la sacó y salieron del taller, dejando los ronquidos del borracho detrás de ellos. Identificaron tres vehículos tras una valla de tela metálica. La carpeta tenía cuatro documentaciones. Mediante un proceso de eliminación, determinaron que una camioneta Ford azul oscuro de 1993 había desaparecido. Los papeles decían que tenía más de trescientos mil kilómetros.

—Un coche viejo, pero bueno —comentó Bobby, mientras D.D. llamaba por radio.

—¿Número de matrícula? —preguntó D.D.

Bobby negó con la cabeza.

—Ninguno de los coches tiene.

D.D. miró.

—Comprueba en la calle —le indicó.

Él entendió lo que quería decir y recorrió rápidamente la manzana. En efecto, al otro lado de la calle, media manzana más abajo, a un coche le faltaban ambas placas. Tessa, era obvio, las había robado para equipar su propio vehículo.

Una chica con recursos, pensó de nuevo, pero también descuidada. Se le acababa el tiempo y por eso había robado a los coches más cercanos, en vez de alejarse unas cuantas manzanas.

Es decir, estaba empezando a dejar un rastro que podrían utilizar para encontrarla.

Bobby debería haberse sentido contento, pero sobre todo estaba cansado. No podía dejar de pensar en lo que debía de haber sido volver a casa del trabajo y cruzar la puerta para descubrir a un hombre que dice que ha secuestrado a tu hija. *Danos tu arma, nadie saldrá herido.*

A continuación, el mismo hombre dispara a Brian Darby tres veces antes de desaparecer con la niña de Tessa.

Si Bobby hubiera entrado por la puerta, si se hubiera encontrado a alguien con una pistola en la cabeza de Annabelle, amenazando a su esposa e hija...

Tessa debió de enloquecer de desesperación y miedo. Debió de acceder a lo que quisieran, manteniendo al mismo tiempo la desconfianza inherente de un policía. Sabiendo que su cooperación no sería suficiente, que por supuesto la traicionarían a la primera oportunidad que tuvieran.

Así que necesitaba desesperadamente ir un paso por delante. Cubrir la muerte de su propio marido para ganar tiempo. Enterrar un cadáver con dientes de leche y explosivos caseros como un plan macabro de seguridad.

Shane había declarado originalmente que Tessa le había llamado el domingo por la mañana y le había pedido que le pegara. Pero ahora sabían que Shane había sido parte del problema. Tenía sentido: un amigo «ayudando» a otro amigo le habría breado un poco, no le habría provocado una conmoción que requirió una estancia de una noche en el hospital.

Lo que significaba que había sido idea de Shane lo de pegar a Tessa. ¿Cómo decías algo así? «Vamos a arrastrar el cadáver de tu marido desde el garaje para descongelarlo. Después te voy a dar una paliza de muerte. Y entonces llamas a la policía y les dices que has disparado al desgraciado de tu marido porque si no te iba a matar».

Sabían que sería arrestada. Shane, al menos, debería haberse dado cuenta de que su historia sonaría falsa, especialmente sin Sophie y con el cuerpo de Brian metido en hielo.

Querían que la arrestaran. La necesitaban entre rejas.

Todo se reducía al dinero, pensó Bobby de nuevo. Un cuarto de millón del sindicato de policía. ¿Quién lo había robado? ¿Shane Lyons? ¿Alguien más arriba en la cadena de mando?

Alguien lo bastante inteligente como para darse cuenta de que tarde o temprano tendría que ofrecer a un sospechoso antes de que asuntos internos se acercara demasiado.

Alguien que se dio cuenta de que otra agente desacreditada, una mujer, como se veía en las cámaras de seguridad del banco, digamos, Tessa Leoni, sería una perfecta víctima propiciatoria. Además, su marido tenía un reconocido problema con el juego, lo que hacía de ella una candidata aún mejor.

Brian murió porque su adicción le convertía en una amenaza para todo el mundo. Y a Tessa la empaquetaron y se la entregaron a los jefes como su propia tarjeta para esquivar la cárcel. Diremos que ella robó el dinero, su marido se lo apostó, y todo explicado. La investigación se cerrará y podremos cabalgar hacia la puesta del sol, doscientos cincuenta mil dólares más ricos, y nadie lo sabrá.

Brian muerto, Tessa tras las rejas, y Sophie...

Bobby no estaba preparado para pensar en eso. Sophie era un lastre. Tal vez la mantuvieran viva a corto plazo, en caso de que Tessa no estuviera de acuerdo con el plan. Pero a largo plazo...

Tessa tenía razón para estar en pie de guerra. Ya había perdido un día en la planificación, un día de hospitalización y un día de reclusión. Había llegado la hora. Se le acababa el tiempo. En las próximas horas, iba a encontrar a su hija o a morir en el intento.

Una agente solitaria, en contra de la mafia a la que no le importaba entrar en las casas de las agentes de policía y disparar a sus maridos.

¿Quién tendría las pelotas para hacer una cosa así? ¿Y el acceso?

La mafia rusa había hundido sus enormes tentáculos en Boston. Eran ampliamente reconocidos como seis veces más despiadados que sus homólogos italianos, y habían ido convirtiéndose rápidamente en los protagonistas de los casos de corrupción, drogas y blanqueo de dinero. Sin embargo, un cuarto de millón defraudado del sindicato de policía le parecía a Bobby un bocado demasiado pequeño.

Los rusos prefieren un alto riesgo y una alta rentabilidad. Un cuarto de millón era una nadería para la mayoría de sus empresas. Además, robar a la policía del estado, provocando activamente la ira de una poderosa fuerza de la ley...

Sonaba más a un asunto personal. El imperio del mal no trataría de cometer fraude con un sindicato. Pero sí podrían presionar a alguien de dentro que supiera cuál era la mejor manera de sacar el dinero. Alguien que tuviera acceso, pero también el conocimiento y la previsión para cubrir su rastro...

De repente, Bobby lo supo. Se horrorizó. Sintió el frío en los huesos. Pero tenía todo el sentido del mundo.

Alzó el codo y golpeó la ventanilla del pasajero del coche aparcado. El cristal se hizo añicos. La alarma empezó a sonar. Bobby la ignoró. Buscó en el interior de la guantera y encontró la información de registro del vehículo, que incluía el número de la matrícula que adornaba ahora el coche de Tessa Leoni.

Luego corrió de nuevo hacia D.D., armado con la nueva información y el nombre del culpable.

40

Traían a gente aquí abajo para que muriera.

Lo supe solo por el olor. El profundo aroma oxidado de la sangre, tan profundamente impregnado en el suelo de cemento que ninguna cantidad de lejía o cal haría que desapareciera. Algunas personas tenían talleres en los sótanos de sus casas. Al parecer, John Stephen Purcell tenía una cámara de tortura.

Necesitaba encender la luz del techo. Destruiría mi visión nocturna, pero también desorientaría a cualquier matón al acecho.

De pie en el escalón más alto, la mano en el interruptor de la pared de la izquierda, vacilé. No sabía si quería que hubiera luz en el sótano. No sabía si quería ver.

Después de horas de bendita insensibilidad, mi armadura estaba empezando a agrietarse. El olor. Mi hija. El olor. Sophie.

No torturarían a una niña. ¿Qué iban a ganar? ¿Qué podría decir Sophie?

Cerré los ojos. Pulsé el interruptor. Entonces, me quedé en la profunda tranquilidad que cae después de la medianoche, y esperé a oír el primer gemido de mi hija a la espera de ser salvada, o el grito de un atacante a punto de una emboscada.

No oí nada en absoluto.

Abrí el ojo derecho, conté hasta cinco, luego abrí el izquierdo. El resplandor de la bombilla no dolía tanto como me temía. Mantuve la escopeta acunada en los brazos, y, con la sangre goteando de mi hombro derecho, empecé a descender.

Purcell mantenía un sótano libre de trastos. No había muebles para la terraza almacenados ni cajas, ni adornos de Navidad, para un hombre con un trabajo así.

El lugar tenía una lavadora, una secadora, un fregadero y una gran mesa de acero inoxidable. La mesa estaba acanalada, al igual que las que se encuentran en los depósitos de cadáveres. El canal conducía a una bandeja en la parte inferior de la mesa, donde se podía conectar una manguera para drenar su contenido en el fregadero cercano.

Al parecer, cuando rompía rodillas y cortaba las puntas de los dedos, a Purcell le gustaba ser pulcro. A juzgar por la gran mancha rosada en el suelo, sin embargo, era imposible ser totalmente impoluto en esas cosas.

Al lado de la mesa de acero inoxidable había una mesa de televisor con varios instrumentos, dispuestos como los de un médico. Cada pieza de acero inoxidable estaba recién limpiada; la luz del techo se reflejaba en los cuchillos recién afilados.

Seguro que Purcell pasaba mucho tiempo colocando así su equipamiento. Seguro que le gustaba dejar que sus víctimas lo vieran, sus mentes aterrorizadas ya anticipándose y haciéndole la mitad del trabajo. Luego los ataba a la mesa.

Me imaginaba que la mayoría de ellos comenzaba a balbucir antes de que él recogiera el primer par de alicates. Y apuesto a que hablar no los salvaba.

Pasé la mesa, el fregadero, la lavadora y la secadora. Detrás de las escaleras me encontré con una puerta que conducía al cuarto de servicio. Me puse a un lado, dándole un poco con la mano para abrir la puerta, con la espalda todavía pegada a la pared.

Nadie salió. Ningún niño gritó.

Aún nerviosa por la fatiga y con una sensación punzante de temor, me agaché, puse la escopeta a la altura del hombro y me lancé a la penumbra.

Me encontré con un depósito de aceite, un calentador de agua, el cuadro de luces y un par de estantes de plástico cargados con diversos productos de limpieza, bandas de sujeción y cuerda enrollada. Y una manguera en espiral, ideal para limpiarlo todo.

Me levanté lentamente y me sorprendí al ver que me balanceaba, a punto de desmayarme.

El suelo estaba mojado. Miré hacia abajo, vagamente sorprendida de ver un charco de mi propia sangre. Se deslizaba por mi brazo.

Necesitaba ayuda. Debería ir a urgencias. Debería...

¿Qué?, ¿llamar a la caballería?

La amargura de mis pensamientos me hizo despertar. Salí del sótano, volviendo a la penumbra de arriba, pero esta vez encendí todas las luces de la casa.

Como sospechaba, me encontré con un pequeño arsenal de material de primeros auxilios en el baño de Purcell. Él no podía ir al hospital por una herida debido a su trabajo, y en consecuencia había equipado su botiquín.

No podía quitarme el jersey de cuello vuelto negro por la cabeza. En su lugar, usé unas tijeras quirúrgicas para cortarlo. Después me incliné sobre el lavabo y vertí agua oxigenada en la herida.

Di un grito ahogado de dolor, luego me mordí con fuerza el labio inferior.

Si yo fuera un tipo duro, digamos, Rambo, lo que haría sería sacarme la bala con palillos y luego suturar el orificio con hilo dental. No sé hacer ninguna de esas cosas, así que apreté una gasa blanca contra la herida y la sujeté con varias vueltas de esparadrapo.

Me tomé tres ibuprofenos con agua y luego me puse una camisa de franela azul del armario de Purcell. La camisa era dos tallas más grande y olía a suavizante y a colonia masculina. El dobladillo me caía hasta la mitad del muslo y tuve que enrollar los puños con torpeza para dejar libres mis manos.

Nunca me había vestido con la camisa de un hombre al que iba a matar. Me pareció extrañamente íntimo, como ponerte la camisa de un hombre con el que has mantenido relaciones sexuales.

«He ido demasiado lejos», pensé, «he perdido alguna pieza de mí misma». Estaba buscando a mi hija, pero había descubierto un abismo que nunca había sabido que existiera en mi interior. ¿Encontrar a Sophie aliviaría el dolor? ¿La luz de su amor ahuyentaría la oscuridad de nuevo?

¿Importaba acaso? Desde el momento en que nació, hubiera dado mi vida por mi hija. ¿Qué es un poco de cordura en su lugar?

Cogí la escopeta y fui hacia el exterior, donde Purcell permanecía apoyado contra la casa, con los ojos cerrados. Pensé que se había desmayado, pero, cuando oyó mis pisadas en la nieve, los abrió.

Su rostro estaba pálido. El sudor salpicaba su labio superior, a pesar de la temperatura. Había perdido mucha sangre. Probablemente se estaba muriendo y parecía saberlo, aunque no le sorprendía.

Purcell era de la vieja escuela. Vivía por el trabajo, moría por el trabajo.

Eso haría que lo que estaba por venir fuera más duro.

Me puse en cuclillas a su lado.

—Podría bajarte al sótano —le dije.

Él se encogió de hombros.

—Darte a probar tu propia medicina.

Se encogió de hombros otra vez.

—Tienes razón: voy a traerlo hasta aquí. Me quito el problema de tener que arrastrar tu culo.

Otro encogimiento de hombros. Me hubiera gustado saber de repente que Purcell tenía mujer e hijo. ¿Qué haría si así fuera? No lo sabía, pero quería hacerle tanto daño como él me había hecho a mí.

Coloqué la escopeta detrás de mí, fuera del alcance de Purcell. Entonces saqué la navaja y la sostuve en la palma de la mano izquierda.

La mirada de Purcell se dirigió a la hoja. Aun así, no dijo nada.

—Vas a morir a manos de una mujer —le dije y, finalmente, tuve la satisfacción de ver sus fosas nasales dilatarse. Ego. Por supuesto. Nada hería tanto a un hombre como verse superado por una mujer—. ¿Recuerdas lo que me dijiste aquella mañana en la cocina? —le susurré—. Me dijiste que siempre y cuando cooperara nadie saldría herido. Me dijiste que siempre y cuando entregara mi pistola, dejarías marchar a mi familia. Y, a continuación, mataste a mi marido.

Deslicé la navaja por su camisa. La hoja arrancó el primer botón, el segundo, el tercero. Purcell llevaba una camiseta oscura debajo, coronada por la omnipresente cadena de oro de todos los matones.

Planté la punta en la tela de algodón que comenzó a rasgarse.

Purcell se quedó fascinado mirando la navaja. Pude ver que su imaginación se ponía en marcha, empezando a darse cuenta de todo lo que una hoja tan larga y bien afilada podría hacer con él. Sentado con las manos atadas en su propia casa. Indefenso. Vulnerable.

—No voy a matarte —le dije, cortando la camiseta negra.

Los ojos de Purcell se abrieron. Se quedó mirándome con incertidumbre.

—Eso es lo que quieres, ¿verdad? Morir en el cumplimiento del deber. Un final honorable para un sicario.

El último botón de la camisa. Fuera. El último centímetro de la camiseta. Desgarrado.

Usé la hoja para apartar la tela. Su estómago estaba inesperadamente pálido, un poco más grueso alrededor de la cintura, pero definido. Entrenaba. No era un tipo grande. Tal vez un boxeador. Sabía que el físico importaba en su línea de trabajo. Hay que tener un poco de músculo para cargar con gente inconsciente hasta el sótano y atarla a la mesa.

Hay que tener un cierto tamaño para secuestrar a una niña de seis años.

La navaja siguió adelante, dejando al descubierto la parte izquierda de su torso. Contemplé su hombro desnudo con fascinación. Cómo se le ponía la piel de gallina por el frío. La forma en que su pezón formaba un redondel justo sobre su corazón.

—Disparaste a mi marido aquí —murmuré, y utilicé la hoja para marcar el lugar. La sangre brotó, formando una X roja perfecta contra la piel de Purcell. La navaja afilada había hecho un buen corte, limpio. Shane siempre se había tomado su equipamiento en serio.

»El siguiente tiro fue aquí. —Moví la hoja de nuevo. Tal vez le corté más profundamente esta vez, porque Purcell gruñó entre dientes, temblando debajo de mí.

»El tercer disparo, aquí mismo. —Esta vez, sin duda fue profunda. Cuando levanté la navaja, la sangre fluyó por el borde de la hoja y goteó hacia abajo sobre el estómago de Purcell.

Sangre en la nieve blanca y limpia.

Brian muriendo en la cocina limpia.

El sicario estaba temblando ahora. Yo le miraba a la cara. Dejé que viera la muerte en mis ojos. Dejé que viera a la asesina en la que él me había convertido.

—Este es el trato —le informé—. Dime dónde está mi hija y, a cambio, te quito las bridas. No te voy a dar un cuchillo ni nada de eso, pero tienes una oportunidad. Tal vez me venzas, en cuyo caso habré perdido. A lo mejor no puedes. En cualquier caso, por lo menos podrás intentarlo en vez de morirte desangrado como un cerdo en tu propio patio. Tienes hasta cinco para decidirte. *Uno.*

—No soy un chivato —gruñó Purcell.

Me encogí de hombros, extendí la mano y, sobre todo porque me dio la gana, le corté un mechón de su espeso cabello castaño.

—*Dos.*

Se encogió, pero no dio marcha atrás.

—Me vas a matar de todos modos.

Otro mechón, tal vez incluso un poco de oreja.

—*Tres.*

—Jodida puta.

—Me puedes insultar todo lo que quieras... —Agarré un puñado de cabello de la parte superior de su frente. Estaba entrando en el juego y tiré para ver cómo se le levantaba el cuero cabelludo—. *Cuatro.*

—¡Yo no tengo a tu hija! —explotó Purcell—. No me encargo de niños. Se lo dije a ellos desde el principio, no me encargo de niños.

—Entonces, ¿dónde está?

—Tú eres la puta poli. ¿No crees que lo deberías saber?

Le golpeé con la navaja. Corté una gran cantidad de pelo y sin duda alguna algo de cuero cabelludo. La sangre brotó roja. Goteaba sobre el suelo helado y se volvió rosada sobre la nieve.

Me pregunté si volvería a sobrevivir a otro invierno en que la nieve no me diera ganas de vomitar.

Purcell aulló, retorciéndose contra sus ataduras.

—Confiaste en las personas equivocadas. ¿Y ahora me haces daño a mí? ¡Te hice un favor! Tu marido no era bueno. Su amigo policía era aún peor. ¿Cómo crees que entré en tu casa, estúpida puta? ¿Piensas que tu marido me dejó sin más?

Me detuve. Me quedé mirándolo. Y reconocí, en ese instante, la pieza del rompecabezas que faltaba. Había estado tan abrumada por el trauma de la mañana del sábado que no había llegado a tener en cuenta los aspectos de la logística. Nunca había analizado la escena como un policía.

Por ejemplo, Brian ya sabía que estaba en un lío. Empezó a muscularse, la reciente compra de la Glock, su propio estado de ánimo nervioso y de mal genio. Sabía que se había metido en aguas profundas. Y sí, jamás le hubiera abierto la puerta a un hombre como John Stephen Purcell, especialmente con Sophie en casa.

Solo que Sophie ya no estaba en la casa cuando yo llegué.

Ya se había ido. Purcell estaba en la cocina solo, conteniendo a Brian pistola en mano. Sophie ya había sido secuestrada, por una segunda persona que debía de haber venido con Purcell. Alguien a quien Brian habría abierto la puerta confiado. Alguien que tenía acceso a las pensiones del sindicato. Que conocía a Shane. Que se sentía lo suficiente poderoso como para controlar a todas las partes involucradas.

Mi cara debió de palidecer, porque Purcell empezó a reírse. El sonido retumbaba en su pecho.

—¿Ves? Yo digo la verdad —gruñó—. Yo no soy el problema. Los hombres en tu vida sí lo son.

Purcell se rio de nuevo, la sangre chorreándole por la cara y haciéndole parecer tan loco como yo me sentía. Éramos iguales. Me di cuenta de repente. Soldados en una guerra, listos para ser utilizados, manejados y traicionados por los generales implicados.

Otros toman las decisiones. Nosotros pagamos el precio.

Puse la navaja detrás de mí, al lado de la escopeta. El brazo derecho me latía. Utilizarla tanto había hecho que la herida sangrara de nuevo. Podía sentir la humedad que corría por mi brazo. Más manchas de color rosado en la nieve.

No tenía mucho tiempo ahora, lo sabía. Y, al igual que Purcell, no tenía miedo.

Me resigné a mi suerte.

—El agente Lyons está muerto —le dije.

Purcell dejó de reír.

—Resulta que lo mataste hace dos horas.

Purcell apretó los labios. No era ningún tonto.

De la cinturilla de mis pantalones saqué una semiautomática que había encontrado pegada a la parte posterior de la cisterna del inodoro en el baño de Purcell. Estrictamente un arma de respaldo para un tipo como él, pero, con todo, haría el trabajo.

—Supongo que esto es un arma del mercado negro —continué—. Sin número de serie.

Rastro oculto.

—Me prometiste una lucha justa —dijo Purcell de repente.

—Y tú te comprometiste a dejar que mi marido viviera. Supongo que los dos somos unos mentirosos.

Me incliné.

—¿A quién quieres? —susurré sobre la nieve ensangrentada.

—A nadie —respondió con cansancio—. Nunca lo he hecho.

Asentí con la cabeza, sin sorprenderme. Después le disparé. Doble y en la sien izquierda, la marca clásica de la mafia. A continuación, cogí la navaja y tallé la palabra «chivato» en la piel del hombre muerto. Tenía que tapar las tres equis que le había hecho antes en el pecho, lo cual hubiera dado lugar a que una detective inteligente como D.D. Warren fuese directamente a mi casa.

Mi cara se sentía extraña. Entumecida. Adusta, incluso para mí. Recordé ese sótano ordenado, con sus olores persistentes a lejía y a sangre, el dolor que Purcell me hubiera infligido alegremente, si yo le hubiera dado la oportunidad. No ayudó. Yo estaba destinada a ser policía, no una asesina. Y cada acto de violencia se llevaba algo de mí que no iba a volver a conseguir.

Pero me mantuve en movimiento, porque, al igual que cualquier mujer, se me daba muy bien hacerme daño a mí misma.

Los detalles finales: cogí la Glock de Brian de mi bolsa de lona y envolví la mano derecha de Purcell en torno a su empuñadura para transferir sus huellas dactilares. La pistola de Purcell fue a mi bolsa de lona, para ser arrojada al primer río por el que pasara. Dejé la Glock en la casa de Purcell, pegada a la parte posterior de la cisterna del baño, donde había estado la suya.

En algún momento después de que saliera el sol, la policía encontraría el cuerpo de Purcell atado en su casa, obviamente torturado y ya fallecido. Buscarían en la casa, descubrirían el sótano, y con eso responderían a la mitad de sus preguntas; un tipo como Purcell estaba destinado a morir de mala manera.

Mientras rebuscaban en la casa de Purcell, también descubrirían la Glock de Brian.

Balística la relacionaría con la bala de la pistola que mató al agente Shane Lyons, lo que daría paso a la teoría de que Purcell había entrado en mi casa y robado el arma de mi marido, que usó más tarde para matar a un policía.

El asesinato de Purcell iría a un cajón: simplemente otro sicario con un final violento. Shane sería enterrado con todos los honores y su familia recibiría una pensión.

La policía buscaría el arma que mató a Purcell, por supuesto. Se preguntaría sobre su asesino. Pero no todas las preguntas estaban destinadas a ser contestadas.

Al igual que no todas las personas estaban destinadas a ser de confianza.

La una y diecisiete de la noche. Me tambaleé de regreso a mi coche. Me bebí dos botellas de agua y me comí dos barritas de proteínas. El hombro derecho me quemaba. Un hormigueo en mis dedos. Una sensación de vacío en mis adentros. Una extraña insensibilidad en mis labios.

Y después me puse en camino otra vez, la escopeta sobre mis piernas, las manos ensangrentadas en el volante.

Sophie, allá voy.

41

E s Hamilton —dijo Bobby, sacando a D.D. del garaje de Leoni y llevándola hacia su coche.

—¿Hamilton? —D.D. entrecerró los ojos—. ¿El teniente coronel?

—Sí. Tiene acceso, posibilidad y conoce a todos los que están involucrados. Tal vez la adicción de Brian echó la pelota a rodar, pero Hamilton fue el cerebro de la operación. «¿Necesitáis pasta? Oye, sé dónde hay un montón de dinero en efectivo...».

—Entre él y Shane... —murmuró D.D. Asintió, sintiendo la primera punzada de emoción. Un nombre, un sospechoso, un objetivo. Se metió en el coche y Bobby se puso en marcha a toda velocidad hacia la autopista.

—Sí —dijo él—. Es bastante fácil llevar a cabo la logística de montar una empresa fantasma con Hamilton moviendo los hilos para cubrir su rastro desde el interior. Si no fuera porque, por supuesto, todas las cosas buenas se acaban.

—Una vez que la investigación interna se pone en marcha...

—Sus días están contados —completó la frase Bobby—. Tienen a gente husmeando y, además, gracias a que Shane y

Brian continúan apostando en exceso, tienen también a varios mafiosos que quieren un pedazo del pastel. Hamilton, por supuesto, se preocupa. Y Brian y Shane pasan de ser socios a convertirse en peones prescindibles.

—¿Hamilton mató a Brian y después secuestró a Sophie para que Tessa confesara haber asesinado a su propio marido y fuera acusada de fraude? —D.D. frunció el ceño, y luego añadió—: O contrató a un ejecutor. El tipo de mafioso al que Brian ya había cabreado. El tipo de persona dispuesta a hacer el trabajo con el fin de recuperar su dinero.

—El tipo de hombre que envió por correo fotos de la familia de Shane como advertencia —se mostró de acuerdo Bobby.

—Eso es lo que pasa con los jefecillos —dijo D.D. sacudiendo la cabeza—. Tienen grandes ideas, pero no les gusta ensuciarse las manos durante la ejecución. —Vaciló—. Siguiendo esa lógica, ¿dónde está Sophie? ¿Correría Hamilton el riesgo de retener personalmente a una niña?

—No lo sé —contestó Bobby—. Pero apuesto a que, si caemos sobre él como una tonelada de ladrillos, podemos descubrirlo. Debe de estar en el centro, en la escena de la muerte de Lyons, junto con el coronel y los otros jefes.

D.D. asintió, luego agarró de repente el brazo de Bobby.

—Él no está allí. Te apuesto cualquier cosa.

—¿Por qué no?

—Porque Tessa anda suelta. Nosotros lo sabemos. Él lo sabe. Aún más, habrá oído a estas alturas que faltan la escopeta y el fusil de Lyons. Lo que significa que sabe que Tessa está armada, es peligrosa y está desesperada por localizar a su hija.

—Está huyendo —se rio Bobby— de uno de sus agentes. —Pero luego negó con la cabeza—. No, no un tipo tan experimentado y astuto como Hamilton. La mejor defensa es un buen ataque, ¿verdad? Él va a por Sophie. Si todavía está viva, va a por ella. Es la única moneda de cambio que tiene.

—¿Y dónde está Sophie? —preguntó D.D. de nuevo—. Hemos tenido activa en todo el estado una alerta AMBER durante tres días. Su foto aparece en la televisión, su descripción, en la radio. Si la niña está en alguna parte, ya la deberían haber visto.

—Lo que significa que está encerrada en algún lugar a cal y canto —reflexionó Bobby—. Un enclave rural, sin vecinos cercanos. Con alguien encargado de mantenerla bajo llave. Un lugar inaccesible, pero con provisiones. Una localización que Hamilton confía en que no se descubra.

—Nunca la metería en su propia casa —dijo D.D.—. Demasiado cerca. ¿Tal vez en la de un amigo de un amigo? ¿O una segunda vivienda? Hemos visto sus fotos cazando ciervos. ¿Tiene una cabaña de caza en el bosque?

Bobby sonrió de repente.

—Bingo. Hamilton tiene una cabaña de caza cerca del Monte Greylock en el oeste de Massachusetts. A dos horas y media de la capital, escondida en las colinas de Berkshire. Aislada, controlable y lo suficientemente lejos para que lo pueda negar todo. Incluso si es el dueño, puede decir que no ha estado allí desde hace días o semanas, en especial teniendo en cuenta toda la actividad que ha requerido su atención en Boston.

—¿Podemos ir ahora? —pidió D.D. enseguida.

Bobby vaciló.

—He estado allí un par de veces, pero hace años. A veces invita a los agentes durante los fines de semana de caza, ese tipo de cosas. Puedo intentarlo...

—Phil —declaró D.D., sacando su móvil—. Dirígete hacia Pike. Voy a conseguir la dirección.

Bobby puso las luces y se dirigió hacia Mass Pike, la ruta más rápida para cruzar todo el estado. D.D. marcó la sede de la policía de Boston. Era después de medianoche, pero nadie estaba durmiendo esa noche; Phil contestó a la primera llamada.

—¿Has oído lo del agente Lyons? —dijo Phil a modo de saludo.

—Ya hemos estado allí. Tengo que hacerte una petición confidencial. Quiero los antecedentes de Gerard Hamilton. Busca todo lo que esté a nombre de los miembros de su familia también. Quiero todas las direcciones de propiedades conocidas y aparte un estudio financiero completo.

Hubo una pausa.

—¿Te refieres al teniente coronel de la policía estatal? —preguntó Phil lentamente.

—Te dije que era confidencial.

D.D. escuchó un ruido. Eran los dedos de Phil, ya volando a través del teclado del ordenador.

—Hummm, si quieres algo de información no oficial, hay un rumor... —comenzó Phil, mientras seguía tecleando.

—Pues claro —le aseguró D.D.

—He oído que Hamilton tiene una amante. Una italiana buenorra.

—¿Nombre?

—No me lo dijeron. Solo me describieron su culo.

—Los hombres son unos cerdos.

—Yo solo soy un cerdo que está enamorado de su mujer y la necesita para sobrevivir con cuatro niños, así que no me mires.

—Tienes razón —le concedió D.D.—. Empieza a buscar, Phil. Dime lo que necesito saber, porque pensamos que podría tener a Sophie Leoni.

D.D. colgó. Bobby llegó a la salida de la autopista. Giró a ciento diez kilómetros por hora. Los caminos estaban libres de nieve por fin y no había mucho tráfico a esas horas de la noche. Bobby siguió acelerando mientras se dirigían hacia el oeste. Tenían unos doscientos kilómetros por delante, más o menos, pensó D.D., y no todos podrían ser recorridos a esa velocidad. Dos horas, decidió. Dos horas hasta que finalmente rescataran a Sophie Leoni.

—¿Crees que es una buena policía? —preguntó Bobby de repente.

D.D. no tuvo que preguntar de quién estaba hablando.

—No lo sé.

Bobby apartó la mirada de la oscuridad el tiempo suficiente para echarle un vistazo.

—¿Hasta dónde llegarías? —susurró, bajando la mirada a su vientre—. Si se tratara de tu hijo, ¿hasta dónde llegarías?

—Espero no tener que averiguarlo.

—Yo los mataría a todos —dijo Bobby rotundamente, apretando con las manos el volante—. Si alguien amenazara a Annabelle o secuestrara a Carina. No hay suficientes balas en este estado para lo que les haría.

D.D. no lo dudó ni por un minuto, pero aun así sacudió la cabeza.

—No está bien, Bobby —dijo en voz baja—. Incluso si te provocan, incluso si fue el otro quien empezó... Los criminales recurren a la violencia. Somos policías. Se supone que tenemos que ser mejores. Si no podemos cumplir con esa premisa... Bueno, entonces, ¿quién puede?

Condujeron en silencio después de eso, escuchando el rugido gutural del motor y viendo las farolas pasar como si fueran relámpagos.

«Sophie», pensó D.D., «allá vamos».

42

El teniente coronel Gerard Hamilton era mi superior, pero nunca hubiera dicho que lo conocía bien. Por un lado, estaba varios niveles por encima de mí en la cadena de mando. Por otra, era un tío de tíos. Cuando pasaba el rato con los agentes, era con Shane, lo que incluía a menudo al amigo de Shane, mi marido, Brian.

Iban a ver a los Boston Red Sox, tal vez un fin de semana de caza o un viaje a Foxwoods.

En retrospectiva, todo tenía mucho sentido. Las pequeñas excursiones de Shane. Mi marido acompañándole. Hamilton, también.

Es decir, cuando Brian empezó a jugar demasiado, a meterse en líos... ¿Quién iba a saber lo mucho que necesitaba el dinero? ¿Quién podría conocer una manera de conseguir hacerse rico rápidamente? ¿Quién podría estar en la posición perfecta para aprovecharse de la debilidad de mi marido?

Shane nunca había sido muy listo. El teniente coronel Hamilton, sin embargo... Él sabría cómo manejar a Shane y a Brian. Un poco de aquí y un poco de allá. Es sorprendente cómo la gente puede racionalizar el hecho de hacer cosas malas cuando empiezas poco a poco.

Por ejemplo, yo no tenía intención de matar a Shane cuando saliera de la cárcel, o asesinar a un sicario llamado John Stephen Purcell, o conducir de noche hacia la cabaña de caza de mi jefe con una escopeta en el regazo.

Tal vez Brian y Shane se dijeron a sí mismos que solo estaban cogiendo prestado ese dinero. Como representante del sindicato, Shane sabría todo sobre la cuenta de pensiones y el saldo disponible. Hamilton, probablemente, sabía cómo conseguir el acceso y qué tipo de empresa fantasma sería más apropiada para estafar a los policías jubilados. Con su red de contactos, solo sería cuestión de una sola llamada telefónica.

Crearon una empresa ficticia y se pusieron a funcionar, facturando del fondo de pensiones, recogiendo el dinero y apostándoselo.

¿Cuánto tiempo habían planeado seguir? ¿Un mes? ¿Seis meses? ¿Un año? Tal vez no pensaron en el futuro. Quizás no les importó en su momento. Al final, por supuesto, asuntos internos había descubierto el fraude y había puesto en marcha una investigación. Desafortunadamente para Brian y Shane, una vez que dicha investigación se inicia, no termina hasta que se tengan respuestas.

¿Fue ahí cuando Hamilton decidió que yo me convertiría en la víctima propiciatoria? ¿O fue parte del efecto dominó? ¿Cuando, incluso después de robar al sindicato de policía, Brian y Shane habían continuado estando cortos de fondos, pidiendo préstamos a los jugadores equivocados hasta que tanto los de asuntos internos como los mafiosos les estaban persiguiendo?

En algún momento, Hamilton se había dado cuenta de que Shane y Brian podrían resquebrajarse bajo la presión, podrían confesar sus crímenes para salvar sus propios cuellos y entregar a Hamilton en bandeja.

De los dos, Brian fue sin duda el riesgo más grande. Tal vez Hamilton había negociado un acuerdo final con la mafia. Pagaría las deudas de Brian y de Shane. A cambio, eliminarían a Brian y me tenderían una trampa.

Shane se mantendría con vida, pero con demasiado miedo a hablar, mientras que Hamilton y los mafiosos podrían conservar sus ilícitas ganancias.

Brian estaría muerto. Yo, en la cárcel. Sophie..., bueno, una vez que hubiera hecho todo lo que me pidieran, no la necesitarían más, ¿verdad?

Así que mi familia sería destruida para que Shane viviera y Hamilton calmara su avaricia.

La rabia me ayudó a mantenerme despierta mientras durante tres horas conduje hacia el oeste, hacia Adams, Massachusetts, donde yo sabía que Hamilton tenía una segunda casa. Había estado allí solo una vez, en una barbacoa hacía varios años.

Recordaba la cabaña de caza como un lugar pequeño y aislado. Perfecto para el senderismo, para la caza y para retener a una niña.

Los dedos de la mano derecha ya no me respondían. La hemorragia finalmente había bajado, pero sospechaba que la bala me había dañado los tendones, tal vez incluso los nervios. Ahora la inflamación había empeorado la lesión y no podía cerrar el puño. O apretar un gatillo.

Tendría que manejarme con la izquierda. Con un poco de suerte, Hamilton no estaría. Uno de sus agentes había muerto esa noche, lo que implicaba que Hamilton tenía que estar en Allston-Brighton, atendiendo los asuntos oficiales.

Aparcaría al final del camino rural que llevaba a la cabaña. Atravesaría los bosques con mi escopeta, que podía disparar con la izquierda. Mi puntería sería pésima, pero eso era lo bueno de una escopeta: el impacto era tan grande que no tenías que apuntar demasiado bien.

Vigilaría la cabaña, iba planeando mentalmente. Descubriría que estaba desierta. Utilizaría la culata de la escopeta para romper una ventana. Saltaría por ella y buscaría a mi hija dormida en una habitación a oscuras.

La rescataría y huiríamos juntas. Tal vez nos fuéramos a México, aunque lo más sensato sería ir directamente de vuelta a la sede de la policía de Boston. Sophie podría testificar que Hamilton la había tenido retenida. La investigación adicional de los asuntos del teniente coronel revelaría un saldo bancario mucho mayor de lo esperado. Hamilton sería detenido. Sophie y yo estaríamos a salvo.

Seguiríamos con nuestras vidas y nunca volveríamos a tener miedo. Algún día, dejaría de preguntar por Brian. Y algún día yo dejaría de echarle de menos.

Necesitaba creer que iba a ser fácil.

Había habido demasiado dolor para que fuera de otra manera.

A las cuatro y treinta y dos de la mañana, encontré el camino de tierra que conducía a la cabaña de Hamilton. A las cuatro y cuarenta y uno, salí de la carretera y aparqué detrás de un arbusto cubierto de nieve.

Salí del coche.

Pensé que olía a humo.

Levanté la escopeta.

Y oí gritar a mi hija.

43

Bobby y D.D. acababan de salir de Mass Pike para coger la ruta 20, cuando sonó el móvil de ella. El timbre sacó a D.D. de su estado de aturdimiento. Le dio a responder y sostuvo el teléfono en su oído. Era Phil.

—D.D., ¿todavía te diriges hacia el oeste?

—Ya estoy aquí.

—Está bien. Hamilton tiene dos direcciones. La primera está en Framingham, cerca del cuartel de la policía estatal. Asumo que se trata de la casa principal, ya que es la que aparece de forma conjunta bajo los nombres de Gerard y Judy Hamilton. Pero hay una segunda casa en Adams, solo a su nombre.

—¿Dirección? —exigió D.D., cortante.

Phil siguió hablando.

—Pero ¿a que no lo sabes?: la radio de la policía acaba de recoger un aviso de incendio en una residencia en Adams, cerca de la reserva de Monte Greylock. ¿Tal vez sea una coincidencia? O, posiblemente, es la cabaña de Hamilton la que está en llamas.

—¡Mierda! —D.D. volvió a la vida, ya completamente despierta—. Phil, contacta con las autoridades locales. Necesito refuerzos. Policía local y del condado, pero no del estado. —Bobby le lanzó una mirada, pero no rebatió—. ¡Ahora! —zanjó con urgencia, poniendo fin a la llamada para después introducir la dirección de Hamilton en el sistema de navegación del vehículo.

—Phil ha conseguido la dirección, y al parecer se encuentra cerca de un incendio.

—¡Maldita sea! —Bobby golpeó el volante con la mano—. ¡Hamilton ya está ahí y está cubriendo su rastro!

—No si tenemos algo que decir al respecto.

44

Sophie volvió a gritar, y me puse en acción. Agarré la escopeta y el rifle y me eché munición en los bolsillos de mis pantalones. Los dedos de la mano derecha se movieron con torpeza, vertiendo más balas en el suelo cubierto de nieve que en mis bolsillos. No tenía tiempo de recogerlas. Me moví, confiando en la adrenalina y en la desesperación para concluir el trabajo.

Cargada con un pequeño arsenal de armas y munición, me adentré en el bosque cubierto de nieve, en dirección hacia el olor a humo y la voz de mi hija.

Otro grito. Un adulto maldiciendo. El chisporroteo de la madera mojada estallando en llamas.

La cabaña estaba hacia arriba. Fui de árbol en árbol, luchando por moverme sobre la nieve fresca, respirando superficialmente. No sabía cuántas personas estarían allí. Necesitaba la ventaja de la sorpresa si Sophie y yo íbamos a salir de esto. No dejarme ver, encontrar el lugar más alto.

Mi formación profesional me aconsejó un enfoque estratégico, mientras que mis instintos maternales gritaban que me lanzara a la carga y agarrara a mi hija *ahora, ahora, ahora*.

El aire se hizo más denso por el humo. Tosí, sintiendo mis ojos arder mientras finalmente llegaba a la cima de una pequeña loma en el lado izquierdo de la propiedad. Descubrí la cabaña de Hamilton arrasada por el fuego y a mi hija luchando con una mujer que llevaba una gruesa parka negra. La mujer estaba tratando de arrastrar a Sophie a una camioneta aparcada. Mi hija, llevando nada más que el pijama de color rosa que le había puesto yo cuatro noches atrás y sin soltar a su muñeca favorita, Gertrude, se agitaba violentamente.

Sophie mordió la muñeca de la mujer, que echó hacia atrás el brazo y le dio una bofetada. La cabeza de mi hija se balanceó hacia los lados. Ella tropezó, cayéndose hacia atrás en la nieve y tosiendo por el humo.

—No, no, no —gritaba llorando mi hija—. Déjame ir. Quiero a mi mamá. *¡Quiero a mi* mamá!

Dejé la escopeta en el suelo: no podía arriesgarme con mi hija tan cerca del objetivo. Saqué el rifle en su lugar y extraje el cargador, rebuscando en el bolsillo izquierdo. Siempre había que cargar un M4 con dos balas menos con el fin de alimentarlo de manera uniforme, dictaba mi formación policial.

Matar a todos, rugió mi instinto de madre.

Levanté el rifle, preparé la primera ronda.

La sangre rezumaba de mi hombro. Mis torpes dedos rodeaban laboriosamente el gatillo.

La mujer se acercó a Sophie.

—Entra en el coche, niña estúpida —chilló.

—¡Déjame ir!

Otro grito. Otro tortazo.

Coloqué la culata del fusil de asalto contra mi hombro sangrante y vi a la mujer morena pegando a mi hija.

Sophie lloraba, con los brazos enroscados alrededor de su cabeza, tratando de bloquear los golpes.

Di un paso hacia el claro del bosque. Concentrada en mi objetivo.

—¡Sophie! —la llamé en voz alta a través del crepitar del fuego—. Sophie. *¡Corre!*

Como suponía, el inesperado sonido de mi voz captó la atención de ambas. Sophie se dio la vuelta. La mujer se puso en pie, tratando de localizar al intruso.

Ella me miró directamente.

—Quién dem...

Apreté el gatillo.

Sophie no miró atrás. Ni al cuerpo que cayó repentinamente, ni a la cabeza que explotó bajo el ataque de un fusil y se convirtió en un charco de nieve carmesí.

Mi hija no se giró. Oyó mi voz y corrió hacia mí.

Mientras, me colocaban un arma en la sien y Gerard Hamilton me decía:

—Maldita hija de puta.

D.D. y Bobby siguieron el GPS a través de un sinuoso laberinto de caminos rurales, hasta que llegaron a un estrecho camino de tierra bordeado por el fuego y por los camiones de bomberos. Bobby apagó las luces. Él y D.D. salieron disparados del coche, mostrando sus placas.

Pocas y malas noticias.

Los bomberos habían llegado justo a tiempo para oír gritos seguidos de disparos. La cabaña estaba a unos doscientos metros en línea recta, rodeada de bosques. A juzgar por el humo y el calor, el edificio probablemente estaba envuelto en llamas. Los bomberos estaban ahora a la espera de la policía para asegurar la escena, para que pudieran entrar allí y hacer su trabajo. Esperar no era su punto fuerte, sobre todo cuando uno de los chicos juraba que los gritos procedían de un niño.

Bobby le dijo a D.D. que permaneciera en el coche.

En respuesta, D.D. fue hacia la parte trasera del vehículo, donde se puso su chaleco antibalas, luego sacó la escopeta. Entregó el rifle a Bobby. Después de todo, él era el exfrancotirador.

Él frunció el ceño.

—Voy primero. Reconocimiento del terreno —espetó.

—Te doy seis minutos —replicó ella bruscamente.

Bobby se puso su chaleco, cargó el fusil y se acercó al borde de la propiedad empinada. Treinta segundos después, desapareció en el bosque cubierto de nieve. Y tres minutos después de eso, D.D. le empezó a seguir.

Más sirenas en la distancia.

Los policías llegaban por fin.

D.D. se centró en seguir los pasos de Bobby.

Humo, calor, nieve. Un infierno en pleno invierno.

La hora de encontrar a Sophie. La hora de hacer su trabajo.

Hamilton tiró del rifle que yo sujetaba con mi brazo lesionado. El M4 cayó de entre mis manos y él lo recogió. La escopeta estaba a mis pies. Me ordenó que la recogiera y se la entregara.

Desde lo alto de la loma, pude ver a Sophie corriendo hacia mí, atravesando el claro, enmarcada por los árboles blancos y las llamas de color rojo brillante.

Mientras, el cañón de la pistola de Hamilton se clavaba en el hueco de detrás de mi oreja.

Empecé a doblarme hacia abajo. Hamilton se alejó unos centímetros para darme espacio y me lancé hacia él, gritando salvajemente:

—Sophie, ¡vete de aquí! Hacia el bosque. ¡Escapa, escapa, escapa!

—¡Mami! —gritó ella, a cien metros.

Hamilton me golpeó con su Sig Sauer. Caí de bruces, rompiéndome el brazo derecho. Más dolor punzante. Tal vez el sonido de algo que se rasgaba. No tuve tiempo de recuperarme. Hamilton me golpeó de nuevo, me cortó en la mejilla, en la frente. La sangre corría por mi cara, cegándome mientras me acurrucaba en posición fetal en la nieve.

—¡Tendrías que haber hecho lo que te dijeron! —gritó. Iba vestido con su uniforme de gala, cubierto con un abrigo negro hasta la rodilla, el sombrero de ala ancha calado hasta los ojos. Probablemente se lo puso para la recepción de un agente muerto en el cumplimiento del deber. Entonces, cuando se dio cuenta de que era Shane y de que yo había escapado, de que todavía andaba suelta...

Había venido a por mi hija. Vestido con el uniforme oficial de un teniente coronel de la policía del estado de Massachusetts, había venido a hacer daño a una niña.

—Eras una agente de policía —me espetó ahora, sobre mí, bloqueándome la vista de los árboles, el fuego, el cielo nocturno—. ¡Si hubieras hecho lo que te dijeron, nadie hubiera salido herido!

—Excepto Brian —me las arreglé para jadear—. Usted ordenó que le mataran.

—Su adicción al juego estaba fuera de control. Te hice un favor.

—Secuestró a mi hija. Me envió a prisión. Solo para ganar un par de dólares extra.

En respuesta, mi jefe me dio una patada con todas sus fuerzas en el riñón izquierdo, el tipo de patada que me tendría orinando sangre, si vivía para contarlo.

—¡Mamá, mamá! —gritó de nuevo Sophie. Me di cuenta horrorizada de que su voz estaba más cerca. Ella todavía corría hacia mí, trepando por la ladera de nieve.

«No», quise gritar. «Sálvate, escapa».

Pero ya no tenía voz. Hamilton me había sacado el aire de los pulmones. Los ojos me ardían por el humo, las lágrimas se deslizaban por mi cara mientras me quedaba sin aliento y jadeaba contra la nieve. El hombro me quemaba. Tenía un nudo en el estómago.

Puntos negros bailando delante de mí.

Tenía que moverme. Tenía que levantarme. Tenía que luchar. Por Sophie.

Hamilton echó el pie hacia atrás otra vez. Apuntó hacia el centro de mi pecho. En esta ocasión, dejé caer el brazo izquierdo, atrapé su pie en movimiento y tiré. Sorprendido, Hamilton cayó hacia delante, sobre una rodilla en la nieve.

Así que dejó de pegarme con la Sig Sauer y en su lugar apretó el gatillo.

El sonido me ensordeció. Sentí un calor abrasador e inmediato, seguido de un dolor punzante. Mi lado izquierdo. Me agarré de la cintura, y mi mirada se dirigió hacia arriba, hacia mi superior, un hombre en el que me habían dicho que confiara.

Hamilton parecía aturdido. Tal vez incluso un poco nervioso, pero se recuperó con rapidez, el dedo otra vez en el gatillo.

Justo cuando Sophie coronó la loma y nos vio.

Tuve una visión. El dulce y pálido rostro de mi hija. Su cabello era una maraña de nudos. Sus ojos, de un intenso azul brillante, estaban fijos en mí. Entonces se puso a correr, como solo una niña de seis años puede hacer, y Hamilton no existía para ella, y el bosque no existía para ella, ni el fuego, ni la amenaza de la noche o los terrores desconocidos que debían de haberla atormentado durante días.

Era una niña que por fin había encontrado a su madre y fue directamente hacia mí, con una mano agarrando a Gertrude, el otro brazo extendido mientras se abalanzaba encima de mí y yo gemía tanto por el dolor como por la alegría que estalló dentro de mi pecho.

—Te quiero te quiero te quiero —exhalé.

—Mami, mami, mami, mami, mami.

—Sophie, Sophie, Sophie...

Podía sentir sus lágrimas calientes contra mi cara. Dolía, pero todavía saqué mi mano para sostenerle la cabeza. Miré a Hamilton, y entonces metí la cara de mi hija en el hueco de mi cuello.

—Sophie —susurré, sin apartar la mirada de él—, cierra los ojos.

Mi hija se abrazó a mí, dos mitades de un todo, por fin juntas de nuevo.

Ella cerró los ojos.

Y dije con la voz más clara que pude conseguir:

—Hágalo.

La oscuridad detrás de Hamilton se materializó en un hombre. A mi señal, levantó su rifle. Justo cuando Hamilton colocaba el cañón de su Sig Sauer en mi sien izquierda.

Me concentré en la sensación de mi hija, el peso de su cuerpo, la pureza de su amor. Algo para llevar conmigo al abismo.

—Tendrías que haber hecho lo que te dijeron —siseó Hamilton por encima de mí.

Al momento siguiente, Bobby Dodge apretó el gatillo.

45

Cuando D.D. llegó a la loma, Hamilton había sido derribado y Bobby estaba contemplando el cuerpo del teniente coronel. Vio a D.D. acercarse y negó con la cabeza.

Entonces D.D. oyó el llanto.

Sophie Leoni. A D.D. le costó un instante divisar la forma rosa de la pequeña. Estaba en el suelo, cubriendo a otra figura vestida de negro, sus delgados brazos enredados alrededor del cuello de su madre mientras sollozaba incontroladamente.

Bobby se arrodilló junto a las dos mientras D.D. se acercaba. Puso la mano sobre el hombro de Sophie.

—Sophie —dijo el detective en voz baja—. Sophie, necesito que me mires. Soy un policía, al igual que tu madre. Estoy aquí para ayudarla. Por favor, mírame.

Sophie finalmente levantó la cara llena de lágrimas. Vio a D.D. y abrió la boca como si fuera a gritar. D.D. meneó la cabeza.

—Está bien, está bien. Mi nombre es D.D. También soy una amiga de tu madre. Tu madre nos ha traído hasta aquí, para que os ayudemos.

—El jefe de mamá me sacó de casa —dijo Sophie con claridad—. El jefe de mami me dio a la mujer mala. Dije que no. ¡Le dije que quería ir a casa! ¡Le dije que quería a mamá!

Su cara se arrugó de nuevo. Comenzó a llorar, sin hacer ruido en esta ocasión, solo presionando contra el cuerpo inmóvil de su madre.

—Lo sabemos —respondió D.D., agachándose junto a ellos, colocando una mano vacilante sobre la espalda de la niña—. Sin embargo, el jefe de tu madre y la mujer mala no van a poder hacerte daño nunca más, ¿vale, Sophie? Estamos aquí, y estás a salvo.

A juzgar por la expresión del rostro de Sophie, no les creía. D.D. no podía culparla.

—¿Estás herida? —preguntó Bobby.

La niña negó con la cabeza.

—¿Qué hay de tu madre? —preguntó D.D.—. ¿Podemos verla, comprobar que está bien?

Sophie se movió ligeramente hacia un lado, lo suficiente para que D.D. pudiera ver la mancha oscura en el lado izquierdo de la camisa de franela de Tessa, la sangre roja en la nieve. Sophie también lo vio. El labio inferior de la niña comenzó a temblar. No dijo una palabra más. Simplemente se acostó en la nieve al lado de su madre inconsciente y le tomó de la mano.

—Vuelve, mami —dijo la niña con tristeza—. Te quiero. Vuelve.

Bobby bajó por la pendiente para llamar a una ambulancia.

Mientras tanto, D.D. se quitó el chaleco y lo utilizó para cubrir tanto a la madre como a la hija.

Tessa recuperó la conciencia cuando los enfermeros la estaban subiendo a la camilla. Abrió los ojos, jadeó con fuerza, luego se removió frenéticamente. Los enfermeros intentaron sujetarla. Así que D.D. hizo lo más sensato, agarrar a Sophie y levantar a la niña sobre el borde de la camilla.

Tessa agarró el brazo de su hija, lo apretó con fuerza. D.D. pensó que Tessa debía de estar llorando, o quizás las lágrimas cubrían sus propios ojos. No estaba segura.

—Te quiero —susurró Tessa a su hija.

—Y yo a ti más, mamá. Yo a ti te quiero más.

Los técnicos sanitarios no permitieron que Sophie permaneciera en la camilla. Tessa requería atención médica inmediata y la niña solo estorbaría. Después de treinta segundos de negociación, se determinó que Sophie montaría en la parte delantera de la ambulancia, mientras que su madre quedaría tendida en la parte trasera. Los técnicos de emergencias médicas, moviéndose rápidamente, empezaron a llevarse a la niña a la parte delantera.

Se deshizo de ellos el tiempo suficiente para correr de nuevo junto a su madre y meter algo a su lado, y luego volvió al asiento del pasajero.

Cuando D.D. volvió a mirar, la muñeca tuerta de Sophie estaba al lado de la forma inmóvil de Tessa. Los enfermeros la subieron.

La ambulancia se las llevó.

D.D. permaneció en medio de la madrugada cubierta de nieve, con la mano en el estómago. Olía a humo. Sabía a lágrimas.

Miró hacia el bosque, donde el incendio estaba reduciéndose a cenizas. El último intento de Hamilton para cubrir sus huellas, que le había costado la vida tanto a él como a su compañera.

D.D. quería sentir el triunfo. Ellos habían salvado a la niña, habían vencido al malvado enemigo. Ahora, a excepción de unos pocos días de insoportable papeleo, tendrían que sentirse triunfantes.

No era suficiente.

Por primera vez en una docena de años, D.D. Warren había cerrado con éxito un caso, y no era suficiente. No le apetecía informar de la buena nueva a sus superiores, o darles gratificantes respuestas a la prensa, ni siquiera tomar un par de cervezas para relajarse con su grupo de trabajo.

Quería irse a casa. Quería acurrucarse con Alex e inhalar el aroma de su loción de afeitar, y sentir la comodidad familiar de sus brazos alrededor de ella. Y quería, que el cielo la ayudara, que estuviera a su lado la primera vez que el bebé se moviera, y estarle mirando a los ojos cuando tuviera la primera contracción, y agarrar su mano cuando su bebé se deslizara al mundo.

Ella quería una niña o un niño pequeños que la amaran tanto como Sophie Leoni claramente amaba a su madre. Y quería devolver ese amor por diez, para sentirlo crecer más y más grande cada año, como Tessa había dicho.

D.D. quería una familia.

Tuvo que esperar diez horas. Bobby no podía trabajar: al haber usado fuerza letal, se vio obligado a sentarse en el banquillo y esperar la llegada del equipo de investigación de descarga de armas de fuego, quienes oficialmente investigarían el incidente. Lo que implicaba que D.D. estaba sola mientras notificaba a su jefe las últimas novedades, fijaba la escena y comenzaba a inspeccionar los alrededores del terreno, a la espera de que los últimos rescoldos de fuego se enfriaran. Más pruebas oficiales y más técnicos que llegaban. Más preguntas para responder, más gente de la que encargarse.

Trabajó durante la hora del desayuno. Bobby le trajo un yogur y un sándwich de mantequilla de cacahuete para el almuerzo. Ella trabajó. Olía a humo y sudor, a sangre y ceniza.

La hora de la cena llegó y se fue. El sol se puso de nuevo. La vida de una detective de homicidios.

Ella hizo lo que tenía que hacer. Se encargaba de lo que era necesario encargarse.

Y, entonces, por fin, acabó.

La escena del crimen fue fijada, Tessa había sido trasladada en helicóptero a un hospital de Boston, y Sophie permanecía al lado de su madre.

D.D. se metió en su coche y se dirigió de nuevo a Mass Pike.

Llamó por teléfono a Alex en cuanto alcanzó Springfield. Él estaba cocinando pollo a la parmesana y se alegró al oír que por fin volvía a casa.

Ella le preguntó si podía cambiar el pollo a la parmesana por berenjenas a la parmesana.

Él quiso saber por qué.

Lo cual le hizo reír, y luego le hizo llorar, y no pudo encontrar las palabras. Así que le dijo que le echaba de menos y él le prometió todas las berenjenas a la parmesana del mundo, y eso, pensó D.D., era el amor.

El de ella. El de él. El de ambos.

—Alex —logró jadear finalmente—. Oye, Alex. Olvida la cena. Tengo algo que decirte...

Estuve en el hospital durante casi dos semanas. Tuve suerte. El disparo de Hamilton me atravesó sin tocar los órganos principales. Purcell, el sicario, sin embargo, había sido un profesional hasta el final. Me había destrozado el manguito de los rotadores, lo que implicaba numerosas cirugías e interminables meses de rehabilitación. Me han dicho que nunca recuperaré el movimiento del hombro derecho, pero que debería poder volver a mover los dedos una vez que la hinchazón baje.

Supongo que ya lo averiguaremos.

Sophie se quedó conmigo en el hospital. Se suponía que no tenía que estar allí. La política del hospital dictaminaba que los niños solo podían estar durante las horas de visita. Horas después de que llegara, se había avisado a la señora Ennis y se presentó allí. Pero no pudo despegar a Sophie de mí, y, después de otros diez minutos, la enfermera jefe le indicó que se fuera.

Sophie necesitaba a su madre. Yo necesitaba a Sophie.

Así que nos dejaron estar juntas, dos chicas en nuestra habitación privada, un lujo increíble. Dormimos juntas, comimos juntas, y vimos Bob Esponja juntas. Nuestra propia pequeña forma de terapia.

Tras nueve días o así, nos dimos un pequeño paseo hasta mi antiguo cuarto de hospital, donde, escondido en la parte trasera del cajón inferior, encontramos el ojo que le faltaba a Gertrude.

Esa misma tarde cosí el botón con hilo quirúrgico, y Sophie hizo a Gertrude su propia cama de hospital para que se recuperara.

Gertrude se pondría bien, me informó solemnemente. Gertrude había sido una chica muy valiente.

Vimos más Bob Esponja después de eso, y rodeé con el brazo a mi niña, su cabeza apoyada sobre mi hombro a pesar de que me dolía.

El hospital llamó a un especialista en psiquiatría pediátrica para que viera a Sophie. No hablaba de su cautiverio y no había vuelto a mencionar el nombre de Brian. El médico me aconsejó mantener «los canales de comunicación abiertos» y dejar que Sophie viniera a mí. Cuando estuviera lista, me dijo el médico, hablaría. Y, cuando lo hiciera, tenía que mantener mi cara neutral y no juzgarla con mis comentarios.

Me parecieron consejos curiosos para una mujer que había cometido tres asesinatos para salvar a su hija, pero no dije nada.

Abracé a Sophie. Dormimos, de común acuerdo, con las luces encendidas, y, cuando me dibujó imágenes llenas de noche negra, rojo fuego, armas de fuego y la explosión, elogié su nivel de detalle y prometí enseñarle a disparar cuando se me curara el brazo.

A Sophie le gustó mucho esa idea.

Los detectives D.D. Warren y Bobby Dodge volvieron. Trajeron con ellos a la señora Ennis, que se llevó a Sophie a la cafetería del hospital para que pudiera responder a sus preguntas.

No, Brian nunca me había pegado. Tenía las costillas magulladas porque me había caído al bajar por unas escaleras cubiertas de hielo, y, como llegaba tarde a trabajar, me las había curado yo misma. Shane, sin embargo, sí me había pegado el domingo por la mañana, en un intento de hacer que pareciera que la muerte de Brian había sido en defensa propia.

No, no sabía que el agente Lyons había recibido un disparo. Qué terrible tragedia para su familia. ¿Tenían alguna pista de quién había sido?

Me mostraron fotos de un hombre delgado con brillantes ojos oscuros y espeso cabello castaño. Sí, reconocí a ese hombre como el que estaba en mi cocina en la mañana del sábado, reteniendo a mi marido pistola en mano. Él me había dicho que, si cooperaba, nadie saldría herido. Así que me había quitado mi cinturón de servicio, y, después, él había sacado mi Sig Sauer y le había disparado a mi marido tres veces en el pecho.

Purcell me explicó entonces que, si quería ver a mi hija viva de nuevo, tenía que hacer exactamente lo que dijera.

No, nunca había visto a Purcell antes de esa mañana, ni sabía de su reputación como asesino a sueldo profesional, ni sabía por qué tenía a mi marido pistola en mano o qué le había pasado a Sophie. Sí, yo sabía que mi marido tenía un problema con el juego, pero no me daba cuenta de que se había vuelto tan grave que habían contratado a un matón para acabar con el problema.

Después de que Purcell disparara a Brian, le había ofrecido cincuenta mil dólares para que me diera más tiempo antes de informar de su muerte. Le había explicado que podía congelar el cuerpo de Brian, y luego descongelarlo y llamar a la policía el domingo por la mañana. Yo iba a hacer lo que quería Purcell, solo necesitaba veinticuatro horas para dejarlo todo dispuesto para el regreso de Sophie, pues estaría en la cárcel por disparar a mi marido.

Purcell había aceptado el trato, y yo había pasado el sábado por la tarde cubriendo el cuerpo de Brian con nieve y después recuperando el cadáver del perro del cobertizo y construyendo un par de dispositivos incendiarios. Traté de que estallaran hacia atrás para que nadie resultara herido.

Sí, había planeado escaparme de la cárcel. Y no, no pensé que podía revelarle a nadie, ni siquiera a los detectives de Boston, lo que realmente estaba pasando. Para empezar, yo no sabía quién se había llevado a Sophie, y realmente temía por su vida. Por otra parte, supe que al menos uno de mis compañeros, el agente Lyons, estaba involucrado. ¿Cómo podía saber que la mancha no se había extendido a los policías de Boston? ¿O, como finalmente ocurrió, a un superior?

En ese momento, yo estaba actuando por instinto, intentando cumplir las instrucciones que me habían dado y, al mismo tiempo, dándome cuenta de que, si no escapaba y encontraba a mi hija, lo más probable es que acabara muerta.

D.D. quiso saber quién me había ayudado a escapar. Me quedé mirándola fijamente a los ojos y le dije que había hecho autostop. Quería una descripción del vehículo. Por desgracia, yo no lo recordaba.

Pero había terminado en el taller de mi padre, de donde me llevé un coche. Mi padre, desmayado en ese momento, no estaba en condiciones de mostrar su acuerdo o protestar.

Una vez que tuve un vehículo, había conducido directamente hacia el oeste. Para enfrentarme a Hamilton y rescatar a Sophie.

No, yo no sabía lo que le pasó a Shane esa noche, o cómo llegó a ser disparado por la Glock de Brian. Sin embargo, si habían recuperado la Glock de la casa del sicario, ¿eso no implicaba que Purcell había cometido el crimen? Tal vez alguien vio a Shane como otro cabo suelto que necesitaba ser anudado. Pobre Shane. Esperaba que su esposa e hijos estuvieran bien.

D.D. frunció el ceño. Bobby no dijo nada. Teníamos algo en común, él y yo. Él sabía exactamente lo que yo había hecho. Y creo que aceptaba que una mujer que ya había matado a tres personas seguramente no iba a quebrarse y confesar, aunque su compañera pusiera su voz de enfado.

Había disparado y matado a la amante de Hamilton, Bonita Marcoso. La mujer había pegado a mi hija. Tuve que usar la fuerza letal.

En cuanto al teniente coronel... Al matarlo, Bobby Dodge me había salvado la vida, informé a D.D. Y quería testificar. Si no fuera por lo que había hecho el detective Bobby Dodge, Sophie y yo probablemente estaríamos muertas.

—Ya está aclarado —me informó Bobby.

—Como debe ser. Gracias.

Se sonrojó un poco, no le gustaba la atención. O tal vez simplemente no quería que le dieran las gracias por acabar con una vida.

Yo, por mi parte, no pienso mucho en ello. No veo la razón.

Así que ahí lo tienen, resumí a D.D., mi marido no era un maltratador ni un pedófilo. Solo un adicto a los juegos de azar que había apostado por encima de sus posibilidades. Y tal vez yo debería haber hecho algo más. Echarle de casa. Divorciarme.

Yo no sabía lo de las tarjetas de crédito que había abierto a nombre de Sophie. Yo no sabía lo de los fondos sindicales. Había mucho que no sabía, pero eso no me convertía en culpable. Solo en una típica esposa, deseando infructuosamente que su marido se alejara de las mesas de juego y que volviera a casa conmigo y con mi hija.

—Lo siento —me había dicho, muriéndose en nuestra cocina—. Tessa..., yo a ti te quiero más.

Sueño con él, sabes. No es algo que le pueda decir a la detective Warren. Pero sueño con mi marido, solo que esta vez es el Brian bueno, y él tiene mi mano en la suya y Sophie está montando por delante de nosotros en su bicicleta. Caminamos. Hablamos. Somos felices.

Me despierto llorando, así que tampoco importa mucho que últimamente apenas duerma.

¿Quieres saber cuánto se había llevado el teniente coronel al final? De acuerdo con D.D., asuntos internos recuperó cien mil dólares de su cuenta. Irónicamente, una mera fracción de lo que habría recibido en legítimos beneficios de jubilación si simplemente hubiera hecho su trabajo a conciencia y después se hubiese ido a pescar a Florida.

El teniente coronel había ordenado la muerte de mi marido y había perdido dinero en el proceso.

No habían sido capaces de recuperar el resto. No había resguardos en las cuentas de Shane y tampoco en las de Brian. Según D.D., asuntos internos creía que los dos se habían jugado sus ganancias ilícitas en el casino, mientras que Hamilton había ahorrado su parte. Irónicamente, su adicción significaba que Shane y Brian nunca serían acusados del crimen, mientras que Hamilton y su novia Bonita —quien había sido identificada positivamente como la mujer que había cerrado la cuenta bancaria de la empresa fantasma— cargarían póstumamente con la culpa.

Buenas noticias para la viuda de Shane, pensé, y una buena noticia para mí.

Más tarde me enteré de que Shane fue enterrado con todos los honores. La policía creyó que debía haber accedido a reunirse con Purcell en el callejón. Purcell lo había atacado y después le mató, tal vez para eliminar a Shane tal y como había eliminado a Brian.

El asesinato de Purcell permanece abierto, me han dicho; todavía hay que encontrar el arma.

Como ya le he explicado a la detective D.D. Warren, no sé nada acerca de nada, y que nadie te diga lo contrario.

Sophie y yo ahora vivimos juntas en un apartamento de dos dormitorios en la misma calle de la señora Ennis. Nunca volvimos a la vieja casa; la vendí en unas tres horas, porque, incluso si se trataba de la escena de un crimen, todavía sigue teniendo uno de los patios más grandes de Boston.

Sophie no pregunta por Brian, ni habla de él. Tampoco habla del secuestro. Creo que piensa que me está protegiendo. Qué puedo decir, ha salido a su madre. Va a un especialista una vez a la semana. Me dice que sea paciente y yo lo soy. Considero que mi trabajo ahora es construir un lugar seguro para aterrizar cuando mi hija, inevitablemente, se suelte.

Ella caerá, y yo estaré ahí para cogerla. Con alegría.

Hice los arreglos del funeral de Brian yo sola. Está enterrado bajo una sencilla lápida de granito que lleva su nombre y las fechas correspondientes. Y tal vez fue una debilidad por mi parte, pero, dado que él murió por Sophie, que sabía, de pie en nuestra cocina, la decisión que yo tendría que tomar, he añadido una última palabra. El mayor elogio que se le puede dar a un hombre. Había grabado, bajo su nombre: papá.

Tal vez, algún día Sophie lo visitará. Y, tal vez, al ver la palabra, recuerde el amor que él sentía por ella y pueda perdonar sus errores. Los padres no son perfectos, ya sabes. Todos lo hacemos lo mejor que podemos.

Tuve que renunciar a la policía estatal. Aunque D.D. y Bobby todavía no me han conectado con la muerte de Shane Lyons o de John Stephen Purcell, aún existe el pequeño detalle de que me escapé de la cárcel y agredí a un agente. Mi abogado alega que estaba operando bajo coacción emocional extrema, teniendo en cuenta el secuestro de mi hija por parte de mi superior, y no se puede pedir responsabilidad por mis acciones. Cargill se mantiene optimista, cree que el fiscal de distrito, queriendo evitar el exceso de publicidad perjudicial para la policía estatal, se conformará con pedirme la condicional, o, en el peor de los casos, el arresto domiciliario.

De cualquier manera, entiendo que mis días como agente de policía se han terminado. Francamente, una mujer que ha hecho las cosas que yo he hecho no debería proteger al público. Y no sé, tal vez hay algo malo en mí, un límite esencial ausente, porque, cuando otras madres hubieran llorado por su niña, yo me había armado hasta los dientes y perseguido a la gente que se la llevó.

A veces, me da miedo la imagen que me saluda en el espejo. Mi cara es adusta, e incluso me doy cuenta de que ha pasado un largo tiempo desde que sonreí por última vez. Los hombres ya no me invitan a salir. Los extraños no entablan conversaciones conmigo en el metro.

Bobby Dodge tiene razón, matar a alguien no es algo por lo que a uno deban darle las gracias. Es un mal necesario que te hace perder un trozo de ti mismo y una conexión con la humanidad que nunca regresa.

Pero no me tengas lástima.

Hace poco comencé a trabajar con una empresa de seguridad, lo que implica más dinero y mejores horarios. Mi jefe leyó un artículo sobre mí en el periódico y me llamó con la oferta de trabajo. Él cree que tengo una de las mejores mentes estratégicas que se ha encontrado, con una extraordinaria capacidad para prever y anticipar los obstáculos. Hay demanda de este tipo de habilidades, especialmente en los tiempos que corren; ya me han ascendido dos veces.

Ahora dejo a Sophie en la escuela cada mañana. Voy a trabajar. La señora Ennis recoge a Sophie a las tres. Me uno a ellas a las seis. Cenamos juntas y después me llevo a Sophie a casa.

Las dos nos ocupamos del apartamento, hacemos los deberes. Luego, a las nueve, nos vamos a la cama. Compartimos una habitación. Ninguna de las dos duerme mucho, y, tres meses después, seguimos sin soportar la oscuridad.

Sobre todo, nos acurrucamos juntas, Gertrude entre nosotras.

A Sophie le gusta descansar con su cabeza en mi hombro, los dedos extendidos en la palma de mi mano.

—Te quiero, mamá —me dice todas y cada una de las noches.

Y yo le digo, mi mejilla presionada contra su cabello oscuro:

—Y yo a ti más, cariño. Yo a ti te quiero más.

Nota de la autora y agradecimientos

Con el debido respeto a la detective D.D. Warren, mi parte favorita a la hora de embarcarme en una nueva novela no es pasar tiempo con viejos personajes, sino, más bien, la investigación de formas novedosas y creativas para cometer un asesinato y provocar el caos. Ah, y, humm, también pasar tiempo con los agentes de la ley que me recuerdan por qué una vida de crimen no es una muy buena idea y, por lo tanto, debo seguir esperando que el trabajo de escritora me vaya bien.

En *Y yo a ti más,* llegué a cumplir uno de mis sueños de toda la vida, investigar en el laboratorio del Departamento de Antropología de la Universidad de Tennessee, también conocido como «la granja de cuerpos». Estoy en deuda con la doctora Lee Jantz, que es una de las personas más inteligentes que conozco y que tiene uno de los puestos de trabajo más guais del planeta. Ella puede mirar un montón de huesos quemados y te dirá en treinta segundos, más o menos, todo lo relacionado con esa persona, incluyendo el género, la edad, los problemas de salud crónicos y qué tipo de hilo dental utilizaba. Pasé muchos momentos con la doctora Jantz que me hubiera gustado haber reflejado en la novela, pero nadie me habría creído.

Los lectores interesados en aspectos morbosos como la descomposición, la identificación de restos óseos y la actividad de insectos *post mortem* deben echar un vistazo a *Death's Acre*, del doctor Bill Bass, creador de la granja de cuerpos, y Jon Jefferson. También pueden visitar mi página de Facebook para ver fotos de mi viaje de investigación.

Oh, esta es la parte en la que digo que los antropólogos son unos profesionales, mientras que yo solo tengo que escribir para ganarme la vida, es decir, todos los errores en la novela son míos y solo míos. Además, para que lo sepáis, yo nunca acusaría a la doctora Jantz, que tiene una camiseta con la leyenda «No me cabrees, me estoy quedando sin sitio para ocultar los cuerpos», de haber cometido un error.

También estoy en deuda con Cassondra Murray, del grupo de trabajo de recuperación y rescate canino de Kentucky, por sus conocimientos sobre el entrenamiento de perros detectores de cadáveres y sobre la vida como entrenador de perros voluntario. Yo no tenía ni idea de que la mayor parte de los equipos caninos son organizaciones de voluntarios. Estos grupos y sus perros hacen una labor increíble y estamos en deuda con ellos por su arduo trabajo, dedicación y sacrificio.

Una vez más, todos los errores son míos, así que ¡ni lo penséis!

A continuación: la agente Penny Frechette, así como varias otras agentes de policía que prefieren permanecer en el anonimato. Aprecio el tiempo y la sinceridad compartidos por estas mujeres, y disfruté de mi primer paseo a bordo de un coche patrulla. ¡Estaba nerviosa! Ella no. Para aquellos a los que les guste el procedimiento policial, las experiencias de mi personaje Tessa Leoni son una amalgama de diferentes jurisdicciones, y no necesariamente representan la vida de un policía del estado de Massachusetts. La policía del estado de

Massachusetts es una organización maravillosa y aprecio su paciencia con autores de suspense que se toman un montón de licencias literarias.

Por otras estresantes y notables experiencias, debo dar las gracias al superintendente Gerard Horgan, Esquire, y al vicesuperintendente Brian Dacey, ambos del departamento del sheriff del condado de Suffolk, por un día lleno de diversión en la cárcel del condado de Suffolk. No todos los días voy a Boston para ser encarcelada, pero aprendí mucho (básicamente, que siga escribiendo ficción, porque, déjame decirte, no duraría un día tras las rejas). Me mostraron un trabajo de primera clase. Yo, por supuesto, lo utilicé para añadir más asesinatos y más caos, porque, bueno, eso es lo que se me da bien.

Además, mi más profundo agradecimiento a Wayne Rock, Esquire, por su asesoramiento legal y diversas perspectivas sobre la policía de Boston. Detective de Boston retirado, Wayne es siempre muy paciente al responder a mis preguntas y ya no parece sobresaltarse cuando le llamo con cosas como: «Quiero matar a un hombre, pero no tiene que ser mi culpa. ¿Cuál es mi mejor opción?». ¡Gracias, Wayne!

También estoy en deuda con Scott Hale, que pertenece a una tercera generación de marinos mercantes, por sus reflexiones sobre la vida. Él accedió a ayudarme, incluso después de saber que iba a matar al personaje que era marino mercante. ¡Gracias, Scott!

Y, siguiendo con el departamento de investigación, mi infinito agradecimiento al talentoso médico y compañero de escritura C. J. Lyons por su experiencia médica. Seamos realistas, no todo el mundo respondería a correos electrónicos cuyo asunto rezara: «Necesito asesoramiento para torturas». ¡Gracias, C. J.!

Como escribir novelas no se compone solo de visitar cárceles y de salir con policías, también tengo que agradecerle a David J. Hallett y a Scott C. Ferrari, quienes superaron a todos sus rivales con una generosa donación a nuestro refugio de animales local, por el derecho de incluir a sus perros Skyler y Kelli en la novela. Espero que disfrutarais del comienzo de la carrera artística de Skyler y de Kelli, y gracias por apoyar nuestro refugio local.

No podía dejar que los animales se llevaran toda la diversión. Felicidades a Heather Blood, ganadora del sexto concurso anual «Matar a un amigo, mutilar a un colega», que designó a Erica Reed para morir. Además, la canadiense Donna Watters fue la ganadora de la edición internacional de «Matar a un amigo, mutilar a un colega». Ella sacrificó a su hermana, Kim Watters, para un gran final.

Espero que hayáis disfrutado de vuestra inmortalidad literaria. Y para aquellos de vosotros que deseéis entrar en la acción, por favor, echad un vistazo a www.Lisa-Gardner.com.

Por supuesto, no podría hacer esto sin mi familia. Desde mi propio y querido hijo, que me interrogó todos los días para ver si ya había salvado a la niña, hasta mi extremadamente paciente marido, que se está acostumbrando tanto a tener una mujer que va a prisión que ni siquiera me pregunta a qué hora volveré a casa. Eso es amor.

Por último, para el equipo de Gardner. Mi agente de apoyo, Meg Ruley; mi brillante editora, Kate Miciak; y todo mi equipo de la editorial Random House.

No tienes idea de la cantidad de gente con talento y trabajadora que se necesita para producir una novela. Estoy en deuda con todos y cada uno. Gracias por estar a mi lado y ayudarme a hacer que la magia suceda.

Este libro está dedicado con cariño al tío Darrell y a la tía Donna Holloway, quienes nos enseñaron la risa, el amor y, por supuesto, la estrategia del cribbage.

Además, a Richard Myles, también conocido como tío Dick, cuyo amor por los grandes libros, los hermosos jardines y un buen *manhattan* no serán olvidados.

Os queremos y os recordamos.